너의
세상에
내가
닿을
때

너의 세상에 내가 닿을 때

1판 1쇄 찍음 2016년 5월 6일
1판 1쇄 펴냄 2016년 5월 13일

지은이 | 김우연
펴낸이 | 고운숙
펴낸곳 | 봄 미디어

기획·편집 | 정수경 김민지

출판등록 | 2014년 08월 25일 (제387-2014-000040호)
주소 | 경기도 부천시 원미구 소향로17, 304(두성프라자) (우)420-864
영업부 | 070-5015-0818 편집부 | 070-5015-0817 팩스 | 032-712-2815
E-mail | bommedia@naver.com
소식창 | http://blog.naver.com/bommedia

값 9,000원

ISBN 979-11-5810-215-9 03810

김우연 장편 소설

너의
세상에
내가
닿을
때

contents

　오늘따라 더욱 주변의 모든 사물이 현실감 없이 느껴졌다. 서울 밤의 야경 또한 눈이 부셨다.

　맞은편에 앉아 있는 남자는 작은 제약 회사의 아들이라고 했다. 부드러운 눈매와 말투가 사랑받고 컸음을 짐작하게 했다. 맞선 자리에 나온 남자는 간단하게 자신의 소개를 마치고 브리핑을 하듯 제약 설명에 들어갔다.

　"양배추에서 추출했기 때문에 기존의 위장약과 달리 부작용이 없어요. 시중에 판매되고 있는 약보다 효과도 좋아요."

　남자는 소미가 꽤 마음에 드는 눈치였다. 이것저것 이야기를 늘어놓으며 호감을 내비쳤다.

　"임상 시험 결과는 대만족이고, 좀 더 지켜봐야겠지만 반응도 기존 약들에 비해 좋은 편이에요."

의약 설명회도 아니고 일반인이 듣기에는 따분한 이야기일 것이 뻔했기에, 정훈은 임상 시험을 성공한 제약에 대한 설명을 늘어놓다 머쓱한 웃음을 내보였다.

"제가 이렇게 재미가 없어요."

우진그룹에서 제시한 결혼 조건은 나쁘지 않았다. 사회생활에 필요한 것이 혈연, 학연, 연줄이었기에 정훈은 소미와의 결혼을 긍정적으로 생각하기로 했다.

"사진보다 앳돼 보이네요."

나이가 어리니 앳돼 보이는 게 당연했다. 하지만 정훈은 소미의 나이쯤은 까맣게 잊은 얼굴이었다. 아니, 정확히 말하자면 소미에 대한 세세한 정보는 중요하지 않은 듯했다.

그녀는 훤히 보이는 속내에도 굳이 그 사실을 꼬집지 않았다. 그럴 필요가 없었다.

밥을 먹고 차를 마시고, 정훈이 예매해 놨다는 뮤지컬까지 보고 나오자 시간은 이미 10시를 향해 가고 있었다. 마음이 초조했다.

"키가 상당히 크네요."

"네."

12cm 하이힐을 신었으니 175cm의 정훈보다 무려 5cm나 컸다. 부담을 주기 위해 일부러 골라 신은 것이었지만 그에게는 먹히지 않았다. 괜히 다리만 고생이었다.

정훈은 극장을 나와 자연스레 주차장 쪽으로 걸음을 옮겼다.

"장 회장님 댁으로 가실 거죠?"

"전 여기서 가 볼게요. 오늘 즐거웠어요."

정훈을 쫓다 보면 주차장까지 따라갈 것 같아 소미는 서둘러 인사를 건넸다.

"여기서 간다고요?"

정훈은 돌아서는 소미의 팔목을 급하게 잡았다.

"데려다줄게요."

"택시 타면 금방이에요."

"차 안 가져왔잖아요."

정훈의 말에는 가시가 있었다.

"그건……."

혼자 가겠다는 말은 빈말이 아니었다. 다만, 차를 가져오지 않은 이유를 어떻게 설명해야 할지 막막했다. 집에서 나올 때 분명 차 키를 챙겨 들었다. 하지만 최 여사가 손에 들린 키를 못마땅한 시선으로 바라보다 이내 빼앗아 버렸다.

"오늘 이건 필요 없을 게다."

차 키가 필요 없을 것이라던 최 여사의 말이 이제야 이해됐다.

"그럼 부탁할게요."

정훈에게 설명할 필요도 없었지만, 승강이를 벌일 시간은 더더욱 없었다. 마지못해 소미는 고개를 끄덕였다.

"가는 방향에서 그리 안 멀어요."

이번에도 결국 최 여사의 의도대로 흘러가고 있었다.

평창동에 도착한 정훈은 정문에서 조금 벗어난 곳에 차를 세웠다. 담벼락 아래 주차를 했다는 건, 조금 더 같이 있고 싶다는 뜻이었다. 기사도 아니고 집 앞에 툭, 내려 주고 갈 생각 따윈 없었다.

"말은 들었지만 부지가 엄청나네요."

주변을 살피던 정훈이 끝내 감탄을 내뱉었다. 끝없이 이어진 담벼락이 장 회장의 권력과 부를 드러내고 있었다.

예의상이라도 답을 해야 한다는 걸 알면서도 소미는 정훈의 질문에 일절 답하지 않았다.

"데려다주셔서 감사해요. 조심해서 가세요."

최 여사가 정해 놓은 통금 시각은 10시였다. 마음이 다급했다. 차 문을 열기 위해 손을 뻗자 정훈이 급하게 입을 열었다.

"소미 씨만 괜찮다면 이번 만남, 진지하게 생각하고 싶어요."

유리창 너머 비치는 소미의 표정을 보아하니 100퍼센트 거절이었다. 정훈은 그녀의 반응에 입맛을 다셨다. 당장에라도 손잡이를 열고 내릴 것 같던 손이 제자리를 찾듯 무릎 위에 올려졌다.

"저와의 결혼, 도움이 되지 못할 거예요."

소미는 잘게 떨리는 두 손을 더욱 세게 마주 잡았다. 지금 이야말로 용기가 필요했다.

"결혼하게 된다면, 더는 회장님께 신세 질 생각 없어요."

결혼의 목적이 우진그룹이라면 이 결혼은 성립될 수 없었다. 최 여사가 어떤 조건을 내걸었는지 모르지만 뭐가 됐든 소미는 받을 생각이 없었다. 그랬기에 정훈이 그녀와 결혼한다고 해도 득이 될 건 아무것도 없다.

"그래서…… 정훈 씨 집안에 필요한 그 어떤 도움도 드리지 못할 거예요."

정훈의 얼굴에 미세한 경련이 일었다.

"소미 씨 마음 충분히 알았어요. 연락드릴게요. 오늘 즐거웠어요."

정훈은 연락하겠다고 말했지만 소미는 기대하지 않았다. 내리자마자 차는 미련 없이 출발했다.

높다란 담벼락 위에 멈춰 있던 CCTV가 소미를 따라 움직였다. 자동 센서 기능이었다. 소미를 감시하는 또 다른 눈이나 다름없었다.

시야에서 정훈의 차가 완전히 사라진 후에야 소미는 습관처럼 손목에 채워진 시계를 확인했다. 9시 50분. 다행히 늦지 않았다. 그럼에도 이유 없이 마음이 불안하고 초조했다.

소미는 불안한 마음을 가라앉히기 위해 짧게 심호흡을 내뱉은 뒤 천천히 발을 내디뎠다. 허리를 곧게 세우고 걸음은 일자가 되도록. 시선은 너무 높지도 낮지도 않게.

급할 땐 뛸 수도 있는 일이었지만, 이곳에서는 아무리 급해도 뛰면 안 됐고 땅을 내려 봐서도 안 됐다.

폐부를 찌를 듯 칼날 같은 바람이 불어왔다. 볼이 아릴 정도로 찬바람이었다. 정신없이 지내다 보니 겨울이 성큼 다가와 있었다.

순간 서늘할 정도로 차갑던 도현의 얼굴이 떠올랐다.

"여기가 지옥이야. 너랑 내가 서 있는 이곳."

그와 함께 한때는 이곳을 지옥이라 불렀다. 하지만 그가 떠난 이후, 그녀에게 이곳은 더 이상 지옥이 아니었다.

그녀는 적응했고, 살아남았으니까.

찬바람이 뺨을 스치고 지나가자 반듯하던 이마에 작은 주름이 생겼다. 차갑고 추운 건 사람이든 계절이든 딱 질색이었다. 그런데도 그녀는 매년 겨울을 기다렸다. 그를 닮은 겨울을 기다리는 것인지, 겨울을 닮은 그를 기다리는 것인지 이제는 구분조차 되지 않았다.

육중한 대문 앞에 선 그녀는 작게 심호흡을 내쉰 후 벨을 눌렀다.

"저예요."

바로 대문이 열리리라 예상한 것과 다르게 유정은 머뭇거렸다.

—어떡하지. 10시 넘었다고 문 열어 주지 말라고 하셨는데.

"하지만 아직……."

소미는 급하게 손목을 들었다. 하, 기가 막힌 듯 잇새로 신

12

음이 터졌다. 시계는 여전히 9시 50분이었다. 급하게 가방에서 휴대폰을 꺼내 들었다.

10시 10분.

허탈한 한숨이 새어 나왔다. 내내 마음이 불안했던 이유가 이거였나 보다.

―조금만 일찍 오지 그랬어. 미안해.

그렇게 인터폰은 끊어졌다. 그녀는 다시 한 번 벨을 눌렀다. 언제 열릴지 모르는 대문 앞에서 마냥 기다릴 수는 없었다. 그러기에 오늘은 너무 추웠다.

"잘못했어요. 다음부턴 안 늦을게요."

―나야 열어 주고 싶지. 그런데 지시가 그래.

"제가 들어가서 사모님께 말씀드릴게요."

―아이고, 계속 이러면 내가 곤란해. 미안해.

역시나 이번에도 인터폰은 끊어졌다. 또 한 번 벨을 누르려 손가락을 가져다 대던 그녀는 망연자실한 표정으로 바닥에 쭈그려 앉았다. 몇 번을 누른다 해도 대문이 열리지 않으리란 걸 잘 알고 있었다. 죄 없는 유정을 더 이상 괴롭힐 수 없었다.

유정은 슬쩍 도현의 눈치를 살폈다. 짧은 시간을 일하면서 알게 된 것은 장씨 집안사람들이 모두 별나다는 거였다. 오죽하면 '이래서 재벌인가?'라는 생각마저 들었다. 그러지 않고서야 이런 추운 날 소미를 밖에 두진 않을 테니 말이다. 뭐라고 말이라도 한번 해 볼까 생각이 들었을 때 미영의 신신당부가 떠올랐다.

"이 집에서 가장 무서운 건 회장님도 사모님도 아니에요. 도련님이지. 도련님은 사모님과 회장님을 합쳐 놓은 거 같다니까요."

집에 돌아온 도현은 미영의 말을 증명하듯 집 안을 뒤집었다. 세세한 먼지 한 점까지 꼬투리를 잡으며 저보다 나이 많은 다섯 명의 고용인을 종처럼 부렸다.

유정은 눈동자만 흘끗거리며 도현을 훔쳐보았다. 할 말은 산더미인데 밥줄이 걸려 있어서인지 입술이 딱 달라붙어 떨어지지 않았다.

"들어가 쉬세요."

유정은 도현의 서늘한 말투에 서둘러 방으로 돌아왔다.

"아니, 왜 이 집 식구들은 다들 소미를 못 잡아먹어 안달이래."

소미가 나간 후 얼마 지나지 않아 미국에 있어야 할 도현이 커다란 캐리어 하나를 끌고 집에 돌아왔다. 최 여사는 오랜만에 집에 온 아들이 반갑지도 않은지 갑작스레 추워진 날씨를 탓하며 마사지를 받으러 나갔다. 도현도 최 여사의 행동이 익숙한 것처럼 크게 신경 쓰지 않는 듯 보였다.

그런 그가 이 추운 날, 소미가 10분 늦었다는 이유로 문을 열어 주지 말라 한 것이 유정의 입장에선 잘 이해되지 않았다.

"어휴, 돈 받고 일하는 내가 무슨 힘이 있어. 시키면 시키는 대로 해야지."

유정은 푸념을 내뱉으며 이불 속으로 파고들었다.

소미는 최 여사의 기분이 풀려 문이 열릴 때까지 기다리는 수밖에 없었다. 그것이 통금을 어긴 벌이었다.

"추워……."

발이고 종아리고 금세 얼어붙어 감각이 사라졌다. 이럴 줄 알았다면 치마가 아닌 두툼한 바지를 입었을 거다. 하이힐도 신지 않았을 거고, 울 코트가 아닌 든든한 오리털 파카를 걸쳤을 터였다. 하지만 후회한다 해도 이미 늦었다.

이가 달달 떨리고 뼛속까지 추위가 파고들었다. 소미는 최대한 동그랗게 몸을 웅크렸다. 쭈그리고 앉아 다리가 저린 건지, 추위에 몸이 저린 건지 구분도 되지 않았다. 한참을 그러고 있으니 감각이 둔해져 갔다. 살갗을 아리는 통증도 느껴지지 않았다. 그러자 졸음이 쏟아졌다.

12시가 다 되었을 때 도현이 대문을 열고 나왔다. 소미는 최대한 몸을 웅크린 채 잠들어 있었다. 도현은 깨우지 않고 곁에 서서 소미가 일어나길 기다렸다. 숨을 크게 내쉬자 잇새로 새하얀 입김이 나왔다.

"춥네."

목소리에 반응하듯 소미의 눈썹이 움찔댔다. 서서히 눈을 뜬 소미는 눈앞의 커다란 인영을 보고 소스라치듯 자리에서 일어났다.

"아얏."

한참을 쭈그리고 앉아 있던 탓에 다리에 힘이 들어가지 않았다. 도현은 팔을 뻗어 비틀거리는 그녀를 붙잡았다.

도현을 보는 순간 순식간에 잠이 달아난 상태였다. 미국에 있어야 할 그가 눈앞에 있었다.

"도현아?"

다리가 찌르르 저린 것도 잊었다. 온몸이 얼어붙을 정도로 춥다는 것도 잊었다.

"따라와."

목소리는 크지도 작지도 않았다. 바라보는 시선 역시 변함없이 서늘했다.

도현이 리모컨을 누르자 요란한 소리를 내며 닫혀 있던 차고 문이 열렸다. 차고에 들어찬 빼곡한 차들을 볼 때마다 소미는 마구간이 떠올랐다. 일단 장 회장이 사용하는 차가 다섯 대였고, 최 여사의 차는 세 대였다. 편의에 따라 고용인들이 이용할 수 있는 작은 차가 두 대, 가족들이 함께 사용하는 차가 한 대, 그리고 도현의 차가 두 대였다. 그중 한 대는 현재 소미가 사용하고 있었다. 그 외에도 새 차가 나오면 중간중간 차고에 놓여 있다 사라지곤 했다.

소미의 눈에 도현의 집은 세도가의 양반집 같았다. 집안 대소사를 관리하는 집사와 그 밑으로 다섯 명의 고용인, 네 명의 수행비서, 열세 명의 경호원이 있었다.

16

"타."

"지금 사모님한테 벌 받는 중이야."

소미는 고개를 흔들었다. 얼어 죽더라도 집 앞에 있어야 했다.

"어머니 안 계셔."

"무슨……."

도현의 대답에 소미는 최 여사의 차를 찾았다. 그의 말이 사실인지 최 여사의 차 한 대와 경호 차량 두 대가 보이지 않았다.

"너였어?"

두 시간 동안 밖에서 떨게 한 사람이 도현이라는 것을 깨닫자마자 소미가 얼굴을 구겼다. 도현은 확인했으면 이제 그만 차에 타라는 표정으로 소미를 은빛 아우디에 밀어 넣었다.

"사람이 어떻게 그래? 얼어 죽는 줄 알았다고. 집에서 키우는 똥개한테도 이렇게 안 해."

"그러겠지."

심드렁하게 대답한 도현은 소미의 기분 따윈 상관없다는 얼굴로 차를 출발시켰다.

"어디 가는 거야?"

연락도 없이 갑자기 나타나 두 시간을 밖에 세워 두고, 그것도 부족해 자신을 끌고 한밤중에 집을 벗어나고 있었다.

"너랑 나랑 갈 데가 한 곳밖에 더 있어?"

"뭐?"

"호텔."

미국에 가기 전 도현이 귓가에 속삭였던 말이 살아 숨 쉬듯 되살아났다.

"새것 뚜껑을 딱 열잖아. 그럼 그때부턴 내용물이 바뀌지 않는 한 누가 열어 보든 티가 안 나. 이미 열었던 거니까. 내가 널 건드리지 않는 이유가 그거야."

속삭이는 목소리는 평소보다 차가웠고 귓불에 닿은 숨결은 도현의 상태를 말해 주듯 지나치게 뜨거웠다.

"돌아오면 너부터 먹을 거야."

chapter 1

저택의 사람들

언덕배기로 올라서던 차가 멈춰 섰다. 내려서자 머리 위로 솜털 같은 눈송이가 떨어졌다. 잿빛 하늘로 보아 제법 많은 눈이 내릴 것 같았다.

성을 연상시키는 높은 담벼락의 저택이었다. 담벼락 사이로 겨울에도 푸르다는 소나무가 슬쩍 모습을 내비치고 있었다. 소미는 한동안 걸음을 멈춘 채 넋 놓고 높다란 담벼락을 바라봤다.

대문을 열고 들어서자 잘 가꾼 풍경의 정원이 드러났다. 가장 먼저 소미의 눈길을 끈 건 붉은 동백꽃이었다. 눈송이가, 잇새로 새하얀 입김이 나오지 않았다면 겨울인 것도 잊을 만큼 갖가지 색이 눈에 띄었다.

소미는 무도회에 초대받은 공주님이 된 것만 같았다. 집 안

전체에 클래식 선율이 조용히 흐르고 있었다. 앞으로 이곳에서 지낼 생각을 하자 설렘과 두려움, 걱정과 불안이 한데 뒤섞여 심장이 두근거렸다.

"이리 오너라."

소미는 김 집사를 따라 걸음을 옮겼다.

"네가 사용할 방의 옆방은 도련님이 사용하시니까, 되도록 조용히 지내야 한다."

"네."

소미는 고개를 끄덕였다.

새하얀 계단을 밟고 2층에 오른 김 집사는 복도의 가장 끝에 자리한 방으로 소미를 데려갔다. 베이비 핑크로 앤티크하게 꾸며진 방은 오각형에 가까운 구조 때문인지 다락방처럼 느껴지기도 했다. 조 여사와 살 때도, 보육원에서 지낼 때도 늘 누군가와 함께했기에 소미는 태어나 처음으로 갖게 된 자신만의 공간이 마음에 들었다.

"오늘부터 네가 사용할 방이다. 불편하거나 필요한 부분을 저이에게 말하면 해결해 줄 거야."

방 안에는 40대 중반쯤 되어 보이는 여자가 먼저 와 있었다. 짐을 정리하던 여자는 행동을 멈춘 채 허리를 숙였다.

"이정아라고 합니다."

"미세스 이."

"네, 집사님."

김 집사의 부름에 정아는 잰걸음으로 그의 곁에 다가섰다.

두 사람이 무슨 말을 나누는지 알고 싶었지만 소미에게까지 들리진 않았다.

김 집사가 방을 나가자 정아는 소미를 머리부터 발끝까지 훑어보았다.

"따라와."

정아는 소미를 욕실로 데려갔다.

"앞으로 여길 사용하면 돼."

"네."

"앞으로 너 혼자 여길 쓸 거야. 깨끗하게 사용해."

"네."

킁킁, 소미는 은은한 향기에 코를 발름거렸다. 자꾸만 맡고 싶어지는 달콤한 향기가 났다.

"옷은 벗어 여기에 두고 욕조에 들어가 있어."

"씻고 왔어요."

"알아, 그래도 다시 씻어야 해."

소미는 더 이상 토를 달 수 없었다. 정아가 나가 버렸기 때문이다. 이런 상황을 예상이라도 했는지 욕조에는 이미 물이 한가득 받아져 있었다. 어쩐지 께름칙한 기분에 머뭇거리다 결국 옷을 벗어 그녀가 알려 준 바구니에 차곡차곡 넣었다.

욕조에 몸을 담그기 전 본능처럼 손을 먼저 넣어 온도를 확인했다. 한 손으로 물을 휘젓자 욕실에 은은하게 퍼져 있던 향기가 짙어졌다. 꽃향기 같기도 했고 달콤한 과일 향기 같기도 했다.

욕조에 발을 담갔다. 뜨거운 열기에 오소소 소름이 돋았다. 하지만 얼마 가지 않아 언제 그랬냐는 듯 따뜻한 기운이 온몸으로 퍼져 나갔다.

"후유."

복에 겨운 호강 앞에 감사는 못할망정 한숨이 새어 나왔다. 가슴이 답답했다.

달칵— 닫혔던 욕실 문이 열리고 정아가 들어왔다. 소미는 화들짝 놀라 작은 비명을 내지르며 몸을 웅크렸다.

"까악."

"여자끼리 뭘 놀라고 그래. 씻겨 주려고 들어왔어."

"아뇨. 저 혼자 씻을 수 있어요."

소미는 강하게 고개를 저었다. 누군가가 몸을 씻겨 준다니 생각만 해도 얼굴이 달아올랐다.

"알아. 하지만 지시가 그러니까 할 수 없어."

그녀는 더 이상 토를 달지 말라는 듯 자세를 잡고 욕조 옆에 앉았다. 그리고 막무가내로 소미의 팔을 잡아당겨 타월로 문지르기 시작했다. 그녀의 손이 지나간 자리에는 지우개에서 떨어지는 가루처럼 벗겨진 각질층이 내려앉았다. 정아의 타박이 이어졌다.

"이 때 좀 봐. 목욕은 언제 한 거야?"

"아파요."

소미는 자신이 도살장에서 마지막 깃털을 뽑히는 닭이 된 기분이었다. 온몸을 박박 문지르고 그것도 부족해 뜨거운 물을 머리부터 끼었었다.

"앗! 뜨거워요."

"이제야 사람 같네."

정아의 얼굴에 눈주름이 깊게 팼다. 괴팍하게 몸을 밀던 사람이 맞을까 싶은 온화한 미소였다.

"어차피 바로 옷 입고 내려가야 하니까 가운은 필요 없어."

소미는 수건만 두른 채 욕실에서 쫓겨났다. 살갗이 따끔거리기는 했지만, 기분은 나쁘지 않았다.

뒤따라 나온 정아는 옷장에서 속옷과 원피스를 내주었다. 새 옷이었다.

"네가 가져온 옷은 쓸 만한 게 없어. 사모님 지시를 듣길 잘했지."

속옷과 원피스는 모두 하얀색이었다. 겉감이 레이스로 처리된 새하얀 원피스는 비즈가 알알이 박혀 있어 불빛에 은은하게 반짝였다. 허리 라인에는 검은색 벨벳 리본이 포인트로 자리 잡혀 있었다. 옷은 몸에 크지도 작지도 않게 꼭 맞았다.

"잘 맞네."

정아는 만족스러운 표정을 지었다.

소미는 몸에 딱 맞는 새 옷이 어색했다. 지금껏 새 옷은 언제나 한 치수, 또는 두 치수 크게 입었다. 그래야 내년, 내후년에도 입을 수 있으니 말이다.

"너무 딱 맞는 거 같아요. 이래선 내년에 못 입잖아요."

"네가 걱정할 필요 없어. 이쪽에 앉아. 머리 말려 줄게."

화장대 앞에 앉자 정아는 드라이기를 꺼냈다. 바람은 뜨겁지도 차갑지도 않았다.

"넌 좋겠다. 네 평생 이런 집에서 언제 살아 보겠니. 이런 대접은 또 언제 받아 보고. 지금 네가 입은 원피스만 해도 얼만지 아니?"

정아는 인형 놀이라도 하는 사람처럼 소미의 머리를 이리저리 매만졌다. 그리고 마지막으로 원피스와 한 쌍인 진주 머리띠를 머리에 씌워 주었다.

"다 됐다."

꾀죄죄하던 모습은 어디서도 찾아볼 수 없었다. 마법사를 만난 신데렐라처럼.

정아는 머리카락을 털어 낸 후 서둘러 바닥에 떨어진 머리카락과 드라이기를 정리했다.

"이제 사모님께 인사드리면 되겠다."

"사모님은 어떤 분이세요?"

"만나 보면 알게 돼."

정아는 1층까지 소미를 안내한 후 할 일이 있다며 다시 2층으로 모습을 감췄다.

소미는 한참을 응접실에 홀로 앉아 있어야 했다. 집 안에서 일하는 고용인들이 힐끔거리며 소미의 모습을 살폈다. 가끔은 질문을 던지기도 했다.

"네 부모님은 어쩌다 어린 널 두고 돌아가셨니."

"교통사고요."

고용인들의 관심이 시들어 갔다. 최 여사를 기다리는 시간에 비하면 그들의 관심은 순간이었다.

언제까지 오지 않는 최 여사를 기다려야 할지 갑갑했다. 목이 말랐다. 배가 고프고 화장실도 가고 싶었다. 밀랍 인형처럼 앉아 있으려니 서글픈 생각이 들었다.

과연 이곳에 적응할 수 있을까. 나중엔 또 어디로 가게 될까. 부모의 품을 떠난 뒤 조 여사의 밑에서 지내다 보육원으로, 그리고 이제는 장 회장의 집까지. 앞으로도 몇 번이고 옮겨 다닐 수 있는 떠돌이 신세였다.

일곱 살 때 교통사고에서 혼자 살아남은 소미는 쭉 조모인 조 여사의 손에 컸다.

교통사고라고 하지만 일가족 자살 시도였다. 승승장구하던 사업은 소미가 태어난 해부터 힘들어졌다고 했다. 대출에 대출을 받아 회사를 운영해 오던 부친은 마지막에 사채까지 빌렸다. 빚은 걷잡을 수 없이 커져만 갔고 벼랑 끝에 내몰리자 죽음을 선택했다.

소미는 그때부터 조 여사의 밑에서 자랐다. 하지만 그 시간도 길지 않았다. 건강하던 조 여사는 소미가 열세 살 되던 해에 대장암 판정을 받았다. 발견 당시 너무 늦어 손을 쓸 수 없었다. 추석이 지나고 얼마 지나지 않아 조 여사는 숨을 거뒀다.

장례식에 참석한 친척들은 소미가 '재수 없는 아이'라며 소곤거렸다. 소미만 아니었다면 조 여사는 앞으로 20년은 거뜬

미는 대리석으로 만들어진 웅장한 테이블에 저절로 몸이 위축됐다.

식탁 위에는 나물과 고기반찬이 가득했다. 음식을 보자 군침이 돌았다. 생각해 보니 종일 먹은 게 없었다.

"많아요."

"누가 너 혼자 먹는대? 도련님 내려오실 거야."

도련님이라는 소리에 소미의 심장은 미친 듯이 뛰기 시작했다. 손에 땀이 고이는 느낌에 치마를 살짝 움켜쥐었다.

등받이가 기다란 의자는 뽐내는 자태만큼 묵직했다. 소미는 최대한 조심스럽게 의자를 잡아당겨 공간을 만들었다. 그리고 매끈거리는 은빛 가죽 시트에 궁둥이를 붙였다.

"흠집 안 나게 조심해. 며칠 전에 들인 거니까."

가시방석에 앉은 것처럼 무척이나 불편했다. 가시방석에 앉아 본 적은 없지만 지금 상황에선 가시방석이 이보다 편할 것 같았다.

얼마 후 또래의 남자아이가 다이닝 룸에 들어섰다. 새하얀 남방에 한눈에도 질감 좋아 보이는 고급 스웨터를 입은 아이는 그야말로 동화책에 나오는 왕자님 같았다. 새하얀 얼굴에 짙은 눈썹, 반듯한 콧대, 또렷한 입술선. 아이는 잘생기다 못해 가슴을 설레게 했다.

쌍꺼풀 없는 커다란 눈매는 날카로워 보였다. 서늘한 시선이 닿자 머리가 새하얘졌다. 따뜻한 밤색임에도 불구하고 차가운 눈동자가 인상 깊었다. 소미는 자리에서 급하게 몸을 일으켰다.

끼기긱. 날 선 소리에 도현은 미간을 찌푸렸다. 소미는 서둘러 눈치를 살폈다. 소리를 낸 건 소미였는데 도현의 시선은 미영을 향했다. 싸느랗다. 시선이 어찌나 살벌한지 오금이 저렸다.

미영이 황급히 도현을 향해 등을 굽혔다.

"죄송합니다, 도련님."

"실장님은 제 말이 우스우신가 보죠?"

"오늘 바로 해 놓겠습니다."

조금 전까지 소미를 향해 톡톡 쏘아 대던 미영이 쩔쩔맸다.

어른이 아이에게 고개를 숙이는 상황을 소미는 감히 상상해 본 적이 없었다. 하지만 눈앞에서 실제 그런 상황이 벌어졌고 묘하게도 두 사람의 행동은 어색해 보이지 않았다.

소미에게 버거운 의자가 남자아이라고 가볍지는 않았을 테고, 몇 번이고 소리가 났을지 모른다. 의자를 들인 지 얼마 되지 않았다고 했으니 발 커버를 깔라는 요구를 했을 가능성이 높았다.

어쨌든 미영이 꾸지람을 듣게 되자 소미는 미안한 마음이 들었다. 습관처럼 미영의 눈치를 살폈다. 붉으락푸르락한 표정을 보자 등줄기로 식은땀이 흘렀다.

상황을 정리하기 위해 허둥지둥, 새빨개진 얼굴로 허리를 숙였다.

"안녕하세요."

'안녕'이라고 인사를 하는 편이 좋았을까? 얼굴이 후끈 달아올랐다. 하지만 이미 늦었다. 느닷없이 날아온 인사에 도현의 시선이 미영을 지나 소미에게 박혔다.

도현은 그녀가 저택에 오기 전부터 이미 그녀에 대해 이야기를 전해 들었다. 하지만 모르는 척 다시 한 번 그녀를 통해 직접 확인했다.

"네가 그 장학생이야?"

"네."

미영도 함부로 하지 못하는 아이를 어떻게 대해야 할지 몰라 소미는 기어들어 가는 목소리로 대답했다.

"난 장도현. 그런데 넌 같은 나이한테도 존대해?"

"아, 아니."

소미는 서둘러 고개를 저었다.

"넌 네 소개할 줄 몰라?"

"박소미, 내 이름은 박소미야."

"한 번만 말해도 알아들어."

"미안……."

자신을 밝힌 후에도 소미는 커다란 두 눈을 바닥으로 내리깐 채 자리에 서 있었다. 그러자 미영의 따가운 눈총과 여전히 귀찮다는 표정의 턱짓이 이어졌다.

이번에는 실수하지 말아야지. 소미는 최대한 조심스럽게 자리에 앉았다.

젓가락을 집어 들자 도현의 시선이 소미에게 고정됐다.

"오른손으로 먹어."

"불편해서⋯⋯."

사고가 난 이후 오른손은 섬세한 일을 제대로 수행하지 못했다. 그러다 보니 왼손을 자주 사용하게 됐고 현재는 양손잡이였다.

"장애라도 있어?"

"아니."

소미는 고개를 저었다. 장애를 가질 뻔했으나 오른손은 잘 회복되었다.

"Everybody has excuses."

도현은 작게 중얼거린 후 식사를 시작했다. 갑작스러운 말에 소미가 어정쩡한 미소를 지어 보였다. 미영은 해석과 동시에 왼손에 들린 젓가락을 빼앗아 오른손에 쥐여 주었다.

"핑계 없는 무덤 없다는 뜻이야. 지금부턴 오른손을 사용하도록 해. 알았니?"

소미는 어색한 미소를 지으며 오른손에 쥐어진 젓가락을 바라봤다. 조 여사가 살아 있을 적 왼손을 사용하는 일로 몇 번인가 지적을 받았다. 왼손잡이는 생활하는 데 불편하다는 이유에서였다.

하지만 보육원에선 아이들이 왼손을 사용하든 오른손을 사용하든 그 누구도 신경 쓰지 않았다. 단지 아이들과 밥을 먹다 팔꿈치가 부딪치는 일이 종종 있었기에 소미는 될 수 있는 한 왼쪽 끝 편에 앉았다. 피해를 주지 않는 선에서 어떤 손을 사용하든 밥만 잘 먹으면 된다고 생각했다. 하지만 미영도 눈앞에 앉은 도현도 그것을 용납하지 않는 듯 보였다.

애써 오른손을 움직였지만 뜻대로 되지는 않았다. 밥풀은 입술 주변에 묻어 더러웠고 반찬은 입에 닿기도 전에 떨어졌다. 세 살짜리 어린아이가 식탁 예절을 배우는 모습 같았다.

그에 비해 도현의 자세는 흠 잡을 곳 없는 한 폭의 그림 같았다. 젓가락질은 반듯했고 밥그릇 또한 깨끗했다. 반찬을 휘젓지도 않았고 입안에 음식이 들어가는 순간 입 밖으로 보이지 않았으며 쩝쩝거리는 소리 또한 나지 않았다. 뜨거운 국을 먹을 때조차도 후루룩 소리를 내거나 몸이 앞으로 휘어지는 일이 없었다.

소미가 한참 밥을 먹고 있을 때 도현은 숟가락을 내려놓았다.

"물 주세요."

미영은 테이블 위에 놓여 있던 빈 물 잔에 물을 따라 주었다.

"남기셨네요."

"생각이 없어요."

소미 앞에 떨어진 밥풀과 반찬을 슬쩍 곁눈질로 본 도현은 물을 마시곤 자리에서 일어났다.

"방으로 가져다 드릴게요."

"됐어요. 쟤나 먹으라고 해요."

소미는 얼굴이 후끈 달아올랐다. 도현이 다이닝 룸을 나가자 미영은 혀를 차며 빈 그릇을 치우기 시작했다.

"어쩜 이렇게 더럽게 먹을까. 이러니 도련님 밥맛이 떨어지지. 사모님이 못 보셔서 천만다행인 줄 알아."

미영의 타박은 계속해서 이어졌다.

"너 말이야, 이 집에서 굶어 죽기 싫으면 식사 예절부터 배우는 게 좋을 거야. 사모님은 도련님하고 다르니까."

소미는 억울한 마음에 입술을 깨물었다. 지금 상황에선 미안하다는 사과도 잘못했다는 용서도 맞지 않는다고 생각했다. 서툰 오른손을 사용하도록 시킨 건 그들이니까.

미영은 사과를 바라는 눈치였지만 말하고 싶지 않았다.

"넌 애가 잘못했다는 말 한마디 없니. 그렇게 입고 있으니까 네가 이 집 딸이라도 된 거 같아? 장학생? 말이 좋아 장학생이지, 넌 그저 도련님 몸종으로 들어온 거야."

미영은 화풀이하듯 소미를 향해 쏟아부었다.

"너나 나나 신세가 똑같다는 말이야. 알아들어? 앞으로 네가 먹은 밥은 네가 지워."

한마디 덧붙인 미영은 아직 절반도 먹지 못한 소미의 밥그릇을 빼앗아 서빙 캐리어에 싣고 유유히 다이닝 룸을 나섰다. 부엌을 향해 가려다 앞에 서 있는 도현을 보고 걸음을 멈췄다. 도현의 시선이 치워진 그릇에 머물러 있었다.

"제 몸종인지 장학생인지 모르겠지만 실장님께서 함부로 할 아이는 아닌 걸로 아는데요."

미영의 얼굴이 새빨갛게 달아올랐다. 도현이 휙하니 다이닝 룸을 나갔기에 올라갔으리라 생각했는데 듣고 있었을 줄이야.

"죄송합니다."

"실장님을 위해서 해 드리는 말인데 함부로 하지 마세요. 아버지께서 장학생에 대한 기대가 꽤 크세요. 쟤가 커서 임원이라도 될지 누가 알아요? 쟤 공부도 잘한대요."

할 말을 마친 도현은 당황스런 표정의 미영을 향해 눈인사를 건네고 복도를 나갔다.

소미는 한동안 빈 식탁 앞에 멍하니 앉아 있었다. 여전히 배가 고팠다. 미영의 말은 뭐하나 틀린 게 없었다. 커다란 두 눈에서 꾹꾹 참았던 닭똥 같은 눈물이 방울져 떨어졌다. 눈물을 훔치고 자리에서 일어났을 때 서빙 캐리어를 밀고 사라졌던 미영이 나타났다.

"따라와."

그녀는 소미를 또다시 응접실로 데려갔다.

"사모님 오실 때까지 여기서 기다려."

"방에 가 있으면 안 돼요?"

"안 돼. 사모님 오셨을 때 바로 인사드려야 하니까."

미영의 대답은 단호했다. 문득 TV에서 봤던 장 회장의 얼굴이 떠올랐다.

"회장님은요?"

"회장님은 미국에 계셔. 한동안 집에 안 오실 거야."

장 회장은 1년에 절반 이상 집을 비웠다. 장 회장이 집을 비우면 최 여사는 자신이 운영하는 갤러리에서 대부분의 시간을 보냈다.

"그럼 사모님은 언제 오세요?"

"몰라. 오실 때 되면 오시겠지. 옷 구겨지면 안 되니까 조심하고."

미영은 건성으로 말하곤 종종걸음으로 사라졌다.

기다림은 소미를 지치게 했다. 예쁘게 차려입은 옷이 구겨지기라도 할까 허리를 반듯하게 세우고 있으려니 좀이 쑤셨다. 미영의 눈을 피해 기지개를 켜고 테이블 위에 놓인 과자를 슬쩍 입에 넣고 우물거렸다.

소미는 어느새 소파에 앉아 졸기 시작했다. 얼마나 잤을까, 미영이 다가와 소미를 깨웠다.

"일어나 사모님께 인사드려야지."

최 여사가 왔다는 소리에 소미는 눈을 비비고 자리에서 일어났다. 그토록 기다리던 최 여사는 9시가 넘어서야 집에 돌아왔다.

소미의 모습을 점검하던 미영이 한숨을 내쉬었다.

"어휴, 열네 살이나 돼서 이렇게 칠칠맞지 못하다니."

타박하는 말투와 다르게 미영은 소미의 원피스와 머리카락을 직접 정돈해 주었다. 무척이나 빠른 손놀림이었다.

"가자."

소미는 고개를 끄덕이고 미영의 뒤를 따랐다. 현관 앞에서 소미는 미영과 함께 최 여사가 들어오길 기다렸다.

얼마 후 김 집사가 현관문을 열고 들어섰다. 그 뒤로 모델

같은 여자가 집 안으로 들어왔다. 미영이 '사모님 다녀오셨습니까' 라는 인사를 하지 않았다면 그녀를 도현의 누나쯤으로 생각했을 것이다. 20대 초반이라고 해도 믿을 것 같았다. 잡티한 점 없는 쫀쫀한 피부는 유리알처럼 반짝였다.

미영은 그녀의 어깨에 걸쳐진 새하얀 밍크 숄을 받아 들었다. 최 여사는 굴곡진 몸매가 드러나는 검은색 원피스를 입고 있었다.

아이를 낳은 여자임에도 모델이 울고 갈 만큼 흠잡을 곳 하나 없이 늘씬한 몸매였다.

걸음을 옮기던 최 여사가 느닷없이 나타난 여자아이를 보고 놀랐는지 걸음을 멈췄다. 머리부터 발끝까지 훑어보는 최 여사의 눈빛은 다이닝 룸에서 만났던 도현과 흡사했다.

"사모님 이 애가……."

"아아, 설명은 됐어. 봤으면 됐지. 들어가서 쉬라고 해. 애들은 일찍 자야지."

미영이 서둘러 입을 열었다. 하지만 최 여사는 귀찮다는 얼굴로 손사래를 치고는 걸음을 옮겼다.

"올라가서 쉬어. 난 사모님께 가야 하니까."

그렇게 말한 미영은 최 여사를 따라 종종걸음으로 사라졌다. 긴장했던 어깨가 축 내려앉았다. 최 여사를 만나기 위해 몇 시간이나 기다렸지만 그녀와 대면한 시간은 고작 1분도 되지 않았다. 허무함이 큰 파도가 되어 밀려왔다.

2층에 올라온 소미는 김 집사의 말을 되새기며 최대한 조용히 걸음을 옮겼다. 그런데 뭐가 문제였는지 도현이 방문을 열고 나왔다.

소미는 뻘쭘한 표정을 감추지 못했다. 도현을 무시하고 지나치자니 그러면 안 될 것만 같았다.

딱히 할 말이 떠오르지 않아 어떻게 해야 하는지 고민할 때 도현이 먼저 입을 열었다.

"너."

"뭐 필요한 거 있어?"

도현은 소미가 신고 있는 슬리퍼를 쳐다보고는 어른처럼 소미의 나쁜 습관을 지적했다.

"슬리퍼 끌지 마."

"시끄러웠다면 미안해."

"안 맞으면 차라리 신지 말든가."

저택에 도착해 김 집사가 내어 준 슬리퍼는 남성용이었다. 조금만 잘못해도 벗겨지기 일보 직전인.

그깟 슬리퍼, 신다 보면 끌 수도 있지. 넌 소리 낸 적 없느냐 며 쏟아붓고 싶었지만 도련님의 비위를 건드려 봤자 좋을 게 없었다. 소미는 근질거리는 입술을 참으며 침착한 어조로 말했다.

"앞으로 조심할게."

"그리고 너 꼽추야?"

"어?"

"왜 그러고 걸어? 가뜩이나 작은 키가 더 작아 보이잖아. 바

밥그릇을 빼앗아 간 미영이 야속하게 느껴졌다.

그렇게 몸을 뒤척이는데, 침대 옆 작은 테이블 위에 놓여 있던 전화기가 느닷없이 울렸다. 벨 소리는 크면서도 무척이나 시끄러웠다. 얼떨결에 전화를 받아 대답하기도 전에 수화기 너머로 도현의 목소리가 들려왔다.

"여……."

—내 방으로 와.

"네?"

당황한 나머지 저도 모르게 존댓말이 튀어나왔다.

—내 방으로 지금 당장 오라고.

'용건만 간단히'라는 문구가 떠오를 만큼 도현은 제 할 말만 하고 전화를 끊었다.

침대에서 일어나 슬리퍼로 발을 넣던 소미는 도현의 지적을 떠올리곤 맨발로 걸음을 옮겼다. 옷장에서 카디건만 꺼내 걸치고 도현의 방으로 향했다.

그의 방은 소미의 방과 멀지도 그렇다고 가깝지도 않았다. 똑똑, 노크하고 방문을 열었다.

소미는 한동안 멍하니 도현의 방을 쳐다봤다. 태어나 이렇게 좋은 방은 TV에서도 본 적이 없었다.

우진그룹 도련님답게 방은 크기와 모습부터 남달랐다. 영화를 볼 수 있도록 빔과 스크린이 설치되어 있었고, 커다란 창문을 경계로 개인용 야외 정원이 따로 만들어져 있었다. 방 중간에는 도서관을 옮겨 놓은 것처럼 커다란 책꽂이가 놓여 있었는데, 침실과 공부방을 분리하는 용도로 보였다.

더더욱 소미를 놀라게 한 건 놀이방이 따로 있다는 점이었다. 오락실에서 봤던 자동차와 오토바이 등 요즘 아이들 사이에서 인기 있다는 오락기와 놀잇감이 유리방 안 가득 진열되어 있었다. 도현은 그저 그런 좋은 집에 사는 아이가 아니라 완벽한 도련님이었다.

방 안에 도현이 보이지 않자 소미는 책장에 막혀 있는 침실 쪽으로 걸음을 옮겼다. 도현은 침대에 누워 책을 읽고 있었다. 소미를 힐끗 쳐다보고는 또다시 시선을 책에 고정했다.

소미가 가만히 서 있기만 하자 읽던 책에서 아주 잠깐 시선을 떼고 턱으로 깔짝였다.

"와서 이거 가지고 나가."

"어? 어."

소미는 도현의 신경을 거스르지 않게 최대한 조용히 걸음을 옮겼다. 침대 옆 사각 테이블 위에는 우유와 샌드위치가 놓여 있었다.

투명한 유리컵에 담긴 우유는 마신 흔적이 보이지 않았고, 샌드위치는 세 조각이나 남아 있었다.

저도 모르게 꼴깍, 침을 삼켰다. 침 넘어가는 소리를 들었는지 도현이 책을 가슴에 내려놓고 말했다.

"먹고 싶어?"

샌드위치에서 시선을 뗀 소미가 흘러내린 머리를 빨갛게 달아오른 귀 뒤에 걸었다.

"이것만 치우면 돼?"

음식을 남긴 도현이 심술을 부리는 것 같아 일부러 묻는 말에 대답하지 않았다. 그러자 도현은 내려놓았던 책을 손에 다시 쥐며 심드렁하게 대답했다.

"어."

"그럼 나가 볼게. 필요한 거 있으면 불러."

"나가서 더럽게 먹지 마. 거지 같으니까."

소미는 빨개진 얼굴로 쟁반을 들고 도현의 방을 나왔다.

튜나 샌드위치는 먹음직스러웠다. 눈앞에 남아 있는 샌드위치를 보자 갈등이 생겼다. 입에 침이 가득 고였다. 음식을 보자 더 배가 고팠다.

어차피 버릴 음식이니 한 조각쯤 먹는다고 문제 될 건 없었다. 하지만 자존심이 허락하지 않았다.

도현의 마지막 말도 마음에 걸렸다. 아무리 허기져도 하루 굶는다고 죽지 않았다. 거지가 아니니까. 소미는 절대 먹지 않겠다고 다짐했다.

1층으로 내려가는 내내 참지 못할 유혹은 계속됐다. 하지만 끝내 먹지는 않았다.

주방에 내려오자 순자가 있었다. 그녀는 이 저택의 요리사로 사람들은 그녀를 '미세스 박'이라고 불렀다. 호리호리한 체구에 매부리코가 인상적이었으며 눈매 역시 무척 매서웠다. 사나운 생김새 때문인지 저택에서 순자보다 무서운 사람은 없을 것 같았다.

순자는 늦은 밤 누군가와 통화 중이었다. 전화를 끊는 걸 확인하고 소미는 가볍게 묵례를 했다. 쟁반을 내려놓자 유혹을 뿌리친 자신이 대견해졌다.

"여기다 두면 될까요?"

"그래, 거기다 둬."

"그럼 수고하세요."

도망치듯 인사만 건네고 뒤돌아섰다.

"잠깐만."

"네?"

소미의 어깨가 잔뜩 움츠러들었다. 순자는 귀찮은 내색 없이 냉장고를 열었다.

"여기까지 왔는데 샌드위치 먹고 올라가. 지금 네 나이 땐 잘 먹어 둬야지."

"괜찮아요."

예의상 고개를 저었지만 선뜻 발길이 떨어지지 않았다.

순자는 식빵에 직접 만든 마요네즈를 얇게 바르고 치즈를 깔았다. 양념된 튜나와 토마토, 양상추까지 올려진 먹음직스러운 샌드위치가 우유와 함께 소미 앞에 놓여졌다.

"먹어."

"감사합니다. 잘 먹을게요."

샌드위치는 맛있었다. 소미는 앞으로 생김새만으로 사람을 판단하지 말아야겠다고 생각했다. 서글프고 고단했던 하루가 샌드위치 하나로 눈 녹듯 녹아내렸다.

다음 날 아침, 정아는 소미에게 발 사이즈를 물었다. 그리고 얼마 지나지 않아 방문 앞에 발에 꼭 맞는 새 슬리퍼가 놓여졌다.

chapter 2

오만과 편견

　최 여사는 대부분의 시간을 갤러리에서 보냈고, 집에 있는 날조차 식사는 방에서 해결했다. 또 지하에 헬스장과 수영장을 따로 둘 정도로 건강과 미용에 많은 시간을 투자했다.

　외모는 천사였지만 하는 행동은 얼음 궁전에 사는 여왕님이었다. 살벌하고 차가워 얼음으로 만든 인형 같았다. 그녀가 지나간 자리는 모조리 얼어붙었다. 심지어 사람들의 행동과 마음까지도.

　그녀의 태도는 아들이라고 다르지 않았다. 도현은 말을 하지 않았지만, 그녀를 그리 좋아하지 않는다는 게 아주 절실히 느껴졌다.

　소미는 최 여사처럼 결벽증이 심한 사람은 처음이었다. 정아는 '사모님은 그저 다른 사람보다 조금 더 깨끗한 걸 좋아하실 뿐이야' 라며 결벽증을 부인했으나 그녀의 미소가 모든 걸 말해 주었다.

저택에 온 지 한 달이 지났지만 소미는 아직 장 회장을 보지 못했다. 최 여사는 거의 매일 같이 집을 비웠고 도현도 식사 시간에나 볼 수 있었다.

도현은 무척 바쁜 아이였다. 종일 그의 방에는 선생들이 들끓었다. 피아노 소리가 들리나 싶으면 바이올린 소리가 들려왔고, 얼마 못 가 새로운 악기 소리가 들려왔다. 악기뿐만이 아니었다. 미술, 경제, 심리학, 경영 등 학교에서 배우는 것보다 더 많은 것들을 집에서 배웠다. 주말에는 김 집사의 손에 이끌려 교외로 봉사 활동을 나갔다. 짜인 스케줄에 따라 아이는 기계처럼 움직였다.

도현은 어제의 마감 시황이라거나 경제의 흐름은 물론이고 회사의 운영 기준이나 업무 방침까지 속속들이 꿰고 있었다.

평범한 열네 살 소미의 눈에는 이상해 보였지만 도현은 그것을 당연한 일처럼 받아들이고 있었다. 머리가 터지지 않는 것이 신기했다. 그 많은 수업을 모두 소화하는 도현이 대단해 보이면서도, 불쌍했다.

도현은 식사 시간에만 방을 나왔고, 그 외에는 방에서 한 발자국도 움직이지 않았다. 그런 아이가 소미를 만나면 하나부터 열까지 그냥 넘어가는 법이 없었다. 작은 행동까지 지적하고 간섭했다. 소미의 입장에선 도현이 공부로 받는 스트레스를 풀기 위해 괴롭히는 것처럼 느껴졌다. 그중 가장 곤혹스러운 건 식사 시간이었다.

"혀 내밀지 마. 이 보이잖아."

"이렇게?"

"몸 기울이지 마."

먹는 건 작품이 아니었다. 맛있게, 잘만 먹으면 될 것을 도
현은 예술로 승화시키려 들었다. 소미는 눈앞에 산해진미를
두고도 먹을 수 없었다. 한 번 숟가락을 들어 밥을 입에 넣는
것까지 도현의 허락이 필요했다.

"그냥 먹으면 안 돼?"

"다시 해."

도현의 대답은 단호했다.

소미는 눈앞에 두고도 먹지 못하는 음식들을 보며 침을 꼴
깍 삼켰다. 보육원에서 지낼 때보다 더 배고팠다. 그럼에도 식
사 시간이 빨리 끝나기만을 기도했다.

"소리 났잖아. 다시."

도현은 지칠 줄을 몰랐다. 화가 치밀자 소미는 들고 있던
숟가락을 보란 듯이 내려놓았다. 배가 고프고 말지 도현과 더
이상 마주 앉아 있고 싶지 않았다.

"그만 먹을래."

"그리고 도둑고양이처럼 살금살금 주방에 들어가겠지."

"무슨 말을 하는 거야?"

소미의 얼굴이 발갛게 달아올랐다.

"모를 거라고 생각했어?"

"언제부터 알았어?"

"그게 중요해? 다시 해."

도현은 언제나처럼 한 치의 양보도 없었다. 하지만 소미도 오늘만큼은 지고 싶지 않았다.

"싫어."

"감히 너 따위가 내 말에 싫다고 한 거야, 지금?"

도현의 목소리가 서늘하게 내려앉았다.

"주방에 얘기해서 앞으로 얘한테 일체 아무것도 주지 말라고 하세요."

"네, 전달하겠습니다."

소미는 도현의 행동에 할 말을 잃었다. 그 말 한마디로 소미의 작은 행복이 사라졌다.

순자는 소미를 그냥 보내는 법이 없었다. 주방에 가면 빵 부스러기라도 떨어졌다. 그래서 배가 고픈 날이면 늘 주방을 찾아갔다. 그곳에는 눈치 주는 이도, 잔소리하는 이도 없었다.

"먹을 땐 개도 안 건드린다고 했어."

"넌 개가 아니니까."

도현은 사람 속을 긁는 데 일가견이 있었다.

"내가 마음에 안 들면 차라리 다른 아이로 바꿔 달라고 하지 그래?"

"나쁘지 않네."

소미는 홧김에 내뱉고 곧바로 후회했다. 정말 도현이 바꾸겠다고 말하면 어쩌나 걱정과 불안이 뒤엉켜 얼굴에 고스란히 드러났다. 하지만 도현의 표정은 시종일관 그대로다. 변화가 없었다.

"책임지지 못할 말은 하지 않는 게 좋을 거야. 다음부턴 책임져야 할 테니까."

하고 싶은 말이 목 끝까지 차올랐으나 미영이 노려보는 탓에 입을 꾹, 다물 수밖에 없었다. 입술 주변이 파르르 작은 경련을 일으켰다. 테이블 밑에 숨긴 두 주먹을 더욱 꼭 쥐었다.

"치우세요."

도현의 지시로 미영은 테이블을 치우며 소미를 내려 봤다. 도현이 있어서인지 미영은 한마디도 하지 않았다. 테이블은 순식간에 치워졌다. 미영이 서빙 카트를 밀고 사라지자 다이닝 룸에는 단둘이 남았다.

"네가 눈치 보던 실장님도 사라졌는데 하고 싶은 말 있으면 해. 없으면 내가 먼저 말하고."

하고 싶은 말이 수두룩 했는데 막상 미영이 사라지자 입도 뻥끗하지 못했다. 미영은 도현의 아군이 아닌 중재 역할이었다는 걸 뒤늦게 깨달았다.

"오늘부터 차 당번은 네가 해. 집에서 밥이나 축내지 말고."

"그걸 내가 왜. 싫어."

오후 2시와 저녁 8시. 도현은 하루에 두 번 티타임을 가졌다. 그의 방에 차를 가져다주는 건 메이드의 일이지 소미의 일이 아니었다.

"이 집에 밥벌레는 필요 없어."

"밥벌레가 아니라, 우진그룹 장학생으로 여기 있는 거야."

잘 새겨들으라는 듯 소미는 한마디 한마디 힘주어 말했다. 도현이 그런 소미를 비웃으며 대답을 정정했다.

"장학생이 아니라 내 몸종이겠지. 아니야?"

"……."

"참고로 난 두 번 말하는 거 싫어해. 내가 지금 아니냐고 물었어."

나쁜 자식! 도현은 철저히 소미의 신세를 일깨워 주었다. 서러워 눈물이 날 것 같았다. 입술을 얼마나 꽉 깨물었는지 안쪽 여린 속살에선 피 맛이 느껴졌다. 울고 싶지 않았다. 하지만 커다란 두 눈에서 참지 못한 눈물이 뚝뚝 떨어졌다.

"……알고 있어."

"적어도 남들 앞에 내놓았을 때 부끄럽지는 않아야지. 몸종이면 몸종답게 굴어. 알량한 자존심 세우지 말고."

도현은 멈추지 않고 끊임없이 소미를 자극했다. 방에 틀어박혀 아침부터 밤늦도록 공부만 해 대니 성격 장애가 온 게 틀림없었다.

"넌 내 말에 복종해야 할 의무가 있어. 안 그래?"

"그래서 나한테 주인 행세라도 하고 싶은 거야?"

항의하듯 꾸역꾸역 내뱉은 목소리는 일그러져 떨리고 있었다. 조그마한 주먹을 어찌나 꽉 쥐었는지 소미의 몸이 바들바들 떨렸다. 숨이라도 꼴깍 넘어가는 게 아닌가 싶을 정도로 빨갛게 달아오른 얼굴은 정도를 넘어 파리해져 갔다.

도현은 소미의 눈물에도 꿈쩍하지 않았다. 언제나 가면을 뒤집어쓴 것처럼 표정이 없었다. 그래서 무슨 생각을 하고 있는지, 기쁜지 슬픈지, 심지어 화가 났는지조차 알 수 없었다. 사람이 이런 표정을 지을 수 있다는 게 놀랍고 무서웠다.

"반대겠지. 받아들이기 싫어 거부하면서도 이미 넌 자신을 내 하녀쯤으로 생각하고 있으니까, 내가 아니꼽고 보기 싫은 거잖아."

도현을 인정하고 받아들이는 것은 매우 자존심 상하는 일이었다. 받아들이기 싫지만 받아들여야 하는 현실. 그것이 도현이었다. 속마음을 들키자 소미는 서둘러 도현의 시선을 피했다. 마주하고 싶지 않았다.

소미의 행동이 못마땅한지 도현이 자리에서 일어나 다가왔다.

"그런 내가 너한테 무슨 말을 한들 좋게 보일까? 난 이미 너한테 금수저 물고 태어난 도련님인데. 그건 내가 원한 게 아니야. 너같이 분위기 파악 못 하고 날뛰는 아이를 원하지도 않았고……."

소미는 한 대 맞을지도 모른다는 생각에 본능적으로 눈을 질끈 감았다. 그러나 도현은 때리기는커녕 소미의 턱을 꽉 움켜잡아 시선을 피하지 못하도록 고정했다. 강제로 눈을 맞추게 된 소미는 서둘러 시선을 바닥으로 내리깔았다.

"놔……."

"때리는 건 야만인이나 하는 짓이야. 사람과 사람이 대화할 때는 눈을 보는 거야. 이곳에서 계속 지내고 싶으면 기본은 지켜."

속삭이듯 조용조용 내뱉는 목소리에는 감정이 담겨 있지 않았다. 그런 모습이 화를 내는 것보다 더 섬뜩하고 무서웠다. 공포에 질린 목소리가 힘없는 비명처럼 공중에 흩어졌다.

"놔. 내 몸에 손대지 마."

"지금 넌 몸종으로도 형편없어. 못 배운 티가 줄줄 흘러."

밀어내려 버둥거릴수록 압박해 오는 손아귀 힘도 강해졌다. 남자아이라 그런지 뿌리칠 수 없을 만큼 강했다. 붙잡힌 턱에서 잘게 경련이 일었다. 참을 수 없는 아픔에 꼭 움켜쥐었던 작은 주먹이 스스로 풀렸다.

"앞으로 내 말에 토 달지 마. 몸종이면 몸종답게, 주인이 부르면 자다가도 일어나서 달려와. 내 개가 될 생각으로 들어왔음 개처럼 굴든가, 그것도 아니면 시키는 대로 적응하고 살아. 알겠어?"

"흐…… 나쁜 자식……."

말로 다 하지 못할 만큼 도현을 향한 미움과 분노, 서러움이 파도처럼 소미를 덮쳐 왔다. 바들바들 몸이 떨렸다. 숨이 멈출 것만 같았다.

"내가 가진 물건 중에 지금까진 네가 제일 하자야. 알아?"

"으흐윽……."

"억울하면 하자가 아니라는 걸 증명해. 네 신분은 네가 정하라고. 네가 정한 딱 그만큼 사람들이 널 대할 테니까."

도현은 꽉 쥐어틀고 있던 소미의 턱을 스르륵 놓아주었다. 그리고 제 할 말은 끝났다는 듯 다이닝 룸을 태연하게 걸어 나갔다.

소미는 엉엉 소리를 내어 울었다. 도현이 나가고 얼마 지나지 않아 다이닝 룸에 들어온 미영이 잔소리를 늘어놓았지만 들리지 않았다. 아니, 지금은 듣고 싶지 않았다.

"도련님이 별말 하지 말래서 두는데, 그러게 내 뭐라 그랬어. 도련님한테 말대꾸하지 말랬지. 눈치껏 얌전히 지내랬잖아. 하루도 그냥 지나가는 날이 없어."

"흐으윽……."

"누가 보면 내가 울린 줄 알겠네. 사모님 앞에서는 절대 눈물 보이지 마. 지하실에 갇힐지도 모르니까."

미영은 빈 잔에 물을 가득 따라 주고 서둘러 다이닝 룸을 나갔다. 소미는 미영이 나간 후에도 한참을 서럽게 울다 방에 돌아와 문을 걸어 잠갔다. 지금은 아무에게도 방해받고 싶지 않았다.

"흐으으."

침대에 엎어져 몸에 수분을 모두 쥐어짜듯 울고 또 울었다. 서늘한 눈매로 아무렇지 않게 독설을 내뱉는 도현이 무서웠다. 세상은 절대 호락호락하지 않았고, 그런 세상에 혼자 살아 있다는 것이 너무 서글펐다.

얼마나 울었는지 모른다. 슬퍼서 우는 건지, 눈물이 남아 있기에 우는 건지 구분이 안 될 정도였다. 이런 곳에 한시도 있고 싶지 않았다. 정신 나간 사람처럼 몸을 일으켰다. 옷장을 열어 제일 두툼한 외투를 꺼내 들었다. 하지만 손에 든 외투를 입진 못했다.

외투를 꺼내 든 것은 마지막 남은 자존심과 객기였고, 외투를 입는 순간 세상에 내동댕이쳐지는 것은 현실이었다. 소미는 또다시 눈물을 터트렸다. 잡는 이 하나 없음에도 이곳을 나갈 수 없었다.

슬펐다. 가난하게 태어난 것도, 가족들과 함께 죽지 못한 것도 모두 다 슬펐다. 그중에 가장 슬픈 건, 이곳을 나가면 갈 곳도 받아 줄 곳도 세상천지 하나 없다는 것이었다.

이런 인생 살아 뭐하나. 이대로 콱 죽어 버릴까. 자살 충동까지 일었다. 하지만 진짜로 죽을 마음이 드는 건 아니었다. 그러니 부모, 조모 다 잡아먹고도 이렇게 사는 거겠지.

어린아이처럼 울고 또 우는 동안 홧홧 불타던 화가 가라앉고 이성은 돌아왔다. 띵하던 머리도 점점 맑아졌다. 다짐이라도 하듯 소미는 작게 읊조렸다.

"나는 네가 아니야. 너한테는 지지 않아."

지고 싶지 않았다. 저택을 나간다는 건 패배를 인정하는 것이다.

"대학 보내 준다잖아……. 어쩌면 유학도……."

소미는 도현이 아니다. 가진 것 하나 없는 그녀가 모든 걸 가진 도현과 똑같이 굴 순 없었다. 그런데 왜 이렇게 서러운지 자꾸만 눈물이 흘렀다.

보육원에 다시 돌아가고 싶진 않았다. 어쩜 저택에 들어온 것 자체가 불운만 가득 안고 태어난 인생에 처음 온 행운인지 모른다. 그 행운을 놓치지 않으려면 가장 먼저 도현을 인정하고 지금의 제 처지를 받아들여야 했다.

소미는 눈물을 훔치고 이를 악물었다.

절대 얕보면 안 되겠구나, 생각할 만큼 뭐든 잘해야 했다. 공부도 더 열심히 해야 했다. 대학을 보내지 않으면 안 되겠다 싶을 정도로. 버젓한 대학이라도 나와야 제 한 몸 건사하고 살 수 있을 테니 말이다.

"너 같은 인재를 놓칠 수 없어. 제발 나가지 말아 줘. 내가 다 잘못했어."

"내가 아직도 밥벌레로 보여? 이미 늦었어. 난 이날만 꿈꾸며 살았어."

무릎을 꿇고 울며불며 매달리는 도현을 버리고 당당하게 저택을 걸어 나갈 생각을 하자 스르륵, 입가에 미소가 번졌다. 허무맹랑한 꿈이라도 기분이 한결 나아진다.

지금은 나갈 수 없지만 언젠가 꼭 나가 줄게. 내 발로······.

소미는 그날 이후 저택의 규칙들에 대해 더 이상 토 달지 않았고 도현과도 대립하지 않았다. 도현의 말처럼 몸종답게 주인님을 모시려 최선을 다했다. 그의 요구대로 티타임도 잊지 않고 챙겼다.

차곡차곡 저금을 하는 중이었다. 장도현이라는 저금통에.

도현은 소미를 시험하듯 수시로 호출했다. 그때마다 소미는 귀찮은 내색 없이 부름에 응했다.

―박솜.

"응."

한밤중에 울린 전화에도 싫은 내색을 하지 않은 채 소미는 졸린 눈을 비비며 도현의 방으로 건너갔다.

"빨리빨리 못 와?"

도현은 소미의 이름을 줄여 '솜'이라고 불렀다. 애칭도, 별칭도 아닌 그저 '박소미' 세 글자를 말하기 번거로워서라고 했지만, 소미는 '솜'이라는 애칭이 제법 마음에 들었다.

"내가 할 일은?"

"욕실 치워."

"그것만 하면 되는 거지?"

뭘 하다 이제야 샤워를 했는지 도현의 머리는 축축하게 젖어 있었다. 소미는 입을 가린 채 하품을 하며 욕실로 들어갔다. 원체 메이드가 깨끗하게 청소를 해 놓는 덕에 손댈 건 보이지 않았다. 그래도 청소하는 시늉을 하기 위해 물을 틀고 샤워기를 이용해 바닥을 정리했다. 3분도 걸리지 않았다.

"나 이제 가도 되지?"

"가 봐. 필요한 것 생기면 또 부를 거야."

처음에는 시험 삼아 부르던 일에 나중에는 재미를 붙인 것 같았다. 도현의 호출은 대중없었다. 새벽 3시에 불러 달려갔더니 침대 밑으로 이불이 떨어져 있었다. 도현은 당연하다는 얼굴로 턱을 까닥였다.

"주워."

도현의 행동을 보고 있으면 한 대 때려 줘도 성이 풀리지 않을 만큼 화가 치밀어 올랐지만 소미는 예전처럼 화내지 않았다. 이불을 주워 침대 위에 올려놓자 그 행동이 마음에 들지 않는지 도현은 누운 채 눈을 찡그렸다.

"덮어."

하, 다섯 살 꼬마도 아니고. 소미는 기가 찬 표정을 짓다 도현의 지시대로 목까지 이불을 덮어 준 후 방을 나왔다.

나오기 직전 본 도현의 입꼬리가 다른 날보다 꽉 다물어져 있었다. 언뜻 화가 난 것처럼 보였지만 웃지 않기 위해 입술에 힘을 준 것뿐이었다. 도현은 분명 지금 이 상황을 즐기고 있었다. 주먹이 운다.

방에 돌아온 소미는 화를 삭이기 위해 여러 번 숨을 나눠 쉬었다.

"쟤는 그냥 또라이야."

중얼거리다 어느 정도 화가 화가 가라앉자 소미는 침대에 누워 다시 잠을 청했다.

도현은 꼭 늦은 밤 호출을 했다. 소미를 못 보고 자면 눈에 가시라도 돋는지 하루도 거르지 않았다.

처음에는 자존심 상하던 일이 한 번 두 번 횟수를 더해 당연한 일이 되었을 무렵, 입학식이 코앞으로 다가왔다. 앞으로 도현과 함께 학교 다닐 생각만 하면 잿빛 구렁텅이에 빠진 것처럼 앞날이 암담했다.

입학식 날, 평소보다 일찍 일어나 학교 갈 준비를 했다. 가운을 걸치고 욕실을 나와 곧장 방으로 향했다.

드라이어로 머리를 말린 후 소미는 정아가 알려 준 대로 바닥에 떨어진 머리카락을 주워 쓰레기통에 넣었다. 새 속옷을 꺼내 입고 옷장을 열었다.

준비된 하얀 블라우스와 하얀 치마를 먼저 입고 넥타이를 맨 뒤 재킷을 걸쳤다. 치마 밑단에는 검정색과 붉은색의 굵은 줄이, 검은색 재킷에는 하얀 라인이 들어가 깔끔하고 세련돼 보였다.

그녀는 거울에 비친 자신을 다시 한 번 훑어보았다. 단지 옷만 바뀌었을 뿐인데 갑자기 어른이 된 기분이 들었다.

어젯밤 챙겨 놓았던 가방까지 짊어진 후 소미는 방을 나와 1층으로 내려갔다. 도현이 나오기를 기다리고 있을 때, 미영이 소미를 향해 귀띔했다.

"도련님 내려오시면 알지?"

"네."

미영은 학교에서 소미가 할 일을 상세하게 알려 주었다.

"도련님 가방은 네가 들어."

"네."

"그리고 매시간 도련님께서 필요한 게 있는지 확인하고. 책상 위에 놓인 쓰레기 있으면 치워 드려. 간식은 내일 미세스 박이 챙겨 줄 거야. 2교시에 챙겨 드리면 되고."

소미는 고개를 끄덕였다.

"매점에 갈 일이 있으면 네가 가. 그리고 혹시 몰라 하는 말인데 드시진 않겠지만, 매점에서 불량 식품은 안 돼. 도련님이 호출하면 열 일 제치고 달려가. 자."

미영은 휴대폰을 내밀었다.

"제 거예요?"

"그래. 도련님 번호는 저장해 뒀어. 도련님이 학교까지 따라갈 순 없으니까, 우리가 해야 할 일을 네가 학교에서 하는 거야. 알겠니?"

"네, 열심히 할게요."

도현이 계단을 밟고 내려오자 소미는 서둘러 그를 향해 손을 내밀었다.

"뭐?"

"가방."

도현의 시선이 미영에게 박히다 다시 소미에게 고정되었다.

"됐어. 난 누가 내 물건 만지는 거 싫어해."

예상치 못한 도현의 반응에 소미의 커다란 눈동자는 서둘러 미영을 찾았다. '어떡해요?' 입술을 뻥긋대자 미영은 어쩔 수 없다는 눈빛을 보냈다.

소미는 히죽, 늘어지는 입꼬리를 단단히 동여맸다. 하지만 삐죽삐죽 새어 나오는 웃음은 참을 수 없었다. 그저 앞으로 도현의 가방 드는 일은 하지 않아도 된다는 사실이 행복했다.

"다녀오겠습니다."

저택에 온 이래 목소리가 가장 밝았다. 커다랗게 인사를 하고 도현을 따라 저택을 나왔다. 소미보다 한 발자국 앞서 걷는 도현의 입가에도 옅은 미소가 번졌다.

대문 앞에 박 기사와 경호원 두 명이 대기하고 있었다. 도현이 뒷좌석에 앉자 경호원과 박 기사도 차에 탔다. 소미의 자리는 보이지 않았다.

"그럼 학교에서 봐."

"타고 가."

"아니, 나는 버스 타고 갈게."

학교에 가려면 가파른 언덕을 내려가 버스를 타야 했다. 또 버스에서 내린 뒤 학교까지 한참을 걸어야 했다. 하지만 도현과 함께 가며 숨도 제대로 못 쉴 바에야 그 편이 나을 것 같았다. 소미는 허리를 숙이고 내려진 창문을 들여다보며 손사래를 치고는 흘러내린 머리를 쓸어 귀 뒤에 넘겼다.

"한 분 내리세요."

도현의 말이 떨어지자마자 옆자리에 앉아 있던 남자가 내려섰다. 남자와 눈이 마주친 소미는 곤란해 보이는 그의 얼굴에 더욱 난처한 얼굴로 입술을 깨물었다.

"죄송해요……."

그에게만 들릴 정도로 작게 읊조린 뒤 소미는 도현의 옆자리에 올라탔다.

"출발해요."

도현의 지시가 떨어지자 박 기사는 천천히 차를 출발시켰다. 도현 덕에 덩달아 세단을 타고 등교하게 되었지만, 제 것이 아닌 호사를 누려서인지 차 안은 숨 막힐 만큼 답답하게 느껴졌다.

도현은 1반, 소미는 6반이 되었다. 이제 쉬는 시간마다 문턱이 닳도록 1반을 드나들 일만 남았지만 같은 반도 아니고 쉬는 시간마다 1반에 달려가는 건 아무리 생각해도 무리였다. 소미는 도현의 눈치를 살피다 조심스레 입을 열어 타협점을 제시했다.

"두 시간에 한 번씩 가도 돼? 급하면 문자 하고. 나도 화장실은 가야 하니까."

"학교에선 됐어."

삔질나게 불러 댈 줄 알았던 도현의 입에서 의외의 대답이 나오자 그를 바라보던 소미의 커다란 눈동자가 더욱 동그래졌다.

"하지만 내가 여기 있는 이유가……."

"내가 똥 기저귀도 못 가는 애야? 됐다잖아. 학교에 괜한 소문이라도 나면 피곤해."

도현의 얼굴에 붉은 기가 감돌았다.

"바보를 데리고 내가 무슨 얘기를 해. 빨리 가."

도현은 빨리 가 버리라는 얼굴로 손사래를 쳤다. 무슨 변덕인지 모르지만 그의 마음이 바뀌기 전에 도망가야겠다는 생각으로 소미는 슬금슬금 뒷걸음질 치며 단단히 못 박았다.

"두말하기 없기다?"

"내가 넌 줄 알아?"

도현의 퉁명스러운 대답을 듣고서야 소미는 활짝 웃으며 몸을 돌려 교실로 향했다.

이불 하나 제 손으로 덮지 못하는 게 창피한 줄은 아는지, 하나부터 열까지 '박솜'을 외치던 도현은 집에 갈 때까지 정말로 소미를 찾지 않았다.

다음 날도. 또 그다음 날도.

소미는 그럼에도 틈틈이 1반 교실을 기웃거렸다. 그냥 그래야 할 것 같았다. 그래야 김 집사가 물었을 때 할 말이 있을 테니까.

도현의 주변뿐만 아니라 6반 복도까지도 아이들로 북적였다. 도현을 구경하러 온 모양이었다. 잘생긴 얼굴 덕도 있었지만, 우진이라는 재력도 한몫하는 것처럼 보였다. 왠지 도현의 인생도 피곤해 보였다.

"뭐해?"

"악!"

느닷없이 뒤에서 등짝을 스매싱하는 손길에 소미는 작게 비명을 내지르며 방어적으로 몸을 움츠렸다. 그 모습에 민호는 미안한 미소를 지으며 머리를 긁적였다. 소미는 민호를 보고 놀란 가슴을 쓸어내렸다. 민호는 같은 반 친구로 미술 시간 인물화 그리기 짝꿍이기도 했다.

"아팠어?"

"아, 아니. 넌 여기 왜 있어?"

"그러는 너는 여기 왜 있는데. 난 우진 아들 보러 왔는데 너도야?"

소미가 이해할 수 없다는 얼굴로 눈을 끔뻑이자 민호는 천진난만한 얼굴로 고개를 갸웃거렸다.

그녀가 우진의 장학생이라는 것을 웬만한 아이들이 다 아는 사실인데 민호는 아직 모르는 눈치였다. 어차피 나중에 알게 될 일을 굳이 제 입으로 말할 필요는 없다고 생각한 소미는 머뭇거리다 입을 열었다.

"잘 지내고 있는지 궁금해서……."

"누구? 6반에 친구라도 있어?"

"아니, 친구는 아니고…… 있어. 그런 애…….."

소미는 어색한 미소를 지으며 머리를 쓸어 넘겼다.

"난 이제 매점 갈 건데, 너도 갈래?"

"아니. 난 괜찮아. 그럼 이따 교실에서 봐."

점심시간 급식실에 옹기종기 모여 밥을 먹을 때, 무리 중 한 아이가 소미의 밥 먹는 모습이 예쁘다고 칭찬했다.

"다 똑같은 급식인데 넌 좀 달라 보인다?"

"뭐가?"

"그냥, 뭔가 좀 세련되어 보인달까?"

"맞아. 나도 그 말 하고 싶었어."

한 아이의 말에 동의한다는 듯 아이들이 고개를 끄덕였다.

"맞다. 너 우진그룹 장학생이라고 했지? 그럼 장도현이랑 친하겠네. 학교 올 때도 같이 오잖아."

"친한 건 아니고…… 나도 잘 몰라."

그러고 보면 도현에 대해 아는 것이 없었다. 집에서는 잡아먹을 듯이 못되게 굴다가도, 학교에선 하녀 취급도, 자존심이 상할 일도, 무시당할 일도 만들지 않았다. 신경을 써 주는 것 같기도 하고, 아닌 것 같기도 하고. 속을 알 수 없었다.

소미는 새로운 세상을 향해 이제 막 날아가는 새 한 마리가 된 듯한 착각이 일었다. 도현의 간섭에서 벗어난 학교생활은 그야말로 꿀맛이었다.

"장도현 걔 걸어 다니는 왕자님이래. 장도현네 집에는 걸음 걸이부터 식사 예절까지 가르치는 선생이 있다는 소문도 돌던데, 사실이야? 너도 봤어?"

"아니. 미안한데, 나 진짜 잘 몰라."

함부로 말할 수 있는 처지가 아니었기에 소미는 모르쇠로 일관하기로 했다.

"우진그룹 장학생은 어떻게 하면 되는 거야? 공부 잘해야겠지? 얼굴도 예쁘고 너처럼 식사도 예쁘게 하고, 걸음도 예쁘게 걷고. 그러고 보니 묘하게 장도현이랑 너랑 닮았다. 그치? 그치?"

"그래. 그러네."

아이들은 맞장구를 쳤다. 소미는 괜스레 부끄러워 고개를 숙이다 도현의 말을 떠올리곤 고개를 천천히 들어 올렸다. 구부정한 허리와 어깨를 반듯하게 세우고 되도록 아이들 말처럼 예뻐 보이려 노력했다. 그제야 도현이 왜 내놓기도 부끄러운 존재라고 말했는지 아주 조금 이해됐다.

더 잘하면 자랑스러운 존재가 될 수 있을까……. 문득 그런 생각을 하던 소미는 화들짝 놀라 고개를 저었다. 쓸데없는 생각은 하지 않는 게 좋았다.

도현이 정한 식사 예절은 귀찮을 정도로 어려웠지만 연습한 보람은 있었다. 그리고 왼쪽 귀퉁이는 이제 더 이상 그녀의 고정석이 아니었다. 문득 도현이 어쩌면 그렇게까지 나쁜 아이가 아닐지도 모른다는 생각이 들었다.

소미는 학교에서 도현의 몸종이 아닌 우진그룹의 장학생으로 당당해 보이기 위해 최선을 다했다. 초등학생 때부터 공부라면 지지 않았다.

반에서 1, 2등은 물론이고 전교에서 5등 이내로 떨어진 적 없었다. 욕심이 많아서도 있지만, 학원 한 번 다닌 적 없는 소미가 공부를 잘할 수 있었던 이유는 젊은 시절 교편을 잡았던 조 여사 덕분이었다.

조 여사가 없는 지금은 혼자 어떻게든 공부해야 했다. 학원을 보내 달랄 수 있는 처지도 아니었고, 도현처럼 과외 선생을 붙여 달라고 요구할 수도 없었다. 그저 가지고 있는 교과서와 용돈으로 산 학습지로 독학하는 수밖에.

그래서인지 저택에서의 하루는 보육원에서의 하루보다 짧게만 느껴졌다. 눈을 뜨면 아침이고, 정신을 차리면 저녁이었다.

어떻게 알았는지 김 집사는 소미에게 과외 선생님을 붙여 주었다. 갑작스러운 과외에 무슨 일이냐고 묻자 도련님께서 지시하신 일이라는 대답이 돌아왔다.

소미는 수업이 끝나기 무섭게 도현의 방으로 달려갔다. 고 맙다고 인사하고 싶었다.

"네가 선생님 보내 준 거야?"

"뭐 잘못됐어?"

"고마워."

도현의 퉁명스러운 대답에도 소미는 살짝 휘어진 눈꼬리로 방실방실 뽀얀 미소를 지었다. 도현에게서 돌아오는 말이 없 자 방문을 열고 나가려 할 때 그가 그녀를 불러 세웠다.

"박솜, 온 김에 이거 가져가."

도현은 책 한 권을 내밀었다. '나의 라임 오렌지 나무'였다.

"읽었어?"

"아니."

"그럼 읽고 감상문 써 와."

"감상문?"

"독후감 쓸 줄 알지? 너 백일장 대회 나가서 상 받았다며."

초등학교 때 일이다. 그것도 5학년. 도현이 알고 있는 게 소 미는 그저 신기했다. 하지만 곧 이 집에 들어오기 전 그 정도 조사는 했으리라 싶어 고개를 끄덕였다.

그날 밤 침대에 누워 책을 펼쳤다. 읽다 보니 어릴 때 본 책이라는 것을 깨달았다. 그 당시 재미가 없어 간신히 읽었던 책이라는 사실도 떠올랐다.

덮을까 고민하다 소미는 마저 읽기로 했다. 그리고 서서히 글에 빠져들었다. 주인공 제제가 불쌍해 자꾸만 눈물이 나왔다.

전에 읽었을 땐 느끼지 못했던 제제의 슬픈 감정과 상황들이 가슴에 와 닿았다.

책은 하루 만에 다 읽었다. 내친김에 해치운다고, 감성이 충만할 때 감상문도 작성했다.

다음 날, 소미는 다 읽은 책을 들고 도현을 찾아갔다.

"고마워. 이거 근데 예전에 읽었던 거야."

"그래?"

"응. 열 살 땐가, 열한 살 땐가. 그땐 재미없어 혼났는데 어제 보니까 재밌더라. 제제가 너무 불쌍해."

도현은 그 자리에서 소미가 써 온 감상문을 펼쳤다. 그의 눈이 조용히 빠르게 활자를 따라 움직이자 괜스레 얼굴이 화끈거렸다.

벌거벗고 서 있는 기분 같기도 했고, 듣기기 싫은 비밀을 드러낸 것 같기도 했다.

"잘 썼네."

"어?"

"잘 썼다고."

처음으로 도현에게 칭찬을 받은 것 같아 얼굴이 붉게 물들었다. 소미는 서둘러 눈을 내리떴다.

"잘 썼다니까 부끄러워?"

"네가 칭찬하니까 이상해……."

"나도 칭찬해."

"한 번도 한 적 없어. 매일 잔소리만 해 대지. 우리 할머니 처럼……."

"뭘 칭찬해야 했는데. 별난 우리 집에 잘 왔다고? 나를 비롯한 이곳 사람들 비위 잘 맞추고 있다고? 아니면 교복이 잘 어울린다고? 그것도 아니면 꾹꾹 참다 밤마다 몰래 쥐새끼처럼 방에 숨어서 우는 걸 칭찬해 줄까?"

붉어진 얼굴로 머리를 쓸어 넘긴 소미가 흘러내린 머리를 자그마한 귀 뒤에 걸었다.

"울긴 누가 울어."

도현은 웃는 것을 드디어 배운 사람처럼 생긋이 미소 지었다.

"뭐, 뭐야."

"지금 내가 한 말 다 칭찬이야."

그렇게 말한 도현은 미리 생각해 놓은 것처럼 망설임 없이 다른 책을 꺼내 주었다. '오만과 편견'이었다.

"더 열심히 해."

"또 읽으라고?"

"필독서야. 필독서에 관해 설명도 해 줘야 해?"

"나, 나도 알아."

소미는 책을 받아 서둘러 그의 방을 나왔다. '오만과 편견'은 500페이지가 넘는 완벽한 연애소설이었다. 그런데 읽는 내내 이상하게 머릿속으로 자꾸만 도현이 떠올랐다.

오만한 남자 다아시가 자꾸만 도현과 겹쳐 보여서일까, 아니면 편견으로 세상을 바라보는 엘리자베스가 자신과 닮아서일까.

책을 다 읽는 데 일주일이나 걸렸다. 도현은 재촉하지 않았다.

9시가 되자 소미는 책을 챙겨 방을 나왔다. 그리고 도현의 방문을 두드렸다. 기척이 없자 조심스레 문을 열었다. 희미하게 노랫소리가 들렸다. 다름 아닌 도현이 끼고 있는 이어폰에서 새어 나오는 노래였다.

시끄러운 건 딱 질색이라던 도현이 엄청난 볼륨으로 헤비메탈을 들으며 책상 앞에 앉아 무언가를 열심히 읽고 있었다. 왠지 도현이 숨기고 싶어 하는 비밀을 훔쳐보았다는 생각이 들었다.

가까이 다가가자 노랫소리는 이어폰을 끼지 않은 소미의 귀에도 또렷하게 들렸다.

"장도현. 도현아……."

몇 번 이름을 부르던 소미는 책상 위에 '오만과 편견'을 올려놓았다. 그제야 도현이 시선을 돌렸다. 요란하던 노랫소리도 멈췄다. 이어폰을 귀에서 뺀 도현은 클래식만 들을 것 같은 평소의 얼굴로 그녀를 바라봤다.

"다 읽었어?"

자리에서 일어나 꺼내 든 다른 책은 '제인 에어'였다. 책을 주기 전 그는 그녀에게 읽은 책인지를 확인했다.

"읽었어?"

"아니."

책을 건네주고 도현은 의자를 돌려 앉아 소미를 바라봤다. 머쓱하게 서 있던 소미는 대충 아무 곳이나 앉으라는 도현의 눈짓에 방 안을 둘러보다 그와 가장 가까운 소파에 앉았다.

"어땠어?"

"뭐가."

"오만과 편견. 이번에는 감상문 안 써 왔잖아."

"그냥, 별거 없었어. 연애소설이라는 느낌밖에."

소미의 대답을 들은 도현은 책에 관해 더 묻지 않았다. 소미도 도현이 다아시 같아 보였다거나, 더는 세상을 편견으로 바라보지 않겠다는 다짐을 했다는 사실은 말하지 않았다. 어색한 침묵이 흘렀다. 하지만 더는 그 침묵이 불편하지 않았다.

"노래…… 그렇게 크게 들으면 귀 상해."

"잠깐 듣는 거야."

매일같이 반복되는 쳇바퀴 같은 상황 속에서 헤비메탈은 스트레스 해소용과 같았다. 또다시 정적이 흘렀다. 도현의 시선을 견디지 못한 소미는 흘러내려 뺨을 간질이는 머리카락을 조그마한 귀 뒤로 넘겼다.

"학교생활은 어때? 피곤하지 않아?"

"귀찮은 것투성이야."

풋, 인정한다는 듯 소미는 작게 웃고는 고개를 끄덕이며 수긍했다.

"내가 너였다면 못 견뎠을 거 같아."

도현은 대꾸가 없었다. 무슨 생각을 하는지조차 얼굴에 드러나지 않았다. 실수한 게 있는 걸까, 제가 한 말에 기분이 나빴나.

"노래 들을래?"

"어? 어."

소미는 고개를 끄덕였다. 도현은 몸을 돌려 오디오를 만지작거리자 부드러운 피아노 반주가 흘러나왔다. 그 후 여러 가지 악기 소리와 함께 보컬의 노래가 시작되었다.

Steel Heart의 She's Gone이었다.

"이런 것도 듣는 줄 몰랐어."

"좋아해."

김 집사나 최 여사가 혹시나 물을 수 있기에 소미는 넌지시 다음 질문을 던졌다.

"친한 친구는…… 많이 사귀었어?"

"친구는 됐어. 하자고 해도 내 쪽에서 사양이야."

"왜? 애들은 너 좋아하던데."

"우진그룹 후계자를 좋아하는 거겠지. 친구는 귀찮아. 그건 따로 보고하지 않아도 돼. 어머니도 알 거야."

소미는 다시 한 번 머리를 쓸어 넘겨 귀 뒤에 걸었다. 조금 전까지만 해도 제 색을 띤 예쁜 귀가 붉게 물들어 있었다.

"그래도 혹시 물으면 잘 지내고 있다고 말해. 좋아하실 거야."

"응. 나 이제 그만 가 볼게."

요즘 도현의 태도가 조금은 변한 느낌이 들었다. 잘 대해 준다는 느낌이랄까.

친해지고 싶은 건가? 아니면 나름의 반성의 태도를 보이는 건가? 어쨌든 도현이 물렁해질수록 소미의 얼어붙은 마음도 조금씩 말캉해지고 있었다. 그렇다고 저택에 뼈를 묻을 생각은 없었지만.

방을 나가기 전 소미는 도현에게 물었다. 그가 진심으로 사과한다면 받아 줄 마음이 생겼기 때문이다. 나한테 이렇게 잘 해 주는 이유가 뭐야? 그렇게 물으려다 어쩐지 속내를 내비치는 느낌이라 말을 골랐다.

"나한테 이렇게 책을 주는 이유가 뭐야?"

"멍청해서."

의자를 바로 돌리며 도현은 짧고도 간결한 대답을 내놓았다.

"이 집에 바보 멍청이는 필요 없어."

"……나 바보 멍청이 아니거든!"

소미는 벌겋게 달아오른 얼굴로 도망치듯 도현의 방을 나왔다. 그리고 자신의 방에 돌아오자마자 침대에 책을 집어 던졌다.

"사과는 무슨 사과. 장도현한테 바랄 걸 바라야지."

바보 멍청이라고 꼬리말을 붙이던 도현의 목소리가 머릿속에 뱅글뱅글 맴돌았다. 억울해서 한참을 씩씩거리던 소미는 결국 침대에 누워 집어 던졌던 '제인 에어'를 펼쳐 들었다.

"억울해, 정말 억울해!"

감정을 실어 제인의 대사까지 따라 하다 그녀는 제인과 자신의 처지를 한탄하며 잠이 들었다.

정원에 녹음이 질 무렵, 학교에서 돌아오니 시커먼 옷을 입은 경호원들이 평소보다 많이 득실댔다. 무슨 일이 있나 싶어 눈치를 살필 때 최 여사가 걸어 나왔다.

그녀가 오후 시간에 집에 있는 건 무척이나 드문 일이었다. 최 여사를 따라 현관으로 걸어 나온 김 집사는 도현을 향해 인사를 건넸다.

"다녀오셨습니까, 도련님."

"다녀왔습니다……."

어리둥절한 소미와 다르게 도현은 이미 지금의 상황을 수차례 겪어 봤는지 별다른 내색이 없었다. 목소리가 조금 더 가라앉은 걸 빼면.

"아버지 오셨다."

"네."

도현은 짧게 대답하고 걸음을 옮겼다. 소미는 같이 가서 인사를 드려야 할지, 기다려야 할지 알 수가 없어 최 여사의 눈치만 살폈다.

사람이 이렇게 많은데도 실내는 조용하다 못해 고요했다. 이러지도 저러지도 못한 채 서 있던 소미의 귀에 최 여사의 목소리가 들려왔다.

"너도 가방 내려놓고 따라가 봐. 박 기사, 소미 가방도 가져다 줘."

저택에 와 처음으로 장 회장을 만나는 것이었다. 서재에 가는 것도 처음이었다. 서재는 집 안 가장 깊은 곳에 있었다. 보물 창고처럼.

똑똑, 노크하고 문을 열자 장 회장을 비롯해 네 명의 비서가 함께 있는 것이 눈에 들어왔다. 도현을 본 장 회장이 회의를 중단했다.

소미는 잔뜩 긴장한 얼굴로 공손하게 허리를 숙인 반면, 도현은 고개를 한 번 까딱한 것이 전부였다. 예의니 예절이니 입이 닳도록 떠들어 대던 도현답지 않은 행동이었다.

"오셨어요."

"안녕하세요. 박소미입니다."

장 회장은 TV에서 보던 것보다 훨씬 무서운 인상이었다. 그나마 도현이 최 여사를 닮아 다행이라고 생각했다. 성격이 파탄인데 외모까지 파탄이면 아무리 돈이 많아도 인생살이가 괴로울 테니까.

"인사 다 했으면 나가 봐."

몇 달 만에 만난 부자 사이치고는 건조한 모습이었다. 소미와 도현은 서재 안쪽으로 발을 붙여 보지도 못한 채 쫓겨나듯 문을 닫았다. 도현은 소미보다 한 발짝 앞서 걸음을 옮겼다.

복도를 지나 2층으로 올라가던 도현이 해명하듯 작게 중얼거렸다.

"일중독이야. 원래 저런 사람이니 신경 쓸 필요 없어."

"응……."

소미는 작게 대답하며 고개를 끄덕였다. 목소리만으로도 지금 도현의 표정이 얼마나 참혹할지 알 것 같았다. 항상 곧게 펴진 어깨가 오늘따라 힘없이 느껴지는 건 착각일까.

장 회장은 저녁도 먹지 않은 채 회사로 돌아가 버렸다. 최 여사는 장 회장이 나가기를 기다린 사람처럼 저녁 모임이 있다며 집을 비웠다.

소미의 부모는 돈이 없어도 어린 딸만큼은 끔찍이 여겼다. 얼굴에 침이 마르지 않도록 스킨십을 해 댔고, 소미는 그게 싫어 뽀뽀 세례를 받고 나면 손등으로 얼굴 여기저기를 훔치기 일쑤였다.

조 여사 역시 마찬가지였다. 소미가 부르면 자다가도 발딱 일어났다.

하지만 도현의 가족은 다르다 못해 타인들처럼 보였다. 가족이면서도 제각기인 사람들의 모습에 소미는 괴리감마저 느꼈다.

그날 도현은 저녁도 먹지 않은 채 방 안에 틀어박혀 꿈쩍도 하지 않았다. 매일 밤 귀찮을 정도로 호출하던 것이 무색하게 그날만큼은 소미조차 찾지 않았다.

　기분 탓인지 집 안이 다른 그 어느 때보다 조용하게 느껴졌다.

chapter 3

투명한 마음

아침은 소미에게 가장 바쁜 시간이었다. 알람이 울리면 일어나 침대를 정리했다. 그 후 욕실로 달려가 샤워를 하고 방에 돌아와 머리를 말렸다. 그리고 그때쯤이면 꼭 방문이 열렸다.

"식사는 여기다 두고 갈게."

"감사합니다."

아침은 메이드가 방으로 가져다주었다. 학교에 다니는 동안만 누리는 특권이었다. 다 먹은 접시는 가지런히 포개 놓으면 한 시간 후쯤 메이드가 와서 가지고 나갔다.

오늘 아침은 연어 샐러드와 수프, 베이글, 오렌지 주스였다. 소미는 허겁지겁 접시를 깨끗이 비웠다. 식사를 마친 후 다시 한 번 양치하고 거울 앞에 서서 치아를 점검했다. 깨끗하다. 그리고 다시 방으로 돌아와 드라이된 교복을 꺼내 입고 도현의 방으로 달려갔다.

도현이 드레스 룸에 있는 사이 소미는 침대를 정리했다. 어차피 학교에서 돌아오면 시트가 바뀌어 있겠지만, 침대 정리는 필수였다. 도현이 샤워를 마치고 나오면 소미는 테이블에 놓인 신문을 들고 드레스 룸에 붙어 있는 작은 메이크업 룸에 들어갔다.

"자, 여기. 오늘 신문."

도현이 의자에 앉아 신문을 받자 소미는 미용사처럼 드라이기를 꺼내 들었다. 도현의 아침 준비는 원래 정아의 담당이었지만 한 달 전부터 소미에게 위임되었다. 아침 준비를 도와주는 일은 2시 티타임이 사라져 대신하게 된 밥값이었다.

있는 사람들이 더 무섭다고 도현이 딱 그랬다. 세상에 절대 공짜는 없다는 걸 몸소 알려 주고 싶은지 소미를 아침저녁으로 부려 먹었다.

젖은 머리가 다 말라 갈 때쯤, 도현은 평소보다 일찍 손에서 신문을 내려놓았다.

"됐어. 그만해."

귀찮다는 얼굴로 도현은 소미의 손길을 밀어냈다. 손이 뜨겁다. 말하는 목소리도 심해처럼 깊게 가라앉아 있었다.

"너 어디 아파?"

소미가 슬그머니 도현의 이마에 손을 올렸다.

"뭐하는 거야?"

"너 열나."

이마가 뜨거웠다.

"알아."

"내가 실장님께 말씀드릴게."

"됐어. 말하지 마."

"왜, 너 아프잖아."

"오늘부터 전시회 있는 거 몰라?"

몇 시간 후면 갤러리에서 전시회가 열린다. 최 여사가 몇 개월 전부터 신경 썼던 만큼 기대 또한 컸다. 도현이 아프다고 전시회를 망치지는 않겠지만 신경 쓰게 하고 싶지 않았다.

학교에 가기 위해 1층으로 내려오자 최 여사는 벌써 나가려는지 현관 앞에 서 있었다.

"안녕히 주무셨어요."

"그래, 좋은 아침이구나."

오늘 최 여사는 기분이 꽤 좋아 보였다.

"김 집사, 내가 갤러리 입구에 준비해 두라던 선물들 잊지 않았지?"

"네, 사모님."

"너희도 어서 학교 가렴."

최 여사는 도현을 슬쩍 쳐다보고 걸음을 옮겼다. 도현이 말하지 말라고 했지만, 소미는 기어코 최 여사를 붙잡았다.

"도현이가 열이 많이 나요."

신발을 신으려던 최 여사의 행동이 멈췄다.

"그래서?"

"네?"

소미의 얼굴에 당혹감이 서렸다. 보통 자식이 아프다면 어디가 아프냐, 얼마나 아프냐, 괜찮느냐 묻는 게 정상인데 최여사는 그래서 어쩌라는 식으로 소미를 바라보고 있었다.

"나 나가는 거 안 보여? 아프면 주치의를 불러야지."

"그래도……."

부모면, 그래도 부모라면 아프다는데 그러면 안 되는 것 아니냐고 말하고 싶은데 입이 떨어지질 않았다. 잠시 잊고 있었다. 도현의 가족은 평범한 가정과 거리가 멀다는 사실을.

"내가 있다고 아픈 애가 안 아파?"

"그래도……."

도현이 서둘러 소미의 말을 자르고 나섰다.

"다녀오세요."

"김 집사, 박 선생님 오시라고 해."

"네, 사모님."

"올라가서 쉬어."

최 여사는 아프다는 도현을 한 번 쳐다본 후 집을 나섰다. 네가 뭔데 그딴 소리를 지껄이느냐고 한 소리 할 줄 알았던 도현은 힘없이 뒤돌아섰다.

심장이 쿵, 내려앉았다. 상처 받았다. 도현의 표정을 볼 수는 없었지만 느낄 수 있었다. 기껏 용기 내서 말한 것이 상처만 준 것 같아 소미는 도현의 뒷모습에서 눈을 떼지 못했다.

도현은 부모에게조차 우진그룹의 후계자일 뿐 그 이상도 이

하도 아니었다. 도현의 부모에게선 제 배 아파 낳은 자식이 맞을까 의심이 들 정도로 모성이나 부성이 느껴지지 않았다.

부모가 일찍 죽어 정을 모르는 소미나, 부모가 있어도 정을 모르는 도현이나 부모의 정을 모르기는 똑같았다. 울컥, 화가 치미는 것 같기도 하고 뭉클, 가슴이 저린 것도 같았다.

"오늘은 너만 학교에 가거라."

김 집사는 소미를 향해 학교에 혼자 가라고 했지만 차마 발길이 떨어지지 않았다. 누구 한 사람 뭐라 한 적이 없음에도 이상하게 눈시울이 뜨거워졌다.

"집사님."

망설이던 소미는 김 집사의 뒤를 쫓았다.

"저도 오늘 학교 쉴게요."

"그럴 필요는……."

"배가 아파요. 배가 아파서……."

실은 배 따윈 하나도 아프지 않았다. 왜 그랬는지 모른다. 매일 미운 말만 하고 괴롭히기만 하는 도현인데, 그 커다란 방에 혼자 있다고 생각을 하니 발길이 떨어지지 않았다. 흘러내리는 머리를 쓸어 넘기며 소미는 울먹이는 목소리로 횡설수설해 댔다.

"정말 아파요. 밤새 화장실을 다섯 번도 넘게 갔어요. 이대로 가면 1교시도 못 하고 조퇴할 게 뻔해요."

소미의 안색을 이리저리 살피던 김 집사는 결국 고개를 끄덕였다.

한 시간 후 박 선생이 집에 도착했다. 그녀는 생각보다 젊었다. 많아야 30대 중반이나 됐을까. 예쁜 외모는 아니었지만 외까풀의 눈매가 매력적이었다. 박 선생은 도현을 살핀 후 소미의 방으로 걸음을 옮겼다.

"도현이는 괜찮아요?"

"열감기야. 몸이 바늘로 콕콕 찌르는 것처럼 아팠을지도. 넌 배가 어떻게 아픈지 말해 볼래?"

"그냥 아파요."

"김 집사님 말로는 화장실도 많이 갔다고 하던데. 내가 좀 봐도 될까?"

소미는 거짓말한 게 들통날지 모른다는 생각에 심장이 콩닥콩닥 뛰었다. 차가운 청진기가 등에 닿자 몸이 부르르 떨렸다. 청진기를 서너 번 움직여 소미를 진찰한 박 선생은 커다란 한숨을 내쉬었다.

"정말 큰 병이네."

"네?"

"약 처방 해 줄게. 푹 쉬도록 해."

박 선생은 심각한 표정을 지었다. '이 선생 돌팔이 아니야?'라고 생각할 때 그녀가 소미의 머리를 쓰다듬었다.

"이 약이 잘 들었으면 좋겠다. 세상에 꾀병만큼 큰 병이 없거든."

박 선생은 가져온 가방에서 약을 꺼내 소미에게 주었다. 얼떨결에 약봉지를 받은 소미는 고개를 숙였다. 자신의 얄팍한 거짓말을 알아챘으면서도 타박하지 않는 그녀가 고맙기보다 어쩐지 어색했다.

"그건 그냥 비타민이야. 왜 학교에 가기 싫었는지 모르지만 이런 방법은 그리 좋지 않아. 어서 먹고 낫길 바랄게."

생글생글 웃고 있는 박 선생을 향해 소미는 변명처럼 주절주절 떠들어 대기 시작했다.

"전 그냥 혼자 있는 게 마음에 걸려서…… 이럴 땐 누구라도 옆에 있어 주는 게……."

"아, 마음이 쓰였던 거구나? 혼자 있을 도현이 생각하니까 가슴이 막 아팠어?"

"네? 네."

소미는 고개를 끄덕였다. 천하의 못된 놈인데, 오늘만큼은 세상에서 제일 불쌍한 놈으로 보였다. 그래서 마음이 아팠다.

"그럼 꾀병이 아니네. 마음이 아프면 큰일인데. 특히 네 나이 때는."

박 선생은 걱정스러운 표정으로 또다시 소미의 머리를 쓰다듬었다. 그러다 좋은 생각이 났다는 표정으로 손뼉을 쳤다. 도현의 주변에 이런 사람이 존재한다는 사실이 신기할 정도로 박 선생은 밝은 사람이었다.

"이건 비밀 처방인데. 네가 마음에 드니까 특별히 알려 줄게."

박 선생은 최대한 목소리를 죽이고 소미의 귀에 속닥였다.

"오늘 하루 네가 도현이 병간호를 하는 거야. 그럼 더 이상 마음이 아프지 않을걸. 할 수 있지?"

소미는 머뭇거리다 고개를 끄덕였다. 지금은 자신이 있을 테니 걱정 말라는 말만 남긴 채 그녀는 소미의 방을 떠났다. 소미는 침대에 우두커니 앉아 자꾸 도현의 방 쪽으로 향하는 눈을 어쩌지 못했다. 두 시간 후 박 선생은 도현의 팔에서 링거 바늘을 제거하고 돌아갔다. 친절하게도 소미의 방에 찾아와 인사까지 한 후였다.

소미는 슬그머니 도현의 방문을 열고 들어갔다. 역시나 예상대로 커다란 방에는 도현이 혼자 잠들어 있었다. 손으로 이마를 짚어 보니 오전보다 열이 많이 내려간 상태다. 도현이 깨지 않도록 최대한 조심히 가슴팍까지 덮인 이불을 어깨까지 끌어 올렸다. 또 생전의 조모를 떠올리며 욕실에서 젖은 타월 한 장을 가져와 도현의 이마에 올려놓았다. 도현은 싫어할지 모르지만 마음만은 뿌듯했다.

도현이 일어난 건 그로부터 두 시간 후였다.

"깼어? 이제 괜찮아? 아직도 아파?"

소미가 자리에서 일어나 도현의 얼굴을 들여다보며 묻자 도현은 흐리멍덩한 시선으로 소미를 물끄러미 바라보았다. 그리고 혼미한 정신을 가다듬는 것처럼 천천히 눈을 끔뻑였다.

도현은 이마 위에 올려진 축축한 수건을 손으로 더듬거리더니 침대 옆 테이블에 올려놓았다.

"이거 네가 했어?"

감기와 수면으로 깊이 잠긴 목소리는 낮으면서도 거칠었다.

소미는 고개를 끄덕였다.

"몇 시야?"

"10시 반."

"근데 네가 왜 여기 있어?"

도현은 몸을 일으켜 침대 헤드에 상체를 기대고 소미가 이미 말해 줬음에도 다시 한 번 시간을 확인했다.

"학교 갔다 온 거야?"

도현은 시간상 소미가 학교에 가지 않았다는 걸 알면서도 물어보고 있었다. 소미는 초조한 얼굴로 입술을 깨물었다. 왜 화를 내는지 알 수 없었다. 대답을 기다리던 도현은 땀에 젖은 옷을 만져 보더니 불쾌한 표정으로 휙 벗어 던졌다. 소미는 침대 밑으로 떨어진 상의를 주워 빨래 바구니에 넣었다. 그리고 서둘러 드레스 룸에서 그가 입을 만한 셔츠를 꺼내다 주었다.

도현은 소미가 건네준 셔츠에 대충 몸을 집어넣었다. 땀 때문에 달라붙기는 마찬가지였지만 그래도 좀 나았다.

"학교 갔다 왔냐고 묻잖아."

소미는 고개를 저었다.

"왜?"

"네가 걱정돼서……."

소미의 목소리가 점점 기어들어 가기 시작했다. 지금 도현은 화가 잔뜩 나 있었다. 표정 변화는 거의 없었지만 이제 화가 난 것쯤은 구분할 수 있었다.

"언제 쫓겨날지도 모르는 판국에 지금 누굴 걱정한다는 거야? 네 걱정이나 해."

"왜 화내는데."

"내가 말했지. 이 집에 바보 멍청이는 필요 없다고."

바보 멍청이의 기준이 대체 뭔지. 도현은 걸핏하면 소미를 향해 바보 멍청이라고 쏘아 댔다. 소미는 인상을 찌푸렸다. 하지만 아픈 사람에게 화를 낼 수는 없는 법이었다. 최대한 진정하고 말하려 스스로를 다독일 때였다.

"버림받기 싫으면 이런 짓 할 시간에 공부해. 알아들어?"

"주인님이라며. 주인님이 학교 안 가는데 몸종이 가서 뭐하는데!"

제 마음은 몰라주고 날을 세운 도현 때문에 소미가 뾰족하게 대꾸했다. 매일같이 몸종이라고 사람 성질을 긁어 놓더니, 정작 소미가 제 입으로 몸종이라고 말하자 도현의 표정은 서늘하게 식어 내렸다.

"그래서 평생 내 몸종으로 살 거야?"

"내가 미쳤어!"

소미는 화들짝 놀라 펄쩍 뛰었다.

"그럼 언제까지 내 몸종 할 건데? 지금은 여기서 먹여 주고 재워 준다고 치고. 나중에 뭐 먹고 살 건데?"

"네가 무슨 상관이야?"

고맙다고 인사를 받자고 한 행동은 아니지만 이렇게 쏘아붙일 필요는 없었다.

"넌 생각이란 걸 안 해? 우진에서 학비부터 전부 다 지원해 준다는데 이럴 때 이용해야지. 이런 생각은 안 들어?"

가라앉은 목소리로 조용조용 내뱉는 말들이 하나같이 가시가 되어 소미를 찔러 댔다.

"장학생 아니라며. 네 몸종이라고 말한 사람은 너야."

"너 내 거 맞아. 날 위해 만들어진 제도니까. 넌 그 덕에 호사를 누리는 거고."

잠시나마 도현을 불쌍하다고 생각한 자신이 바보였다. 소미는 이를 악물고 터져 오르는 분노를 억눌렀다.

절대 호사가 아니었다. 매일 잊지 않고 8시 티타임을 챙겼고, 아침마다 도현의 시중을 들었다. 그 외에도 도현이 부르면 꼬리 흔들고 달려가는 개처럼 자다가도 일어나 말도 안 되는 요구를 들어줬다.

"난 지금도 충분히 내 밥값은 하고 있다고 생각해."

"밥값 해야지. 공짜로 이 집에 머물 생각하지 마. 여기서 공짜로 사는 사람은 아무도 없으니까."

'아무도 없다'에는 도현도 포함되어 있는 걸까? 문득 그런 생각이 들었다.

"내가 말했지. 네 위치는 네가 정한다고. 몸종으로 부리기 아까울 정도로 뛰어나 봐. 그럼 알아서 대우가 달라질 테니까."

"……."

"우리 아버지 똑똑한 사람 엄청 좋아해. 자기는 돌머리인 주제에 똑똑한 사람밖에 옆에 안 두는 그런 사람이야. 자식한테도 마찬가지야. 그런 아버지가 너한텐 다를 것 같아? 이유가 어떻든 명색이 우진그룹 장학생인데 네 성적이 형편없으면 어떻게 될까? 머리가 있으면 생각을 해. 일일이 다 가르쳐 줘야 하는 애야, 너?"

도현은 마지막으로 일침을 가했다.

"네 대용으로 쓸 아이는 서울 바닥만 찾아봐도 수두룩해."

"나도 알아. 그리고 미안하네. 수두룩해서."

소미는 볼멘소리로 투덜댔다. 이게 현실이었다. 화가 치밀어 올랐지만 반박하지 못한 건 소미도 알고 있는 사실이고 도현의 말이 구구절절 옳았기 때문이다. 그런데 눈물이 났다. 다 아는데, 흘러나오는 눈물은 어쩔 수 없었다.

도현은 당근과 채찍을 함께 사용하는 걸 잊지 않았다.

"그렇지만 난 내 걸 절대 버리지 않으니까 네가 걱정할 필요는 없어. 그러니까 내 말이 법이다 생각하고 복종하고 살아. 제대로 키워서 옆에 두는 것도 나쁘지 않다고 생각해. 넌 열심히만 해. 내가 우진 꼭대기에 앉혀 줄게. 너 꽤 마음에 들거든."

소미는 눈물을 훔치다 얼어붙고 말았다. 도현의 마지막 말이 오버랩되듯 계속해서 맴돌았다.

"너 꽤 마음에 들거든……."

아프더니 정신이 나간 게 틀림없었다. 도현은 얼굴색 하나 바꾸지 않은 채 올곧은 시선으로 소미를 바라보고 있었다. 괜히 얼굴이 화끈댔다. 손을 들어 볼을 만져 보고 싶었지만, 그럼 자신이 발개졌다는 사실을 들킬까 애꿎게 주먹만 쥐었다.

"내가 회장이 되면 너한테 한자리 못 주겠어? 안 그래?"

그제야 도현의 말뜻이 이해된 소미는 고개를 끄덕였다.

"대신 네가 먼저 대접받도록 행동해. 네 말투, 행동까지도. 네가 변하면 주변도 자연스레 변할 테니까. 학교에서 이미 경험했잖아. 그러니까 남한테 깔보이지 마. 함부로 눈물 보이지 말고, 화났다고 목소리 톤 높이지 말고. 그건 무식한 사람이나 그러는 거야. 그리고 누가 뭐라던 주눅 들지 마. 또 넌 항상 쓸데없는 걸로 발끈하는데 일일이 그러지 마. 네가 틈을 보이는 순간, 사람들은 널 사정없이 물어뜯을 테니까."

도현은 하지 말라는 것투성이였다. 도현의 말을 일일이 되새기다 툭 볼멘소리를 뱉었다.

"하지 말라는 것투성이야⋯⋯."

"그러게. 그런데 이 집이 그런 걸 난들 어쩌라고. 그리고 배워. 이 집에서 일하는 사람들조차 모두 너보다 똑똑해."

그 후에 알게 되었지만 대체 여기서 왜 이런 일을 하느냐고 묻고 싶을 만큼 고용인들은 죄다 하나같이 잘난 사람들이었다. 대학은 기본이었고 2개 국어, 3개 국어에 능통했다. 그리고 그 잘난 사람들의 연봉이 억 소리 날 정도로 많다는 것도 알게 되었다.

✿　　　✿　　　✿

차고를 나와 언덕배기를 빠져나가는 차는 거침없었다. 화가 났음을 유감없이 드러내는 행동이었다.

"차 세워."

소미의 목소리가 다급해져 갔다.

"위험하잖아. 차 세우라니까."

소미는 급하게 손을 뻗어 문고리를 잡았다. 덜컥, 덜컥. 아무리 도어록을 눌러 봐도 차 문은 꼼짝도 하지 않았다.

"장도현!"

끽―

소미의 외침에 그가 급브레이크를 밟았다. 충격으로 몸이 출렁이자 꽁꽁 얼어붙은 몸이 산산이 부서지는 것만 같았다. 잇새로 작은 신음이 새어 나왔다.

"나한테 왜 이래?"

얼어붙은 몸과 입술은 달달 떨며 그를 책망했다. 그는 그녀의 떨리는 입술을 보고 히터 온도를 높였다. 차지도 뜨겁지도 않은 바람이 더 강하게 뿜어져 나왔다. 도현은 언제나 그랬다. 잔뜩 상처 주고, 치유하고. 병 주고 약 주고. 그래서 미워하려야 미워할 수 없었다. 원망 섞인 눈초리와 다르게 소미의 목소리는 차분하게 내려앉았다. 예전 도현이 그랬듯, 최 여사가 그랬듯 감정 없는 목소리로 도현을 비꼬았다.

"이런 날씨에 밖에다 그만큼 세워 뒀으면 됐지, 그것도 부족해?"

"부족하냐고?"

도현은 냉랭히 화내는 그녀의 모습에 웃음이 나왔다. 그가 그동안 인내하며 참고 기다리던 시간에 비하면 두 시간은 아무것도 아니었다. 저를 두고 다른 남자와 맞선이나 보다 늦은 여자에게 냉큼 문을 열어 줄 정도로 자신은 자비롭지 못했다.

"부족해. 마음 같아선 꽁꽁 얼려서 나한테 살려 달라고 구걸이라도 하게 만들고 싶은데 참는 중이야."

침착했지만 얼마나 화를 꾹, 억누르고 있는지 너무나 잘 표현되는 목소리였다. 도현은 하루하루를 어떻게 버텼는데 네가 나한테 이럴 수 있냐고 소리치고 싶었다. 하지만 그건 소미의 탓이 아니었기에 도현은 목구멍까지 차오른 말을 내뱉지 못했다.

"……그럼 차라리 얼어 죽게 놔두지 그랬어."

그녀는 한쪽 입술 끝을 깨물며 그를 피해 고개를 돌렸다. 눈물이 터질 것만 같았다. 어둠 사이 쏟아져 들어오는 가로등 불빛이 눈부셨다.

"관심 받고 싶었어? 버젓이 집에서 지내면서 연락처를 바꾸는 건 무슨 심보야?"

"그냥. 생각할 시간이 필요했어."

그렇게 말하며 소미는 신경질적으로 머리를 쓸어 넘겼다. 입사하고 얼마 지나지 않아 장 회장이 쓰러졌다. 자리에서 일어난 장 회장이 가장 먼저 한 일은 그녀를 불러 도현이 돌아오기 전에 결혼해 저택을 나가라 충고하는 것이었다.

"너도 이제 스물넷이구나. 여자 나이 스물넷이면 좋을 때지."

"몸은 이제 괜찮으세요?"

"뭐, 내 몸이야 박 선생이 알겠지. 내 너희를 너무 가볍게 생각한 것 같다. 대학도 졸업했으니 이제 그만 시집가."

마른하늘에 날벼락 같은 소리였다. 새까만 눈동자가 갈피를 잡지 못하고 흔들리다 이내 초점이 사라졌다. 먹먹한 얼굴로 울지도 웃지도 않은 채 다소곳이 앉아 있는 소미에게 장 회장은 이야기를 늘어놓았다.

"연애하는 거까진 내 뭐라 안 하려 했는데 결혼은 아니다. 우린 널 며느리로 볼 생각 전혀 없다. 도현이는 서문 해양 둘째 딸과 결혼시킬 생각이다. 넌 도현이 들어오기 전에 시집가라."

"……이제 회사에 들어갔고 전 아직 더 일하고 싶어요. 준비된 것도 없고요."

결혼이라는 것이 맘대로 되는 일도 아니고, 이제 막 회사에 들어간 소미가 결혼 지참금이 있을 턱이 없었다.

"결혼 준비야 도현이 어미가 알아서 할 거고. 넌 그냥 네, 하면 돼."

"제가 이곳을 나가길 원하시는 거라면 그렇게 하겠습니다."

그러니 결혼은 안 하겠다는 소리였다. 아직 준비가 안 됐기
도 하지만, 무엇보다 하고 싶지 않았다.

"네가 시집가는 게 그 녀석을 위해서 할 수 있는 유일한 일이라
도?"

결혼이 도현을 위해 할 수 있는 유일한 일이라니. 그 순간
얼마나 비참했는지 모른다. 장 회장은 헤어지라는 말은 하지
않았다. 도리어 결혼할 때까지 도현이 알지 못하도록 형식적인
연인 관계를 유지하기 바라는 것처럼 보였다. 일단 결혼만 한
다면 그 후에는 도현도 어쩌지 못할 테니까.

소미는 그러겠다고 말했다. 맞선도 보고 때 되면 결혼도 하
겠다고. 장 회장의 지시를 거역할 수 없었다. 저택에 들어와 우
진의 장학생이 되던 그날부터 그녀에게 생각이라는 것은 주어
지지 않았다. 생각과 결정은 돈 있는 사람의 몫이었고 그녀는
그저 시키는 대로 움직이는 인형이 되어야 했다.

일부러 도현과의 연락을 끊었다. 메일 계정도 삭제하고 집에
걸려 오는 전화도 받지 않았다. 온몸으로 SOS를 쳤다. 나 좀 구
해 달라고. 그리고 간절한 바람처럼 도현이 한국에 왔다.

"그래서 그 생각의 결론이 맞선이다?"

"……잘 아네."

최 여사는 요즘 그녀의 혼처를 직접 알아보고 있었다. 그

집에 가족이 몇이고 인품은 어떠하며 흠은 없는지. 물건을 내다 팔듯 꼼꼼하게 시장 조사도 빼놓지 않았다. 아무것도 없는 그녀를 위해, 지참금과 우진그룹에서 해 줄 수 있는 경제적 조건도 함께 내걸었다.

이럴 경우 감사해야 하는 건지, 원망을 해야 하는 건지도 모른 채 소미는 여름의 끝자락, 첫 맞선에 나갔다. 의류 사업을 하는 집안으로, 남자는 그녀보다 네 살 많은 연상이었는데 꽤 잘난 남자였다.

둘 다 검은 머리의 한국인임에도 영어로 대화를 이어 갔다. 외국 생활을 오래했다던 남자는 아예 한국어는 꺼내지도 않았다. 저택에서 영어는 필수였지만, 소미는 빙그레 웃으며 남자의 말을 못 알아듣는 척 얼버무렸다.

남자는 몸짓이나 행동이 경박스럽게만 느껴졌다. 남자에 대한 평가는 순전히 그녀의 안목이었고, 비교 대상은 언제나 저택의 사람들이었다. 남자는 식사를 끝낸 뒤, 소미를 향해 웃으며 주제를 알고 이런 자리에 나오라고 말하곤 자리에서 일어났다. 얼굴이 화끈 달아올랐지만 소미는 여전히 못 알아듣는 척 미소를 보였다.

두 번째 맞선 상대는 외식 사업을 하는 남자였는데, 그는 맞선 자리에 앉아 한 시간이 넘도록 전화만 하다 돌아갔다. 내로라하는 집안의 자제들에게 천애 고아나 다름없는 그녀가 성에 찰 리 없었다. 그녀의 눈에도 도현과 비교해 남자들은 한참을 못 미쳐 보였다. 그들의 태도에 소미는 시간을 조금 더 벌

수 있어 다행이라고 생각했다.

오늘은 네 번째 맞선이었다. 아마 그녀가 결혼할 때까지 이런 무의미한 만남은 계속될 거라 예감했다. 그나마 오늘 나온 정훈은 그녀가 맞선에서 만난 남자 중 가장 정상적인 남자였다. 하지만 그도 그녀가 우진이라는 허물을 벗자 사늘한 태도를 보였다.

그들이 사는 세계에서 그녀는 먼지만도 못한 존재처럼 느껴졌다. 소미는 흘러내린 머리를 귀에 꽂으며 덤덤히 말했다. 도현의 시선이 머리를 쓸어 넘기는 그녀의 손을 따라 움직였다.

"나쁠 거 없다고 생각했어."

"그래서 시집이라도 갈 생각이었어?"

"그래. 못 갈 이유 없잖아."

몇 달 전부터 그녀는 작정한 사람처럼 휴대폰 번호를 바꾸고, 메일 계정까지 지우며 그에게서 연락을 끊어 버렸다. 집으로 연락했지만 그의 전화를 받지 않았다. 그리고 한다는 짓이 결혼을 위한 맞선이라니.

"네 목숨이 하나인 것처럼 내 목숨도 하나야. 난 어디 야산에 묻혀서 흔적도 없이 사라지고 싶지 않아. 네가 말했지, 적응하고 살거나 개처럼 굴라고."

그녀의 대답에 침묵이 이어졌다. 그 짧은 시간 동안 그녀는 타올랐던 흥분을 가라앉혔다.

"너만 안 얽히면 내 인생이 탄탄대로 고속도로야. 그런 내가 가시밭길을 선택할 것 같아? 그 길 끝이 낭떠러지일 게 뻔한데."

소미는 화를 삭이듯 머리카락을 쓸어 넘겼다. 자꾸만 흘러내리는 머리가 신경을 거슬렀다. 진즉에 가서 잘랐어야 했는데! 그녀의 손가락 끝이 미세하게 떨리고 있었다.

"똥인지 된장인지도 모르고, 주인님의 사랑놀이에 허우적거릴 만큼 네 개는 더 이상 멍청하지 않아."

"말 함부로 하지 마."

아프다. 가시 돋친 그녀의 거짓말이. 그런데 그 거짓말조차 진심처럼 들려서 더 아프다. 소미를 이렇게 만든 사람이 다른 사람도 아닌 자신 같아서. 저택에 홀로 둬서. 그곳의 사람들처럼 그녀도 차갑게 물들어 버린 것 같아서.

"내가 그 집에서 사람이긴 하니?"

처음부터 그곳에서 사람이었던 적이 없었다. 그러니 분해할 필요도, 슬퍼할 이유도 없었다. 그저 장 회장과 최 여사에겐 도현의 시중을 들어줄 개가 필요했고, 또 우진그룹의 개가 필요했을 뿐이다. 처음부터 사람이 아니었다. 가시가 되어 날아온 소미의 말들을 삼키기라도 하듯 도현의 목울대가 몇 번이고 기도를 따라 넘어갔다.

"그래서 나한테서 도망치고 싶어?"

아니. 입속의 말은 끝내 세상 밖으로 나오지 못하고 사그라졌다. 도현과 연락을 하지 않는 시간 동안 끊임없이 생각했다. 도현이 돌아온 다음에는? 애초에 아무것도 가진 게 없는 어린 여자아이는 잃을 게 없었다. 다 버리고 도망이라도 가자 할 셈이었다. 하지만 도현은 달랐다. 저를 선택하면 가진 걸 모두 잃을지 모른다.

덜컥, 겁이 났다. 도현은 후회하지 않을까. 평범한 게 어떤 건지 전혀 모르는 도현이 과연 평범한 일상들을 살아갈 수 있을까. 그의 원망을 모두 감내하며 살아갈 수 있을까. 과연 저는 후에 잘 선택했다고 스스로를 칭찬할 수 있을까. 수없이 생각했다. 그러다 우리에겐 이별할 시간이 필요하구나. 결론지었다.

"넌 나한테서 도망 못 가."

안 놔줄 생각이다.

"박솜, 넌 영혼까지 내 거야."

그의 대답에 그녀의 눈에 잠시 이슬처럼 반짝이던 무언가가 순식간에 사라졌다. 소미는 입술을 깨물었다. 울고 싶지 않았다. 그는 자신을 바라봐 주지 않는 그녀가 마음에 들지 않아 떨리는 그녀의 팔을 잡아챘다. 억센 힘이 그녀의 몸을 돌렸고 짧은 사이 두 사람의 시선이 스치듯 마주쳤다. 소미는 애써 감정을 속으로 삼키며 팔을 쳐 내었다. 그의 힘에 의해 반쯤 돌아갔던 몸뚱이가 다시 제자리를 찾았다.

"아프잖아."

소미는 미간을 찡그리고 도현을 힘껏 노려보았다.

"그 대단하고 잘나신 장도현이 감정 하나 제대로 추스르지 못하다니. 꼴불견이라는 생각은 안 해? 아니면 그 정도로 내가 좋아?"

"……좋아. 좋아서 지금 제정신 아니야. 알면서 물어?"

그의 대답에 울컥, 눈물이 차올랐다. 터질 것 같은 눈물을 참기 위해 입술을 깨물었다. 아주 잠시 숨을 돌린 소미는 똑바로 새겨들으라는 듯 그의 얼굴을 들여다보며 천천히 입을 열었다. 아직도 그를 좋아한다는 것을 들키고 싶지 않았다.

"그럼 너 혼자 좋아해. 나까지 끌어들이지 말고."

그녀는 그의 얼굴을 바라보며 붉은 입술을 비틀어 비웃었다. 보란 듯이 그의 감정을 하찮은 것처럼 취급하려 노력했다. 다행이었다. 애써 올린 입꼬리가 떨리지 않아서.

"많이 변했네. 박솜."

거짓말도 술술 하고.

"나 원래 이런 애야. 몸뚱이 하나 가진 계집애가 그 커다란 저택에서 조금이라도 편하게 살기 위해 널 이용했다는, 그런 생각은 안 해? 네가 나한테 어떻게 했는데. 내가 너한테 어떤 수모를 겪으며 살았는데. 왜 내가 널 좋아할 거라 생각해. 원래 있는 사람들은 그래? 타인의 감정 같은 건 우스워?"

복받쳐 오르는 슬픔에 목소리가 자꾸만 떨렸다. 소미는 바득바득 기를 쓰며 기어코 말을 이었다.

"그런데 말이야. 내가 무슨 생각으로 버텼는지 알아? 대학까지만 졸업하자. 그럼 이 지긋지긋한 지옥하고도 안녕이다. 장도현은 나한테 저금통이다. 나는 지금 저금통에 대학 가기 위해 저축하는 중이다. 네가 나 좋아하는 거 알고 나도 너 좋아하는 척 쇼했어. 너 아니면 안 될 것처럼. 그런데 대학 졸업하고 나니까, 더는 아쉬울 게 없더라. 널 계속 만나도 사모님이 될 거 같지 않고. 닭 쫓던 개 신세 되기 싫으면 한 살이라도 어릴 때 좋은 남자 만나 결혼이나 하자…… 그런 생각했어."

늦은 시간 언덕을 올라오던 차 한 대가 빵, 하고 클랙슨을 울렸다. 그 소리에 도현은 브레이크를 밟았던 발을 떼고 차를 출발시켰다.

"그렇게 숨넘어갈 듯 억지로 쥐어짜지 말고 천천히…… 하고 싶은 말, 그동안 못한 말 다 들어 줄 테니까 가서 얘기해."

꾸르륵, 저녁을 시원찮게 먹어서인지 배에선 눈치도 없이 이 와중에 소리를 낸다. 얼굴이 화끈 달아올랐다.

"……오늘 정말 최악이야."

체념하듯 읊조린 소미는 포근한 가죽 시트에 몸을 기댔다. 상처 받으라고 실컷 내뱉어 놓고 상처 받은 모습에 도리어 제가 아프면 어쩌라는 건지. 커다란 눈동자에서 끝내 참았던 눈물이 흐른다. 소미는 오른쪽으로 고개를 돌려 짙게 선팅된 창문을 바라봤다. 눈송이가 하나둘 떨어졌나. 예선 저택에 갔던 그날처럼.

"네 마음대로 해……. 난 할 말 다 했으니까."

애초에 안 될 인연이었다. 제아무리 노력해도, 인연의 끈을 놓칠세라 아등바등 붙잡고 있어도 안 됐다. 같은 하늘 아래 사는 사람이 맞을까 싶을 만큼 사는 세상이 너무 달라 시작도 하기 전에 그녀는 지레 겁먹고 지쳐 버렸다.

지금은 화를 내고 있지만 언젠가는 그녀가 그랬듯 그도 꿈에서 눈을 뜨고 현실을 직면할 것이다. 그럼 그땐 가차 없이 버려지겠지. 그래도…… 그래도 그가 놓아주지 않았으면, 그랬으면 좋겠다. 등 돌리고 도망쳐도 찾아내 주기를 바랐다. 이 기적인 사랑…….

chapter 4

가까워지는 거리

아침부터 배가 스륵스륵 아프더니 허리를 갈고리로 마구 휘젓는 느낌마저 들었다. 불쾌한 통증에 수업을 어떻게 들었는지 기억도 나지 않았다. 결국, 참다못한 소미는 점심시간이 끝나갈 무렵 보건실에 들렀다.

양호 선생은 누군가와 한창 통화 중이었다. 수화기를 잠시 귀에서 뗀 선생이 눈썹을 슬쩍 치켜 올렸다.

"왜?"

"배가 아파요. 허리도 아픈 것 같고……."

말이 다 끝나기도 전, 양호 선생은 서랍을 열어 타이레놀 한 알을 잘라 주었다.

"생리통이지?"

"네?"

"그거 먹으면 괜찮아질 거야."

소미에게 생리통 약을 쥐여 준 선생은 뭐가 그리 신났는지 다시 휴대폰을 귀에 대고 까르륵 웃음을 터트렸다.

열여섯 살이 되었지만 소미는 아직이었다. 소미가 그대로 서 있자 양호 선생은 통화하는 상대방에게 '잠깐만'이라고 말하고는 눈짓했다.

"그거 아니야?"

소미는 우먼스라고 적힌 진통제를 물끄러미 바라보다 재킷 주머니에 넣었다. 고개를 꾸벅 숙이고 보건실 문을 나왔다.

뭐, 가지고 있다 보면 쓸 일이 있겠지. 소미는 호주머니에 손을 넣어 진통제를 만지작거렸다.

1반과 2반을 지나 3반 명패가 걸린 앞문을 열었다. 몇몇 아이들이 도현의 주변을 둘러싸고 있었다. 그중 유일하게 소미의 시야에 들어오는 아이가 장미였다. 그녀는 성적순으로 자리가 배정되기 전까지 도현의 옆자리에 앉았던 아이다. 아버지가 병원장이라는 장미는 이름처럼이나 예쁜 아이였다. 거기에 성격까지 좋았다. 구김살 없이 사랑받고 자란 태가 역력했다.

"그래서, 옆의 아저씨가 '제가 임신 중입니다' 이러는데 웃겨 죽는 줄 알았다니까."

장미의 이야기를 듣던 도현은 웃을 타이밍을 따져 한 번씩 미소를 보였다. 일자로 굳게 다물어진 입술이 살짝 곡선으로 휘어지는 정도랄까. 웃는 것도 철저히 계산된 아이였다. 절대 크게 웃는 법이 없었다.

"'제가 임신 중입니다', 웃기지?"

호응을 얻으려는 듯 말하는 중에도 장미는 까르륵 웃음을 터트렸다. 하지만 도현의 표정으로 짐작하건대 장미의 이야기는 따분하기 그지없는 모양이었다.

담임은 시험 전까지 번호 순서대로 자리를 배정했다가, 중간고사가 끝난 후부터는 성적순으로 아이들을 자리에 앉혔다. 꼴찌가 가장 맨 앞에 앉았고 1등이 가장 맨 끝자리에 앉았다. 4월 중순에 본 중간고사는 도현이 1등, 소미가 2등이었다.

소미가 제 자리를 향해 다가가자 장미는 아쉬운 얼굴로 냉큼 자리에서 일어났다.

"비어 있길래 앉아 있었어. 미안해."

"괜찮아. 너 앉아 있어."

도현의 시선을 느꼈지만 소미는 철저히 무시했다. 둘 사이에 끼어들고 싶지 않았다.

"그래도 돼?"

"응."

키득거리는 모습이 보기 싫어 어색한 얼굴로 장미를 향해 웃고는 도망치듯 교실을 나왔다. 배가 아파서 그런지, 아니면 장미와 차별받는다는 자괴감 때문인지 속이 부글부글 끓어올랐다. 그냥 마구 짜증이 솟구쳤다.

소미는 저도 모르게 입술 안쪽 여린 살을 까득, 깨물었다. 그때, 복도에서 소미를 발견한 민호가 다가왔다.

"소미야."

"어?"

"잘됐다. 수학책 있으면 나 좀 빌려줘."

소미는 잠시 망설였다. 장미와 붙어 있는 도현의 꼬락서니를 보고 싶지 않았다.

"없어?"

"아니, 기다려."

있는 것을 없다며 거절하자니 마음에 걸렸다. 하지만 민호의 부탁을 들어주려면 다시 교실로 들어가야 했다. 낮게 한숨을 내쉰 소미는 결국 다시 교실로 들어갔다. 여전히 도현은 장미를 비롯해 아이들과 떠들고 있었다. 역시나 부글부글, 속이 끓어올랐다.

"왔어?"

"미안. 수학책만 꺼내 갈게."

"네 자린데 뭘 미안해."

장미는 뭐가 그리 즐거운지 까르륵 함박웃음을 지었다. 장미를 향해 '하나도 안 즐거워. 그만 좀 웃어 줄래?' 외치고 싶었지만, 소미는 꾹 참았다.

서랍에서 수학책을 찾아 꺼내자 이번에는 도현의 물음이 이어졌다.

"그건 뭐하려고?"

"친구가 빌려 달래서."

"친구?"

"그래, 친구."

소미는 묻는 말에 짧게 답하고 다시 자리를 떠났다. 그녀는 절대 도현을 친구라 말하지 않았다. 그는 친구가 아니었다.

도현은 소미의 움직임을 따라 몸을 돌렸다. 그리고 그녀를 기다리고 있는 남자아이를 발견했다. 느슨하게 호선을 그렸던 입꼬리가 단단히 굳어졌다.

"소미한테 남자 친구도 있네."

장미는 소미와 민호를 보며 작게 중얼거렸다. 그 말이 묘하게 도현의 신경을 거슬렀다. 도현의 눈동자가 소미에게 박혀 떠날 줄 몰랐다.

소미는 뒤통수가 따끔거렸지만 쳐다보지 않았다. 보란 듯이 민호에게 더욱 살갑게 웃으며 다정하게 말을 걸었다.

"여기."

"고맙다. 안 그래도 누구한테 빌리나 고민했는데. 수업 끝나고 갖다 줄게."

때마침 5교시 수업 종이 울렸다. 도현의 곁에 모여 있던 아이들이 하나둘 자리로 돌아갔다.

"난 수업 끝났으니까 내일 줘도 괜찮아."

"아냐, 이따 줄게."

민호는 정말 고맙다는 듯 몇 번이고 소미를 향해 인사했다.

민호가 교실로 돌아가고 나서야 소미는 자리로 돌아왔다. 그녀가 자리에 앉자 도현은 기다렸다는 듯이 입을 열었다.

"급식실에서 안 보이던데, 어디 갔다 왔어?"

"보건실."

"왜?"

도현의 물음에 소미는 별거 아니라는 듯 대답하고 5교시 수업인 국어책을 꺼내 들었다.

"그냥 배가 좀 아파서."

"왜?"

"나도 몰라."

장미와 하하 호호 할 땐 언제고. 괜스레 화가 났다. 하지만 도현의 질문은 그칠 줄 몰랐다.

"근데 왜 이렇게 늦게 왔는데?"

아픈 배 때문인지, 계속되는 심문 때문인지 결국 짜증이 폭발한 소미는 결국 상체를 뒤로 돌려 도현을 노려봤다.

"뭐가 궁금한 거야?"

잔뜩 가시 돋친 말투였다. 허공에서 두 사람의 시선이 맞부 딪쳤다.

송아지같이 새까만 눈동자와 마주하자 도현은 가슴이 답답했다. 병명 없는 불치병처럼 요즘 소미만 보면 계속 이랬다. 대답을 망설이는 사이 소미는 몸을 바로 하고 서랍에서 필기 도구를 꺼냈다.

"지금은?"

"뭐가?"

소미는 도현을 쳐다보지 않은 채 대답했다.

"배 아프다며."

"괜찮아. 참을 만해."

국어 선생이 교실 문을 열고 들어오자 도현은 더 이상 질문하지 않았다.

교실에 들어온 국어 선생은 숨을 쭉 들이켜더니 크게 소리쳤다.

"거기 엎어져 있는 놈들 빨리 일어나지 못해? 아직 책도 안 꺼낸 놈들은 뭐야? 빨리빨리 정신 안 챙겨?"

선생의 고함에도 수업을 뒷전으로 미룬 도현은 조금 전 자신의 행동을 곱씹었다. 반이 다를 때는 눈에 보이지 않았으니 차라리 나았는데, 바로 눈앞에 있으니 하나부터 열까지 그녀가 신경 쓰였다.

그렇게 꼬치꼬치 캐물을 필요가 있었던 걸까? 무슨 대답을 원했던 거지? 배가 아프면 보건실에 다녀올 수도 있었고, 오는 길에 친구를 만나 잠시 대화를 나눌 수도 있었다. 그런데 뭐가 그리 거슬렸던 걸까. 모르겠다. 소미가 다른 남자아이와 다정하게 있는 모습을 보자 제가 아끼는 장난감을 빼앗긴 것처럼 화가 치밀었다.

도현은 왼손으로 턱을 괸 채 앞자리에 앉아 수업에 집중하는 그녀를 바라봤다. 필기하느라 고개를 움직일 때마다 새까만 머리카락이 너풀댔다. 그때마다 달콤한 향기가 코끝을 자극했다.

습관처럼 흘러내린 옆머리를 귀에 거는 가늘고 하얀 손가락을 보자 만지고 싶은 충동이 일었다. 다행인지 불행인지 도현이 손을 뻗기 전 소미의 손이 눈앞에서 사라졌다.

도현은 책상 위에 올려놓은 펜을 손끝으로 건드리다 또르르, 앞을 향해 굴렸다. 투둑. 볼펜은 당연하다는 듯 바닥으로 떨어졌다. 국어 선생한테 고정되어 있던 소미의 시선이 발치까지 굴러 온 볼펜에 닿았다. 소미는 조용히 몸을 숙여 볼펜을 주운 후 손만 뒤로 뻗어 도현의 책상 위에 펜을 올려놓았다.

도현은 다시 펜을 바닥에 떨궜다. 떨어진 펜은 이번에는 소미의 발치에서 조금 멀리 굴러가 멈췄다. 소미는 도현의 심술이라는 것을 눈치채고 펜을 줍지 않았다. 도현은 소미의 등을 손가락으로 톡톡, 건드렸다.

"수업 중이잖아. 그만해."

"줍기 싫음 네 거라도 주든가."

소미는 손에 들린 펜의 뚜껑을 닫아 도현의 책상 위로 손을 뻗었다. 역시 이번에도 도현을 보지 않았다. 그때를 놓치지 않고 허공에서 책상을 찾아 더듬거리는 손을 잡자 흠칫 놀란 소미가 움직임을 멈췄다.

순식간에 모든 주변의 사물이 정지됐다. 교탁 위에서 떠들어 대는 선생님도, 주변의 공기도, 교실 뒤편에서 열심히 째깍거리던 시계도. 그리고 그 멈춰 버린 시간 속에 오롯이 둘만 있었다.

1초, 2초, 3초. 멈췄던 시간이 천천히 다시 움직이기 시작했다. 도현은 소미의 손에 쥐어진 펜을 자연스레 넘겨받았다. 도현이 손을 놓아주자 소미는 냉큼 뻗었던 손을 가져갔다.

소미는 도현이 손을 잡는 순간 심장이 터질 것 같았다. 얼굴이 화끈거렸다. 신경질적으로 필통을 뒤적이다 흔하디흔한 검정 펜이 보이지 않자 몸을 숙여 발치에 떨어진 펜을 주웠다. 그리고 아무 일도 없었다는 듯 태연하게 필기를 시작했다.

수업이 끝나고 쉬는 시간이 되자 소미는 한껏 도현을 노려봤다. 아주 짧은 시간이었지만, 도현이 일부러 그녀의 손을 잡았다고 확신할 수 있었다.

"대체 왜 그래?"

"뭐가?"

소미의 질문에 도현은 포커페이스를 유지한 채 정말 모른다는 얼굴로 시치미를 떼었다.

"그러니까, 뭐가?"

내 손 잡았잖아. 소미는 미간을 좁혔다.

그런데 그걸 잡았다고 할 수 있을까? 펜을 잡기 위해 닿았던 것뿐이라 발뺌한다면? 도현은 그러고도 남을 아이였다.

"아니야. 됐다. 말을 말자."

몸을 다시 원래대로 돌리는데, 빌려줬던 책을 돌려주러 온 민호가 교실 문앞에 서서 그녀를 불렀다.

"소미야."

책을 받으러 가기 위해 자리에서 일어났을 때, 뒤에서 급하게 일어난 도현이 재빠르게 힘으로 소미를 제압했다.

"뭐하는 거야?"

도현이 어깨를 짓누르는 바람에 자리에 다시 앉은 소미가 얼굴을 찡그렸다. 갑작스러운 행동에 민호를 비롯한 아이들의 시선이 일제히 소미를 향했다. 그러나 그런 시선들은 신경도 쓰이지 않는다는 듯 도현은 무심한 얼굴로 의자에 걸어 두었던 재킷을 집어 들어 소미의 다리를 덮어 주었다.

"왜?"

"넌 그냥 있어. 내가 받아 올게."

소미의 반듯한 이마에 주름이 생겼다. 도현의 행동이 갑자기 이상했다. 재킷을 덮어 주는 것도 그렇고, 자리에서 일어나지 못하게 하는 것도 그렇고…….

설마……. 불현듯 머릿속에 불길한 예감 하나가 스쳤다. 확인하기 위해선 화장실에 가야 하는데 자리에서 일어날 엄두가 나질 않았다. 이 상황을 어떻게 대처해야 좋을지 아무 생각도 떠오르지 않았다.

민호를 향해 걸어간 도현은 소미를 대신해 손을 내밀었다.

"박솜 책은 내가 전해 줄게."

"아, 그럼 이것도."

민호는 당황스러운 표정을 보이다 책과 함께 딸기 우유를 내밀었다. 도현의 눈매가 살짝 가늘어졌다. 딸기 우유는 소미가 가장 좋아하는 것이었다.

"전해 주기는 하겠는데, 박솜은 흰 우유 좋아해."

"그래? 볼 때마다 딸기 우유 먹고 있기에 좋아하는 줄 알았는데……. 참고할게."

민호는 소미의 자리를 힐끔거렸다. 그녀는 뭔가 불안한 얼굴을 한 채 이러지도 저러지도 못한 채 자리에 앉아 있었다.

그때, 발을 슬쩍 옮긴 도현이 둘 사이에 거대한 장벽을 만들었다. 민호는 그제야 소미와 주고받던 시선을 거두고 교실로 돌아갔다.

약을 먹었지만 배는 나아질 기미를 보이지 않은 채 자꾸만 신경을 건드렸다. 심연으로 깊이 가라앉은 마음은 더 무거워지기만 했다. 차에 타고서부터 운전석만 노려보던 눈빛에는 초점이 맺혀 있지 않은 지 오래였다.

소미는 잊어야지 하면서도 오후에 있었던 일들을 곱씹었다. 학교에서의 일을 생각하면 얼굴이 발개질 정도로 창피하다 못해 부글부글 화가 치밀어 올랐다. 옆에 앉아 있는 도현이 밉고, 또 미웠다. 기분이 최악이었다. 왜인지 잘 모르겠다. 도현 덕에 위기를 무사히 넘겼는데 고맙기보다는 비참했다. 어쨌든 지금은 도현이 꼴 보기 싫었다.

"아저씨, 잠시만요. 저기 앞에서 세워 주세요."

도현이 차를 세우고 내리려 하자 박 기사가 황급히 그를 말렸다.

"필요하신 게 있으면 다녀오겠습니다."

"제가 가요."

그렇게 말한 도현은 차에서 내렸다. 그 덕에 부리나케 경호원도 보조석에서 내려 도현을 뒤쫓았다. 소미는 여전히 멍하니 운전석 헤드 쿠션만 바라보고 있었다. 박 기사는 룸 미러를 통해 슬쩍 그런 소미의 상태를 살폈다.

"도련님하고 싸웠어?"

"네?"

"계속 넋을 놓고 있으니까 하는 말이야. 도련님도 그렇고."

"아, 아뇨. 안 싸웠어요."

싸우진 않았다. 그런데 마음 한구석이 꽁해 있어서 그런지 싸웠을 때보다 더 서먹했다.

20분쯤 지나서야 도현이 돌아왔는지 도어록 풀리는 소리가 들렸다. 그러나 소미는 작은 눈길조차 주지 않았다. 그때였다. 훈훈한 봄바람과 꽃향기가 흘러들어 왔다. 붙박이처럼 고정되어 있던 소미의 시선이 천천히 움직였다. 도현의 손에는 커다란 꽃다발이 들려 있었다.

"자."

"아……."

소미는 얼떨결에 도현이 건네주는 꽃다발 한 아름을 품에 안았다. 그제야 소미는 놓고 있던 정신을 차리고 꽃다발을 바라봤다. 생일에 항상 받는 꽃과 같은 종류였다.

도현의 행동에 가장 놀란 건 룸 미러를 통해 두 아이의 모습을 지켜본 박 기사였다.

"소미가 도련님께 축하받을 일이 있나 봐. 좋겠어."

꽃다발 사이에는 자그마한 카드가 꽂혀 있었다. 소미는 꽃다발을 무릎에 내려놓고 카드를 꺼내 들었다. 도현의 성격을 고스란히 반영하듯 글씨체는 곧고 반듯했다.

축하한다.

밑도 끝도 없이 '축하한다'는 달랑 한마디였지만, 카드를 읽은 소미는 벌겋다 못해 손가락 끝까지 발갛게 물들었다. 후다닥 카드를 닫아 호주머니에 숨겼다.

"뭐야……."

"뭐긴 뭐야. 카드에 쓰여 있잖아."

낮에 있던 일이 다시 떠오른 소미의 얼굴이 더욱 빨갛게 농익었다.

도현은 머리가 복잡했다. 꽃을 좋아하는 소미가 꽃다발을 보고도 좋아하기는커녕 고맙다는 인사도 하지 않았다. 아니 되레 꽃을 받고 난 후부터 울고 싶어 안달 난 얼굴이다. 붉게 물든 눈덩이는 당장이라도 눈물을 쏟아 낼 것 같았다. 자신이 무슨 실수를 했나?

언덕배기에 올라서던 차가 멈추자 소미는 '감사합니다'라는 말만 남긴 채 차에서 내렸다. 인터폰을 누르고 얼마 지나지 않아 대문이 열렸다. 검게 칠해진 커다란 대문을 손으로 밀 때, 도현은 머뭇거리다 입을 열었다.

"이제 몸은 괜찮아?"

하지만 소미는 도현을 무시한 채 걸음을 옮겼다. 도현은 당황스러웠다. 왜 화가 났는지조차 알 수 없었다. 자신의 선의를 무시한다는 생각에 도현의 목소리가 내려앉았다.

"박솜."

우뚝, 소미는 걸음을 멈췄다. 도현은 서너 걸음 더 걸어가 부동자세로 서 있는 그녀의 앞에 멈춰 섰다. 여자애들이 한 달에 한 번 예민해진다는 것쯤 도현도 알고 있었기에 애써 화를 내리눌렀다.

"몸이 아파서 그런 거라면 이해할게. 그런데 대답 정도는 할 수 있잖아."

소미는 벌겋게 달아오른 얼굴로 지그시 입술을 깨물었다. 도현의 발치만 응시하는 커다란 눈동자에 금세 눈물이 차올랐다.

소미는 도현이 본 이 중에 가장 눈물이 많은 사람이었다. 눈물이 가득 담겨 새빨갛게 충혈된 두 눈을 보자 속이 답답해졌다. 꽁한 채 앙다물어진 입술은 그의 인내심을 테스트하는 중이었고.

"내가 너한테 뭐라 했어?"

달싹이는 입술이 파르르 경련을 일으켰다. 토독, 눈에서 떨어진 눈물은 뺨을 스치지도 않고 바닥을 적셨다. 북받치는 감정에 목소리가 떨린다.

"병 주고 약 주는 거야? 넌 비참해하는 날 보면 재밌지?"

소미의 대답에 도현의 표정이 딱딱하게 굳었다. 그때 미영이 저택에서 나오자 소미는 서둘러 고개를 숙였다. 소미의 행동에 도현의 고개도 뒤편에 있는 저택을 향해 돌아섰다.

미영은 문이 열린 지 한참이 지나도 들어오질 않자 무슨 일이 생겼나 싶어 나온 차였다. 마주 보고 서 있는 두 아이의 분위기가 묘했다. 싸운 거 같기도 하고, 그런데 소미의 한쪽 손에는 꽃이 들려 있고.

소미는 차라리 미영이 나와 다행이다 싶었다. 더는 도현도 어쩌지 못할 것이다. 앞을 가로막은 그를 비켜 스치듯 걸음을 내디뎠다. 하지만 도현은 미영을 방패 삼아 도망가려는 소미의 손을 잡아챘다.

"뭐하는 거야……."

"내뺄 생각 하지 마."

도현이 소미를 끌고 성큼성큼 걸음을 옮겼다. 신발을 정리할 시간도 주지 않았다. 소미는 신발만 간신히 벗어 놓은 채 2층으로 끌려 올라갔다.

도현은 꽉 움켜잡았던 손을 제 방에 와서야 놓아주었다.

"좀 전에 뭐라고 했어?"

기가 차서 말이 안 나온다. 쉬는 시간 소미와 어지아이들이 소곤대는 소리를 들었다. 꽃다발을 받았다는 아이도 있었고, 케이크나 목걸이를 받았다는 아이도 있었다. 아이들 틈에서 소미는 입을 꾹, 다문 채 조용히 듣고 있었다.

"꽃 사 주고 몸 괜찮으냐고 물어본 게 널 비참하게 만들었다는 거야, 지금?"

"내가 언제 축하해 달랬어? 내가 왜 너한테 이런 축하를 받아야 하는데. 너한테 도와 달랬어? 내가 할 수 있었어."

"하긴 뭘 해. 당황해서 아무것도 못 했으면서."

"네가 뭐라고 그런 걸 장미한테 부탁해. 장미가 내 친구야? 내가 친구 하나 없는 왕따야?"

도현의 부탁을 받은 장미는 교복 치마를 빌려 주며 예민해진 소미의 신경을 잔뜩 긁어 댔다. 여자애가 칠칠치 못하다는 둥, 이런 걸 도현이한테 부탁하기에는 자존심 상하지 않느냐는 둥. 치마는 돌려줄 필요 없다는 적선까지.

"둘이 쌍으로 날 비참하게 하니까 좋아? 그래, 좋아 죽겠지. 꽃다발을 주고 싶으면 네 그 잘난 여자 친구한테나 가져다줘."

소미는 들고 있던 꽃다발을 도현의 품에 던지듯 떠넘겼다. 툭, 꽃다발이 그의 가슴에 부딪치고 바닥에 떨어졌다. 뒤늦게 아차, 싶은 마음이 들었지만 소미는 끝내 꽃다발을 줍지 않았다.

발치에 나뒹구는 꽃다발을 바라보는 도현의 표정이 싸느랗다 못해 시퍼렇다.

"……비참? 그럼 어떤 누구한테 도움 받고 축하받아야 비참하지 않은데? 그 민혼가 뭔가 하는 애한테?"

"거기서 민호 얘기가 왜 나와?"

"그 애가 준 우유는 잘도 받아먹으면서, 내가 준 꽃은 받지 못할 이유가 뭔데? 내가 네 친구가 아니라서?"

말을 꺼내면서도 민호와 하하 호호 하던 모습이 떠오르자 또다시 속이 답답하다.

"너는 친구가 아닌 사람에게 호의를 받을 땐 이런가 보지?"

"호의? 그런 호의라면 사양이야."

도현은 바보다. 왜 화내는지조차 모르는.

"장미나 너나 똑같아. 둘 다 재수 없어."

교복 치마를 빌려 주며 웃던 장미의 얼굴이 떠오르자 들끓던 열이 더 치밀었다. 평소에 입던 것보다 한 뼘은 더 올라간 교복 치마가 칠칠치 못한 아이임을 알려 주는 것 같아 부끄러워 참을 수 없었다.

"난 뭐, 그 민혼가 뭔가 하는 애 마음에 드는지 알아?"

소미는 끝내 울음을 터트렸다. 또 울렸다. 도현은 주먹을 꼭 움켜쥐었다. 팽팽한 신경전이 소미의 눈물로 툭, 끊어진 느낌이다. 분노와 질투로 차올랐던 머릿속이 빠르게 식어 내렸다. 왜 화를 내고 있는지 감조차 오지 않던 상황이 슬슬 윤곽을 드러낸다.

"……화를 내는 게 장미 때문이었어?"

대답을 못 하는 거 보니 맞는 거 같다. 장미가 다가왔을 때 소미의 표정이 싸늘하게 변했다. 장미를 향해 괜찮냐고 몇 번이고 괜찮다고 자신이 알아서 하겠다고 말했다. 왜 미처 눈치채지 못했을까.

소미를 바라보는 도현의 눈매가 가늘어졌다. 장미 때문에 서럽게 우는 그녀가 잘 이해되지 않았다. 왜 다른 아이 때문에 싸워야 하는지도.

"예전에 예비용 치마를 한 개 더 가지고 다닌다는 게 떠올랐고, 네가 곤란해하기에 그냥 생각나서 부른 것뿐이야. 그게 널 비참하게 만들 거라는 생각은 전혀 없었어. 놀릴 마음도 없었고. 같은 여자니까 괜찮을 거라고…… 생각했어."

소미는 그가 생각하는 것보다 더 섬세하고, 또 복잡했다.

"그리고 축하받아야 하는 날이라기에 축하해 주고 싶었을 뿐이야……. 널 화나게 할 생각은 없었어."

횡설수설하는 도현의 목소리에서 진심이 느껴졌다. 정말 당황해하는 저를 보고 아무 생각 없이 장미를 부른 것으로 보였다. 도현이 기껏 생각해서 선물한 꽃다발을 화가 난다는 이유로 함부로 대했고, 장미에게 화가 난 것을 그에게 쏟아붓고 있었으니 생각해 보면 자신도 잘한 건 딱히 없었다.

"난 장미 걔 싫어……."

"그래, 알았어. 알겠는데, 나도 민혼가 걔 마음에 들지 않아."

"친구야……."

"그래. 그러니까 마음에 들지 않는다고."

그렇게 말하는 도현의 목소리는 한결 부드럽게 들렸다.

저녁에 소미의 방을 찾은 도현은 침대 옆 화병에 꽂힌 꽃다발을 보고 시선을 돌리다 그 아래 쓰레기통에 처박힌 교복 치마를 보았다.

"몸은 이제 괜찮아?"

"괜찮아."

소미는 침대에 그대로 앉은 채 고개를 끄덕였다. 도현의 관심이 부담스럽기는 했지만 싫지는 않았다. 도현은 방을 나가지도 그렇다고 말을 잇지도 않았다. 한참 만에 도현은 조심스레 입을 열었다.

"하나 새로 사서 돌려주는 게 좋겠어."

도현은 장미의 이름을 입에 담지 않았다. 하지만 그가 무엇을 말하는지 소미는 알 수 있었다.

"가지랬어. 그러니까, 따로 돌려주지 않아도 돼."

소미는 쓰레기통에 처박힌 치마를 보며 낮게 읊조렸다. 도현은 그것에 대해 더는 묻지 않았다. 또 한참의 침묵이 이어졌다. 이번에는 소미가 먼저 입을 열었다.

"꽃…… 고마워."

"어."

"항상 궁금했던 건데…… 저 꽃 종류가 뭐야…….”

처음 꽃을 받은 건 2년 전 생일이었다. 그런데 아직 소미는 꽃의 이름조차 몰랐다. 태어나 처음 보는 꽃이었다. 꽃집에서도 이런 꽃은 보지 못했다. 몽실몽실한 꽃잎은 은은한 복숭아 빛깔을 띠고 있었고, 겹겹이 안쪽으로 말려 들어간 꽃봉오리는 소미의 주먹만 했다. 향기는 맡으면 맡을수록 마음에 쏙 들었다.

도현은 곤란한 얼굴로 입술을 달싹였다.

"장미야."

"아…….”

소미의 시선이 꽃송이에 닿았다. 그녀가 알고 있는 장미와 생김새가 전혀 달랐지만 그래도 장미긴 장미인가 보다. 커다란 꽃봉오리와 은은한 향기는 그녀를 매혹시켰으니까.

"몸 괜찮다고 하니까 난 이만 가 볼게. 쉬어."

도현은 창가 앞에 놓인 벨벳 소파에서 몸을 일으켰다.

"이유 없이 남한테 빚지는 거 딱 질색이야. 그러니까 저건 돌려주는 게 맞아."

도현이 방을 나간 후 소미는 커다란 장미꽃에 얼굴을 묻고 코를 킁킁거렸다. 입가에 알 수 없는 미소가 번졌다. 향긋한 향기가 방 안을 가득 메웠다.

다음 날부터 도현은 장미를 무시하지도, 그렇다고 가깝게 지내지도 않았다. 소미는 도현이 장미를 멀리하는 것이 꼭 저 때문이라고 생각하진 않았지만, 어쩐지 기분이 나쁘지는 않았다.

일주일 후 주문했던 교복이 집으로 배달되어 왔다. 김 집사는 새 교복을 장미의 집에 가져다주었다. 그날 저녁 집으로 도현을 찾는 장미의 전화가 걸려 왔다. 어떤 이야기를 주고받았는지 모르지만, 장미는 그날 이후 도현의 자리에 찾아와 얘기를 나누지 않았다.

❀   ❀   ❀

2년 사이 소미는 몰라보게 변했다. 생리를 시작한 후 가슴은 더욱 부풀었고, 통나무 같던 체형도 선이 생겼다. 고등학교

1년 동안 키가 훌쩍 크더니 어느새 168cm까지 자라 있었다

구부정한 허리를 펴고 바른 자세로 서 있는 그녀의 시선은 더 이상 아래를 향하지 않았다. 그렇다고 거만한 시선으로 사람을 바라보지도 않았다.

그동안 그녀가 얼마나 노력하고 변화되었는지를 단적으로 보여 주는 것이었다. 겉모습만 본다면 누가 뭐래도 양갓집 규수의 모습이었다.

늦은 밤, 도현은 수영장에서 한바탕 기운을 쏟고 방으로 향하다 소미와 마주쳤다. 그의 손에 들린 타월이 툭, 떨어졌다.

"어."

"아……."

소미 역시 도현을 보고 얼어붙었다. 그녀는 꽤 늦은 시간이라 복도에서 그와 마주칠 거라는 생각은 전혀 하지 않았다. 샤워 후 가운만 걸친 채 살금살금 방으로 향하는데 하필 거기에 도현이 있었던 것이다. 그는 그녀와 마찬가지로 젖어 있었다.

"어디 갔다 와?"

"수영……."

그의 시선이 그녀를 봉긋한 가슴골에 멈춰 섰다. 강렬한 시선 앞에 소미는 발가벗겨지는 기분이었다. 얼굴이 홧홧 달아올랐다. 몸이 저절로 움츠러들자 가슴골이 더욱 도드라져 보였다.

도현은 시선을 뗄 수 없었다. 가운 아래 숨어 있을 그녀의 뽀얀 가슴을 그러쥐고 짓이기고 싶은 욕망이 출렁였다. 그의

눈빛이 맹수보다 더 날카롭게 빛났다.

그녀는 그의 생각을 읽은 것처럼 가운의 앞섶을 잡아당겨 최대한 가슴을 가렸다. 불에 덴 것처럼 온몸이 뜨거웠다. 그런 데 이상하게도 그의 눈빛이 싫지 않았다. 아니, 되레 가슴이 뛰었다.

"무슨 운동을 이런 오밤중에 해?"

소미는 빨갛게 물든 얼굴로 원망 아닌 원망을 쏟아 내고 방으로 도망쳤다. 방에 들어온 소미는 가쁜 숨을 내쉬었다. 가슴이 쉽사리 진정되지 않았다.

도현은 정신을 차리고 서둘러 방으로 들어섰다. 그녀가 도망치지 않았다면 무슨 짓을 저질렀을지. 복도에서 그녀와 마주친 순간, 그는 머릿속으로 그녀를 벗기고 강제로 취했다. 그런 상상들로 희열을 느끼고 반응하는 자신이 섬뜩했다. 다리에 힘이 풀렸다. 문 앞에 스르륵 주저앉은 도현은 두 손으로 얼굴을 가린 채 작게 중얼거렸다.

"여자 냄새나 풍기고……."

방금 본 그녀의 모습이 머릿속에 둥둥 떠다니자 또다시 몸이 반응했다.

소미는 번데기가 허물을 벗어 던지고 나비로 다시 태어나는 것처럼 점점 변해 갔다. 요정이 지팡이를 휘누르면 재투성이 아가씨가 공주님으로 변하는 것처럼, 여자아이가 변하는 건 한순간이었다.

동그스름하던 얼굴은 갸름하게 변해 갔고, 몽땅하던 목도 점점 길어졌다. 나무젓가락 같던 체형은 본래의 선을 찾아가듯 가슴과 엉덩이가 봉긋하게 솟아올랐다. 그로 인해 허리는 더욱 가늘어 보였다.

흑단 같은 머리칼과 커다랗고 새까만 두 눈은 백설기처럼 하얀 피부를 더욱 돋보이게 만들었다.

자고 일어나면 하루가 다르게 자라있는 도현의 키처럼 소미도 변해 갔다. 열넷의 남자아이와 여자아이에서, 열여덟 살 남자와 여자가 되어 있었다.

평소와 같은 시간에 잠이 들었던 도현은 이상한 느낌에 눈을 떴다. 그러자 눈앞에 소미가 있었다. 절세가인들이 살아 돌아와도 이토록 예쁠 수 있을까? 그냥 예쁜 게 아니라 정신을 못 차릴 정도로 예뻤다.

도현은 저도 모르게 숨을 죽였다. 뭔가에 홀린 사람처럼 그녀를 침대에 잡아당겼다.

"박솜⋯⋯."

소미에게서 나던 달콤한 향기가 오늘따라 머리를 더욱 어지럽혔다. 그날 도현은 처음으로, 말로 형용하기조차 어려운, 그래서 더 야하게 느껴지는 욕망이 뒤섞인 육체적 사랑을 나눴다.

몇 번이고 그녀를 안았다. 제 아래서 앙앙거리며 흐느끼는 그녀가 사랑스러워 견딜 수 없었다. 처음부터 하나였던 것처럼 끌어안고 떨어지지 않았다. 처음 맛본 쾌락은 정신을 차릴 수 없을 만큼 아찔하고 애틋했다.

아침에 눈을 떴을 때 도현은 새빨개진 얼굴로 침대 시트를 걷어 냈다. 몽정이었다.

짜릿한 꿈은 거기에서 끝나지 않았다. 종종 그녀는 그의 꿈에 나타나 팜므파탈을 자청했다. 그런 꿈을 꾼 날이면 그녀가 옆에만 다가와도 심장이 벌렁거리며 날뛰었다.

소미에게선 항상 좋은 향기가 났다. 그 향기가 언제부턴가 치명적인 맹독처럼 느껴졌다. 이러다 정말 이성을 잃고 그녀의 방에 뛰어들어 갈지도 모른다는 생각이 들었다.

생각이 거기까지 미치자 도현은 자신의 욕망이 무서웠다. 본능에 가까운 정욕에 제가 가진 하나뿐인 온기를 잃고 싶지 않았다.

"너, 앞으로 잘 때 방문 꼭 잠그고 자라."

밥을 먹던 소미가 이상한 눈으로 바라봤지만 도현은 진심이었다.

"왜 대답 안 해?"

"알았어."

소미는 심드렁한 표정으로 고개를 끄덕였다.

도현은 소미가 방문을 꼭 잠그고 잘 거라고 믿을 뿐, 그녀가 방문을 잠그고 자는지에 대해선 따로 확인하지 않았다.

도현은 그때부터 매일 밤 지하에 내려가 러닝 머신을 뛰고,

그것도 부족해 기진맥진할 때까지 수영을 한 후에야 2층으로 올라왔다.

그 후 도현은 곧장 방으로 들어와 씻고 잠자리에 들었다. 체력이 고갈되면 팜므파탈 그녀도 찾아오지 않았다.

도현은 바닥에서 일어나 욕실로 향하며 인상을 찡그린 채 작게 중얼거렸다.

"미치겠네."

소미를 이성으로 보지 않으려 애썼다. 그런데 이상하게 애쓰면 애쓸수록 여자로 보였다. 그래도 노력했다. 그를 위해 데려왔다는 그녀는 가족도, 갈 곳도 없는 아이였다.

소미가 집에 오던 날, 그는 응접실에 앉아 불안에 떨던 그녀를 보며 다짐했다. 날 위해 준비된 저 불쌍한 송아지는 내가 책임지고 잘 키워 보자고.

도현은 제 다짐을 증명하듯 결벽증이 있는 최 여사에게서, 완벽주의자 장 회장에게서 소미를 지켰다. 그녀는 최 여사에게도 제법 귀염을 받았고 장 회장도 꽤 괜찮은 물건이 되겠다며 흡족해했다.

그가 굶주리고 갈망하던 사람의 온정을 그녀는 아무렇지 않게 나눠 주었다. 그가 도련님이라 어쩔 수 없이 주는 관심일지라도, 그에게 그녀는 잃고 싶지 않은 온기였다. 이제는 그녀가 그를 지탱하고 있었다.

아슬아슬한 경계선에 서 있었지만 도현은 지금 이대로가 좋았다.

여름이 시작될 무렵 장 회장에게 두 번째 부인이 생겼다.

알 만한 사람은 다 아는, 그러면서도 세상엔 비밀인 이야기. 새로운 부인으로 인해 장 회장이 집에 들어오는 횟수는 더욱 줄어들었다. 최 여사와 둘째 혹은 새 부인이 만날 일은 없었지만 가끔 정아나 미영이 부인 집에 다녀오곤 했다.

만약 다른 여자들이었다면 그 집에 가서 무얼 했는지 꼬치꼬치 캐물었을 테지만 최 여사는 절대 묻는 법이 없었다.

미영과 정아 역시 새로운 부인에 대해 어떤 이야기도 하지 않았다.

도현은 언제나 어른처럼 대처하고 행동했다. 그러면서 정작 어른들의 일에는 관심을 두지 않았다. 부친의 외도에도 화내지 않았고 모친의 차가운 행동에도 슬퍼하지 않았다. 부모가 그에게 그렇듯 무관심으로 부모를 대했다.

사람들은 도현을 어른스럽다고 칭찬했다. 하지만 도현이 그저 견디기 어려운 현실을 외면하고 있을 뿐이라는 것을 소미는 알고 있었다.

도현은 서서히 변해 갔다. 소미를 제외한 저택 사람들에게 장 회장과 최 여사보다 더욱 차갑게 대했다.

소미는 도현이 장 회장 일로 요즘 부쩍 예민해져 그렇다고 생각했다. 그리고 소미에게 집착 아닌 집착을 보이기 시작한 것도 이때쯤이었다.

잠결에 호출을 받은 소미는 도현의 방으로 걸음을 옮겼다.

장 회장의 외도를 알게 된 후부터 도현은 자다가 일어나 종종 소미를 찾았다.

어릴 때 괴롭히기 위해 그랬던 적도 있지만 크고 나서는 처음이었다. 태연한 척했지만 그가 그 누구보다도 힘들 거란 걸 알기에 소미는 불만을 토로하지 않았다.

소미는 도현의 방문을 열고 곧장 침실로 향했다. 그는 침대 머리에 기대앉아 있었다.

"뭐 필요한 것 있어?"

"그냥……. 깼는데 잠이 안 와."

자다가 깬 것이 아닌, 잠들지 못했다는 말이 맞을 것이다. 자려고 누워도 머릿속이 어지러워 쉽사리 잠이 오지 않았다.

소미는 침대에 걸터앉아 도현의 머릿결을 쓰다듬었다. 다른 때 같으면 소미의 손을 쳐 내고도 남았을 테지만 오늘은 그럴 생각조차 들지 않았다.

"갑자기 이 방이 너무 크게 느껴지네."

"이제 알았어? 난 처음 볼 때부터 이 방이 지나치게 크다고 생각했어."

도현은 대꾸하지 않았다. 어색한 침묵이 흘렀다. 소미는 도현의 머리를 쓰다듬던 손길을 멈췄다. 머리에서 손을 떼자 도현은 그녀의 손을 잡았다.

소미는 어색함을 모면하려 입술 끝만 살짝 올려 미소 지었다.

가슴을 간질이고, 숨죽이게 하는 묘한 분위기였다. 예전과 사뭇 다른 분위기가 답답했지만 싫지는 않았다. 이럴 땐 어쩌면 위로의 말보다 타인의 체온이 필요한지도 모르겠다.

한참을 말없이 그녀를 바라보던 도현이 잡고 있던 손을 놓으며 침묵을 깨고 입을 열었다.

"박솜, 넌 누구 거라고?"

"왜 자꾸 그래?"

어제도 그제도 그 전날에도, 도현은 확인하듯 몇 번이고 똑같은 말을 물어보았다.

"넌 누구 거라고?"

그때마다 소미는 어린아이를 달래듯 대답했다.

"난 네 거야."

세 살 아이나 할 법한 행동을 184cm나 되는 커다란 도현이 하고 있었다.

"말해 봐."

소미가 고개를 돌리자 도현은 손을 뻗어 자그마한 그녀의 턱을 조심스레 어루만졌다.

"너 정말 내 것 맞아?"

소미는 대답하지 않았다.

도현은 어른이 되어 갈수록 소미가 떠날까 봐 불안했다. 언젠가 자신을 버리고 가 버릴 것 같아 무서웠다.

'난 네 거야', 그 한마디에 불안이 가신다. 그래서 자꾸만 확인하고 싶었다.

소미의 시선이 불안하게 흔들렸다. 도현이 묻는 내 것의 의미는 물건과 똑같았다. 장 회장은 금빛 보육원에 상당히 많은 금액을 건네고 소미를 데려왔다고 말했다.

고등학교에 들어가 처음 치르는 시험에서 소미는 생전 안 하던 실수를 저지르고 말았다. 영어 시험이었다. 답안지 작성 중 5번부터 한 칸씩 밀려 작성했다. 성적표를 나눠 줄 때까지 소미는 까맣게 모르고 있었다. 하나의 실수로 성적은 눈에 띄게 뚝, 떨어졌다.

그로 인해 장 회장은 불같이 화를 냈다.

"네가 우진 망신을 다 시키는구나!"

장 회장은 역정을 내다 손을 높이 들어 올렸다. 맞는구나 싶은 생각에 눈을 질끈 감았다. 자연스럽게 몸은 움츠러들었다.

짝, 소리가 요란하게 방을 울렸다. 역시나. 그런데 아프지 않았다. 소미는 살그머니 눈을 떴다. 병풍처럼 도현이 앞을 가로막고 있었다. 도현은 돌아간 고개를 바로 하고 손으로 입술 끝을 훔쳤다. 입술이 터졌는지 손가락 끝에는 피가 묻어 있었다.

"뭐하는 게야?"

"도현아⋯⋯."

장 회장은 분을 이기지 못한 채 씩씩거렸다.

"네가 얼마짜린데! 투자한 만큼 값어치를 못 할 아이는 이곳에 있을 필요 없다. 당장 이 집에서 나가!"

눈앞이 깜깜해졌다. 손발이 달달 떨렸다. 잘못했다고 빌어야 한다는 생각밖에 들지 않았다.

"자, 잘못했어요. 용서해 주세요."

"제가 시켰어요. 그러니까 쫓아내려면 절 쫓아내세요."

"뭐?"

"제가 그렇게 하라고 얘한테 시켰다고요."

그때 본 장 회장의 분노와 당혹감이 섞인 얼굴은 지금도 잊히지 않는다.

"말 잘 듣는 개가 맞는지 확인했을 뿐이니까. 아버지가 신경 쓸 필요 전혀 없어요. 얜 그저 제 말 잘 듣는 충직한 개니까."

"개라니! 누구더러 개라는 게야!"

장 회장은 버럭 소리를 질렀다. 도현은 눈 하나 꿈쩍하지 않고 되레 큰 소리로 웃음을 터트렸다.

"왜 그러세요? 개처럼 부리라고 보육원에서 데려다 놓고."
"계집애라고 벌써부터 편드는 거냐?"
"여자가 어디 있다고 그래요?"
"허!"

눈앞에서 감싸 놓고 발뺌이라니. 장 회장은 도현의 행동에 기가 찼다.

"그리고. 앞으로라도 얘한테 손찌검하실 생각은 안 하시는 게 좋을 거예요."
"뭐?"
"그땐 우진 망신이 뭔지 제가 확실히 보여 드릴게요. 얘는 제 거니까 제가 알아서 해요. 아셨어요?"
"이놈이!"

장 회장은 손을 높이 올렸으나 도현을 차마 때리지 못하고 올렸던 손을 내렸다.

"나가, 박소미."

도현이 명령했지만, 소미는 발이 얼어붙어 꿈쩍도 하지 못했다.

"하지만……."
"나가라고 했어."

소미는 우물쭈물하다 도망치듯 서재를 나왔다. 도현이 감싸 줬지만, 감싸 줘서 가슴이 아팠다. 장 회장과 도현의 대화에서 소미는 한 명의 인격이 아닌, 돈을 주고 사 온 물건과도 같았기에.

그때의 기억이 떠오르자 가슴이 먹먹했다. 지금도 눈물이 왈칵 쏟아질 것 같았다.

나중에 이곳을, 도현을 두고 아무런 미련도 없이 떠날 수 있을까? 돈을 많이 벌어 이곳을 나갈 날만 기다리며 버텼는데 이제는 자신이 없었다. 이게 모두 도현 때문이다.

4년. 짧다고 해야 할지 길다고 해야 할지 모를 시간을 함께 지내며 소미는 미워만 하던 도현에게 연민을 느꼈다. 우진그룹이라는 왕좌가 그를 얼마나 짓누르고 있는지. 지나친 아이들의 관심이 얼마나 그를 피곤하게 하는지. 또 부모의 방관이 얼마나 그를 상처 입히는지.

친구는 귀찮아서 필요 없다고 말하던 그를. 유리방에 하나 가득 장난감을 쟁여 놓고 쳐다만 봐야 하는 심정을. 늦은 밤

몰래 시끄러운 음악을 듣는 것으로 스트레스를 해소하는 그를. 감정에 서툰 아이가 서툰 마음으로 저에게 내보였던 관심을…….

도현은 이곳을 지옥이라고 했다. 그땐 이해되지 않던 그의 말이 시간이 지날수록 이해가 되었다. 그녀가 저택을 나가면 도현은 예전 그때처럼 혼자 남는다. 외톨박이로 도현을 혼자 두고 싶지 않았다. 그래서 슬프다.

"왜 말 안 해?"

소미는 도현의 시선을 피해 바닥으로 눈을 내리깔았다. 바닥을 향해 살짝 내리깐 눈꺼풀이 미세하게 경련을 일으켰다. 길게 내려앉은 속눈썹이 하얀 얼굴에 검은 그림자를 만들었다.

예쁘다. 오목조목하게 박혀 있는 눈, 코, 입. 길고 탐스러운 머릿결이나 작지만 길게 뻗은 손가락. 안고 입 맞추고 만지고 싶다. 도현은 그녀를 향해 들어 올렸던 손가락을 아쉬운 듯 거둬들였다.

"듣고 싶어."

도현이 재촉했다. 소미는 마지못해 입술을 움직였다. 눈시울이 붉게 물들었다. 소미는 방 안이 어두워서 다행이라고 생각했다. 가슴이 찌르르 저렸다.

"……네 거야."

"맞아. 처음부터 넌 내 거였어. 아버지가 장학생이니 뭐니 허울 좋은 말로 포장해 널 데려온 그날부터……. 그러니까 어디 갈 생각하지 마."

도현은 그제야 어린아이처럼 안심한 얼굴로 침대에 누웠다.

"잘 때까지 옆에 있어."

소미는 고개를 끄덕였다. 도현은 잠들지 못하고 한참을 뒤척였다. 도현은 확인하듯 잠에 취한 목소리로 자꾸만 그녀의 이름을 읊조렸다.

"솜⋯⋯."

"응."

"가지 마⋯⋯."

얼마 못 가 소미는 불 꺼진 방안에서 꾸벅꾸벅 졸기 시작했다.

도현의 미간이 잠결에 움찔댔다. 자다가 몸을 뒤척이는데 한쪽 이불 끝이 묵직해 움직이지 않았다. 잠결에 손을 더듬거리던 도현은 손에 닿은 말랑거리는 촉감에 번쩍 눈을 떴다.

잠들 때까지만 옆에 있으라 했더니 그녀는 아예 옆에서 색색거리며 자고 있었다. 도현은 최대한 조심히 손을 더듬거려 침대 옆 테이블에 있는 시계를 손으로 툭, 건드렸다. 액정에 불빛이 들어오며 5시임을 알려 줬다.

6시면 일어나는 그녀를 깨우기에는 모호한 시간이었다. 이불 끝자락에 몸을 웅크리고 자는 모습이 가여워 인심 좋게 이불 절반을 덮어 준 후 다시 눈을 감았다. 하지만 얼마 못 가 도현은 감았던 눈을 떴다. 잠이 오지 않았다.

어스름한 어둠에 소미의 얼굴이 점점 또렷이 보였다. 도현은 한참 동안 그녀의 잠든 얼굴을 바라보았다. 조심스레 손을 뻗었다.

그러나 결국 도현은 그녀를 향해 뻗었던 손을 거둬들였다. 만지는 순간 신기루처럼 사라질 것만 같았다.

chapter 5

마음의 행로

고3이 되는 건 번갯불에 콩 구워 먹듯 순식간이었다.

열아홉 살은 애매한 나이였다. 어린아이도 아닌, 그렇다고 성인도 아닌 어정쩡한 나이. 몸집은 이미 다 자란 성인인데, 알맹이는 어른과 아이의 경계선에서 아슬아슬 줄다리기했다.

"쟤 예쁘지 않냐?"

"발정 난 네 눈에 안 예쁜 여자애가 어디 있냐."

"그런가? 근데 볼수록 진짜 예쁘단 말이지. 작년까지만 해도 발육 부진에 눈만 커다래서 일본 인형처럼 보이더니 이제 완전 쭉쭉 빵빵이잖아. 저런 애랑 침대에서 뒹굴면 아주 꿀맛⋯⋯."

화장실에 갔다가 돌아오던 도현이 의자를 발로 걷어차자 시끄럽던 교실은 순식간에 조용해졌다. 하지만 그보다 조용한 건 도현의 목소리였다.

"다시 한 번 말해 봐."

"아니, 아니야. 미안하다."

"한 번만 더 쟤 가지고 그딴 소리 하는 거 들리면 그땐 네 옥수수 하나도 남김없이 털어 버릴 거야. 알았어?"

서늘한 시선으로 감정 없이 내뱉은 말이었지만 도현은 절대 실언을 하는 법이 없었다. 삼삼오오 모여 떠들던 남자애들은 순식간에 입을 다물었다. 자리에 앉아 친구와 재잘거리던 소미가 몸을 반쯤 틀어 걱정스러운 얼굴로 도현을 보고 있었다. 도현은 교실을 한순간에 얼어붙게 하고 태연하게 자리에 앉았다.

"박솜."

도현이 부르자 소미는 친구에게 가 보겠다고 말한 후 자리에서 일어났다. 요즘 이런 일이 비일비재했기에 도현이 부르는 것이 이상할 것도 없었다.

도현은 눈으로 비어 있는 옆자리를 가리켰다.

"여기 붙어 있어. 딴 데 가지 말고."

"자꾸 왜 그래?"

"네 할 일이 뭔지 잊었어?"

도현은 학교에서 단 한 번도 소미를 메이드로 대한 적 없었다. 중학교에 입학할 때부터 줄곧, 도현은 학교에서 소미를 우진그룹 장학생으로 대했다. 아이들도 도현이 소미를 대하는 만큼 똑같이 대해 주었다. 부모가 없는 천애 고아라든가, 도현

의 메이드라든가. 그런 생각은 하지 않았다. 그 점에 대해서
소미는 항상 도현에게 감사하게 생각했다.

하지만 요새는 달랐다. 아니, 달라졌다. 걸핏하면 호출했고
옆에 두고 제 것처럼 과시했다. 어깨에 머리를 기댄다거나 손
을 잡는다거나. 예전 같으면 절대 하지 않았을 스킨십도 망설
이지 않았다. 소미가 옆에 앉자 도현은 그녀의 어깨에 머리를
기대고 눈을 감았다.

"왜 자꾸 이래……."

"넌 내 거니까. 내 옆에 있어."

남자아이들이 소미를 연애 대상으로 바라보자 도현은 숨도
쉬어지지 않을 만큼 배알이 뒤틀렸다.

애지중지 잘 키운 딸을 뺏기면 이런 기분일까. 그 커다란
눈이 나만 바라봤으면 좋겠고, 조그마한 입술이 나한테만 속
삭이면 좋겠고 나한테만 웃어 줬으면 좋겠다. 다른 아이들이
보는 것도 아까웠다. 감춰 두고 혼자 보고 싶은 마음이 차올랐
다. 예전에도 그런 생각을 문득문득 했지만 요즘은 도가 지나
쳤다.

그런 도현의 마음을 모르는 소미는 작게 속삭였다.

"요즘 너 애 같아."

"애 맞아."

도현은 대수롭지 않게 대답했다. 소미는 도현의 머리를 토
닥이며 푸념 섞인 한숨을 내쉬었다.

"요즘 애들 인사가 뭔 줄 알아? 너랑 사귀느냐고 물어보는

거야."

"……."

"그러니까 내 말은 괜한 오해받아서 좋을 것 없다는 소리
야."

소미의 말이 언짢았는지 도현은 감은 눈을 천천히 뜨고 어
깨에 기댔던 머리를 바로 세웠다.

"난 그러니까, 나쁜 뜻은 아니고……."

"그것도 나쁘지 않네."

"뭐?"

"나쁘지 않다고 했어."

소미의 반듯하던 눈썹에 힘이 들어갔다.

"그게 무슨 소리야?"

"다시 말해 줘?"

기가 차 말도 제대로 나오지 않았다. 머리를 쓸어 넘기는
소미의 손가락 끝이 가느다랗게 떨렸다.

"그러니까…… 너랑 내가…… 말이 된다고 생각해?"

"넌 여자고 난 남잔데, 왜? 너랑 내가 피가 섞인 것도 아니
고, 재혼 가정도 아니고. 한 부모를 두고 호적을 같이 쓰는 사
이도 아닌데."

소미는 자리에서 벌떡 일어났다.

"너 요즘 머리가 어떻게 된 게 분명해. 그런 말 농담으로도
하지 마."

그래, 머리가 어떻게 된 게 분명하다. 그러니 표정 하나 바

꾸지 않고 그런 소릴 할 수 있는 거겠지.

"쉬는 시간 끝났어. 자리로 돌아갈게."

도현이 어떻게 생각하든, 최 여사와 장 회장이 어떻게 생각하든 소미는 그들을 가족이라고 생각하고 있었다.

열네 살에 만난 새로운 가족. 언젠가 나이를 먹어 그 집을 나오게 되겠지만, 그래도 함께 사는 동안 소미는 자신을 그 집안의 일원이라고 생각하기로 했다. 그래야 마음이 편할 것 같았다. 얼음보다 차가운 그곳에서 견딜 수 있을 것 같았다.

도현이 싫은 건 아니었다. 아니, 좋아했다. 이성으로 보지 않으려 노력해도 자꾸만 가슴이 뛰었다. 그렇지만 언젠가 그에 대한 감정이 깨끗이 정리될 거라 믿어 의심치 않았다. 차가운 것 같지만 내면은 누구보다 따뜻했고, 모든 일에 무심한 듯 보이지만 그 누구보다 다정했다. 안타깝게도 그런 그의 모습을 아는 이는 소수였다. 그의 본모습을 알게 된다면 그녀가 아니라도 누구든 좋아하지 않을 수가 없을 거다. 장담하건대 소미는 도현이 아니었다면 진즉 저택에서 쫓겨났거나, 그도 아니면 시리고 삭막한 저택에서 얼어 죽었을지 모른다. 그건 확신할 수 있었다.

그런 도현에게 소미는 항상 고맙다고 생각했다. 하지만 잠시 잠깐의 두근거림에 섣불리 연애를 시작할 정도의 바보도 아니었고, 모든 위험을 감수하면서까지 사랑 타령을 할 정도로 그녀는 멍청하지 않았다.

그는 그녀에게 언감생심 꿈도 꾸면 안 될 왕자님이었다.

여름 방학이 얼마 남지 않은 무렵 옆 반에 주호라는 아이가 전학 왔다. 고3이 전학이라니. 팔자가 찢어지게 좋거나, 아주 더럽거나. 둘 중 하나였다. 미국에서 학교에 다니다 온 주호에 대한 소문은 첫날부터 무성했다. 주호는 스물한 살로 교실의 아이들보다 두 살이 더 많았다. 그래서 더욱 소문이 극대화된 것도 있었다.

약을 하다 걸려 추방을 당했다는 소문부터 집단 윤간을 하다 걸렸다는 소문까지. 어디까지가 진실인지 모르지만, 주호가 질이 나쁘다는 것쯤은 그의 행실에서 알 수 있었다. 전학 첫날부터 학교에 차를 가져와 버젓이 주차해 놓고, 성인이라는 이유로 교사 화장실에 들어가 담배를 피웠다. 주호라는 인물을 표현하자면 평화롭던 마을에 원자폭탄 하나가 예고도 없이 뚝, 떨어진 것과 같았다.

점심시간이었다. 전학생 주호는 한 마리의 하이에나처럼 어슬렁거리며 급식실에 나타났다. 타이트한 교복 바지에 손가락을 찔러 넣은 모습이 보기에도 껄렁해 보였다. 주호는 누군가를 발견하고 한쪽 입꼬리를 비틀어 웃으며 다가왔다. 소미의 눈에는 그 모습이 꽤 위협적으로 보였다. 그리고 그가 찾은 누군가가 도현이라는 걸 깨닫는 데 30초도 걸리지 않았다. 주호는 비어 있는 소미의 옆자리에 털썩 엉덩이를 붙이고 앉았다.

"그 대단한 우진그룹 장도현이 급식을 먹네? 장도현, 오랜만이다."

"그러네."

"학교생활 재미있겠다? 그렇지?"

주호는 잔뜩 비틀린 얼굴로 도현을 향해 미소 짓고는 자리에서 일어나 급식실을 빠져나갔다.

"아는 사이야?"

"예전에. 혹시나 해서 하는 말인데 시비 걸면 피해."

"왜 그런지 물어봐도 돼?"

"집에 가서 말해 줄게."

도현은 집에 돌아와 주호에 관해 이야기했다.

"나도 그땐 어려서 자세한 건 모르겠는데 주호 형 아버지가 한 번만 도와 달라고 사정한 걸, 아버지가 딱 잘라 거절했대. 그래서 한동안 좀 많이 힘들었나 봐. 미국에서 같이 지냈는데 5학년 중간에 들어갔으니까."

"그렇다고 너한테 그래?"

"한국에 들어와서 적응을 못 했던 거 같아. 상황도 안 좋았고. 2년 후에 미국에서 다시 만났을 땐 나랑 같은 5학년이었어. 계속 학교에 다녔으면 원래는 7학년이었을 텐데……. 그때부터 삐거덕거렸고."

"미국에서도 그랬어?"

"어."

다시 만난 주호는 많이 변해 있었다. 부모의 사이가 나빠진 것처럼 둘의 사이도 순탄치 않았다. 사사건건 시비를 걸고 원수에게 앙갚음하듯 도현을 괴롭혔다. 결국은 참지 못한 도현이 학교에서 주호와 주먹다짐했고 도현은 졸업과 동시에 한국에 오게 되었다.

사회의 작은 구성이라는 학교에선 부모의 재력과 권력이, 아이들의 힘이자 위치였다.

주호의 집안은 리조트 사업을 하고 있었다. 도현의 말처럼 한때 무척 어려웠던 것 같지만 지금은 국내보다 해외에서 더 잘나가는 빵빵한 사업체를 보유하고 있었다.

그가 성인이라 그런지, 행실이 너무 불량해서인지 교사들조차도 그를 통제하기 꺼렸다. 아이 중에선 그를 따르는 무리까지 생겨났다.

이동 수업이 끝나고 선생님 심부름을 다녀오던 길에 소미는 처음으로 주호와 단둘이 복도에서 마주쳤다. 주호는 한쪽 입꼬리를 비틀어 웃더니 소미를 보고 먹잇감을 발견한 듯 어슬렁거리며 다가왔다.

"네가 장도현이랑 산다는 애 맞지?"

"……"

주호는 손을 뻗어 소미의 얼굴을 들고 이리저리 살펴보았다.

"생긴 건 반반하네."

"놔."

기분 나쁘다는 얼굴로 주호의 손을 뿌리치자 주호는 콧방귀를 끼고 소미를 비웃었다.

"너 내가 누군지 몰라서 이래?"

"알아야 할 이유 없다고 생각해."

소미는 가로막고 있는 주호를 피해 발길을 돌렸다. 옆으로 한 발짝 내딛자 주호의 발걸음도 따라 움직였다.

"와, 생긴 건 순둥인데 앙칼지네. 침대에서도 그러냐?"

주호라는 아이는 소문보다 더 저속했다. 소미가 노려보자, 노려보면 어쩔 거냐는 눈빛으로 손가락 하나를 들어 소미의 어깨를 툭툭 건드리며 비아냥댔다.

"아가, 오빠라고 해 봐. 오빠."

수업 종이 울리면 어쩌지 못하고 반으로 돌아갈 거란 생각에 소미는 입술을 꾹, 다물었다.

보육원에서 지내는 동안에도 주호와 비슷한 아이가 있었다. 깨달은 것이 있다면 이런 아이는 피하는 게 상책이라는 거였다.

"꿀 먹은 벙어리가 되셨나."

그때 수업 종이 울렸다.

"운 좋네. 나중에 보자."

주호는 손을 흔들며 유유히 복도를 지나 교실로 돌아갔다.

툭. 투툭. 점심을 먹으려 식판을 자리에 내려놓고 의자에 앉았을 때였다. 머리 위로 무언가 떨어졌다. 머리를 지나 식판 위로 떨어진 것은 새까만 수박씨였다. 소미의 얼굴이 싸느랗게 변했다.

"더럽게 뭐하는 거야?"

"아, 여기가 변기통이 아니었네? 난 또 변기통이 급식실에 있나 했지?"

소미는 이를 악물었다. 들고 있던 수저를 내려놓으려 하자 뒤에서 손이 휙 날아와 식판을 벌렁 뒤집었다.

"아이고, 어째. 저 시커먼 게 파린 줄 알고. 똥파리."

식판에서 엎어진 미역국이 테이블을 뒤덮고 무릎 위로 떨어졌다.

"박주호, 너 거기서 지금 뭐하냐?"

급식을 받아 자리로 오던 도현이 주호를 보고 미간을 찡그렸다. 테이블 위에 엎어진 소미의 식판을 응시한 도현은 주호를 노려봤다.

"박주호, 네가 이런 거야?"

"아니. 내가 실수로 엎은 거야. 옷이 젖어서 먼저 일어날게. 먹고 와."

소미는 태연하게 자리에서 일어나 뒤집힌 식판을 들었다. 쏟아진 반찬을 손으로 쓸어 식판에 담고 급식실을 빠져나왔다.

실실 쪼개는 주호를 바라보는 도현의 눈매가 가늘어졌다.

"박주호, 하고 싶은 말 있으면 나한테 해. 경고하는데 쟤 건드리지 마."

"아이고, 무서워서 어쩌나."

주호는 도현을 향해 두 팔을 오므리고 무서운 척 몸을 덜덜 떨었지만, 이내 픽 웃고는 걸음을 돌렸다.

도현은 자리에 앉아 보지도 않은 채 식판을 들어다 치우고 매점으로 향했다. 간식거리를 사서 교실에 들어가자, 체육복으로 갈아입은 소미가 자리에 앉아 공부를 하고 있는 게 보였다.

"밥 먹는 시간도 아까워서 식판 쏟은 건 아니지?"

"아니야."

소미는 도현의 농담에 웃음을 보였다. 뽀얀 얼굴이 더욱 환해진다.

"넌 왜 벌써 와?"

"내려놓다 손이 미끄러졌어. 철퍼덕."

"거짓말하지 마."

더는 농담이 재미없다는 얼굴로 소미가 흘겨보자 도현은 들고 있던 콜라와 햄버거를 내밀었다.

"진짜. 매점 갔다 왔으니까, 같이 먹어."

"나 별로 배도 안 고팠고. 그냥 잘 됐다 생각했어. 그리고 한 끼 굶는다고 안 죽는데……."

'고맙다'라고 한마디 하면 끝날 것을 소미는 미안한 얼굴로 변명을 늘어놓았다.

"난 죽어. 나 혼자 먹는 거 싫어하는 거 알지? 그러니까 빨리 먹어."

"……잘 먹을게."

도현에게 인스턴트 음식은 절대 먹이지 말라던 미영의 말이 떠올랐지만, 햄버거는 맛있었다.

배가 고프지 않던 소미는 그가 사다 준 햄버거를 맛있게 먹었다. 도현은 마지막 남은 햄버거를 가볍게 입에 털어 넣고 걱정을 내비쳤다.

"주호가 괴롭혀?"

"걔가 왜 날 괴롭혀? 아깐 정말 내 실수야. 그리고 내가 당하고 가만히 있을 애는 아니잖아. 걱정하지 마."

소미는 아무것도 아니라는 듯 웃음을 지었다. 도현은 그런 그녀의 웃음이 어쩐지 못 미덥게 느껴졌다.

신경이 예민해지고 배가 싸하게 아픈 게 아무래도 두 달 만에 생리가 찾아온 것 같았다. 첫 생리를 시작한 이후 날짜를 지켜 하는 법이 없었다. 어느 때는 두 달에 한 번, 석 달에 한 번. 또 어느 달은 한 달에 두 번을 하기도 했다.

수업이 끝나기 무섭게 소미는 자리에서 일어나 교실을 나왔다. 복도는 조용했다. 쉬는 시간에도 다른 학년에 비해 3학년 교실은 조용한 편이었다. 조용한 복도는 수험생이라는 사실을 다시금 알려 주는 것 같았다.

화장실에 막 들어가려 할 때 뒤에서 누군가 재빠르게 소미의 팔을 잡아챘다.

"아주 급하신가 봐?"

주호였다. 소미를 만난 주호는 깐죽거리며 속을 뒤집어 놓기 시작했다.

"장 회장이 요즘 여자에 미쳐서 회사도 나 몰라라 한다는데 사실이야?"

"아니."

"표정 보니까, 맞구만."

소미의 주먹이 푸르르 떨렸다. 주호는 그녀의 반응이 재미있다는 듯 씨익, 웃고는 친한 친구처럼 소미의 어깨에 팔을 둘렀다. 점심시간에 한바탕 나가 뛰고 왔는지 주호에게선 담배 냄새와 햇볕 냄새, 그리고 땀 냄새가 뒤섞여 코를 자극했다.

"야. 말해 봐. 한집 사니까 알 것 아니야."

"몰라."

어깨를 감싼 팔을 들어 치우자 주호는 한쪽 눈썹을 치켜세우며 웃음을 터트렸다.

"뭐. 좋아."

주호는 손을 획획 털고 소미의 행동을 애교처럼 넘겼다. 주호라는 아이와 마주하고 싶지 않아 걸음을 내딛자 주호는 소미의 앞을 막아섰다.

"오빠 말씀 안 끝났잖아. 부전자전이라고, 어린놈이나 늙은놈이나 계집에 빠져 사는 건 똑같네?"

"그런 거 아니야."

"장도현이 너 물빨한다고 학교에 소문이 파다하던데. 뭘 또 그런 게 아니야."

간죽간죽, 커다란 덩치가 아까울 정도로 주호의 입은 가벼웠다. 주호의 시선이 소미의 가슴에 닿았다. 벌레가 기어가는 것처럼 온몸에 소름이 돋는다.

"졸라 크네. 장도현 작품인가? 오빠도 침대에서 아주 간드러지게 녹여 줄 수 있는데. 어때?"

소미는 주호의 뺨을 힘껏 내리쳤다.

하, 주호는 살짝 돌아간 고개를 바로 세우며 기가 찬 얼굴로 짧게 웃었다.

"너랑 침대에서 뒹굴 일 없으니까 농담이라도 그런 말 하지 마. 기분 나빠."

소미는 주호를 밀치고 화장실을 향해 걸음을 옮겼다. 그 순간 솥뚜껑만 한 손이 허공에서 날아와 소미의 머리채를 잡아챘다.

"악."

"감히 누구 얼굴에 손을 대."

주호는 머리채를 잡은 손을 가벼운 물건 하나 던지듯 휙, 집어 던졌다. 그러자 소미는 짐 자루처럼 바닥에 나가떨어졌다.

"네가 먼저 나 때린 거다? 오빠가 먼저 손댄 거 아니야. 알지?"

바닥에 주저앉은 소미를 바라보는 주호의 눈이 희번덕거렸다.

"오빠는 너한테 불만 없어. 그냥 장도현하고 그 집이 옛날부터 재수 밥맛이었거든."

주호의 손이 소미의 얼굴을 내리쳤다. 눈앞이 깜깜해지고 귓가에서 징 울리는 소리가 나며 뇌가 울렸다. 툭툭, 커다란 손으로 머리를 잘게 때리던 주호는 또다시 손을 들어 올렸다.

"내가 빚지고는 못 살아. 이건 네년이 때린 몫이야. 불만 없지? 그리고 갚을 땐, 이자까지 쳐서 주라는 게 내 신조거든."

소미는 몸을 움츠리며 눈을 질끈 감았다. 그때 도현의 목소리가 들렸다.

"박주호, 뭐하는 짓이야? 불만 있으면 나한테 얘기해."

"아아, 흑기사 등장이네."

주호는 불량스럽게 굽히고 앉았던 무릎을 세우고 자리에서 일어났다. 다리를 툭툭 앞으로 뻗어 바지 주름을 정리했다. 허공을 가르는 소리와 함께 공중에 부유한 먼지 조각이 춤을 춘다. 소미는 숨을 멈췄다.

도현의 시선이 주호를 지나 바닥에 주저앉은 소미를 향했다. 그녀의 뺨에 선명하게 난 손자국을 발견한 도현의 눈동자가 흠칫 커졌다.

"때렸어……?"

순간 도현의 눈에 살의가 번뜩였다. 소미는 자리에서 주섬주섬 일어서다 도현이 주호를 향해 주먹을 뻗는 순간, 재빠르게 몸을 날렸다.

"안 돼."

"놔."

소미는 고개를 흔들었다. 절대 놓을 수 없었다.

절대 사고 치지 말 것. 도현이 사고 치지 않게 잘 감시할 것. 그것이 장 회장의 명령이었다. 학교에서 주호와 문제라도 일으킨다면 소미도, 도현도 무사하지 못할 게 자명했다.

"못 놔."

"놓으라고 했어."

소미는 세차게 고개를 흔들었다. 그 와중에 주호는 또다시 빈정거렸다. 일부러 도현을 자극하고 있는 게 느껴졌다.

"가지가지 하고 자빠졌네. 학교에서 신파 찍냐? 좀 있으면 포르노 한 편 찍겠다."

"이!"

도현의 몸이 다시 앞으로 들썩였다.

"제발…… 싸우지 마. 네가 싸우면 나 정말 갈 곳을 잃게 돼."

작게 중얼거리는 목소리가 겁에 질려 떨리고 있었다.

빌어먹을! 우진이라는 이름은 얼마나 더 도현을 옭아매야 직성이 풀릴 것인가. 그 무게가 오늘만큼은 미치도록 답답하게 느껴졌다. 도현은 주호를 향해 내던지려던 주먹을 바닥을 향해 떨어트렸다. 여전히 팔에는 힘이 잔뜩 들어가 주먹은 돌처럼 단단했다.

"예나 지금이나 재수 없는 건 똑같네."

때마침 수업 종이 울렸다. 주호는 도현을 밀치고 복도를 유유히 걸어갔다.

"씹, 뭘 봐. 확 눈깔을 파 버릴까 보다."

주호는 지나가는 아이들을 향해 욕지거리를 내뱉었다. 한 손은 바지 주머니에 끼워 넣은 채 건들건들 걸어가는 모습이 날건달과 흡사했다.

소미는 도현의 팔을 잡고 바들바들 떨고 있었다. 도현의 주먹은 여전히 꼭 쥐어진 채 펴질 줄 몰랐다.

"내가 먼저 때렸어. 그러니까 별거 아니야."

소미가 먼저 주호를 쳤다는 소리에 도현의 얼굴이 미세하게 굳었다. 주호가 전학 오던 날, 절대 몇 번이고 주호의 페이스에 휘둘리지 말라고 당부했다.

"상대하지 말라고 했잖아."

"알아. 근데, 그럴 수 없었어."

"얼굴 들어 봐."

"별거 아니야. 괜찮아."

수업을 하러 3층에 올라온 선생 한 명이 복도에서 소리쳤다.

"수업 종 친 지가 언젠데 아직도 밖에 있어! 다들 교실로 들어가!"

선생의 말 한마디에 복도에 남아 있던 아이들이 하나둘 시야에서 사라졌다. 잠시 두 사람 사이에 정적이 흘렀다. 도현의 시선이 그녀의 뺨에서 떨어지지 않았다. 결국 먼저 움직인 것은 소미였다.

"나 화장실 갔다가 갈게. 네가 선생님께 말 좀 해 줘."

"기다릴게."

"같이 혼나고 싶어? 뭐한다고 기다려. 먼저 가 있어."

화장실에 들어간 소미는 세면대 앞에서 거울을 들여다보았다. 퉁퉁 부은 한쪽 얼굴이 가관이다. 물을 틀고 연거푸 세수

했다. 차가운 물이 얼굴에 닿자 왼쪽 뺨과 터진 입술이 후끈거렸다. 주호의 도발에 넘어가선 안 됐다. 도현의 말처럼 어느집 개가 짖는다고 넘겨야 했다. 예민해진 신경을 탓할 수도 없고. 후회했지만 이미 늦은 후였다. 소미는 앞으로는 절대 주호의 도발에 넘어가지 않겠다고 스스로 다짐했다.

화장실을 나왔을 때, 도현은 계속 그 자리를 지키고 있었다.

"먼저 가라니까?"

"보건실 데려다줄게……."

"됐어. 다음 쉬는 시간에 가면 돼."

소미는 괜찮다고 했지만 도현은 막무가내로 그녀를 보건실에 데려갔다. 보건실은 텅 비어 있었다.

"수업 중이라고 자리 비우셨나 보네. 앉아."

도현은 구급상자를 찾아 면봉을 이용해 소미의 입술 끝에약을 펴 발랐다. 두근두근, 도현의 숨결이 느껴질 만큼 가까웠다. 그가 얼마나 섬세한 사람인지 입술 끝에 스치는 면봉이 말해 주는 것 같았다. 입술 끝이 간질거린다. 눈살을 찡그리자그도 함께 눈살을 찡그린다.

"아파?"

"간지러워……."

"한동안 불편하겠다."

"나한테 잘해 주지 마……."

자꾸 안주하고 싶어진다. 제 처지를 모르고 자꾸만 그에게기대하고 만다. 도현이 짧게 웃었다.

"이게 잘해 주는 거야?"

"그렇잖아……."

"내 거라며. 난 누가 내 거 건드는 거 싫어해."

"……그런 거면 다행이고."

어릴 때부터 제 거라면 뭐가 됐든 만지는 것도, 건드는 것도 싫어하던 그를 알기에 소미는 빠르게 수긍했다. 약해지는 마음을 다잡을 순 있었지만 어쩐지 어깨에선 기운이 빠졌다. 제 기색을 도현이 눈치챌까 소미는 운동장으로 시선을 돌렸다.

수업에 30분이나 늦고 말았다. 다행히 소미의 부어오른 얼굴에 선생의 훈계는 이어지지 않았다.

마지막 쉬는 시간 소미는 생리대가 들어 있는 파우치를 꺼내 자리에서 일어났다. 귀찮다.

"어디 가?"

"화장실."

도현은 입술을 달싹이다 소미의 손에 들린 파우치를 보고 같이 가겠다고 할 수도 없어 입을 다물었다.

"같이 가. 나 어차피 매점 갈 생각이니까."

"그럴 필요 없어. 음료수 마실 거면 내가 오면서 사 올게."

매점에 가려면 화장실을 지나서 가야 했다. 그의 생각을 읽은 소미는 고개를 저었다.

"아니, 내가 가."

도현은 소미가 화장실에 들어가는 걸 본 후에야 매점으로 발길을 옮겼다.

소미는 화장실을 나와 교실로 돌아가는 길에 복도에 나와 있는 주호와 마주쳤다. 흠칫, 주호를 본 소미의 몸이 반사적으로 움츠러들었다. 심장이 벌렁거린다. 소미는 짧게 심호흡을 내뱉고 그를 못 본 척 걸음을 옮겼다.

"아!"

탁, 뒤에서 오금을 발로 걷어차는 순간 소미는 힘 한번 써 보지 못한 채 앞으로 고꾸라졌다. 손에 들린 파우치는 저만치 앞에 떨어져 나뒹굴었다. 시멘트 바닥에 닿은 무릎이 시큰거렸다. 유치한 장난에 화가 치밀어 올랐다.

"저런, 괜찮아? 멀쩡히 가다 넘어지고 그래. 어젯밤 하도 힘을 써서 다리에 힘이 풀렸나?"

쯧쯧, 혀 차는 주호의 목소리가 들렸다. 소미는 아무렇지 않게 자리에서 일어나 먼지 묻은 무릎을 털고 떨어진 파우치를 집어 교실로 돌아왔다.

매점에 다녀온 도현은 책상 위에 딸기 우유 하나를 내려놓았다.

"먹어."

"눈물 나게 고맙네."

웃으면서 우유를 받아 들었지만 정말 눈물이 날 것만 같았다.

"무슨 일 있었어?"

"아니. 아, 있었어. 오다가 넘어졌어."

소미는 발갛게 복도에 쓸린 무릎을 보여 주며 멋쩍은 미소를 지었다.

"뭐하다?"

"스텝이 엉켜서."

도현은 안 믿는 눈치였다.

"다 큰 애가 뭐한다고 넘어져."

"그러게 말이야."

그날 이후 소미는 되도록 주호와 마주치지 않기 위해 대부분의 시간을 교실에서 보냈다.

여름방학이 끝나고 2학기가 시작되었다. 주호는 아예 학교생활을 포기한 듯 나오고 싶을 때 등교했고, 수업 중이라도 집에 가고 싶을 땐 가방을 들고 교실을 나섰다. 처음에는 그를 나무라던 선생들도 수능이 코앞으로 다가오자 더는 간섭하지 않게 되었다. 주호가 학교를 때려 치지 않고 종종 학교에 나오는 것은 소미를 괴롭히기 위함 같았다.

"이 머리 완전 커튼도 아니고. 치렁치렁."

사각. 검은 머리 한 움큼이 복도 바닥으로 후두둑 떨어졌다.

"아……."

바닥에 떨어진 머리카락의 기장은 한 뼘 정도였다. 소미는 발치에 나뒹구는 제 머리카락을 보고 놀라거나 당황하기보다는 그냥 머리카락이 조금 잘려 나갔구나, 싶은 생각이 먼저 들었다.

주변이 순식간에 술렁였다.

소미는 주호를 물끄러미 바라보았다. 머리카락이 잘린 소미보다 담담한 소미의 반응에 주호가 더 당황한 눈치였다.

"가위가 잘 안 들더니, 잘 드네? 안 우냐?"

"다 했어? 나 이제 가도 돼? 떨어진 머리카락은 네가 치워."

"어."

소미는 태연하게 복도를 걸었다. 다리가 후들거렸다. 최 여사가 예쁘다고 해 줬기에 귀찮아도 정성껏 기른 머리였다. 소미는 화장실에 들어가 손으로 머리를 쓸어 만졌다. 후두둑, 걸려 있던 머리가 바닥으로 떨어진다.

"나쁜 자식……."

머리카락이야 여전히 길었고 또 기르면 된다지만, 터져 나오는 눈물을 막을 수는 없었다. 화장실에 처박혀 울고 있을 때 복도에서 여자아이들의 비명이 들렸다. 어쩐지 가슴 한구석이 싸하다. 소미는 눈물을 훔치고 화장실을 뛰쳐나왔다.

"한 번만 더 이딴 짓 해 봐. 그때는 강제로라도 이 머리카락 다 주워 먹일 테니까."

복도에는 주먹을 움켜쥐고 씩씩거리는 도현과 머리카락을 뒤집어쓴 채 바닥에 기대앉아 킥킥거리며 웃는 주호가 있었다.

"장도현!"

상황을 눈치챈 소미는 허겁지겁 달려가 도현의 주먹을 잡았다.

"뭐하는 거야. 왜 너까지 싸움질이야."

"눈물 나서 못 봐 주겠네."

주호는 입술을 손등으로 스윽, 닦으며 자리에서 일어나 옷에 묻은 머리카락을 털어 냈다. 그리고 소미의 목덜미에 팔을 두르며 도현을 비웃었다.

"봐!"

소미는 주호의 손을 뿌리치려 몸부림쳤다.

"네 아킬레스건이 얘야? 건드려도 꿈쩍도 안 하는 새끼가 깔따구 일에는 열 일을 제쳐 놓고 생난리네. 내가 뺏으면 어떤 반응을 보일까? 보고 싶은데."

"손 내려. 걔 몸에 손 하나 대기만 해."

"워워, 화내니까 무섭네."

주호는 도현을 다시금 비웃고는 목덜미에 두른 팔을 풀고 소미의 어깨를 두어 번 토닥였다.

"……나중에 보자."

주호는 그렇게 말하고 교실에 들어가 잠시 후 가방을 들고 나왔다. 그리고 껄렁한 걸음으로 계단 아래쪽으로 사라졌다.

집에 돌아오자마자 도현은 소미를 자신의 방으로 불렀다. 조금 짧아진 소미의 머리를 보며 자신 때문이라고 자책했다.

"나 때문이야."

"앞으로 절대 내 일에 간섭하지 마. 저런 애는 그냥 제풀에 떨어져 나갈 때까지 적당히 괴롭힘당해 주면 돼. 네가 반응할 수록 나만 더 힘들어져."

주호는 지능적이었다. 도현의 약점인 소미를 쥐고 흔들었다. 그렇다면 방법은 간단했다. 도현이 평소처럼, 타인의 일에 관여하지 않고 지내면 주호도 알아서 떨어져 나갈 가능성이 컸다. 지금도 주호는 어디선가 도현을 괴롭게 만들었다는 생각에 키득거리고 있을지 모른다.

"넌 그냥 모른 척해."

"말이 되는 소릴 해. 가만두지 않을 거야."

도현은 우득, 이를 갈았다.

"신경 쓰지 말라니까! 정 싸우고 싶으면 내가 이 집 나가면 그때 치고받고 싸우든가! 지금은 안 돼."

도현의 동공이 흔들렸다.

"여기서 나갈 생각이야?"

"그럼 내가 평생 여기서 살 거라고 생각했어?"

지금 당장 이곳을 나간다는 것도 아닌데 도현의 눈빛은 지금 당장 그녀가 눈앞에서 사라지기라도 할 것처럼 이글거렸다.

"누구 멋대로 이 집을 나간대? 내가 허락할 것 같아?"

"이제 얼마 안 있음 졸업이잖아. 넌 그냥 분을 못 이겨서 우격다짐 한 번으로 끝낼지 모르지만 난 아니야."

"그럼 나보고 너 당하는 거 보고 있으라고? 계속?"

도현은 그럴 수 없다는 듯 고개를 저었다. 절대 가만두지 않을 거다.

소미는 주먹 다짐으로 붉어진 도현의 오른손을 안쓰러운 시선으로 쳐다보며 떨리는 목소리로 부탁했다.

"지금 이곳이 나한테는 전부야. 내 세상까지 무너트리지 말란 말이야……."

말간 두 눈에 눈물을 가득 담은 채 소미는 울지 않으려 꾹 참았다.

"차라리 울던가. 그렇게 참는 거 보는 게 더 짜증 나니까."

도현은 가슴이 답답했다. 좋아하는 여자가, 그것도 자신 때문에 괴롭힘당하는 꼴을 그저 보기만 하라고 부탁하다니. 잔인한 말을 아무렇지 않게 내뱉는 소미가 한편으로 이해되면서도, 다른 한편으로는 꼴 보기 싫을 만큼 미웠다.

"나가."

"……."

"나가라는 말 안 들려? 꼴 보기 싫으니까. 당장 이 방에서 나가."

"부탁할게……."

방을 나가는 순간까지도 소미는 부탁했다. 그녀의 그런 행동이 그를 더욱 열 받게 했다. 도현의 세상에는 항상 그녀가 포함되어 있었다. 하지만 그녀의 세상에는 어디에도 저가 들어 있지 않았다. 그 사실이 분하고 화가 나고 서글펐다.

다음 날부터 도현은 소미의 바람대로 방관자의 시선으로 주호의 행동을 지켜보았다. 그리고 두 사람을 바라보는 도현의 시선은 점점 더 서늘하게 식어 내렸다.

더 이상 사용하지 않는 구관은 체육관이 세워지면서 빛조차 제대로 들지 않았다. 그래서인지 생김새마저 음침해 보였다. 체육관에서 들려오던 웅성거림이 아득하게 멀어져 갔다. 작은 몸뚱이는 힘없이 바닥으로 쓰러졌다. 날아오는 발길질은 거침 없었다. 가슴을 차이자 숨이 멈췄다. 우악스러운 발길질 속에서 희뿌연 먼지 조각이 보였다.

"컥."

소미의 눈엔 부유하게 떠다니는 먼지 조각이 더럽기는커녕 아름다워 보였다. 뿌옇던 시야가 점점 흐려져 갔다. 이제는 모두 끝났구나 싶을 때, 애벌레처럼 몸이 꿀렁였다.

"크! 컥컥."

막혔던 기도가 열리면서 밭은기침이 터져 나왔다. 입안 가득 고여 있던 침과 피가 턱을 따라 흘렀다.

"형! 이년, 피까지 토하는데?"

순간 날아오던 발길질이 멈췄다. 소미를 매질하던 재혁은 덜컥 겁이 났다. 이제 곧 졸업이었다. 문제를 일으켜서 좋을 게 전혀 없다는 소리다. 소미에게 불만이 있는 것도 아니었다.

"때리는 것도 봐 가면서 때려야지. 비켜."

구관에 들어와 방관만 하던 주호가 움직였다.

터벅터벅. 소미 앞에 걸어온 주호는 바닥에 쓰러져 애벌레처럼 몸을 경련하는 소미를 빤히 쳐다봤다. 그리고 이상이 없음을 확인하고 소미 앞에 무릎을 굽히고 앉았다. 흘러내린 침을 손끝으로 닦아 주며 비열한 웃음을 보였다.

비아냥거리는 목소리가 소름 끼쳤다.

"그러게 왜 까불어. 나 개 맞아. 미친개. 넌 오늘 미친개한테 물린 거고."

"만지지 마."

"만지지 마. 장도현 배출구 주제에, 뭘 고고한 척하고 그래?"

주호는 소미의 말을 따라 하는 여유로움까지 보였다. 주호가 오기 전까지 평화롭던 학교생활이 꿈처럼 아득했다.

"장도현이 너한테 관심 끊은 것처럼 보이면 내가 그만둘 줄 알았어?"

"우리한테 대체 왜 이래?"

"너희라기보단, 난 우진이 마음에 안 들어."

주호는 손으로 머리를 쓸어 넘기며 분을 토해 냈다.

손가락 하나가 블라우스 틈을 파고들자 톡, 단추가 풀렸다. 작은 틈새로 볼록한 가슴골이 드러났다.

"아."

소미는 몸을 꿈틀거렸다. 뼈 마디마디가 부서진 것처럼 꼼짝할 수 없었다. 주호가 블라우스 단추를 하나씩 푸를 때마다 새하얀 속살이 드러났다.

"장도현을 빡 치게 하려면 이 정도는 연출해 줘야지."

소미는 힘껏 주호의 손을 쳐 냈다. 얻어맞은 터라 작은 행동조차 힘겨웠다.

"번지수 잘못 짚었어. 걔한테 난 그저 몸종이니까."

가냘프고 힘없는 목소리였다. 그럼에도 그 작은 한마디에는 절망, 공포, 환멸감이 고스란히 담겨 있었다. 주호에게서 벗어나기 위해 소미는 몸부림쳤다. 몸을 비틀 때마다 세포 하나하나가 비명을 내지르는 것처럼 욱신댔다. 온 힘을 다해 바닥을 기었다. 주호는 가소롭다는 듯 소미의 행동을 비웃고 있었다.

"그렇게 기어서 언제 도망갈 건데?"

주호는 더는 못 봐 주겠다는 표정으로 소미의 발목을 쭉, 잡아끌었다.

"악."

또다시 제자리였다. 소미는 이를 달달 떨며 주호를 향해 경고했다.

"내 몸에 털끝 하나 건드리는 순간 너희 집, 무사하지 못할 거야."

우습다는 얼굴로 주호는 콧방귀를 꼈다.

"무사하지 못하면? 네가 장도현네 산다고 우진그룹 딸이라도 된 줄 아나 본데."

주호는 똑똑히 새겨들으라는 듯 손가락 하나를 들어 볼록하게 튀어나온 소미의 이마를 토옥, 토옥, 건드렸다.

"너 하나 죽이는 건 일도 아니야."

그렇게 말하는 주호의 눈빛은 섬뜩했다. 겁에 질린 소미의 눈동자가 재혁을 향했다. 소미와 눈이 마주친 재혁은 마른침을 삼켰다.

"저기 주호 형! 난 아무래도 먼저 가 봐야겠다. 갑자기 큰 게 보고 싶어졌어."

재혁은 도망치듯 구관을 뛰쳐나왔다. 재혁은 심장이 벌렁거려 뛰는 동안 스텝이 꼬여 몇 번이고 넘어졌다. 한겨울임에도 등줄기로 식은땀이 흘렀다. 재혁은 실성한 사람처럼 미친 듯이 뛰고 또 뛰었다.

"장도현이 언제 올까나. 걱정 마. 난 너한테 볼일 없으니까."

"까악!"

소미는 온 힘을 다해 비명을 내질렀다. 주호는 소미의 비명에 놀라 입을 틀어막았다. 소미는 그 순간 주호의 손을 힘껏 물어뜯었다.

"악! 미친년!"

주호가 손을 잡고 나뒹구는 사이 소미는 정신없이 도망쳤다.

"잡히면 넌 죽었어!"

미친놈처럼 주호는 소미를 뒤쫓았다.

콰당. 요란한 소리와 함께 소미가 바닥에 쓰러졌다. 너무나 쉽게 잡히고 말았다. 퍽. 비명을 내지르기도 전에 얼굴을 향해 주먹이 날아왔다. 둔탁한 소리는 한 번으로 끝나지 않았다. 주호는 무자비한 폭력을 행사했다.

정신을 못 차릴 만큼 샌드백이라도 된 것처럼 얻어맞았다.

골이 울리고 머릿속이 새하얗게 변했다. 아프던 감각은 점점 둔해져 갔다. 이런 상황에 정신을 잃지 않는 것이 신기했다. 뭉근한 액체가 얼굴을 뒤덮었다. 흘러나오는 것도 부족해 목구멍으로 꿀렁꿀렁 넘어가는 것은 코피였다.

"후유."

주호는 분을 삭이듯 가쁜 숨을 내쉬었다.

이빨이 달달 떨렸다. 냉기가 뼛속까지 스며들었다. 이런 최악의 상황에서도 추위를 느낀다는 사실에 웃음이 나왔다.

"웃어?"

소미의 작은 웃음에 배알이 뒤틀린 주호가 몇 번 더 뺨을 내리쳤다. 그러고도 분이 풀리지 않는지 머리채를 휘어잡았다.

"하악."

소미의 잇새로 신음이 터졌다. 우악스럽게 잡힌 머리채 때문에 머리 가죽이 벗겨질 거 같았다. 주호는 그대로 소미의 머리채를 잡아 흔들었다.

이건 꿈이야. 끔찍한 꿈. 소미는 몇 번이고 중얼거렸다. 현실을 외면하고 나자 서서히 힘이 빠졌다. 분노와 절망에 사로잡혔던 눈동자도 차츰 색을 잃어 갔다. 소미의 손가락 끝이 움찔댔다. 하지만 그뿐. 몸에 힘이 들어가지 않았다. 희미해지는 정신 속에 도현의 목소리가 들리는 것만 같았다.

"박솜!"

더럽고 음침한 구관에 있을 리 없는 도현이 보였다.

하아, 하아, 하아.

숨이 턱까지 차올랐는지 도현의 숨소리가 굉장히 커다랗게 들렸다. 꿈속에서조차 도와줄 사람이 도현이라는 사실이 서글 펐다.

"이제 왔어, 장도현?"

도현을 본 주호는 소미의 머리채를 손에서 놓고 자리에서 일어났다. 이런 짓을 저질러 놓고도 주호는 히죽 웃었다.

분노로 칼날보다 날카롭게 빛나는 도현의 시선이 주호를 지 나 소미를 향했다. 주호에게 소미가 끌려갔다는 소리에 안 뒤 진 곳 없이 찾아다녔다. 눈에 뵈는 게 없다는 말이 맞았다. 주 호를 찾으면 갈가리 찢어 죽이겠다고 다짐했다. 구관까지 어 떻게 달려왔는지 기억조차 나지 않는다.

혐오스러울 정도로 지저분한 바닥에 소미는 기절해 있었다. 걸레처럼 널브러진 소미의 얼굴과 몸은 온통 피범벅이었다. 한 치의 빈틈도 없이 단정하던 교복은 너덜너덜했고, 먼지와 피로 물들어 본래의 모습을 상상하기 어려웠다.

얼마나 무서웠을까. 소미가 느꼈을 공포가 도현에게도 전해 지는 것 같았다. 도현은 침착하게 코트를 벗어 소미의 몸을 감 쌌다.

"박솜……."

조용한 목소리로 도현은 소미를 불렀다. 도현의 목소리에 반응하듯 소미의 손가락이 미세하게 움직였다. 울컥, 뜨거운 무언가가 치밀어 올랐다.

"재미 좀 보려니까 왔네?"

"……."

"역시 흑기사다워."

주호는 건들거리며 도현의 어깨를 힘주어 잡았다. 도현은 어깨에 올려진 손을 쳐 내고 자리에서 일어났다.

"개자식!"

주호는 날아오는 발길질에 바닥으로 곤두박질쳤다. 도현은 주호를 향해 거침없이 발길질해 댔다. 언제나 감정을 절제해야만 했다. 좋아도 웃으면 안 됐고 슬퍼도 울면 안 됐다. 상황에 따라 어느 날은 반대로 행동해야 했지만 모든 것은 아버지의 계산속에 따랐다. 그러지 못하는 날에는 혹독한 벌이 기다리고 있었다.

사람답게 살지 않는 것. 그것이 장 회장의 아들로 태어나 누리는 호사의 대가라 했다. 최 여사의 완벽주의가 도현을 더욱 철저하게 만들었다. 하지만 이번만큼은 달랐다. 들끓는 분노를 주체할 수 없었다.

"그래, 진즉에 이렇게 나왔어야지!"

주호는 짧게 비웃고 도현을 향해 달려들었다. 도현이 바닥으로 나가떨어지자 주호는 그때를 놓치지 않았다. 도현을 마구 발로 내리찍기 시작했다. 속수무책으로 주호에게 몸을 내주는 것처럼 보였지만 도현은 빈틈을 노렸다.

실컷 도현을 때리던 주호는 도현이 반응이 없자 발길질을 멈췄다. 도현은 재빠르게 몸을 퉁겨 다리로 주호를 잡아 힘껏 비틀었다. 쿵. 오래된 나무 바닥이 진동했다.

"아, 씹."

주호의 잇새로 욕지거리가 흘러나왔다. 도현은 후다닥 자리에서 일어나 주호를 깔아뭉개고 주먹으로 내리쳤다. 사람이 사람을 왜 죽이는지 알 것만 같았다. 눈앞에 짐승을 죽여 버려야지만 화가 가라앉을 것 같았다.

"윽."

도현은 멈추지 않고 주호를 때리고 또 때렸다. 급소를 내리치는 순간 주호는 기절했고, 또 날아오는 주먹에 정신을 차렸다. 살아오며 지금껏 참고 참았던 분노가 한 번에 터지자 걷잡을 수 없었다.

"으……."

가까이서 들리는 신음에 소미는 정신을 차렸다. 눈이 잘 떠지지 않았고, 얼굴은 마취된 것처럼 감각이 잘 느껴지지 않았다. 대신 코끝에 피비린내가 진동했다.

뿌연 시야가 점점 또렷해져 갔다. 도현의 흥분한 얼굴이 보였다. 몇 년을 함께 살았지만 처음 보는 모습이었다.

소미는 입술을 움직였다. 도현을 소리 내어 불러 보았지만 목소리가 나오지 않았다. 아니, 소리 낼 기운조차 남아 있지 않다는 게 정확했다. 뻐끔뻐끔. 입술만 움직였다. 꼭 어항 속 물고기처럼. 주호의 얼굴이 피범벅이었다. 항상 예쁘다고 생각했던 도현의 주먹에도 피가 흥건했다. 핏물은 도현이 주먹을 내리칠 때마다 이리저리 튀었다.

"도……현아……."

저러다 주호가 죽을지도 모른다는 생각이 들었다. 사실 한편으로는 주호가 이대로 죽어 버렸으면 좋겠다고 생각했다.

시끄러운 소리가 멀리서 들렸다. 쿵쿵거리는 나무 바닥의 울림으로 보아 누군가 다가오고 있었다. 그것도 여러 명이.

예상이 맞았다. 재혁이 아이들을 데리고 돌아왔다. 아이들이 걸을 때마다 쿵쾅거리는 울림이 머리를 어지럽혔다.

"장도현! 그만해. 문욱아 말려! 이러다 죽어!"

문욱과 재혁에 의해 도현은 주호에게서 떨어져 나갔다. 문욱에게 잡혀 주먹질이 어려워지자 도현은 허공에 발길질을 해 댔다. 재혁은 문욱이 도현을 말리는 사이 서둘러 주호를 부축했다.

"저 새끼 내가 오늘 죽여 버릴 거야!"

"장도현 정신 차려!"

재혁과 함께 온 현우는 소미의 상태를 살피러 다가섰다. 그러자 날뛰던 도현이 문욱의 품 안에서 얌전해졌다.

현우는 소미의 얼굴을 보고 못 볼 걸 봤다는 듯 미간을 찡그렸다. 갸름하던 얼굴은 호빵처럼 부어 있었다. 또 얼굴에 범벅된 피는 굳은 채 마른 논바닥처럼 쩍쩍 갈라져 있었다.

"박주호 미친 새끼."

현우의 입에서 절로 욕이 튀어나왔다. 도현이 조금만 늦었다면 소미는 끔찍한 일을 당했을 것이다. 그런 장면을 보았으니 제아무리 냉정한 도현이라도 참지 못한 것이 당연했다. 일단 병원으로 데려가야겠다고 생각한 현우는 소미를 부축하기 위해 손을 뻗었다.

"건드리지 마. 걔 건드리는 새끼. 저 자식이랑 같이 죽여 버릴 거야."

서늘한 목소리에 주춤하던 현우는 손을 거둬들였다.

"박주호. 끝났다고 생각하지 마. 오늘 내 손에 죽지 못한 걸 후회하게 될 거다."

"크, 크크. 우진이랑 백야랑 싸우면 누가 이길까. 재미있겠네."

"두고두고, 평생이 걸리더라도. 반드시 후회하게 해 줄게."

도현이 말했다면 그건 진심이었다. 단 한 번도 허투루 말한 적 없었다. 아이들 사이에서도 그는 언제나 말은 최대한 적게 했고, 항상 필요한 말만 했다. 목소리조차 크게 내는 법이 없었다.

"놔."

도현이 문욱의 팔을 뿌리치고 비틀거리는 몸으로 소미를 향해 걸어갔다. 처음 알게 된 사실이지만 누군가를 때린다는 것도 엄청난 에너지가 필요했다. 도현을 배터리로 표현하자면 방전 상태였다.

"일어나."

축 져진 모습을 보자 또다시 화가 치밀었다.

아이들이 소미의 가슴이라도 볼까 봐 도현의 행동은 조심스러웠다. 소미의 상체를 일으켜 세웠다. 품에 안고 덮어 놓았던 코트에 팔을 끼워 넣었다. 단추까지 꽁꽁 채웠다. 도현의 체구에 맞춘 코트는 소미가 입자 헐렁헐렁했다. 얻어 입었다는 말이 딱 맞았다.

"박솜. 집에 가자."

집에 가자고 말했지만 이런 모습으로는 집에 들어갈 수 없다는 걸 도현도, 소미도 알고 있었다. 그럼에도 소미는 고개를 끄덕였다. 도현은 휴대폰을 꺼내 박 기사에게 전화를 걸었다.

―네, 도련님.

"학교 안까지 와 주셔야 할 거 같아요. 지금 학교 구관에 있어요."

―네. 알겠습니다.

도현은 전화를 끊고 먼저 자리에서 일어나 소미를 부축해 세웠다. 서로가 서로에게 기댄 채 자리에서 일어나 걸음을 내디뎠다. 어깨를 감싼 피투성이 손이 미세하게 떨리고 있었다. 소미는 마음 깊숙이에서 뜨거운 것이 복받쳐 올랐다.

마음이 아팠다.

아파서 제 몸이 너덜너덜한 것도 잊었다.

저택에서 쫓겨날지 모른다는 두려움도 잊었다.

피투성이 도현이 가슴 아파 아무것도 생각할 수 없었다.

단지, 장 회장이 이 기회를 놓치지 않고 도현을 저 멀리 미국으로 보내 버릴지 모른다는 생각에 눈물이 흘렀다. 헤어지고 싶지 않았다. 도현의 손을 놓을 자신은 이미 오래전에 사라진 후였다. 소미는 되도록 오래 그와 함께하고 싶었다.

도현은 떨고 있는 어깨를 더욱 힘주어 안았다.

"아무 일도 없었어. 이깟 일 아무것도 아니야. 그러니까 울지 마."

그때 뒤에서 주호가 득달같이 달려들었다. 주호는 구관에 쌓아 뒀던 낡은 의자를 들어 도현의 정강이를 내리쳤다. 의자로 힘껏 내리친 다리는 나무젓가락이 꺾이는 것처럼 옆으로 돌아갔다.

"악!"

순식간에 벌어진 일이었다. 도현은 바닥에 쓰러져 다리를 붙잡고 비명을 터트렸다.

"도현아!"

그 옆에 함께 쓰러진 소미는 도현을 보고 절규했다. 주호는 들고 있던 의자를 바닥에 집어 던졌다.

"씨발. 다리 한동안 못 쓸 거다. 평생 못 쓰면 더 좋고! 그 대단한 우진 아들이 다리병신이면 볼 만하겠네!"

주호는 도현과 소미를 지나 터벅터벅 걸음을 옮겨 구관을 빠져나갔다.

"장도현 괜찮아?"

"내가 가서 선생님 불러올게."

문욱이 서둘러 다가와 도현의 다리 상태를 살폈고 재혁은 다급하게 주호의 뒤를 따라 구관을 뛰어나갔다. 소미는 도현의 옆에 앉아 새파랗게 질린 얼굴로 사시나무처럼 달달 떨었다.

172

"아무래도 병원부터 가야겠다."

"흑……. 다리 잘못되면 어떡해……."

"진짜 별거 아니라니까. 별로 안 아파."

박 기사는 경호원과 함께 구관에 들어오다 바닥에 쓰러진 도현을 보고 기함했다.

"도련님! 어쩌다가."

"별건 아닌데, 부러진 거 같아요."

호들갑 떨 거 없다면서 도현은 미간을 찡그렸다.

"이게 무슨 일이야. 넌 왜 이래. 빨리 병원부터 가야겠다."

경호원이 도현을 업고 소미는 박 기사의 도움을 받아 구관을 나왔다. 뒤늦게 구관으로 뛰어온 학생 주임은 이를 바득바득 갈며 소리쳤다.

"이것들이 수능 끝나고 졸업 얼마나 남았다고 사고를 쳐! 정신 상태가 글러 먹었어! 박주호, 이놈 어디 갔어! 내 이 자식이 기어코 사고 칠 줄 알았다니까!"

하지만 이미 주호는 학교를 나간 후였다. 학생 주임은 병원까지 따라가겠다고 말했다.

최 여사와 통화를 마친 박 기사는 고개를 저었다.

"사모님께서 조용히 처리하고 싶으시답니다. 그럼."

병원에 도착한 도현은 VVIP 병실에서 곧장 검사실로 옮겨졌다. 도현은 다리 골절이 아닌 십자인대파열이라 했다. 재건 수술을 받아야 하기에 검사를 마친 도현은 곧장 수술실로 옮겨졌다. 수술은 하반신 마취 후 내시경 수술로 진행되었다.

"도현이 저 때문에 못 걷게 되면 어떡하죠……."

도현이 절름발이가 될지도 모른다는 생각에 모두 제 탓인 것만 같아 자꾸만 눈물이 나왔다. 의사는 괜찮을 거라고 말했지만 자꾸 불길한 생각이 들었다. 도현이 수술을 받는 동안 소미는 피가 바싹바싹 타들어 가는 고통을 느껴야 했다. 새하얀 복도가 어지럽게 흔들렸다. 병원에 도착한 최 여사는 엉망이 된 소미의 얼굴을 보고 머리가 어지러운지 비틀거렸다. 소미는 눈물을 냉큼 훔치고 자리에서 일어나 고개를 숙였다.

"사모님!"

김 집사는 비틀거리는 그녀를 부축해 소파에 앉혔다. 소미는 차가운 병원 복도에 무릎을 꿇고 사죄했다.

"죄…… 죄송합니다, 사모님. 모두 제 불찰입니다. 제가 다 잘못했어요. 한 번만 용서해 주세요."

도현이 이 지경이 되었으니 쫓겨나는 건 시간문제였다.

수능 점수는 만족스러웠고, 지금 당장 저택에서 쫓겨나더라도 1년 등록금은 무리 없이 납부 가능한 상태였다. 장학금 제도도 있었고, 아르바이트를 해 제 몸 하나 건사할 자신도 있었다. 하지만 소미는 3일 밤낮을 비는 한이 있더라도 이제는 저택을 나갈 수가 없었다.

"……쟤 데려가서 옷부터 갈아입히고 치료부터 해. 저런 애를 여기다 두면 어쩌자는 거야."

"제가 안 받겠다고 했어요. 저…… 괜찮아요."

수술실을 나왔을 때 그녀가 보이지 않으면 걱정할지도 모른다. 그리고 소미는 도현이 정말 괜찮은 건지 누구보다 먼저 확인하고 싶었다.

"당장 가서 치료받아! 여자애 얼굴이……. 김 집사, 쟤 데려가서 어디 부러진 곳 없는지 검사 꼼꼼히 하라고 해."

"네, 사모님."

"흐……. 제발요. 여기 얌전히 있을게요."

"당장 치료받지 못해!"

최 여사의 노여운 목소리가 허공에 흩어졌다. 소미는 김 집사를 따라 병실로 걸어가며 끝내 참았던 눈물을 떨구었다.

환자복으로 갈아입은 후 MIR부터 안과 검사, 성형외과까지. 의사는 얼굴이 이 지경이 되었는데 코가 부러지지 않아 다행이라고 말하며 전치 2주의 진단서를 끊어 주었다. 검사를 끝내고 병실에 돌아오니 도현은 이미 수술을 마치고 누워 있었다. 최 여사는 병실에 나란히 누워 있는 두 아이를 보고 머리를 짚었다.

"잘하는 짓이다. 내일이면 스무 살 성인인 것들이 주먹질이라니."

하지만 어차피 벌어진 일이기에 왜 싸움질을 했느냐고 캐묻진 않았다. 심지어 도현은 내심 최 여사가 귀찮은 눈치였다.

"바쁘신 거 같은데 보셨으면 그만 가 보세요."

입원 수속을 마친 최 여사는 더 있을 필요가 없다는 듯 소파에 놓인 클러치백을 집어 들었다.

"김 집사. 변호팀 시켜서 백야에 연락 넣어."

"네, 알겠습니다. 학교는……."

"뭐, 좋은 일이라고……. 변호팀 통해서 최대한 조용히 처리하겠다고 전해."

"알겠습니다."

김 집사는 고개를 숙이고 먼저 병실을 나갔다.

최 여사는 나가기 전 물끄러미 소미의 얼굴을 들여다보았다.

"네 처분은 회장님께 맡길 생각이다."

"다친 건 제 잘못인데, 왜 쟤한테 그러세요?"

도현은 발끈해서 몸을 일으키려다 옅은 신음만 흘리고 말았다. 마취가 안 풀려 감각이 없었다.

"그게 저 애 일이니까. 박 실장한테 말해 뒀으니 필요한 건 김 집사나 박 실장한테 전하면 해결해 줄 거다. 소미 너는 얼굴 다 나으면 학교 가고."

도현을 바라보던 최 여사는 잠시 망설였다. 병원에선 일주일 후면 퇴원이 가능하다고 했지만, 혹여 자신이 프랑스에 가 있는 동안 주호와 다시 마찰이라도 일어나면 어쩌나 걱정스러웠다.

"도현이 너는 내가 올 때까지 퇴원 생각 말고 여기서 지내."

도현은 눈살을 찡그렸다. 언제 온다는 말도, 어딜 간다는 말도 없이 무작정 병원에서 지내라니.

"언제까지요?"

"글쎄다."

그렇게 대답한 최 여사는 도현을 마지막으로 머리부터 발끝까지 훑어보고 병실을 나갔다. 그날 이후 최 여사는 병원에 오지 않았다. 김 집사는 그녀가 프랑스로 여행을 떠났다고 말했다. 도현은 그녀의 행동에 놀라지도 상처 받지도 않았다.

길길이 날뛸 줄 알았던 장 회장은 때마침 미국에 있었는데 공식 일정이 끝났음에도 소식을 듣지 못했는지 연락이 닿지 않았다.

그 무렵 매스컴에선 학교 폭력과 일진에 대해 보도하기 바빴다. 무언가 자연스러우면서도 부자연스러운 시간이 흘러갔다. 주호는 더 이상 학교에 나오지 않았다.

학교에 다시 나가고 일주일도 되지 않아 소미는 겨울 방학을 맞았다. 그녀 역시 대부분의 시간을 병원에서 보냈다.

크리스마스가 지나고 일주일 후.

스무 살. 하루아침에 성인이 되었다. 그토록 기다리던 어른이 되었지만 변한 건 아무것도 없었다. 그녀는 여전히 우진그룹의 도움 없이는 제 앞가림 하나 할 수 없었다.

chapter 6

변해 가는 관계

1월 중순이 되었지만 최 여사는 여전히 프랑스 여행 중이었고, 장 회장은 여전히 연락이 닿지 않았다. 십자인대파열인 경우 대부분 일주일에서 10일 정도 입원을 한다고 했지만, 도현은 벌써 거의 두 달이 넘도록 병원 신세를 지고 있었다.

사과를 달라기에 깎아서 접시에 내어 주니 도현은 소미를 잡아당겨 옆에 앉혔다. 졸지에 도현의 옆에 딱 달라붙게 된 소미는 놀란 듯 도현을 밀쳐 냈다.

"환자한테 이래도 돼?"

"뭐하는 거야."

"먹여 줘."

참새 새끼처럼 입을 벌리는 모습에 소미는 할 말을 잃고 포크로 사과를 꾹, 찍어 도현에게 내밀었다.

"병원에 오래 있다 보니까 손가락에도 이상이 있나 보구나?"

"전혀."

도현은 입으로 사과를 냉큼 받아먹었다. 그리고 소미의 손에 쥐어진 포크를 받아 사과 한 조각을 재잘거리는 소미의 입에 쓱, 밀어 넣었다.

"멀쩡하지?"

사과는 달고 맛있었다.

두 개째 찍어 입안에 넣었을 때 도현은 소미를 꼭 끌어안았다.

"뭐야?"

"좋아해. 많이."

"알아."

소미는 목에 걸린 목걸이를 만지작거렸다. 크리스마스에 도현한테 받은 선물이었다.

12월 24일. 도현은 김 집사를 시켜 저택의 사람들에게 제멋대로 휴가를 주었다.

"도련님이 시키신 대로 처리했습니다."

"지금부턴 아저씨도 휴가예요."

"전 괜찮습니다."

"어머니도 안 계시고 저랑 소미는 여기 있고. 굳이 집에 사람이 있을 필요 있나요."

도현의 말에도 일리가 있었다. 김 집사는 극구 사양했지만 도현은 양보하지 않았다.

"그럼 감사히 다녀오도록 하겠습니다."

마지못해 김 집사는 감사의 마음을 전하고 병실을 나갔다.

"마음대로 이래도 되는 거야?"
"그 사람들도 가족이 있는 사람들인데. 어차피 집에 있어도 할 거 없잖아. 사람이 없으니 청소할 곳도 얼마 없을 것이고. 끼니마다 밥을 챙겨야 할 사람이 있는 것도 아니고."
"잘했어. 그럼 나도 저택의 사람이니까 지금부터 휴가지?"

소미는 소파에서 몸을 일으켰다. 옷장으로 걸어가 걸어 두 었던 코트를 꺼내 챙겨 입자 도현의 낯빛이 어두워졌다.

"어디 가려고?"
"휴가."
"넌 갈 데도 없잖아."
"내가 갈 데가 왜 없어."

그의 대답에 마음이 상한 소미는 미간을 찡그렸다. 그녀는 잔뜩 토라진 얼굴로 병실을 나왔다. 도현이 그녀를 불렀지만 대꾸하지 않았다.

병원에서 가장 가까운 제과점을 향하는 사이 계속해서 휴대폰이 울렸다. 도현이었다. 소미는 일부러 전화를 받지 않았다.

조그마한 케이크와 샴페인을 한 병 사서 병실에 돌아오자 도현은 잔뜩 화가 나 있었다.

"왜 전화 안 받아?"
"전화 온 줄 몰랐어."

소파 앞에 놓인 테이블에 케이크와 샴페인을 내려놓고 코트를 벗어 옷장에 넣으며 소미는 시큰둥하게 대답했다. 그 모습이 도현의 화를 더욱 부추기는지 모르고.

"그렇게 했는데 모르는 게 이상하잖아."

소미는 태연하게 시치미를 뗐다.

"몇 번이나 했는데?"
"서른 번은 넘게 했을 거야."

가방을 뒤적여 휴대폰을 꺼냈다. 소미가 나가 있던 짧은 시간, 도현은 정확하게 열두 번 전화했다.

"서른 번은. 고작 열두 번이야."

"고작?"

"화내지 마. 케이크 사 왔어."

소미는 케이크 상자와 샴페인을 들고 도현의 곁으로 다가갔다.

"케이크는 왜?"

"그래도 크리스마스잖아. 아, 샴페인도 사 왔어. 맛은 없어 보이는데 없는 것보다는 나을 것 같아서."

케이크를 꺼내 침대 위에 올려놓을 때까지 도현은 여전히 화가 났는지 표정의 변화가 없었다.

"아직도 화났어?"

"무슨 일이 있어도 전화는 받아. 그래야 네가 뭘 하는지 알잖아."

"알았어."

고개를 끄덕이며 대답한 소미는 TV에서 본 대로 샴페인을 위아래로 여러 번 흔들었다.

"박솜, 그거 흔들면······."

도현이 말리는 동시에 소미는 샴페인의 뚜껑을 열었다.
펑!

"꺄악!"

소미는 총성과 비슷한 굉음에 비명을 내질렀다. 샴페인 마
개가 천장에 닿았다가 떨어지고 샴페인은 동네잔치라도 하는
것처럼 사방팔방으로 분사됐다. 손에 들린 병에선 요술 항아
리처럼 끊임없이 액체가 쏟아져 나왔다.

"어떡해. 어떡해!"

정말 눈 깜짝할 사이 두 사람은 비 맞은 생쥐 꼴이 되었다.
도현은 얼굴에 묻은 샴페인을 닦아 내며 기어코 한 소리 해 댔
다.

"하, 박솜이 그럼 그렇지. 어디서 본 건 있어 가지고."
"어떡하지?"

울상이 된 채 소미는 잔뜩 풀이 죽어 버렸다.

"어떡하긴 뭘 어떡해. 시트도 갈고 씻어야지. 그전에."

심각하게 대답하던 도현은 생크림을 손으로 찍어 소미의 입술에 발랐다.

"일단 먹어."

그러더니 태연하게 손으로 크림을 찍어 입안에 넣고는 괜찮다는 표정으로 고개를 끄덕였다.

"맛있네."
"다치더니 머리도 이상해?"

식사 예절로 소미를 쥐 잡듯이 잡던 사람과 동일 인물이 맞을까 싶은 행동에 당황스러움을 금치 못했다. 도현은 입에서 손가락을 떼며 천천히 고개를 끄덕였다. 소미의 말에도 일리가 있었다. 평소의 도현이라면 절대 있을 수 없는 일이었으니까.

"그러게. 좀 이상해. 머리도 이상한 것 같고……."
"으음."

혀를 내밀어 입술에 묻은 생크림을 핥아 먹었다. 우유 맛이 가득한 생크림이 나쁘지 않았다. 이런 분위기 역시 나쁘지 않다. 소미는 손으로 덥석 크림을 찍어 도현의 입가에 묻혔다. 새하얀 크림이 수염을 만들었다.

"아."
"빚지고는 못 살아서."

소미는 손에 남은 크림을 깨끗하게 핥아 먹었다. 소미의 행동을 도현은 빤히 바라보고 있었다. 어찌나 노골적으로 쳐다보는지 얼굴이 화끈 달아올랐다.

"왜? 더럽다고 한 소리 하려고?"
"……예뻐서."

더럽다거나 예의에 어긋난다거나 그런 생각은 머릿속에서 깨끗이 지워졌다. 눈앞에 있는 사람이 소미라서, 다른 사람이 아닌 박소미라서 예뻤다.

표정 하나 안 바꾸고 낯간지러운 소리는 내뱉는 도현과 다르게 소미의 얼굴은 화르륵 불타올랐다. 기류가 순식간에 바뀐 것처럼 목이 콱 막혔다. 가슴이 두근거리고 호흡이 가빠졌다. 아는지 모르는지 도현은 그런 소미를 잡아당겨 허리를 감싸 안았다. 졸지에 어정쩡한 모습으로 도현에게 사로잡혔지만 도망가야겠다거나 무섭다는 생각은 들지 않았다.

심장이 살을 뚫고 나올 것처럼 거칠게 뛰었다.

"그런 닭살 멘트는 어디서 배워 가지고."

붉어진 얼굴을 들킬까 봐 소미는 고개를 숙였다. 뛰는 가슴이 들키기 싫어 도현을 밀어내던 소미는 숨을 죽이고 말았다. 도현은 오늘, 그녀를 여러 번 놀라게 했다.

"좋아해."

"……."

"네가 좋아."

도현은 흘러나온 감정을 주체할 수 없어 입에서 튀어나오는 대로 지껄였다. 간단한 대답조차도 말하기 전 생각하라던 교육의 반복 학습이 지금만큼은 무용지물이었다.

"너무너무 좋아."

구구절절 말하지 않아도 그 정도쯤은 알고 있다. 도현이 소미를 좋아한다는 건 학생들도 다 알고, 교사들까지 알고 있었다. 좋아한다고 온몸으로 외치고 있는데 모르는 게 이상했다. 하지만 소미는 도현의 감정을 철저히 무시한 채 대답했다.

"알아. 나도 너 좋아해."

"그런 좋아하는 거 말고."

도현이 소미에게 느끼는 감정은 친구에게 느끼는 종류가 아니었다. 마음을 꺼내 색으로 표현하자면 연한 핑크색일 것이고, 계절로 표현하자면 따뜻한 봄날일 것이다.

그가 그녀를 좋아한다는데, 같은 마음이라는데 소미는 기뻐할 수 없었다. 사랑이라는 감정을 현실로 마주한다는 건 그다지 행복한 일이 아니었다. 현재 상황을 놓지도 잡지도 못한 채, 나만 바라봐 달라고 어리광 부릴 처지도 아니었고 우린 안 되는 사이라며 딱 잘라 거절하기에는 마음이 너무 커져 버렸다.

현실의 벽이 너무 높다.

"만지고 싶어?"

"……."

"키스하고 싶고 막 그래?"

"……."

"……나랑 자고 싶어?"

소미는 허리를 감싸 안은 도현을 밀어내며 감정을 추슬렀다.

"대답 못 하네. 괜히 분위기에 휩쓸려서 그런 말……."

　도현은 돌아서는 소미를 훅, 잡아당겼다. 기우뚱, 소미의 몸
이 비틀거리다 기울어졌다.

　손가락 사이로 차가우면서도 뭉클한 것이 만져졌다. 케이크
였다. 케이크에 파묻힌 손을 떼기도 전에 소미는 또다시 도현
한테 사로잡혔다.

　이번에는 몸이 아닌 입술이.

　"읍."

　'함부로 하는 거 아니야'라고 말하려 했지만 소미는 입술이
틀어 막혀 입을 놀릴 수 없었다.

　눈도 감지 못했다. 도현도 눈을 감지 않기는 마찬가지였다.
다갈색의 서늘한 눈동자는 성난 맹수처럼 소미를 노려보고 있
었다. 두뇌 회로가 고장 난 것처럼 아무 생각도 들지 않았다.
도현의 입술이 떨어진 후에야 소미는 느릿느릿 머리가 돌아갔
다.

　우리 키스했구나.

　달짝지근한 우유 맛이 났다. 느닷없이 마주한 첫 키스는 낭
만적이지도 상냥하지도 않았다.

"나도 남자야. 좋아하는 여자애 보면 만지고 싶고 키스도 하고 싶고…… 물론 더 한 것도 하고 싶어. 그래도 참는 거야. 네가 좋으니까."

"그럼 좀 더 참지 그랬어."

그랬다면 조금은 달랐을 텐데.

5년 전. 살벌하던 저택에서 다짐했다. 이곳에서 살아남아야 가난에서 벗어날 수 있다고. 집도 절도 없는 떠돌이 생활은 여기에서 관두자고.

그래서 버렸다. 도현의 말도 안 되는 행패에도. 최 여사의 방관에도. 물건 취급을 받아도. 고용인들에게조차 천덕꾸러기였지만 늦은 밤 홀로 이불을 뒤집어쓴 채 울다 잠이 드는 한이 있어도, 버티고 또 버렸다.

그런 하루가 수천 번 지나가면 제대로 홀로 설 수 있다고 믿으며.

"내가 전에도 말했지. 내 세상 무너트리지 말라고."

아직은 우진의 도움이 필요했다. 세상을 마주하고 제대로 서기 위해서라도 우진의 힘이.

소미는 눈가에 고여 드는 눈물을 훔쳤다.

"네가 얻고 싶은 게 뭔데."

"……대학에 가고 싶어. 나라고 언제까지 네 몸종만 할 순 없잖아."

샴페인과 케이크로 엉망이 된 병실처럼 머리도 마음도 엉망진창이었다.

가난이 싫다. 외톨이로 만들어 버린 것도 모자라 처음 찾아온 사랑마저도 제대로 마주하지 못하게 하는. 아무것도 없는, 아무것도 아닌 이 처지가 너무나 싫다.

그녀를 바라보는 그의 목울대가 여러 번 움직였다.

"눈 감아."

"……."

"키스할 거야. 이번에는 제대로."

통보와 동시에 도현이 다가왔다. 이런 상황에 왜 도현과 키스해야 하는지 이해되지 않았지만, 도현이 눈을 감고 있어 소미도 눈을 감았다. 감은 눈 사이로 눈물이 계속 나왔다.

두 번째 키스는 짭짜름한 눈물 맛이 났다.

도현은 감았던 눈을 천천히 떴다. 뭐가 그리 슬픈지 키스를 하는 중에도 소미는 계속해서 울고 있었다. 눈이 크면 눈물이 많다는 말이 사실인지 소미는 눈물이 많았다. 송아지처럼 커다란 눈에서 눈물이 뚝뚝 떨어질 때면 제 가슴을 비틀어 짜는 것처럼 아파 왔다. 그래서 다시 눈을 감았다.

몇 번이고 키스했다. 더 이상 눈물이 나오지 않을 때까지.

이대로 시간이 멈추길 기도하며.

"네 세상 지켜 줄게. 대학도 보내 줄게. 원한다면 유학도. 그러니까 내 거하자. 박솜."

"네가 왜!"

"좋으니까. 나랑 너무 똑같아서, 또 너무 달라서. 그래서…… 좋아해."

소미는 도현을 거절하지 못했다. 도현이 내민 조건 또한 거절하지 못했다. 병실에 딸린 욕실에 들어가 씻으면서 얼마나 울었는지 모른다.

소미는 씻고 나온 후 도현을 욕실까지 부축해 주었다.

"도와줘?"

"아니. 혼자 씻을 수 있어."

도현이 씻는 동안 소미는 간호사를 호출했다. 간호사가 들어와 어질러진 병실을 보고 놀란 표정을 지었다.

도현이 욕실을 나왔을 때 병실은 깨끗하게 치워져 있었다.

그 후 병원 침대에 누워 서로 마주 본 채 끊임없이 키스했다.

"손 내밀어 봐."

소미가 손을 내밀자 도현은 언제 준비해 뒀는지 목걸이 하나를 꺼냈다.

"메리 크리스마스."

10대의 마지막 크리스마스는 소미에게 가장 슬프고도 행복한 크리스마스였다.

소미는 목걸이를 만지작거리다 자리에서 일어났다.
"아저씨가 그러는데, 사모님 말일 날 돌아오신대."
"……."
"회장님도 그때쯤 오신다는 것 같아."
김 집사는 그러면서 소미에게 장 회장이 돌아오면 무조건 빌라는 소리도 빼놓지 않았다. 잘잘못을 따지기 전에 납작 엎드려 빌어라. 왜 그래야 하는지 이해할 수 없어도 소미는 그러겠다고 대답했다.
개가 주인을 제대로 지키지 못했으니, 그로 인해 주인이 다쳤으니 장 회장의 입장에선 잘못일지도 모르겠다.
도현은 소미의 얼굴에 그늘을 보고 벌렁 드러누웠다.
"이제 퇴원할 수 있겠네."
그렇게 말하는 도현의 얼굴에는 걱정일랑 보이지 않았다.

❁　　　❁　　　❁

1월의 마지막 날, 프랑스에 갔던 최 여사와 미국에 갔던 장 회장이 나란히 돌아왔다. 석 달 만에 만난 장 회장은 피곤해서 그런지 많이 수척해 보였다.

"다녀오셨어요."

장 회장은 소미를 물끄러미 바라보았다.

"따라와."

못마땅한 얼굴로 쯧, 혀를 차고는 장 회장은 서재로 걸음을 옮겼다. 그 뒤를 도현이 따랐다. 소미는 최 여사를 향해 고개를 숙여 인사를 건네고 도현의 뒤를 따랐다.

서재에 들어서자마자 장 회장은 도현을 향해 손을 높이 치켜 올렸다.

"때리기에는 타이밍이 많이 늦으신 것 같은데요."

훈계도 타이밍이라는 게 있는 법이다. 사건이 터졌을 땐 코빼기도 보이지 않던 장 회장에게 때릴 자격은 없었다.

도현의 말처럼 장 회장은 차마 때리지 못하고 씩씩거리며 소파에 몸을 기댔다.

소미는 김 집사의 말대로 장 회장의 앞에 무릎을 꿇었다.

"잘못했습니다."

도현이 놀라서 소미를 잡아당겼지만, 소미는 꼼짝하지 않았다.

"용서해 주세요. 회장님."

"꼴 보기 싫으니까 당장 나가."

소미를 향해 소리친 후 장 회장은 도현을 노려보았다. 소미가 나가라는 지시에도 아랑곳하지 않고 바닥에 꼼짝없이 앉아있자 장 회장은 험악하게 눈살을 찡그렸다.

"어어! 이 녀석이. 이제 내 말이 우스운 게야?"

"죄송합니다. 한 번만 용서해 주세요."

"당장 나가라는 말 안 들려!"

장 회장의 으름장에 소미는 자리에서 일어나 서재를 나왔다.

예전 도현이 소미의 성적으로 대든 이후, 장 회장은 소미에게 크게 화내는 법이 없었다. 대신 소미가 마음에 들지 않을경우 주인을 자청했던 도현을 꾸짖었다.

소미가 서재를 나가자 장 회장은 도현을 노려보며 한심한 표정을 지었다.

"사고 치지 말라고 했더니! 하필 백야 자식이랑 들러붙어서 싸워?"

"저 죽이겠다고 온 애를 무슨 수로 피해요."

도현이 장 회장의 맞은편에 자리를 잡고 앉았다. 장 회장은 그제야 도현의 다친 다리가 생각났는지 한동안 말이 없었다.

"여자애 때문에 싸웠다고 들었다. 네가 저 애를 제법 아낀다지? 반반하게 생긴 것이 널 단단히 홀렸구나."

"뭐, 돈 많은 유부남 홀리는 여우보단 낫겠죠."

삼성동 저택에 장 회장의 새 부인이 살고 있다는 사실을 도현도 모르지 않았다. 부끄러운 걸 아는지 장 회장은 헛기침을 했다.

"키우는 개가 잘못하면 주인이 책임을 진다. 이게 네 녀석 뜻이렷다?"

"그렇죠."

부자지간이 맞을까 싶을 정도로 장 회장을 바라보는 도현의 시선에는 어떤 감정도 담겨 있지 않았다.

"이번에는 네 녀석이 감싸도 봐줄 생각 없다."

"……."

"쌈박질이나 하는 장학생은 회사에 필요 없어. 쓸 만한 아인가 싶었더니 원……."

장 회장은 습관처럼 혀를 쯧쯧, 찼다.

우득, 도현의 주먹에 힘이 실렸다. 필요할 때 데려와 쓸모없어지니 버리겠다. 눈앞에 있는 사람이 부친이라는 사실이 너무 창피하고 부끄러워 치가 떨렸다.

"이제 와 쓸모없어지니 내쫓기라도 하시려고요?"

"그러지 못할 이유 없지."

장 회장을 바라보는 혐오감 짙게 밴 눈동자는 한 치의 흔들림도 없었다. 장 회장 역시 아들에게 지지 않으려 묵묵히 원망의 눈길을 받아 냈다.

"지금까지 먹여 주고 입혀 줬으면 된 거 아니야."

장 회장의 대답을 듣던 도현의 입꼬리가 곡선을 그리며 늘어졌다.

"그럼 내보내세요."

소미를 감싸고돌기 급급하던 도현이 흔쾌히 소미를 저택에서 내보내라고 하자 장 회장의 눈빛엔 당혹감이 서렸다.

"티켓 끊어 놨다. 미국에 가. 거기서 대학 다니고, 내가 부를 때까지 조신하게 있어. 군대는 안 가게 됐으니 남들보다 2년은 벌었구나. 거 하나는 잘됐다."

"그러죠, 뭐."

도현은 그것도 흔쾌히 승낙했다. 안 가겠다고 길길이 날뛰어야 정상인데. 이 녀석이 무슨 꿍꿍이지? 장 회장의 눈썹이 비스듬히 휘어졌다.

"무슨 생각이야?"

도현의 얼굴에 의미 모를 미소가 떠올랐다. 웃는 얼굴이 어찌나 살벌한지 아들 녀석이지만 정나미가 떨어질 정도였다.

"저 때문에 이곳에 들어온 아이고, 또 저 때문에 멀쩡히 살던 곳에서 쫓겨나게 생겼으니 책임져야죠."

"뭐?"

장 회장은 절대 소미를 저택에서 내쫓을 수 없었다. 쫓겨나게 두지도 않을 생각이지만, 그녀를 내쫓는다 해도 도현이 손해 볼 건 없었다.

"둘 다 성인이니 문제 될 것도 없잖아요. 누구처럼 부인을 둘씩 두겠다는 것도 아니고. 못할 것도 없죠."

장 회장은 생각지 못한 소리에 두 눈을 동그랗게 떴다.

"내 돈으로 호의호식하는 주제에, 어디 감히 아버지를 협박해!"

도현은 잠시 말을 멈췄다. 머릿속에 현재 있는 주식과 외조부에게 물려받은 유산을 얼추 계산한 도현은 고개를 끄덕였다.

"그러네요. 생각해 보니까 다 아버지 돈이었네요. 그럼 전 제 돈만 가지고, 제 사람만 챙겨 나가겠습니다."

"이 녀석이 보자 보자 하니까 어디서 꼬박꼬박 말대답이야? 내가 너를 그렇게 가르쳤어?"

장 회장은 새빨개진 얼굴로 뒷목을 잡고 도현을 향해 삿대질해 댔다. 도현은 그런 장 회장의 말과 행동이 우스워 코웃음을 쳤다.

"부모가 있어도 없는 것처럼 자라서요, 제가 좀 싸가지가 없어요. 부모 밑에서 배운 게 없거든요."

"이 녀석이!"

혈압 오르는 소리가 도현의 귀에도 들리는 것처럼 느껴졌다.

"내가 누구 때문에 돈을 벌고, 누구 때문에 이렇게 살았는데!"

"저 때문이라고 하지 마세요. 모두 아버지 욕심이고 만족이었어요. 전 돈 많이 벌어다 주는 부모님보다 생일에 자장면을 먹더라도 함께 있어 주는. 아플 땐 괜찮으냐, 많이 아프냐. 한마디 건네주는. 서류 한 장으로 자식을 보고받는 부모가 아니라 함께 얼굴 보고 밥 먹고 오늘 하루 있었던 일들 이야기하며 웃어 주는 부모님이 필요했어요. 그걸 다 누가 했는지 아세요? 소미가 했어요. 아버지 어머니가 바쁘다고 내팽개쳐 둔 아들을, 아버지가 지금 무시하고 있는 그 애가 했다고요."

"그래서?"

"정 없이 산 부모님은 버려도 그 애는 못 버려요."

도현은 당장에라도 소미를 데리고 집을 나갈 표정이었다. 언제나 부모 말이라면 토 한 번 달지 않고 따르던 아들이 변했다. 이러다 진짜 하나뿐인 아들도 잃겠다 싶다. 졌다. 확실히 졌다.

화를 내던 장 회장이 이번에는 껄껄거리며 호탕한 웃음을 터트렸다.

"그 애 좋아하냐?"

"네. 좋아해요."

장 회장의 해코지가 겁나지도 않은지 도현은 제 마음을 순순히 인정했다. 도현은 금세 들킬 거짓말로 감정 소모하는 건 불필요하다는 생각이 들었다.

냉혈한처럼 감정 숨기는 걸 밥 먹듯이 하는 도현도, 처음 하는 사랑 앞에선 팔불출이 되었다. 감춘다고 숨겨질 마음이었으면 드러내지도 않았을 것이다.

장 회장은 너무나 당당한 대답에 두 손 두 발 다 들었다는 표정으로 고개를 설레설레 저었다.

"이 녀석, 그동안 헛배웠네."

지금껏 한 번도 대든 적 없던 아들이었다. 그런 도현이 소미를 감싸며 바락바락 대들 때부터 대충 눈치는 챘던 일이라 장 회장은 그리 놀랍지도 않았다.

"구더기 무서워 장 못 담글까……."

장 회장은 혼잣말로 중얼거렸다. 남녀가 한집에 있으니 좋아 지내는 건 어쩌면 당연한 일이었다. 그것이 두려웠다면 애초에 장학생으로 여자애를 데려오지도 않았을 것이다.

"그래, 좋아했으니 백야 놈이랑 그렇게 치고받고 싸웠겠지. 그럼 안 내쫓으면 되는 게야?"

"쫓아내셔도 상관없어요."

이 녀석이!

"미국 가. 가서 경영에 대해서 제대로 배워 돌아와. 그때까지 박소미 그 애는 내가 데리고 있으마."

장 회장의 표정은 다른 때보다 진지했다. 그렇다고 도현의 사랑을 응원해 줄 생각도 없었다. 안 된다고 반대하면 더 불타오르는 것이 사랑이다. 지금은 조용히 기다림을 택하는 게 현명했다. 사랑이란 감정은 나이가 들고 시간이 지나면 무뎌지고 변색되기 마련이니까.

"나도 이제 늙었나 보다. 네가 그만큼 컸다는 거겠지. 아비라고 뭐하나 해 준 것도 없는데 그 정도는 해 주마. 이만 나가 봐."

장 회장은 나가 보라고 손을 흔들었다. 지쳤다. 혈기 왕성한 아들과 싸우려 해도 체력이 있어야 가능한 법이었다.

"진심이세요?"

"데리고 있겠다고 했지, 허락한다고 안 했다."

장 회장은 쯧쯧, 혀를 내둘렀다. 표정에는 변화가 거의 없었지만 도현의 표정이 조금 전과 다르게 밝아졌다.

"원, 어릴 때 송아지 사 줬을 때보다 더 기뻐하는 표정이라니."

도현이 자리에서 일어나 서재를 나가다 몸을 돌려 장 회장을 돌아봤다.

"아버지, 조금 변한 것 같아요."

"……."

"그런데 나쁘지 않아요."

도현이 고개를 꾸벅 숙인 후 서재를 나오자 그녀는 복도에서 초조한 얼굴로 그를 기다리고 있었다. 그가 나오자 그녀는 도현의 얼굴을 이리저리 살펴보았다. 소미는 그가 장 회장에게 맞은 곳이 없는 걸 보고서야 안심하는 눈치였다.

"나가랬더니 있는 곳이 고작 여기야?"

"괜찮아?"

"괜찮다고 했잖아."

"미안해……."

그는 그녀에게 가장 든든한 보호막이자 커다란 우산 같은 사람이었다. 이번에도 그를 방패 삼았다는 생각에 그녀는 쉽사리 고개를 들지 못했다.

"뭐가? 네가 나한테 왜 미안해야 하는데?"

"아니. 그냥, 회장님께 너 혼자 혼나게 해서……."

소미는 그가 화낼 걸 알기에 '나 때문'이라는 소리는 하지 않았다. 그저 씁쓰레한 기분을 속으로 삼키며 도현을 바라볼 뿐이었다.

다음 날 오후, 전화벨이 울렸다. 여전히 크고 우렁찬 소리였다. 소미가 전화를 받자 도현은 언제나처럼 용건부터 말했다.

─놀러 가자. 준비해.

"지금?"

─응. 지금부터 30분 줄게.

전화는 그렇게 제 할 말만 하고 끊어졌다. 그녀에게 반문할 시간 같은 건 주지 않았다.

소미는 30분이라는 소리에 다급해졌다. 전화를 끊은 그녀는 옷장부터 열었다. 옷장과 서랍을 쭉 둘러보다 아이보리 터틀넥과 모직 소재의 트위드 체크무늬 스커트를 꺼내 입었다. 치마가 조금 짧은 감이 있었지만 갈아입을 마음이 생기지는 않았다. 코트는 부드러운 파스텔 색상으로 골라 입었다.

소미는 옷을 입으며 헝클어진 머리를 정리하기 위해 화장대로 걸어갔다. 머리를 빗고 뒤돌아서던 소미는 크리스마스에 친구에게 받은 립밤을 떠올렸다. 화장대 위에 놓인 장미 문양의 케이스를 열자 향긋한 장미 향기가 코끝을 스쳤다. 입술에 얇게 펴 바른 후 어른 흉내라도 내듯 입술을 마주 대었다 벌리기를 반복했다. 살짝 입꼬리를 끌어올려 거울에 제 모습을 확인하고 소미는 립밤을 크로스백에 넣고 방을 나왔다.

작년 3월, 도현은 열아홉 번째 생일 선물로 빨간색 BMW와 은색의 페라리를 선물 받았다. 도현은 차가 꽤 마음에 드는 눈치였다. 그는 BMW 로고가 새겨진 차 키를 그녀에게 내밀었다.

"네가 운전해."

"내가?"

"그래, 네가."

"나 못해."

"처음부터 잘하는 사람이 어디 있어."

도현과 실랑이를 하던 그녀는 결국 빨간색 BMW의 운전석에 앉게 되었다.

소미는 운전대를 잡은 채 마른침을 삼켰다. 잔뜩 겁먹은 표정을 감추지 못했다. 심장이 벌렁거리고 손이 덜덜 떨었다. 10월, 생일이 지나 도현보다 늦게 면허를 따기는 했지만 막상 차를 직접 몰고 나갈 생각을 하자 눈앞이 깜깜했다.

"가자."

보조석에 앉은 도현은 어서 출발하라는 듯 재촉했다. 벌써 10분째 소미는 침만 꼴깍, 삼킬 뿐 액셀을 밟을 생각조차 하지 않았다.

"출발하라니까?"

"나 청심환이라도 하나 먹을 걸 그랬나 봐."

소미는 혹시나 흠집이라도 내면 어쩌나 심장이 벌렁거렸다.

초보 운전인 그녀가 운전하기에 그의 차는 지나치게 좋았다.

"그럼 약국에 가야 하니까. 출발해."

"……."

"종일 이러고 있을 거야? 저기 저 아저씨들 안 보여?"

도현을 따라다니는 경호원도 불안한 듯 대기 중이었다. 도현은 한 치의 양보도 없었다. 그제야 소미는 울상이 되어 조심스럽게 액셀을 밟았다. 차는 굼벵이처럼 느릿느릿 움직여 차고를 빠져나왔다.

목적지는 서울에서 가까운 강화도였다. 소미는 자신이 이토록 무섭기는 처음이었다. 무슨 정신으로 차를 몰고 강화도에 도착했는지 기억이 나지 않았다. 그녀가 운전하는 내내 조용하던 도현은 강화도에 무사히 도착하자 딱 한마디 건넸다.

"잘했어, 박솜."

외포리 선착장에서 표를 끊고 새우깡 한 봉지를 산 후 석모도로 들어가는 배편을 기다렸다. 평일이라 그런지 선착장은 한산했다. 승선한 뒤 차에서 내린 도현은 소미의 손을 잡아끌었다.

"갈매기 보자."

갑판으로 나가자 유독 갈매기가 많았다. 오동통한 모습에 살찐 비둘기가 떠올랐다. 도현이 시범을 보이듯 새우깡을 하나 들어 손을 높이 치켜들자 갈매기 한 마리가 날아와 멋지게 새우깡을 낚아 사라졌다.

"봤어?"

"응."

신기한 표정으로 그녀가 고개를 끄덕이자 그는 새우깡 하나를 내밀었다. 소미는 살짝 인상을 쓴 채 고개를 저었다. 무서웠다.

"괜찮아. 안 무서워."

그녀는 겁먹은 표정으로 미적미적 새우깡을 받아 손을 들었다. 새우깡의 끝머리를 잡고 손을 들어 올리자 갈매기가 슝, 날아와 새우깡을 낚아챘다. 매처럼 날렵한 솜씨였다.

"봤어? 하나 더 줘 봐."

소미는 신기한지 배를 타고 석모도로 들어가는 10분 동안 몇 번이고 갈매기 떼를 향해 새우깡을 내밀었다.

배에서 내릴 때부터는 다행스럽게도 그가 운전했다. 소미는 전처럼 도현의 옆에서 스쳐 가는 풍경을 구경했다.

석모도를 한 바퀴 돌고 난 후 석모도에 들리면 꼭 가 봐야 한다는 보문사로 향했다. 표를 끊어 보문사 입구로 들어서자 오르막길이었다. 아름드리 소나무가 반기는 모습이 감탄을 자아냈다. 두 사람은 두 손을 꼭 잡은 채 언덕을 올랐다. 소미는 중간중간 걱정스러운 얼굴로 도현의 다리를 물었다.

"아프지 않아?"

"괜찮아."

끝나지 않을 것 같은 언덕을 다 오르자 평지가 나타났다. 가장 먼저 눈에 들어온 오백나한을 구경한 후 대웅전으로 향했다.

"기도할 거야?"

"아니…… 응, 할래."

괜찮다고 고개를 흔들던 그녀는 마음이 바뀌었는지 신발을 벗고 대웅전으로 들어갔다. 종교가 있는 건 아니었지만 돌아가신 부모님과 조 여사를 위해 소미는 기도했다. 그리고 옆에 있는 도현이 행복할 수 있기를, 또 장 회장과 최 여사가 오래도록 건강하기를 바랐다. 기도하고 대웅전을 나올 때까지 그는 입구에 서서 그녀를 기다리고 있었다.

"안 한다고 하더니 빌 게 꽤 많았나 봐?"

"응? 응. 그러네."

소미는 고개를 끄덕였다.

"박솜 소원이야 뻔하지. 배불리 밥 먹게 해 주세요. 도현이가 그만 괴롭히게 해 주세요."

그녀는 웃을 수밖에 없었다. 열네 살, 저택에 막 들어왔을 적 그렇게 빌고 빌던 날들이 있었으니까.

"그리고 마지막 소원은, 평생 도현이 옆에서 행복하게 해 주세요……."

"아마도."

그런 소원은 빌지 않았지만 소미는 웃으며 고개를 끄덕였다. 아마 빌고 싶은 소원을 다 빌었다면 그런 소원도 들어가 있었을 테니까.

"여기 좋다."

"그러네."

그 후, 두 사람은 천연 동굴로 만들었다는 석실을 구경했다. 그와 함께 이곳저곳을 구경하던 그녀는 '소원이 이루어지는 길'에서 발길을 멈췄다. 마애불로 올라가는 계단이었다.

"진짜 여기 올라가면 소원이 이루어지려나?"

그녀는 여기까지 왔으니 기왕이면 마애불까지 올라가 보고 싶었지만 도현이 마음에 걸렸다. 소미의 마음을 읽었는지 그는 계단을 향해 첫발을 내디뎠다.

"올라가 보면 알지."

"아니."

그녀는 그의 손을 잡아당기며 고개를 저었다. 아직 그의 다리로 418개의 계단을 오르기에는 무리가 있었다.

"아직 난 아무 소원도 안 빌었어."

"지금 말고, 나중에. 운동화 신고 왔을 때 가자."

그제야 그의 시선이 그녀의 발에 끼워진 구두를 향했다. 그의 눈에는 전에 신던 것과 비슷해 보였지만 새것이었다. 낡기도 전에 바뀌는 구두 때문에 그녀의 발은 언제나 성할 날이 없었다.

"그 신발로는 무리겠네."

"맞아. 무리야."

언제나 차가운 최 여사였지만, 그녀는 소미에게 도현과 비교되지 않도록 옷과 신발, 가방 등을 사 주었다. 취향과는 거리가 먼 여성스러운 옷들뿐이었지만 그래도 소미는 언제나 감사한 마음으로 입었다.

그제야 도현은 한 발 내디뎠던 계단을 내려섰다.

"그럼 이제 슬슬 내려가자."

"응."

보문사를 나와 민머루 해수욕장에서 일몰을 구경한 후 가까운 곳에 들러 저녁을 먹었다.

해가 지고 어두워지자 소미는 자연스레 손목에 채워진 시계를 힐끗거리며 시간을 확인했다. 일단 석모도라는 섬을 나가야 했기 때문에 그녀는 마음이 조급했다. 그는 그녀의 손을 잡아 옭아맸다. 그리고 그녀의 손목시계를 빼선 자신의 코트 주머니에 넣었다. 소미는 당황한 얼굴로 도현을 바라봤다.

"뭐하는 거야."

"지금부터 시계 금지."

소미는 시계를 볼 수밖에 없던 상황을 설명하며 허전해진 손목을 매만졌다.

"아니, 집에 가려면 슬슬 일어나야 하니까. 몇 시 배가 마지막이랬지?"

"안 가."

그의 확고한 대답에 그녀의 눈이 점점 커다래지다가 얼어붙고 말았다.

"어?"

"자고 내일 갈 거야."

자고 가겠다는 그의 대답에 그녀의 눈동자가 갈피를 잡지 못하고 흔들렸다. 전혀 생각지도 못한 일이었다. 식사하기 전 그녀가 배 시간을 물었을 때 그는 걱정하지 말라고 말했다.

"……배 시간 아직 남았다고 했잖아."

동절기 배편은 이미 30분 전에 끊어졌다.

"배 시간 남았다고 안 했어. 시간이 넉넉하다고 했지."

"아……."

시간이 넉넉하다며 늑장을 부리던 도현의 행동이 소미는 뒤늦게나마 이해되기 시작했다. 세차게 요동치는 심장과 다르게 소미는 덤덤히 지금 상황을 받아들였다.

식당을 나와 차 안에서 김 집사에게 전화를 걸어 대충 상황을 설명한 후, 도현은 어젯밤 예약해 둔 펜션으로 향했다. 관심이 없어 지금껏 몰랐던 사실이지만 석모도에는 의외로 예쁜 펜션이 많았다. 펜션에 도착해 그는 트렁크에서 언제 준비해 뒀는지 자그마한 캐리어를 꺼냈다.

"여행 갈 거라고 하니까 미세스 이가 준비해 줬어."

그러고 보니 아침에 샤워하고 방에 돌아오자 정아가 서랍을 정리하고 있었다. 정아는 저택에 왔을 때부터 그녀의 방과 옷장을 정리해 주었기에 전혀 이상하다는 생각을 하지 못했다.

그는 그녀를 감쪽같이 속이고 완벽하게 1박 할 준비를 한 채 섬으로 여행을 온 거였다.

"철저히 준비해 왔구나?"

"맞아."

펜션은 제주도에 있는 별장의 모습과 흡사했다. 거실에선 수영장이 내려다보였다. 겨울이라 현재 수영장은 텅 비어 있었다. 그 대신 형형색색의 조명이 스산한 풍경을 달래고 있었다.

"아침에 일어나서 일출 보러 갈 거야. 이 방에서 바다가 보인다는데 어두워서 그런지 지금은 안 보이네."

"내일은 보일 거야."

소미는 커튼을 닫아 창문을 가린 후 캐리어를 열었다. 정아는 정말 정리의 달인이 맞았다. 갈아입을 옷은 물론이고 속옷까지 깨끗하게 정리해 보이지 않게끔 포장해 두었다.

소미는 속옷이 담긴 조그마한 가방을 열어 확인한 후 잠옷을 꺼내 들었다. 옅은 핑크색의 원피스형 잠옷은 가슴선에 레이스가 수놓아져 있었는데 오늘따라 야하게 느껴졌다.

"나 먼저 씻을게."

"그래."

그녀가 씻으러 욕실로 들어간 사이 도현은 리모컨을 들어 TV를 켰다. 9시 뉴스가 막 시작되고 있었다. 태연한 척했지만, 입안이 바싹바싹 마르는 것이 갈증이 일었다.

그는 자리에서 일어나 펜션에 비치된 냉장고를 열었다. 안은 텅텅 비어 있었다. 지금 이곳이 호텔이 아닌 것이 애석했다. 도현은 오는 길에 편의점을 봤던 것을 떠올리고 차 키를 챙겨 들었다.

"박솜."

나가기 전, 욕실 문을 두드리자 잠시 후 욕실에 들려오던 물소리가 그쳤다.

"응."

"마실 게 하나도 없어. 나갔다 올게. 필요한 거 있어?"

"아니, 괜찮아."

소미는 허둥지둥 급하게 대답했다. 얼마나 긴장했는지 목에서 쉰 소리가 튀어나왔다. 헛기침해 목을 가다듬고 소미는 다시금 괜찮다고 대답했다.

"그럼 다녀올게."

"응. 조심해서 갔다 와."

그녀의 대답을 들은 도현은 현관문을 열고 펜션을 나갔다.

탕, 문이 닫히는 소리가 들렸다. 그녀는 그가 나가는 소리를 듣고 나서야 샤워기를 틀고 깊은 한숨을 내쉬었다.

"괜찮아……. 도현이니까."

그녀는 작게 중얼거리며 긴장한 자신을 달랬다. 마음이 쉽사리 진정되지 않았다. 지금껏 모른 척했지만, 그가 욕망에 일렁이는 눈빛으로 그녀를 바라보기 시작한 것이 오래됐다는 걸 알고 있었다. 마음만 먹으면 언제든 제집에 얹혀사는 그녀에게 욕정을 풀 수 있었다. 그가 그녀를 강제로 취해도 저택에서 나무랄 사람은 아무도 없었다. 그를 혼낼 수 있는 유일한 두 사람은 언제나 바빴으니까. 그래도 그는 참았다. 참고 또 참고, 새벽에 러닝 머신을 뛰는 한이 있어도 그녀의 방문턱은 넘지 않았다. 그것만으로도 그가 그녀를 함부로 대하지 않는다는 것을 알 수 있었다.

샤워를 마치고 욕실을 나와 타월로 머리를 말리고 있을 때

펜션을 나갔던 그가 돌아왔다.

"갔다 왔어?"

"응."

그는 두 뺨이 발그레한 그녀의 모습을 물끄러미 바라보다 뒤늦게 정신을 차렸다. 서둘러 사 온 물과 주스를 냉장고에 넣었다. 그중에 딸기 우유 하나를 챙겨 그녀에게 내밀었다.

"자."

"고마워."

소미는 머리를 말리다 우유를 받아 들었다. 살짝 붉어진 뺨으로 그녀는 어린아이처럼 기뻐했다.

"좋아하지?"

"아아, 맞아. 좋아해."

빚쟁이에게 쫓겨 며칠 굶었나? 배가 무척 고팠는데 부친이 어디선가 딸기 우유를 구해다 주었다. 단숨에 200ml 우유를 들이켰다. 마지막 한 방울까지 마시기 위해 혀를 날름거렸다. 그때부터 소미는 세상에서 딸기 우유가 가장 좋았다. 그에게 말하면 구질구질한 기억이라고 한 소리 할 테지만, 소미는 그때의 기억이 싫지 않았다.

"나 씻고 올게."

우유를 마시며 고개를 끄덕이자 도현은 소미의 머리를 가볍게 쓰다듬고 걸음을 옮겼다.

달칵, 욕실 문이 닫히고 잠시 후 물소리가 들려왔다. 비 내리는 소리와 비슷한 샤워기 소리가 희미하게 귓가에 들려오자 소미는 또다시 심장이 쿵쾅거렸다. 밤이 깊어 가고 있었다. 긴장으로 인해 손바닥에 땀이 고였다. 소미는 리모컨을 찾아 도현이 씻는 동안 TV를 시청했다. TV는 하염없이 떠들어 댔지만, 그녀의 귀에는 아무것도 들어오지 않았다.

달칵, 문이 열리고 수증기와 함께 도현이 나왔다. 소미는 저도 모르게 몸을 움츠리고 말았다. 요지부동 자세로 앉아 TV를 시청하는 소미를 보고 그의 입가에 옅은 미소가 배었다.

"재미있어?"

"응. 너도 이리 와서 봐."

도현은 소미의 옆에 앉았다. 입안이 바싹바싹 말라, 소미는 괜스레 마른침만 삼켰다. 지금까지 둘이 있는 일은 흔했다. 더 늦은 시간에도 함께 그의 방에서 영화를 봤고, 책을 보기도 했다. 시험 기간에는 마주 앉아 밤새 공부도 했다. 하지만 오늘은 다른 날과 다르게 유독 긴장됐다. 도현도 꽤 긴장했는지 말이 없었다. TV에선 계속해서 떠들어 댔지만, 둘 사이에 흐르는 미묘한 적막을 깨 주지는 못했다.

"밤새 이것만 볼 거야?"

한참 동안 소미의 옆에 앉아 있던 도현은 리모컨을 들어 TV를 꺼 버렸다. 그제야 그녀의 시선이 그를 향했다. 머뭇머뭇, 커다란 눈망울로 살짝 그를 올려다보는 그녀를 보자 도현은 말문이 막혔다. 핑크색의 실크 잠옷 사이로 보이는 쇄골을 보자 단전 아래로 피가 쏠렸다. 그의 눈동자에 소미는 타들어 갈 것처럼 숨이 막혔다. 몸이 괜스레 달아올랐다.

"피곤해? 잘까?"

"……지금 말고."

"그럼?"

도현은 대답이 없었다. 소미가 어깨에 슬그머니 머리를 기대자 도현은 자그마한 어깨를 감싸 안았다. 달콤한 향기가 그의 코끝을 어지럽혔다.

소미는 도현의 손이 좋았다. 큼직해서 안정감이 느껴지는 손길은 언제나 편안했다. 그런데 오늘따라 어깨를 감싼 손이 더욱 뜨겁게 느껴졌다. 얼마나 침묵이 흘렀을까, 도현은 힘겹게 말문을 열었다.

"할 말 있어."

"응, 말해."

도현은 또다시 머뭇거렸다.

"나 다음 주에 미국 가."

"어?"

느닷없는 통보에 소미는 어깨에 기댔던 머리를 일으켰다.

"넌 예정대로 대학 가. 가서 하고 싶다던 공부해."

"싫어했잖아. 나 때문이야?"

느긋하던 마음이 한순간에 술렁였다. 도현의 대답에 소미의 초점이 갈피를 잡지 못한 채 흔들렸다.

"갔다 오는 게 여러모로 좋을 것 같아서."

"그래서 여행도 온 거야? 이 말 하고 싶어서?"

"그런 거 아니야. 나도 뭐, 일단 남자니까……."

도현은 말을 얼버무렸다. 소미의 얼굴이 죄책감에 얼룩지자 도현은 어린아이를 달래듯 머리를 쓰다듬었다. 다정한 손길에 눈물이 나왔다.

"네 탓 아니야. 어차피 가려던 거야."

지금껏 도현이 버텨서 가지 않았지만 장 회장은 언제나 그를 미국에 보내고 싶어 했다. 유학이라면 학을 떼던 도현이 제 발로 미국에 가겠다는 말이 소미는 꼭 저 때문인 것 같았다.

"나 때문이지? 나 거기 살게 해 주려고. 가기 싫은데 억지로 가는 거지?"

"아니야."

"그럼 왜 지금까지 가기 싫다고 버텼는데. 왜 지금 간다는 건데?"

"……너 때문에. 너랑 좀 더 오래 있고 싶어서. 원래 군대 제대하고 가려 했는데 군대에 안 가게 됐으니까 조금 당겨진 거고."

전문적인 지식을 쌓기 위해 언젠가는 갈 생각이었다. 다만 언젠가가 조금 앞당겨졌을 뿐이었다. 지금껏 도현은 자신이 유학을 가면, 장학생 제도가 사라질지도 모른다는 걱정에 한국을 떠나지 못했다. 하지만 이제는 다녀와도 괜찮을 것 같았다. 말하지 않았지만 최 여사도 제법 소미를 마음에 들어 하는 눈치였고, 일하는 고용인들도 더는 그녀를 구박하지 않았다.

"오늘 타고 온 차는 앞으로 너 써."

"그래서 나한테 오늘 운전하라고 한 거였어?"

"맞아. 처음부터 너 주려고 했어."

여름이면 덥고 겨울이면 추운, 스산한 언덕을 따라 걸어 다닐 소미를 생각하자 가슴이 아렸다. 지금까지야 차가 있든 없든 상관없이 박 기사가 따라다녔지만 그가 미국에 가면 이야기는 달라진다. 고개를 숙이고 있던 소미가 도현을 바라보았다. 도현이 아직 미국에 가지도 않았는데 그녀는 벌써 그가 미국에 간 것처럼 언제 오는지를 확인했다.

"가면 언제 오는데. 금방 와?"

"금방 올게."

도현의 말에도 소미는 안심할 수 없었다. 저택에는 무서운 것투성이였다. 최 여사도 무섭고 장 회장도 무서웠다. 그곳은 1년 내내 추운 겨울이었다. 앞으로의 생활이 벌써부터 암담했다. 가지 말라는 말이 목구멍까지 차고 넘쳤다.

하지만 끝내 소미는 알겠다며 고개를 끄덕였다. 얼굴에 내린 그늘을 보이기 싫어 그녀는 도현의 가슴에 얼굴을 기댔다. 그는 그런 그녀의 마음을 아는지 어리광을 받아 주듯 등을 다독였다. 서로 한참을 그렇게 안은 채 시간이 흘렀다.

째깍, 째깍. 시곗바늘 소리만 침묵의 상징처럼 귓가에 울렸다. 그가 머뭇거리다 헛기침을 하며 침묵을 깨고 소미의 머릿결을 만지작거렸다.

"그럼 이제 잘래?"

"응……."

가라앉았던 마음이 도현의 한마디에 쿵쿵거리며 다시 뛰기 시작했다. 소미는 소파에서 일어나 도망치듯 침실로 걸음을 옮겼다. 방에 들어와 그는 그녀를 당겨 품에 꼭 끌어안았다. 거칠게 뛰는 심장 소리가 누구의 것인지 분간이 되지 않았다.

괜찮다고 수없이 다짐했지만 막상 그가 끌어안자 근육이 수축하며 몸이 떨렸다. 천천히 입술이 닿았다 떨어졌다. 아랫입술을 부드럽게 핥던 입술은 멀어지다 다시 다가왔다. 그렇게 몇 번이고 서로의 입술을 취했다.

그녀는 입술 사이로 물컹한 혀가 들어오는 순간, 두 손으로 옷깃을 꼭 움켜쥐었다. 입안으로 침범한 혀는 이곳저곳을 배회하고 다녔다. 그녀의 혀를 잡아 깊게 빨아들이다 사탕처럼 굴렸다. 서로의 타액을 나누는 행위가 이렇게 은밀하고 달콤한지 처음 알았다. 숨이 가빠졌다. 머리가 몽롱해지면서 술 취한 것처럼 몸이 휘청거렸다. 그 순간 그녀는 침대에 풀썩 쓰러졌다. 다행히 그가 머리를 받치고 있어 크게 아프진 않았다. 출렁이는 압력으로 떨어졌던 입술이 다시 엉켜들었다.

크리스마스 날 나누던 간질거리는 키스와 달랐다. 성난 파도처럼 거칠고 질주하는 것처럼 숨 가쁜, 어른들의 키스였다.

그의 커다란 손이 잠옷의 끝자락을 파고들어 가슴을 향해 다가왔다. 잠옷이 올라가 다리와 팬티가 훤히 드러나고 말았다. 부끄러움을 느끼기도 전에 그는 그녀의 브래지어를 올리고 가슴을 움켜쥐었다. 순간 저릿한 감각이 가슴을 따라 퍼졌다. 소미는 숨을 멈춘 채 시트를 움켜쥐었다. 몸이 경직되고 손에 땀이 고였다.

"흐……."

"말하지 못했는데 처음부터 이럴 생각으로 왔어."

다갈색의 서늘한 눈동자는 어둠에 물들어 새까맣다 못해 블랙홀처럼 빨려 들어갈 것 같았다. 그가 그녀를 얼마나 원하는지 너무나 절실히 보여 주고 있어 소미는 저도 모르게 느릿느릿 고개를 끄덕였다.

그녀의 대답이 마음에 들었다는 듯 이마에 그의 입술이 닿았다 떨어졌다. 그는 가슴까지 올라간 그녀의 잠옷과 브래지어를 벗겨 냈다. 그가 움직일 때마다 단단해진 남성이 허벅지를 건드리자 호흡이 가빠지는 것 같았다. 옅은 신음이 새어 나왔다.

그의 뜨거운 숨결이 귓불을 훑고 귓바퀴를 핥았다. 목덜미에 그의 입술이 닿자 그녀의 몸은 더욱 움츠러들었다.

"흐읏."

그가 가슴을 움켜쥐고 빳빳해진 젖꼭지를 비틀자 다리 사이로 뜨거운 기운이 퍼져 나갔다. 키스를 나눌 때부터 젖어 들기 시작한 다리 틈새가 이제는 뻐근하게 저려 왔다.

소미는 심장이 과부하가 걸려 터질 것만 같았다. 지금부터 알게 될 어른들의 사랑이, 또 이로 인해 달라져 버릴 상황이 그녀는 무서웠다.

"잠깐만……."

도현이 가슴을 입에 무는 순간 그녀는 몸을 비틀었다. 입안에 유륜까지 머금고 깊이 빨아들이자 정신이 아득히 멀어져 갔다.

"도현아……."

갑자기 두려움이 몰아쳤다. 몇 달 후면 산부인과를 내원해
야 했다. 그와의 관계를 최 여사에게 들킬 생각을 하자 마음과
다르게 몸이 바들바들 떨렸다. 마음은 분명 하나인데, 그를 받
아들이고 싶다는 마음과 밀쳐 내고 싶은 마음이 이율배반적으
로 공존하고 있었다.

그녀의 사정을 알 턱 없는 그는 지금까지 참았던 욕망을 거
침없이 드러냈다. 가슴에 얼굴을 묻은 채 그의 손은 팬티 속으
로 파고들었다. 건조하던 손이 금세 부드러운 애액에 휩싸였
다. 어린아이처럼 가슴을 물고 빨던 그는 입술을 떼고 과감하
게 그녀의 팬티를 벗겨 냈다.

"아!"

소미는 작게 비명을 내질렀다. 그녀의 비명에 그는 조금 놀
란 듯 보였다.

"……놀랐어?"

"아, 아니……. 부끄러워서……."

그녀의 대답에 그는 상체를 일으켜 세우고 옷을 벗어 던졌
다. 그의 살결이 그대로 느껴지자 마음과 다르게 긴장한 몸은
경직되어 힘이 풀리지 않았다. 소미는 두 눈을 꼭 감은 채 이
밤이 빨리 끝나길 기다렸다.

가슴을 부드럽게 움켜쥐고 입으로 물고 빨던 도현의 행동이
멈췄다. 어찌나 떠는지 그도 같이 떨릴 지경이었다.

"박솜."

도현은 작게 그녀를 불렀다. 하지만 그녀는 여전히 감겨 있는 눈을 뜨지 않았다. 다시 한 번 그녀를 불렀다.

"솜."

그의 목소리가 간지럽게 귓가에 울려 퍼졌다. 오소소 소름이 돋았다. 마주할 용기가 아직 그녀에게 허락되지 않은 듯 보였다.

"나랑 자는 거 무서워?"

"조, 조금……."

그녀는 여전히 눈을 감은 채 떨리는 목소리로 대답했다. 도현은 그녀의 대답에 마음이 변했는지 가슴에서 손을 떼고 그녀의 옆에 모로 누웠다. 그리고 제단 위에 제물처럼 누워 있는 그녀를 숨 막히게 꼭 품에 안았다.

조급함에 그녀를 안으려 했다. 저라는 인장을 그녀의 몸에 낙인찍고 절대 벗어나지 못하게 옭아매고 싶었다. 그런데 아직은 그를 받아들인다는 것이 그녀에게는 무리였나 보다.

"자자. 피곤하다."

"왜……."

그녀는 그가 멈췄다는 안도와 그의 기분을 상하게 했을지 모른다는 불안감에 목소리가 떨렸다.

"새것 뚜껑을 딱 열잖아. 그럼 그때부턴 내용물이 바뀌지 않은 한 누가 열어 보든 티가 안 나거든. 이미 열었던 거니까. 내가 널 건드리지 않는 이유가 그거야. 그러니까 안심하고 자."

속삭이는 목소리는 평소보다 차가웠고 그녀의 귓불에 닿은 숨결은 그의 상태를 말해 주듯 지나치게 뜨거웠다. 그녀의 잇새로 안도하는 듯한 작은 한숨이 새어 나왔다.

"진짜……?"

"안심하진 마. 돌아오면 너부터 먹을 거니까."

"……"

"다음번은 안 봐줘. 그러니까 각오해."

도현은 제가 한 말을 지키듯 더 이상 그녀의 몸을 더듬지 않았다. 대신 그의 체온이 열병에 걸린 사람처럼 뜨거웠다. 실오라기 하나 걸치지 않은 그녀의 몸에 그의 열기가 그대로 전해져 왔다. 어쩐지 그녀도 온몸이 뜨겁게 불타는 것 같았다. 축축하게 젖어 든 다리 사이가 여전히 간질거렸다. 그날은 쉽사리 잠을 이루지 못하는 밤이었다.

째깍거리는 시계 소리, 그의 체온과 귓가에 들려오는 숨소리, 바스락거리던 침대의 시트, 커다란 창문으로 내다보이던 물 빠진 수영장, 바다가 토해 내듯 내뱉던 일출의 광경까지. 그녀의 기억 속에 평생 잊지 못할 추억이 하나 더 쌓였다.

chapter 7

내가 있을 자리

호텔에 도착한 도현은 어떤 말도 없었다. 그녀를 향해 눈길 한 번 주지 않았다. 엘리베이터가 22층에 멈춰 섰다.

소미의 눈동자가 흔들렸다. 남산이 훤히 내다보이는 프레지 덴셜 스위트룸은 하룻밤에 1,000만 원이 넘었다. 대학교 2학년 때 국제회의가 있던 날, 소미는 처음으로 장 회장을 따라 이곳 에 와 봤다. 장 회장은 중요한 회의를 이곳에서 했다. 그가 하 필 많고 많은 룸 중에 이곳을 택해 그녀를 데려왔는지 알 수 없었지만, 소미는 선뜻 발을 들이지 못했다. 하지만 머뭇거리 는 그녀와 다르게 그는 일말의 망설임도 없었다. 문을 열고 들 어가 발길을 멈춘 그는 그녀를 기다렸다.

"안 들어와?"

망설이는 그녀를 잡아당겼다. 그로 인해 그녀는 제 의지와 상관없이 그의 품에 쓰러졌다. 동시에 손에 들렸던 핸드백이 힘없이 바닥으로 떨어지며 내용물이 쏟아졌다. 코끝에 익숙하면서도 달콤한 향기가 퍼진다. 소미는 조금 더 그의 품에 안겨 있고 싶은 욕심이 생겼다. 자꾸만 자꾸만 욕심난다. 이대로 시간이 멈추길 기도했다. 하지만 그는 그녀를 금세 놓아주었다.

"배 안 고파? 뭐 먹을래?"

"……됐어."

소미는 흐트러진 머리카락을 쓸어 넘기며 퉁명스럽게 답했다. 거짓말. 도현은 작게 웃음을 삼켰다.

"난 안 먹었어. 그리고 지금 네 배도 고프다고 말하는데? 보나 마나 밥도 제대로 못 먹었겠지."

"뭐야?"

소미는 거짓말을 할 때 습관처럼 머리를 쓸어 넘겼다. 그리고 머리를 쓸어 넘기거나 쓸어 넘긴 머리를 귀 뒤에 걸 때 손끝이 미세하게 떨렸다. 그녀는 모르는 버릇이었다.

도현은 안쪽으로 걸음을 옮겼다. 소미는 그를 쫓아 걸음을 옮기며 잔소리를 늘어놓았다.

"지금 몇 신데 밥도 안 먹어? 밥은 꼬박꼬박 챙겨 먹으랬잖아."

도현의 입꼬리가 슬며시 미소를 그렸다. 우뚝, 도현이 걸음을 멈추고 몸을 휙 돌리자 소미는 그에게 부딪히며 작은 비명을 내질렀다. 미국에 가 있는 사이 도현은 키가 더 큰 것 같았다.

"글쎄. 내가 뭘 했을까……?"

"그렇게 멈추면 뒤에 사람이 뭐가……."

제 품에 쏙 들어오는 그녀를 안고 도현은 옅은 미소를 지었다.

"이러고 싶어서."

도현은 한 손은 그녀의 허리에, 남은 한 손은 그녀의 뒷머리를 잡고 입술을 겹쳐 왔다. 말캉하고 부드러운 입술이 닿는 순간 도현의 뜨거운 숨이 쏟아져 들어왔다. 소미는 도현을 거부하지 않았다. 벌어진 잇새로 그의 혀가 들어오자, 상큼한 민트 향이 입안에 퍼졌다. 소미는 스르륵 눈을 감았다. 빈틈없이 맞물린 입술과 혀는 서로를 느끼며 엉켜들었다. 끈질기게 그녀의 입술을 애무하던 입술이 아쉬운 듯 천천히 떨어졌다.

"왜 그랬어?"

"……."

"내가 정말 싫어졌으면 집을 나갔어야지. 나랑 이렇게 호텔에 오지 말았어야지. 때리고 거부해야지. 걱정도 하지 말아야지."

"네가 무슨 말을 하는지 모르겠어……."

"싫다고 떠들면서 변한 게 없잖아. 나 상처 주고, 너 상처 받고. 그래서 네가 얻는 게 뭔데."

올곧은 시선이 속마음을 꿰뚫어 보듯 바라보고 있었다. 소미는 도현의 시선을 피하며 귀를 반쯤 가린 머리를 모아 귀 뒤에 걸었다.

"없어. 난 그냥…… 네가 나랑 다른 사람이란 걸 이제 알았을 뿐이야."

12cm의 높은 굽으로 인해 도현의 시선을 피하는 게 쉽지 않았다. 소미는 신경질적으로 하이힐을 벗었다. 굳어 있던 발을 바닥에 내딛는 순간 통증이 번졌다.

"아……."

소미는 옅은 신음을 내뱉으며 미간을 찡그렸다. 도현은 그런 그녀를 가볍게 안아 들었다.

"뭐하는 거야?"

"그렇게 높은 구두를 무리해서 신을 만큼 남자가 컸나 보지?"

도현은 그녀를 데려다 소파에 앉히고 무릎을 굽혀 앉아 그녀의 발을 잡았다. 소미는 그에게 잡힌 발을 빼내기 위해 안간힘을 썼다.

"놔. 내가 언제 너한테 이런 거 하래?"

"아프잖아, 가만있어."

"지금 병 주고 약 줘? 누구 때문인데."

"미안하게 생각해. 그런데 후회는 안 해."

소미는 기가 차서 말이 안 나왔다. 그런데 더 그녀를 기막히게 하는 건 그가 자신의 발을 보물이라도 되는 듯 주무르는 모습이었다. 울컥, 감정이 소용돌이친다.

"나한테 진짜 왜 이래?"

"넌 나한테 왜 이러는데. 우리 4년 만에 만났어. 너 보고 싶어서 잠도 안 자고 한국 들어오겠다는 그 일념 하나로 공부했어. 그런데 넌 자꾸 거짓말만 하려 들어. 이럴 때 내가 어떻게해야 할까."

담담히 내뱉는 목소리는 깊이를 가늠하기 어려웠다. 그래서 안아 주고 싶을 만큼 가슴 아팠다. 소미는 주먹을 꼭 움켜쥐었다.

"정말 내 처지를 깨달았을 뿐이야. 그래서 그만하고 싶어졌어. 같은 밥을 먹고, 같은 집에서 잠을 자…… 손 뻗으면 닿는 곳에 있다고 생각했는데 아니었어."

"손 뻗으면 닿는 곳에 있는 거 맞아."

"그런 말이 아니잖아."

도현은 주무르던 다리를 바닥에 내려놓고 나머지 발을 주무르기 시작했다.

"네 소원이 집을 나가고 싶은 거였다면, 내 소원은 뭐였는지 알아? 네가 절대 날 떠나지 않게 해 달라는 거였어. 네 이름을 닳고 닳도록 부르며 빌다 보니까, 박소미가 어느새 박솜이 되어 있었고. 자다가도 네가 혹시나 도망가지 않았을까, 불러서 보고 나서야 안심하고 잠들 수 있었어. 아침에 일어나서도 제일 먼저 너를 봐야 안심할 수 있었어. 아직 떠나지 않았구나. 혼자가 아니구나. 얘가 옆에 있어……. 다행이다."

"……다 끝난 마당에 그런 얘기를 왜 꺼내는데?"

한때 그런 행동 하나하나에 얼마나 그를 원망했는지 모른다. 어딜 가나 저를 달고 다니는 그를 보며 나중에는 저절로 깨달았다. 떠나는 게 무서운 거구나. 혼자 남겨지는 게 두려운 거구나.

"넌 그냥 날 남자로만 봐 주면 안 돼?"

애틋한 목소리가 마음을 울리자 울컥, 뜨거운 것이 치밀어 올랐다.

"네가 이러면 나만 힘들어져."

"네가 힘들지 않게 내가 더 노력할게. 그래도 힘들면…… 그냥 힘들어해."

얼마나 이기적인 대답인지 그녀의 표정만 보아도 알 수 있었다.

"네가 힘들지 않도록 최선을 다하겠지만, 그래도 둘이 힘든 것보다는 혼자 힘든 게 낫다고 생각해. 그리고 널 힘들게 할 그분들은 바빠. 자식한테 신경도 못 쓸 만큼."

그의 말에 그녀도 침묵으로 동의했다. 장 회장과 최 여사는 언제나 바빴다. 한집에 살지만 한집에 사는 게 아닌 것처럼. 그렇게 바쁜 사람들이 그녀의 혼처까지 알아보며 제 아들에게서 떼놓으려 한다. 얼마나 싫었으면. 소미는 그 뜻을 모르지 않았다. 그녀의 속도 모르고 도현은 말을 이었다.

"뭐, 한 번씩 널 힘들게 할 수야 있겠지. 그렇지만 365일 널 괴롭히진 않을 거라는 소리야. 365일 비가 오진 않아. 매일 맑을 수도 없고. 그리고 매일 즐거운 사람도 없어. 네가 힘든 날은 그중에 하루일 거고, 또 그 하루도 네가 웃을 수 있도록 난 노력할 거야. 그래도 슬프고 힘들면, 위로해 주고 안아 줄 수 있어. 네가 그랬던 것처럼."

가끔 그의 시선이 너무 올곧아서 숨이 막혔다. 지금이 그랬다. 저를 바라보는 눈빛이 아프다.

"내가 결혼하는 게 널 도와주는 거래. 그런데 난 아무 말도 못 했어. 내 생각도 그랬거든. 평범도 못 되는 내가 해 줄 수 있는 게 그거밖에 없다는데. 그래야 한다고 생각했어. 어차피 그럴 생각이었고. 언젠가 해야 할 일이 조금 더 빨리 다가왔다고."

덤덤히 내뱉는 그녀의 말투가 그의 가슴을 긁고, 상처 내고, 아프게 했다. 남의 일처럼 이렇게 말할 수 있을 때까지 그녀는 혼자 얼마나 고민하고, 체념하고, 또 울었을까. 그런 생각이 들자 차라리 울면서 온몸으로 화를 내며 소리칠 때가 나았던 거 같다.

"그렇게 생각하니까 별거 아니란 생각이 들더라. 내 발로 결혼하면 그래도 비참하진 않겠구나. 가끔은 네 얼굴 볼 수 있겠구나. 그러면서 또 한편으로는 네가 와서 날 좀 데리고 도망가 주면 좋겠다는 그런 생각도 들었어. 그래서 연락 끊었어. 그럼 눈치 빠른 네가 알아차릴 테니까. 그런데 문득 무서워졌어……. 난 애초에 가진 게 없다 치지만 넌 아니잖아. 지금은 널 힘들게 하는 것들이 막상 모두 사라지면 그때에도 넌 괜찮을 수 있을까."

하지만 지금은 괜한 걱정을 하며 마음졸였다는 확신이 들었다. 소미는 도현의 손에 잡힌 발을 빼내고 소파에서 일어났다.

"······씻어야겠어. 같이 씻을 거 아니라면 기다려. 난 클럽 샌드위치 먹을게."

소미는 코트를 벗어 소파에 내려놓았다. 욕실을 향해 걸어가며 블라우스의 단추를 하나둘, 천천히 풀어 갔다. 블라우스를 벗고, 치마를 벗어 바닥에 두었다.

그의 시선이 그녀의 움직임을 따라 움직였다. 그녀는 하얀 슬립만 걸친 채 다리를 감싼 스타킹도 벗어 던졌다.

"너 지금 나 유혹해?"

"보면 몰라? 나 네 절절한 고백에 대답하는 중인데. 그리고 할 일 없으면 거기, 정리나 좀 하던가."

뒤돌아선 그녀는 바닥을 향해 턱짓하고는 슬립까지 모두 벗어 던진 후, 속옷 차림으로 욕실로 들어갔다.

당돌하게 욕실에 들어온 소미는 조금 전과 전혀 다른 사람처럼 새빨개진 얼굴로 주저앉아 버렸다. 헤어질 때 헤어지더라도 살아가는 데 좋은 추억 하나쯤, 가져도 괜찮지 않을까. 한 번은 더 욕심내도 되지 않을까.

"네가 먼저 그 애를 놔. 그리고 어서 빨리 시집가. 그게 지금 네가 할 수 있는 일이고, 해야 할 일이다."

장 회장의 부탁이 떠올랐지만, 지금만큼은 그 어떤 것도 생각하고 싶지 않았다. 그와 나, 둘만 생각하고 싶었다.

도현은 소미가 사라진 욕실을 멍하니 바라봤다. 명령하는 건 언제나 그의 몫이었는데, 4년 동안 그녀가 변했다. 기분이 묘하게 술렁였다. 그러다 그는 그녀의 말처럼 어슬렁거리며 바닥에 떨어진 옷가지를 줍기 시작했다.

"많이 컸네. 박솜."

옷을 정리하던 그의 입가에 옅은 미소가 번지다 사라졌다. 쏟아진 물건을 주워 가방에 넣으려던 그의 시선이 휴대폰에 멈춰 섰다. 휴대폰을 주워 액정을 켜자 잠금 패턴이 걸려 있었다. 그는 장난삼아 손가락으로 패턴에 ㄹ자로 그렸다. 그러자 휴대폰은 바탕 화면으로 넘어갔다.

그녀는 여전히 사람 웃기는데 재주가 있었다. 아마 손이 많은 저택을 의식해 형식적으로 패턴만 걸어 놓은 것으로 보였다. 연락을 뚝 끊을 땐 언제고 그녀의 배경 화면은 그가 미국에 가기 전 지정해 준 사진이었다.

"딴 놈이 들러붙는다. 선배랍시고 사귀자고 덤빈다. 남자 동기가 술 한잔하자고 한다. 그럼 내가 버젓이 두 눈 뜨고 지켜보고 있다고 보여 줘. 그래도 안 떨어진다. 전화해."

미국에 가기 전 그녀에게 했던 신신당부가 어제 일처럼 떠올랐다. 휴대폰을 보는 게 더 이상 무의미하다고 판단한 도현은 휴대폰을 핸드백에 넣었다.

소미는 다른 날보다 더욱 신경 써서 샤워를 마치고 나이트가운만 걸친 채 욕실을 나왔다. 벗어 두었던 옷가지는 말끔히 정리된 후였다. 다이닝 룸에는 룸서비스도 이미 다녀갔는지 클럽 샌드위치와 마가리타 피자가 세팅되어 있었다. 그녀는 도현을 지나 샌드위치가 놓인 곳에 자리를 잡고 앉았다. 도현은 한동안 그녀의 모습을 바라보다 뒤늦게 자리에 앉았다.

"하도 안 나오기에 문을 부숴야 하나 생각했어."

고정된 그의 시선은 여전히 뜨거웠다. 소미는 그의 농담에 고개를 살짝 숙인 채 작게 웃고는 얼굴을 들고 작게 속삭였다.

"문 안 잠갔어, 바보야……."

소미는 테이블 앞에 앉아 샌드위치를 집어 한입 크게 베어 물었다.

"맛있다……."

"많이 먹어."

다정히 어르는 목소리에 안심되자 괜스레 목이 멨다. 샌드위치를 내려놓고 옆에 놓인 콜라를 한 모금 마시자 꽉 막혔던 목구멍이 뻥 뚫리는 기분이다.

"그러지 말래도 그럴 생각인데, 나 배고픈 건 어떻게 알았어?"

"이마에 대문짝만하게 쓰여 있어."

도현의 말도 안 되는 거짓말에 소미는 그를 흘겨보다 어이없다는 듯 웃음을 내보였다.

"맛있다……."

4년 만에 그와 함께하는 식사가. 그리고 맛있는 만큼 서글펐다. 식사하는 동안에 그의 시선은 가끔 그녀의 가슴에 머물렀다. 알면서도 소미는 모른 체했다. 그런데 이제는 아예 노골적인 시선으로 그녀를 바라보고 있었다. 소미는 도현의 뜨거운 시선을 참다못해 붉어진 얼굴로 고개를 들었다.

"아까부터 자꾸만 눈이 이리 가네? 궁금해 죽겠단 얼굴로."

"수컷의 본능이야."

소미의 얼굴이 더욱 발갛게 달아올랐다. 그에 반해 얼굴 하나 붉히지 않고 대담한 그의 시선은 여전히 그녀에게 닿아있었다. 식사를 마치고 침실로 가던 소미는 살짝 발꿈치를 들어 올려 그의 귀에 대고 속삭였다.

"나…… 속옷 안 입었어. 고맙지?"

도현은 그대로 걸음을 멈췄다. 그녀는 그의 반응에 혀를 날름 내밀고 종종걸음으로 도망쳤다.

"하…… 농담을 해도……."

"진짠데. 조금 이따 깜짝 놀라지 마."

도현을 놀리며 몸을 돌리자 어느새 그가 성큼 다가와 있었다.

"어휴, 깜짝이야."

소미는 놀란 듯 두 손으로 가슴을 쓸어내렸다. 도현은 그런 그녀의 잘록한 허리에 손을 둘렀다. 누가 먼저랄 것도 없이 서로의 입술이 닿았다 떨어졌다.

소미는 그의 남방에 달린 단추를 매만졌다. 그녀를 내려 보는 그의 눈빛은 간질거릴 정도로 다정했다. 집을 나오기 전 샤워했음을 알려 주듯 그에게선 익숙한 바디 워시 냄새가 났다.

"……오늘은 절대 봐주지 마."

"봐 달라고 사정을 해도 안 봐줄 생각이야."

소미는 옅은 미소를 지으며 손가락을 움직였다. 단추를 하나씩 풀어 갈 때마다 잘 가꿔진 군살 없는 몸매가 드러났다. 미국에서 꽤나 운동했는지, 헤어질 때보다 더 탄탄한 몸매였다. 대범한 행동과는 다르게 그녀의 새하얀 손은 미세하게 떨리고 있었다.

"그런데 왜 하필 여기야? 너도 알지…… 이 방 회장님이 자주 이용하시는 거."

"그래서. 내 인생에 넌 중요한 사람이니까. 오늘 밤은 이곳이 제격이지 않아?"

소미는 그의 대답에 어이없다는 얼굴로 피식, 웃음을 보였다.

"회장님에 대한 반란이라는 거야?"

"선전포고지."

저에게서 그녀를 떼어 놓으려는 부모에게 알려 주고 싶었다. 그의 인생은 부모의 것이 아니라는 걸. 태어난 순간부터 온전히 '나'라는 자아가 있음을.

"나 스스로 무언가를 선택한 건, 네가 처음이야. 그리고 그런 일은 앞으로 점점 많아질 거야."

"응……."

그녀는 천천히 그의 벨트와 바지 버클을 풀었다. 그녀의 손이 닿자 바짝 긴장한 그의 장골근이 움찔댔다. 부풀어 오른 바지의 지퍼를 내리자 그의 목울대가 꿈틀댔다. 벌써 흥분한 그의 심벌은 얇은 천을 뚫고 나오려 하고 있었다. 그는 그녀의 손을 멈췄다. 낮은 목소리는 건조하게 갈라져 있었다.

"됐어……."

"……그러든가."

조금 붉어진 얼굴로 그녀는 그에게서 손을 뗐다. 그는 그녀가 하려던 일을 인수한 사람처럼 바지를 벗고, 망설임 없이 거대해진 심벌을 힘겹게 덮고 있는 드로즈까지 거침없이 벗어던졌다. 완벽한 그의 나체가 그녀의 앞에 드러났다.

소미는 그 순간 저도 모르게 숨을 멈췄다. 반듯하게 벌어진 어깨선과 잘 다져진 가슴, 군살 없는 허리, 탄력적인 허벅지와 엉덩이. 그의 몸매는 숨 막히게 아름다웠다. 그녀의 시선이 그의 남성을 향했다. 검붉은 핏대를 세운 그의 남성은 우람함을 과시하며 하늘을 향해 꼿꼿하게 세워져 있었다. 그의 남성이 움찔댈 때마다 선단 끝에 맺힌 액이 번질거렸다. 처음 보는 모습에 그녀는 시선을 돌렸다. 괜스레 얼굴이 붉게 달아올랐다.

"좀 혐오스러운가."

"아니. 그냥 생각한 것하고 달라서."

조금 놀랐을 뿐이다. 저렇게 굵고 커다란 것이 제 몸에 들어올 생각을 하자 두려움에 몸이 경직됐다.

"익숙해져야 할 거야. 앞으로 질리도록 볼 테니까."

그가 그녀의 앞에 바싹 다가왔다. 그는 손을 뻗어 그녀를 안았다. 그는 그대로 그녀를 침대에 눕혔다. 폭신한 감촉이 그녀를 빨아들이는 것만 같았다.

그의 뜨거운 입술이 닿았다. 흥분의 소용돌이가 몸속 깊숙이에서 술렁였다. 그녀는 입안으로 뜨거운 욕망으로 뒤덮인 그의 혀가 밀려들어 오자 그를 더욱 세게 끌어안았다. 그를 놓고 싶지 않았다. 그녀는 그 어린 날의 겨울밤을 내내 후회했다. 모든 다 내어 주던 그에게 저 하나 선뜻 주지 못해서.

그녀를 바라보는 그의 다갈색 눈동자에 욕망이 짙게 배어 있었다. 숨 막히게 서늘한 표정은 동시에 정신을 못 차릴 정도로 무척이나 뜨거웠다. 그가 그녀의 귓바퀴를 훑고 목덜미에 뜨거운 숨을 몰아쉬었다. 그녀는 몽롱해지는 정신 속에 몸이 점점 뜨거워지는 걸 느꼈다.

"도현아……."

몸속 깊숙이에서 피가 요동치고 몸이 꿀렁였다.

그가 그녀의 찹쌀떡처럼 하얗고 둥그런 가슴을 움켜쥐었다. 그의 손에 의해 그녀의 가슴이 보기 좋게 뭉그러졌다. 조금 힘을 주어 비틀자 하앗, 그녀는 옅은 신음을 내쉬었다. 목덜미에 붙어 있던 입술을 떼어 손안에 가득 쥐어진 그녀의 가슴을 집어삼켰다. 그녀는 저도 모르게 가슴팍에 닿은 그의 머리칼을 움켜쥐었다. 젖꼭지를 물자 짜릿하면서도 뜨거운 감각이 가슴 언저리를 타고 퍼졌다. 발가락이 저절로 움츠러들었다.

"흐응……. 도현아……."

도현은 그녀의 애틋한 목소리와 코를 간질이는 달콤한 향기에 머리가 어지러웠다. 당장이라도 그녀의 다리 사이를 가르고 자신을 밀어 넣고 싶었다. 그녀를 정복하고 그녀의 깊은 곳에 저를 새기고 싶은 충동이 일었다.

어린아이처럼 그녀의 가슴을 깊이 빨아들이며 이빨로 잘근거리고 혀끝으로 자극했다. 그가 주는 저릿한 쾌감에 그녀의 살짝 벌어진 잇새로 달콤한 신음이 새어 나왔다.

자신의 아래에서 몸을 비틀며 쾌감에 흐느끼는 그녀를 보자 이성이 마비될 것 같았다. 그러나 바닥을 내보이는 인내심을 내리누르며 꽤 오랜 시간 그녀의 가슴을 애무했다. 중간중간 가슴에서 얼굴을 떼고 그녀의 입술에 키스도 빼놓지 않았다.

천천히 가슴을 주무르던 그의 손이 그녀의 몸을 쓸어 만지며 점점 아래로 내려갔다. 손이 배꼽 주변을 애태워 그녀의 몸이 파르르 떨려 왔다.

"어떻게 너를 애태울까 고민 중이야. 그런데 내가 말라 죽을 것만 같아. 아직도 무서워?"

"아니. 기대돼."

흑단같이 긴 머리와 새하얀 몸뚱이가 대조적이었다. 그가 지나간 자리마다 옅게 피어난 붉은 자국조차 숨 막히게 아름다웠다. 그의 눈빛에 소미는 부끄러워 심장이 터질 것 같았다. 아는지 모르는지 그가 작게 중얼거렸다.

"예쁘다. 박솜."

그는 그녀의 곧게 뻗은 다리를 부드럽게 쓸어 만지다 가슴을 베어 물었다.

"흐응, 가슴이?"

"전부."

그의 숨결이 닿은 자리마다 홧홧한 열기에 몸을 가눌 수 없었다. 간질거리던 다리 틈새가 이제는 무거운 추라도 매달아 놓은 것처럼 뻐근한 통증이 일었다.

"키스하고 싶어."

그녀의 요구에 그의 입술이 가슴에서 떨어졌다. 그녀는 다가오는 그의 입술을 막무가내로 훔쳤다. 숨 쉬는 것도 잊었다. 거칠게 파고든 잇새 틈으로 서로의 혀가 오고 갔다. 얽히고설킨 혀는 서로의 타액을 갈취하며 하나인 것처럼 떨어지지 않았다. 키스를 나누는 동안 도현의 커다란 손이 그녀의 수풀을 헤치고 은밀한 골짜기에 닿았다.

흠칫, 순간 굳었지만 곧 몸에서 힘을 풀었다. 그를 받아들이겠다는 허락의 의미로 소미는 다리를 벌려 그를 받아들였다. 그의 손이 닿자 찌르르한 쾌락이 온몸에 전율했다. 그의 손이 아직 벌어지지 않은 꽃봉오리를 매만지듯 그 어느 때보다 조심스러웠다.

갈라진 틈새를 손으로 매만지자 건조하던 손이 그녀의 애액으로 금세 젖어 들었다. 그의 손놀림이 한결 부드러워졌다. 양쪽으로 벌어진 꽃잎 사이에 숨겨진 진주알을 건드리자 그녀는 뜨거운 숨을 내쉬며 파르르 몸을 떨었다.

"흐응."

천천히 그녀의 사타구니를 음미하던 그는 손가락 하나를 은밀한 입구로 밀어 넣었다. 그녀는 낯선 이물감에 힘을 주며 허리를 비틀었다. 그제야 그의 입술이 그녀에게서 떨어졌다. 그녀의 미간에 생긴 주름까지도 도현의 눈엔 예쁘게 보였다.

"아파?"

소미는 고개를 저었다. 아픈 것보단 기분이 이상했다. 그의 손이 들어와 몸 안을 휘젓자 다리 사이가 점점 더 묵직하게 변해 갔다. 몸이 점점 끓어올랐다.

"그럼?"

도현은 조심스럽게 그녀의 안에 들어간 손가락을 휘저었다. 그러자 그녀의 반응이 더욱 뚜렷해졌다.

"나처럼 흥분했어?"

그는 그녀를 괴롭히듯 손가락을 넣은 채 클리토리스를 자극하며 그녀의 단단해진 젖꼭지를 아이처럼 빨아 댔다.

"아, 아, 으응."

오돌토돌한 돌기를 여러 차례 건드리자 흐느낌과 비슷한 신음이 새어 나왔다. 그녀의 몸을 훑고 내려간 입술은 배꼽 주변을 애무했다. 소미는 간질간질하고 저릿한 느낌에 정신을 차릴 수 없었다. 한참을 배 주위를 배회하던 그의 입술이 미끄러져 내려가 그녀의 다리 사이에 박혔다.

"학!"

뜨거운 숨결이 예민한 살에 닿자 놀란 그녀가 다리를 움츠렸다.

"힘 빼."

"하, 하지 마."

얼굴이 새빨갛게 달아오른 소미가 몸부림을 치며 그를 밀어내려 애썼다. 그녀의 반항에도 아랑곳하지 않은 채 그의 혀 끝이 클리토리스를 건드리고 꽃잎을 가르며 들어왔다. 소미는 숨이 가빠졌다. 손에 땀이 배자 소미는 시트를 움켜쥐었다.

그는 클리토리스를 혀로 톡톡톡 건드리다, 깊게 빨아들이고 혀를 안쪽으로 밀어 넣어 휘저었다. 그의 움직임에 그녀는 아찔한 쾌감이 몰려왔다.

"으흥, 아, 아. 도현아……."

단단히 힘을 준 채 그를 거부하던 그녀의 몸에서 서서히 힘이 빠져나갔다. 그녀의 허리가 들썩였다. 그는 코끝으로 그녀의 클리토리스를 비비며 혀와 입술로 움찔거리는 속살을 마구잡이로 먹어 치웠다. 이를 세워 클리토리스를 빨아들이고 혀끝으로 괴롭히자 그녀는 허리를 비틀며 그에게 잡힌 다리가 꿈틀댔다.

"아, 아항. 그만해. 하앗. 안 돼……."

처음으로 맛본 황홀경에 그녀의 관자놀이를 타고 눈물 한줄기가 흘러내렸다. 그 어떤 단어로도 표현할 수 없는 쾌락이 파도처럼 그녀를 덮쳤다. 머릿속이 새하얗게 변했다.

그녀의 좁은 입구가 마르지 않는 샘처럼 애액을 흘리며 만개한 꽃처럼 벌어졌다.

"이제 넣을 거야."

그는 그제야 몸을 일으켜 그녀의 다리를 활짝 밀어 올렸다. 애액과 타액으로 번들거리는 음부를 바라보며 도현이 옅은 신음을 흘렸다.

"네 여기도 무척 예쁜 거 알아?"

그는 그녀의 갈라진 틈새에 뭉뚝하고 단단하게 발기된 선단을 문질렀다. 쿠퍼액과 애액으로 충분히 젖은 남성을 확인한 그는 그녀의 작은 틈새로 곧추선 자신을 밀어 넣었다.

"으……."

"학!"

열망에 술렁이던 그녀의 얼굴이 일그러졌다. 가녀린 몸뚱이가 고통에 경직됐다. 그녀가 그의 팔을 잡은 채 파들거렸다. 생살을 뚫고 들어오는 것처럼 숨이 막혔다. 그녀의 목소리가 다급해졌다.

"잠, 잠깐만. 도현아."

그녀가 그에게서 벗어나려 발버둥 치자 그는 그녀를 단단히 옭아매고 깊게 키스했다. 하지만 키스는 오래 가지 못했다. 소미는 그에게서 입술을 떼고 비명을 내질렀다.

"으흑!"

"힘 빼. 힘주면 들어갈 수 없잖아."

"으……."

그런 소리가 지금 상황에 들릴 리 없었다. 온몸에 식은땀이 배었다. 그녀는 벗어나기 위해 계속해서 몸을 비틀었다.

"잠깐만. 너무 아파. 장난 아니야……."

그녀는 그의 팔을 잡은 채 원망을 쏟아 냈다. 그는 그녀의 애원에 절반도 들어가지 못한 남성을 빼냈다. 다행이라며 안

도의 숨을 내쉬기도 전, 그는 빼냈던 남성을 욱여넣다시피 그녀의 좁은 입구로 찔러 넣었다.

"하악!"

소미는 그가 저를 헤집고 들어올수록 양다리를 잡아 반으로 쭉 가르는 것만 같았다. 그도 아니면 뜨겁게 달궈진 인두로 다리 틈을 지지는 것만 같았다.

"다 들어갔어."

거짓말이었다. 여전히 절반도 들어가지 못한 채 가로막혀 있었다. 새하얗게 질린 얼굴을 보자 식은땀이 흘렀다.

뿌리 끝까지 밀려들어 간 순간, 발끝부터 정수리 너머로 짜릿한 쾌감을 낳았다.

"크윽……."

"하앗."

소미는 생살을 찢는 고통에 저도 모르게 눈물을 흘렸다. 뜨겁고 뭉뚝한 물체가 제 안에 다 들어왔을 때 그녀는 참았던 숨을 몰아쉬었다. 고통에 일그러진 그녀의 얼굴에선 주르륵 눈물만 흘러내렸다.

"아파……."

"다 들어갔는데……."

말하지 않아도 그녀도 알고 있었다.

"기분이 좋다는 건 다 거짓말이야."

온몸이 두들겨 맞은 것처럼 뻐근했다. 의지와 상관없이 다리가 달달 떨렸다. 맞물린 다리 사이는 여전히 아프고 힘겨웠다. 행복감은 들지 모르지만, 행위는 잔인했다.

"아픈 너한테 할 소리는 아니지만, 네가 지금 내 기분을 안 다면 그런 소리 절대 못 할 거야."

그는 흘러내린 그녀의 눈물을 핥아 주었다. 뜨겁게 그를 감 싼 그녀의 내부는 황홀하다 못해 녹아내릴 것만 같았다. 그는 그녀의 입술에 길게 입 맞췄다. 혀끝으로 그녀의 입술을 훑고, 들어온 혀는 입천장을 간질이며 그녀를 자극했다.

"흐읏."

그가 천천히 허리를 움직이자 또다시 뻐근한 통증이 밀려 왔다. 뜨겁고 아프다. 깊게 박혔던 남성이 나갔다 다시 그녀의 몸을 헤집고 들어섰다. 욱신거리는 통증을 동반하며 생살이 그를 따라 다시 밀려들어 오는 느낌은 강렬했다.

도현은 저와 같은 쾌감을 느끼지 못하는 그녀가 안쓰러웠 다. 끙끙거리며 힘겹게 그를 받아들이는 소미에게 애정을 담 아 계속해서 부드럽게 키스했다. 그리고 또 그녀는 가슴을 만 져 주는 게 꽤 마음에 드는 눈치였다. 가슴을 부드럽게 움켜쥐 고 입술로 건드리며 자극했다.

그는 행위 중에도 끊임없이 그녀를 애무하며 보듬었다.

"많이 아파?"

"으응, 조금. 흐읏……."

그녀는 그에게 사랑받고 있다는 행복감에 점점 취해 갔다. 옅은 신음을 흘리기 시작한 것도 그쯤이었다. 통증은 여전했 지만, 점점 뜨거운 기운이 파고들었다. 그가 몸을 가르고 깊이 들어올 때마다 본능처럼 아래쪽으로 힘이 실렸다. 그를 제 안에 가두고 싶었다. 그는 그것이 마음에 안 드는 눈치였다.

그의 반듯하던 미간에 작은 주름이 생겼다. 열망이 가득 담긴 눈동자는 한시도 그녀를 놓치지 않았다. 그녀의 몸을 쓰다듬으며 그는 작게 중얼거렸다.

"힘주지 마……."

쥐어짜듯 그를 물고 놓아주지 않으려는 그녀로 인해 미칠 것 같았다. 그는 신음을 내뱉으며 그녀의 동그란 어깨를 깨물었다. 그녀는 신음을 흘리다 작은 비명을 질렀다.

"흐응, 아아…… 아, 아파……."

"그러니까 힘 빼."

언제나 지나치게 이성적인 그가 그녀로 인해 흐트러진 모습을 보였다. 그녀는 그의 가슴에 돌출된 작은 돌기를 손가락으로 건드렸다.

"하앙, 깨물 정도로 좋아?"

"읏, 그래. 널 전부 먹어 버리고 싶을 정도로."

그는 그녀가 준 자극에 옅은 신음을 흘리며 그녀의 젖가슴을 베어 물었다.

"흐으읏. 너라면 괜찮을 것 같아."

그녀는 가슴 한구석이 뻐근하게 저려 왔다. 사랑하는 사람끼리 왜 섹스를 하는지 조금 이해할 수 있을 것 같았다. 그녀는 손을 뻗어 그의 얼굴을 쓸어 만졌다.

"네 표정…… 나쁘지 않아."

그의 밑에서 힘없이 나부끼는 그녀를 끌어안자 그녀는 그에게 매달려 입술을 갈구했다. 그의 움직임이 격해질수록 몸이 점점 들뜨는 기분에 사로잡혔다.

"도현아……."

어느 한 지점을 건드리자 그녀의 몸에 힘이 실렸다. 조금 전과 확연히 다른 반응이었다. 도현은 그곳을 다시 찾아 건드렸다. 흐느낌 역시 달라졌다.

"흐으읏, 아, 아앙. 도현아……."

본능적으로 그곳을 계속해서 건드리자 맞물린 틈새로 뭉근한 애액이 혈흔과 함께 흘러넘쳐 시트를 적셨다.

"흐으읏."

차곡차곡 몸 안에 쌓이던 쾌락이 꼭짓점에 다다르자 참을 수 없는 감각과 함께 소미의 머리는 순식간에 백지화되었다. 경직된 몸은 꿀렁꿀렁 요동치며 애액을 내뱉는 것도 모자라 왈칵, 눈물까지 터졌다. 그를 감싼 그녀의 질 벽이 강하게 수축하자 그의 얼굴이 와락 구겨졌다.

"하읏, 박솜……."

참을 수 없는 사정감에 온몸에 소름이 돋았다. 그는 그녀를 꼭 안은 채 그대로 그녀의 안에 깊이 사정했다. 그를 감싼 여린 속살이 다시 한 번 미세한 경련을 일으켰다. 견딜 수 없는 쾌락에 몸이고 정신이고 모두 무너져 내렸다. 아무것도 생각나지 않았다.

"하아, 하아."

그는 한참을 그녀의 안에 자신을 담고 있었다. 그의 남성은 사정했음에도 쉽사리 작아질 기미를 보이지 않았다. 그는 작아지길 기다리다 결국, 천천히 남성을 빼내고 그녀의 옆에 누웠다. 그는 그녀의 머리를 조심스레 옮겨 팔베개를 해 주었다. 가빴던 호흡이 정상으로 돌아왔지만 두 사람은 서로를 안은 채 꼼짝도 하지 않았다. 그는 그녀의 머리칼을 몇 번이고 쓸어 만졌다. 나지막한 목소리로 사랑을 속삭였다.

"내가 너를 얼마나 깊이 사랑하는지 모르지……."

도현의 고백에 내리깐 그녀의 속눈썹이 파르르 떨려 왔다. 눈물이 차오르자 소미는 눈을 감아 버렸다.

"같이 가자. 데리러 왔어."

그녀가 가지 않겠다면 납치라도 해서 데려갈 마음으로 비행기를 탔다. 이건 권유가 아니라 통보였다.

"널 그곳에 두는 게 아니었어……."

원하는 걸 지켜 주는 것이 사랑이라고 생각했다. 그래서 기꺼이 기쁜 마음으로 한국을 떠났다. 하지만 완벽한 판단 착오였다. 사랑을 지키는 길은 가지는 것이지, 내버려 두는 것이 아니었다. 그녀를 안은 그의 팔에 힘이 실렸다.

"내 옆에 있어. 지금부터 네 세상이 나야."

작은 흐느낌도 없었다. 숨소리조차 들리지 않았다. 그런데도 수도꼭지를 틀어 놓은 것처럼 그녀의 커다란 눈에서 하염없이 눈물이 흘러내렸다. 학대보다 더 무서운 것이 방관이었다. 도현이 없는 저택은 그녀가 견디기에 너무 추웠다. 든든한 바람막이가 사라지고 나서야, 이곳의 규율과 규칙이 얼마나 사람을 피 말리게 하는지 새삼 실감했다. 어린 나이에 제 몫까지 혼자 감싸 안고 있었을 그를 떠올리자, 그를 위해서 못할 것이 없을 것만 같았다. 하지만 그녀는 이내 또 망설였다. 그런 자신이 원망스러워 또다시 눈물이 흘렀다.

"생각해 볼게……."

"아니, 그럴 필요 없어. 억지로라도 데려갈 생각이니까."

그는 확고한 신념을 내보였다.

"웃는 것도, 우는 것도. 밥을 먹는 것도, 잠을 자는 것도. 앞으로 다 내 옆에서 해."

"그런 억지가 어디 있어."

그녀는 그의 대답이 웃긴지 눈물이 마르기도 전에 옅은 미소를 지었다. 그녀의 정수리에 가볍게 입 맞추고 그는 그녀를 꼭 끌어안았다.

"넌 내 세상 전부야."

세상 전부를 버리고 살아갈 순 없었다.

"내 세상에는 전부…… 네가 들어 있어."

24년 전, 하필 억 소리가 나게 많은 재산을 지켜 줄 후계자가 필요한 집안에 재수 없게 태어나 의문 한 번 갖지 않은 채 길들여져 방관이 당연한 줄 알고 자랐다. 도현에게 부모는 저를 낳아 세상에 있게 해 준 사람일 뿐 타인과 별반 다르지 않았다. 부모라는 사람들은 언제나 바빴고, 고용인들은 언제나 한 발자국 떨어져 그를 대했다.

열네 살, 장 회장의 지시 아래 김 집사는 보육원에서 여자아이 한 명을 데려왔다. 세상에 제 몸뚱이 하나밖에 없는 아이는 저와 똑 닮아 있었다. 그때부터 그의 모든 게 달라졌다. 풀한 포기 자라지 않을 것 같던 그의 메마른 가슴에 작은 불씨 하나가 지펴졌다.

그는 그녀와 있으면서 저도 뜨거운 피가 흐르는, 사랑도 할 줄 알고 못난 질투도 할 줄 아는 그저 한낱 나약한 인간이라는 사실을 깨달았다. 그녀는 그에게 사랑하는 연인이기 이전에, 마음을 터놓을 수 있는 유일한 친구이고 서로를 보듬어 주는 가족이며 세상으로부터 지키고 싶은 유일한 사람이었다.

팔을 베고 그의 품에 폭 박혀 있던 그녀가 슬쩍 고개를 내밀었다.

"그렇겠지. 우진 꼭대기에 데려가 주겠다던 사람이니까."

"……아플 때 누군가 곁에 있어 준 거, 그날이 처음이었어. 처음으로 내가 무척 소중한 사람이 된 기분이었어."

의사가 다녀간 후 혼자 있는 건 그에게 익숙한 일이었다. 서러운 마음이 들기도 했지만, 당연한 일이라고 생각했다. 누군가의 보살핌을 받는 것. 혹은 누군가의 걱정이 되는 것. 난생처음 받아 본 관심은 어떤 것으로도 표현 못 할 만큼 기분 좋은 일이었다.

그래서 계속해서 아프고 싶었다. 자꾸만 관심 받고 싶었다.

"내가 회장이 되면 너한테 계열사 몇 개 뚝 떼어 줘야지 생각했으니까. 그게 너의 우진 꼭대기라고 생각했어. 열네 살 아이 수준이 그렇지 뭐."

그 당시 도현은 감정표현에 무척이나 서툰 아이였다. 고맙다고 인사는 못할망정 그녀를 울려 버렸다. 기껏 학교까지 결석하고 자신을 간호해 준 소미에게 왜 여기 있느냐고 소리치고 못된 말만 골라 내뱉었다.

"우진 꼭대기에 앉고 싶어?"

소미는 고개를 저었다. 없으면 없어서 괴롭고, 많으면 많아서 괴로운 게 부였다.

"그곳은 내가 살기에 너무 삭막해. 그래서 싫어."

그를 보면서, 저택의 사람들을 보면서 소미는 꼭 돈이 많아 행복한 건 아니라는 걸 깨달았다. 남들이 다 부러워하는 부를 가졌지만 저택의 그 누구도 행복해 보이지 않았다.

"내가 아는 넌 못하는 게 없고 뭐든 잘난, 감히 나 같은 건, 쳐다보지도 못할 왕자님. 그런 아이였어. 그런 네가 내 옆에 있어."

세상에서 가장 재수 없는 아이는 어느새 세상에서 가장 소중한 사람이 되어 곁에 있었다. 작은 행복. 그것이면 그녀는 충분했다. 도현을 욕심낸 건 맞지만 우진의 안주인을 원하는 건 아니었다. 하지만 어른들은 자신들의 잣대로 그와 갈라놓으려 하고 있었다.

chapter 8
너에게 닿기

밤새 내린 눈이 예쁜 절경을 만들었다. 호텔을 나와 돌아오는 길은 이른 아침이라 그런지 도로와 거리가 한산했다.

저택에 도착해 주차장에 들어가기 전 소미는 먼저 차에서 내렸다.

"주차하고 와."

"같이 들어가."

그렇게 말했지만, 그녀는 그를 기다리지 않았다. 그와 함께 대문을 열고 들어갈 용기가 없었다. 대문 앞에 서서 숨을 깊게 내쉰 후 벨을 눌렀다. 굳게 닫혔던 철문이 육중한 소리를 내며 열리자 그녀는 뒤에 들어올 그를 위해 대문을 살짝 열어 놓은 후 천천히 발을 내디뎠다.

눈 내린 정원이 그녀를 반기고 있었다. 소미가 좋아하는 저택의 풍경 중 하나였다. 평소 같으면 동백나무 아래서 눈 맞은 동백꽃을 구경하고도 남았을 테지만 오늘 그녀는 동백나무 쪽으로는 눈길조차 주지 않았다.

"다녀왔습니다."

누구 한 명 내다보는 사람 없었지만 그녀는 작게 중얼거렸다.

소미는 러그에 구두에 묻은 눈과 먼지를 털어냈다. 현관 앞에는 항상 새것 같은 러그가 준비되어 있었다. 눈과 흙이 묻은 질척거리는 구두로 인해 러그는 금세 더러워졌다. 소미는 카펫을 집어 옆에 놓인 바구니에 넣고는 도현을 위해 새로운 러그를 꺼내 그곳에 놓았다.

그녀가 구두를 벗고 슬리퍼로 갈아 신을 때 2층에서 미영이 내려왔다. 어제 비번이었던 그녀를 떠올린 소미는 평소처럼 인사를 건넸다.

"어제 잘 쉬셨어요."

"침대가 깨끗하던데. 설마, 어젯밤 안 들어온 거야?"

"……."

소미의 모습을 위아래로 천천히 살펴보던 미영의 눈매가 가늘어졌다. 화장기 전혀 없는 얼굴과 어울리지 않는 의상, 코트 아래 드러난 종아리는 아무것도 신지 않은 맨다리였다.

"얘가 정신이 단단히 나갔어. 사모님이 아시면 무슨 불호령을 맞으려고! 도련님도 오셨다는데!"

"그럴 사정이 있었어요."

"사정은 무슨 사정! 설마 맞선 보러 갔다더니 그 남자랑 있다가 온 거야?"

"그런 거 아니에요."

"미쳤어! 어디서 자고 온 거야? 다 큰 여자애가 외박이라니! 사모님이나 도련님이 아시면 무슨 곤욕을 치르려고!"

미영이 펄쩍 뛰기 시작했다.

"저랑 있었어요."

호들갑 떨던 미영은 도현을 보고 서둘러 입을 다물었다. 언제 들어왔는지 그는 미영을 차갑게 바라보고 있었다.

"제가 없는 동안 잘 부탁한다고 당부드렸는데. 고작 실장님께 제 부탁은 이 정도였나 봅니다."

"아니야. 실장님은 걱정해서……."

그가 미영을 오해하는 것 같아 소미가 거들고 나서자 그의 표정은 더욱 서늘하게 변모했다.

"넌 가만히 있어. 실장님께서 말해 보세요."

"소미가 생전 안 하던 외박을 해서 놀란 나머지……. 제가 실수했습니다. 죄송합니다, 도련님……."

"오랜만이에요. 실장님."

"네, 도련님. 그간 건강하셨지요?"

급하게 도현에게 인사를 마친 미영은 고개를 들어 다시 한 번 소미의 모습을 훑었다.

"어머니는요?"

"아직 안 돌아오셨습니다."

도현은 알겠다는 듯 고개를 끄덕이고 소미를 향해 눈짓했다.

"뭐해? 안 올라가?"

"응."

소미는 미영에게 가볍게 고개를 숙인 후 2층으로 걸음을 옮겼다.

간밤에 무슨 일이 있었는지에 대해 캐내려는 사람처럼 미영은 소미의 걸음걸이 하나까지 훑어보고 있었다. 도현은 소미를 바라보는 그녀의 눈빛이 마음에 들지 않았다.

"실장님은 여전히 한가하신가 봐요?"

"네?"

그는 여전히 차가운 시선으로 미영을 바라보고 있었다.

"가서 일 보세요."

"네. 식사 준비시키겠습니다."

"한 시간 후에 내려올게요."

"네. 알겠습니다."

잰걸음으로 미영이 주방으로 사라진 후에야 그는 소미를 따라 계단을 올랐다. 소미는 2층에 올라온 그가 방으로 들어가기를 기다렸다.

"그럼 쉬어."

"너, 안 들어와?"

당연하다는 그의 말투에 그녀는 머뭇거렸다.

"옷 갈아입고 갈게."

"그래, 그럼."

그 짧은 시간도 아쉬웠는지, 그는 한 손으로 그녀의 머리를 잡고 동그스름한 이마에 키스했다.

"누가 보면 어쩌려고 그래."

"입술에 하고 싶은 걸 참은 거야."

그의 행동에 소미의 시선은 2층 입구를 향했다. 다행히 그들을 보는 이는 아무도 없었다. 그래도 여전히 가슴이 뛰었다.

"두 번 다신 이러지 마."

새빨개진 얼굴로 앙앙거리는 그녀의 모습이 그의 눈에는 귀엽게만 보였다. 새치름하게 노려보는 얼굴조차 그에게는 유혹하는 모습으로만 보였다. 그의 입가에 느른하게 곡선을 생기자 그녀는 미간을 찡그리며 그를 나무랐다.

"웃지 마. 난 심각하거든?"

그녀의 잔소리가 우스운지 그는 또 웃었다.

"웃지 말라니까."

"아, 못 참겠다."

그는 방문을 열고 안으로 들어가며 그녀를 잡아당겼다. 방문을 닫음과 동시에 딸각, 문이 잠겼다.

"뭐하는……."

옴짝달싹도 하지 못하게 소미를 벽에 가둔 그가 그녀의 입술을 삼켰다. 느닷없는 행동에 버둥거리던 그녀는 어느새 그의 앞에서 온순한 양이 되어 버렸다.

코트를 벗고 매끈한 허벅지를 감싼 치마를 걷어 올리자

그녀가 정신을 차렸다. 급하게 입술을 떼고 도현의 손을 잡았다.

"안 돼."

"그렇게 딱 잘라 거절해야 해?"

"아침이잖아. 그리고 나……."

온몸이 아팠다. 특히 골반과 허벅지는 걸을 때마다 불쾌한 통증이 일었다. 이게 다 어젯밤 도현 때문이다. 그는 그녀가 지쳐 잠들 때까지 그녀를 안고 또 안았다. 하지만 그런 세세한 것까지 말하고 싶지 않아 소미는 입을 다물었다.

"아파?"

"……근육이 뭉쳤는지, 조금 불편해."

"많이 아팠지……."

그녀의 얼굴이 발그레 달아올랐다. 어젯밤 그의 표정이 떠오르자 그녀는 가슴이 찌르르 전율했다.

"엄마!"

그의 돌발 행동에 그녀의 입에서 작은 비명이 터졌다. 도현이 그녀의 어깨를 잡고 오금에 팔을 끼워 번쩍 들어 올렸다. 소미는 놀라서 저도 모르게 그의 목덜미에 팔을 둘렀다.

무겁지도 않은지 그녀를 안고 성큼성큼 걸음을 옮겼다. 그의 걸음이 침실로 향하자 그녀는 지레 겁먹고 발을 동동 굴렀다.

"내려 줘."

"아프다며."

"그거랑 이거랑 무슨 상관인데."

"책임지고 풀어 줄게."

그는 침대에 가서야 조심스럽게 그녀를 내려놨다. 오뚝이처럼 일어서자 도현은 그녀의 어깨를 잡아 다시 침대에 눕혔다.

"가만있어."

그녀의 종아리를 들어 무릎 위에 올린 그는 세지도 약하지도 않은 강도로 주무르기 시작했다.

"그러지 마. 이럴 정도는 아니야."

"불편했는지 자면서도 계속 뒤척였어, 너."

"그런 날 계속해서 덮친 게 너잖아."

"그러니까, 죄책감에 이러는 거잖아."

그녀의 종아리부터 천천히 주무르던 그의 손은 점점 위를 향했다. 아찔하게 허벅지 끝까지 올라온 후 천천히 내려갔다.

도현이 다쳐 입원했을 때 그녀는 매일같이 이렇게 그의 다리를 주물렀다. 그때 그는 빨개진 얼굴로 하지 말라며 소미의 손을 몇 번이고 쳐 냈었다. 그때 그도 이런 기분이었을까? 그의 손길이 닿을 때마다 그녀는 기분이 야릇했다.

"아픈 데 말해 봐."

"그냥 다……."

빨개진 얼굴로 소미는 대답을 얼버무렸다. 아픈 곳을 말할 수 있을 리가 없었다.

그는 대충 알아들었는지 더 이상 묻지 않았다. 대신 그의 손이 그녀의 종아리를 지나 허벅지를 주무르며 점점 올라오고 있었다.

"여기? 아니면 조금 더 위?"

"……."

몸이 나른해지면서 다리 사이가 간질거렸다. 주무르는 그의 손길이 지나치게 부드러웠다.

"이제 그만해."

결국, 그녀는 그의 손을 밀어냈다.

"원래……."

그는 기다렸던 사람처럼 무릎 위에 올려놓았던 그녀의 다리를 천천히 침대 위에 내려놓았다. 소미가 서둘러 침대에서 몸을 일으키려 하자 그는 팔로 몸을 지탱해 그녀를 침대에 가둬버렸다.

방법을 바꿨을 뿐 처음부터 그의 목적은 정해져 있었다.

"뭉친 근육은 똑같은 방법으로 푸는 게 가장 좋은 방법이야."

그렇게 말한 그는 본색을 드러내며 그대로 그녀의 몸에 체중을 실었다.

늦은 밤이 되어서야 최 여사는 집에 돌아왔다. 최 여사가 돌아와 가장 먼저 하는 일은 저택에서 있었던 일과를 김 집사를 통해 보고받는 것이었다. 늦은 밤, 최 여사는 방에서 쉬고 있는 소미를 호출했다.

─네가 끓여 준 차 한 잔 마시고 싶구나.

"네. 가져다 드릴게요."

대답하는 소미의 음성이 미세하게 떨리고 있었다. 최 여사의 방으로 가기 전 그녀는 주방에 들러 숙면에 도움이 된다는 대추차를 끓였다. 몸이 냉한 최 여사를 생각해 생강도 조금 넣었다. 그 모습에 주방 정리를 마친 순자가 한 소리 거들었다.

"정성이다, 야."

"정성은요."

물 주전자 앞에 서서 불 세기를 조절하던 그녀의 입가에 옅은 미소가 번졌다. 하지만 곧 이어지는 순자의 목소리에 그녀의 얼굴에선 핏기가 사라졌다.

"그러고 있으니 이 집 며느리 같아, 얘."

"그런 말씀 마세요. 사모님 들으시면 어쩌려 그러세요."

"말이 그렇다는 거지. 뭘 정색하고 그래."

"……."

평소 같으면 웃으며 넘어갈 일을 예민하게 받아들였단 생각에 소미는 입을 다물었다. 그녀는 순자가 사용하는 머그잔을 꺼냈다. 한소끔 끓인 물에 머그잔을 담가 꺼낸 후 익숙하게 온도를 확인하곤 방금 끓인 대추차를 따랐다. 조르륵. 달짝지근한 대추 향기가 아스라이 주방을 메웠다.

"향이 좋아요."

"고마워. 네 덕에 매일 맛있는 차도 얻어먹고."

순자는 찻잔을 받아 향을 맡으며 코를 킁킁거렸다. 어린 시절 얻어먹은 밥 때문인지 몰라도 소미는 집안에서 누구보다 그녀를 챙겼다.

"제가 받은 것에 비하면 이 정도는 아무것도 아니에요. 이 제 와 말씀드리지만, 항상 감사했어요."

"떠날 사람처럼 왜 그래? 그리고 이제 이야기하지만, 인사 치레를 받을 사람은 내가 아니야."

배가 고파 잠 못 드는 날이면 주방 앞에서 서성이던 아이. 측은하고 안쓰러웠다. 어린 나이에 그 안에 맺힌 한이 얼마나 많을지. 그녀는 짐작조차 되지 않았다. 애잔하게 그녀를 바라 보는 순자의 시선에 소미는 씁쓸한 미소를 보였다.

"감사 인사를 할 거면 도련님께 해야지."

처음 그녀가 저택에 왔던 날, 순자는 지시에 따라 평소보다 많은 음식을 만들었다. 하지만 요리한 사람의 성의를 무시하 는 것처럼 두 아이의 밥그릇에는 밥이 가득 남겨져 있었다. 식 당에서 있었던 사건에 대해 전혀 몰랐던 순자는 소미가 그저 입이 짧은 아이라 생각했다.

그날 밤, 주전부리를 즐기지 않는 도현이 간식을 찾았다. 그 리고 생전 남에게 관심 두지 않던 그가 주방에 내려오는 아이 에게도 똑같은 내어 주기 바랐다. 도현의 지시로 주방에 내려 온 아이에게 샌드위치를 내어 주자, 계집아이는 굶주린 배를 채우기 위해 허겁지겁 먹어 치웠다. 제가 먹은 그릇에 가져온 그릇까지 설거지까지 하고 감사하다며 몇 번이고 고개를 숙이 고 나서야 주방을 떠났다. 그제야 아이가 낯선 환경에 눈칫밥 을 먹는다는 걸 짐작할 수 있었다.

"그냥, 한 번은 감사 인사 하고 싶었어요."

소미는 최 여사의 전용 찻잔을 꺼내 똑같은 방법으로 차를 따라 쟁반에 옮겨 들었다.

"그럼 차 식기 전에 가 볼게요."

소미는 최 여사의 찻잔이 담긴 쟁반을 들고 주방을 나와 천천히 걸음을 옮겼다. 그녀를 찾아 1층으로 내려오던 도현은 그녀의 손에 들린 쟁반을 응시했다. 장미 문양이 그려진 금색 테두리의 로얄 알버트 찻잔은 최 여사가 즐겨 사용하는 거였다.

"어머니한테 가?"

"응. 차가 드시고 싶으신 모양이야."

사람 마음이란 게 어찌나 간사한지 도현은 메이드가 있음에도 그녀에게 심부름을 시키는 최 여사가 못마땅했다.

"그걸 꼭 네가 해야 해?"

"내가 해 드리고 싶어."

"메이드……."

"차 식겠다. 가 볼게."

그녀는 이미 그의 입에서 흘러나올 다음 말을 예상한 듯 웃고는 걸음을 옮겼다.

소미는 최 여사의 방 앞에 도착해 쟁반을 바닥에 조심스럽게 내려놓고 옷 매무새를 정리했다. 어깨에 떨어진 머리카락은 없는지, 옷이 구겨진 흔적 없는지 체크한 후 노크를 하고 방문을 열었다.

최 여사의 방은 소품을 최대한으로 줄여 심플한 느낌이었다. 그럼에도 고급스러운 분위기는 과하지도 넘치지도 않았다. 그리고 그녀의 방에선 언제나 꽃향기가 났다. 테이블 옆에 쟁반을 내려놓고 찻잔을 들어 최 여사 앞에 놓았다.

"대추차예요. 색이 고와요."

최 여사는 소미를 보곤 시선을 옆으로 돌려 화초를 바라보며 중얼거렸다.

"참 잘 컸지 뭐야……."

모호한 그녀의 대답에 소미는 어정쩡한 미소를 보였다. 그녀의 미소 뒤론 불안감이 숨겨 있었다. 가끔 그녀는 소미에게 따로 심부름을 시키곤 했는데 그런 날이면 어김없이 소미는 방에 돌아가 숨죽여 울었다.

"앉아."

"네."

저택에 온 지 10년이 지났지만 최 여사는 여전히 어려웠다. 그녀 앞에서 소미는 최대한 조심스럽게 행동했다. 그녀는 모진 말을 내뱉거나 혼을 내지는 않았지만, 그녀를 독대하는 날이면 가슴에 천근만근 추라도 달아 놓은 것처럼 무거웠다. 특히 그녀의 결벽증에 소미는 숨이 막혔다.

"향이 좋구나."

다도를 전문적으로 배운 건 아니었지만, 최 여사는 그녀가 내어 주는 차를 항상 마음에 들어 했다.

"어제 만난 그이는 어땠니."

"인품이 좋은 사람 같았어요."

"뭐, 사람 한번 만나 알 수 있나."

최 여사는 대추차의 색을 눈으로 즐기고 난 후 향을 음미했다. 그 모습이 소미의 눈에는 꼭 한 폭의 그림 같았다.

"어제 문을 안 열어 줬다지."

소미는 저도 모르게 마른침을 삼켰다. 최 여사는 최대한 많은 정보를 알아내기 위해 정확한 주어를 뺀 채 포괄적인 질문을 던지는 경우가 많았다. 그리고 소미가 저택에서 지내며 터득한 것은 그녀의 질문에 대한 답 역시 주어를 뺀 채 포괄적으로 내놓으면 된다는 거였다.

"제 불찰이에요. 죄송합니다."

"아침에 들어왔다고."

최 여사는 소미의 작은 표정까지 놓치지 않았다. 양심의 가책을 느꼈지만 언젠가 밝혀지더라도 지금은 잡아떼는 게 맞는다고 생각했다.

"걱정하실 일은 아무것도 없었어요."

"걱정할 일이라……."

소미의 대답이 우스운지 최 여사는 피식, 짧은 미소를 보였다.

"버젓이 집을 두고 호텔에서 보란 듯이 자고 온 게? 호텔에나 드나들며 추문이나 만들기엔 지나치게 제 관리를 잘하는 애지."

"……."

"뭐, 그건 너희가 알아서 할 문제니 별말 않으마."

지금껏 소미는 그녀가 도현과의 사이를 감시한다고 생각했다. 그런데 아니었던 걸까? 불호령이 떨어질 줄 알았던 소미는 그녀의 태도에 당혹스러워졌다.

"사실 그게 겁났다면 나나 회장님이나 널 집 안에 들이지도 않았겠지. 그 애가 유독 네 일이라면 예민하게 굴었어. 아끼는 것 같으면서도 매몰찰 땐 저래야 하나 싶을 정도로. 이 집안에서 그 애의 약점이 유일하게 너였지……."

최 여사는 오랜만에 웃음을 보였다. 그리고 그녀는 생각을 정리하듯 한동안 말없이 차를 음미했다. 10년을 살면서 오늘처럼 다정한 최 여사의 모습은 처음이었다. 항상 차가운 얼굴로 사람을 내려 보고 명령하던 최 여사의 모습은 어디서도 찾아볼 수 없었다. 어느 게 본 모습인지 헷갈렸다.

네까짓 게 내 아들과 잤다고 해도 눈 하나 깜짝 안 한다는 듯 찻잔을 모두 비운 그녀는 본론을 꺼냈다.

"네 결혼…… 좀 더 서두르는 게 좋을 것 같구나. 계속 그런 곳에 얼굴 내밀어야 좋은 소리 나올 것도 아니고, 그이 몇 번 더 만나 보고 괜찮다 싶으면 날 잡자꾸나."

소미는 가슴이 철렁 내려앉았다. 도현과의 사이를 알면서 얼굴색 하나 바뀌지 않았다. 아니, 되레 지금껏 보지 못한 미소까지 지었다. 그리고 제 아들의 여자에게 다른 남자와의 결혼을 이야기했다. 차라리 헤어지라거나 저택을 나가라는 대답이 더 현실성 있게 느껴질 것 같았다. 현실감 없는 이야기에 소미의 입가에 허탈한 미소가 그려졌다.

마음이 서늘하게 식어 내린다. 그녀는 무서움을 떠나 잔인했다. 관심이 필요한 나이에는 눈길조차 받지 못한 채 저택의 한곳에 내쳐져 있었다. 누구 한 명 그들에게 따뜻한 말 한마디 건네지 않았다. 그랬던 사람들이 이제 와 그들에게 관심 가질 이유가 없었다.

"저는 아직 결혼 생각이 없어요. 두 분이 왜 이렇게 서두르시는지 전 잘 이해가 안 돼요."

"어른들이 서두를 때는 다 이유가 있는 법이야."

그 이유가 뭐냐고 따져 묻고 싶었지만 차마 그러지 못했다. 소미는 마음이 다급해졌다. 꾹꾹 억누르던 응어리가 터지는 것 같았다. 장 회장도 그녀를 앉혀 두고 부탁했다. 원하는 만큼 지참금과 혼수, 그 외에 필요한 것들을 남부럽지 않게 해줄 테니 결혼하라고. 그러면서 한마디 덧붙였다. 결혼하는 것이 도현을 돕는 거라고. 그만큼 보호받고 살았으면 되었지. 언제까지 발목을 잡고 있을 거냐고.

장 회장의 말처럼 소미는 하나부터 열까지 그의 도움을 받았다. 기생충처럼 빌붙어 팔자에도 없는 많은 걸 누렸다. 그 사실을 너무나 잘 알고 있기에 그녀는 작은 변명조차 늘어놓지 못했다.

"딸이다 생각하고 섭섭하지 않게 신경 쓰마."

울면 지하실에 며칠이고 가둔다는 최 여사의 앞이었지만 눈물을 참을 수가 없었다. 소미는 손등으로 눈물을 훔쳤다. 솟아나는 우물처럼 자꾸만 눈물이 흘렀다.

"그 애가 살아가야 할 세계는 일반인들이 사는 세계와는 많이 달라. 조금만 쳐져도 버려지고, 조금만 허점을 보여도 숨통을 끊어 버리지. 저 혼자 죽으면 차라리 다행인 곳. 그런 곳에서 그 애는 살아남아 해."

담담하게 내뱉는 말들이 소미의 귀에는 하나같이 무섭게 들려왔다. 소미는 그녀가 말하는 도현이 앞으로 살아가야 할 세상이 잘 이해되지 않았다. 하지만 동시에 어쩐지 알 것 같기도 하였다.

"너는 그 애에게 쉴 곳을 내어 주고 어깨를 빌려 줄 순 있겠지. 하지만 넌 네가 원하지 않아도 도현이의 발목을 잡고, 허점이 될 거야."

부부의 바람은 하나였다. 도현이 세상 밖으로 던져졌을 때 살아남는 것. 부부는 아들의 짝으로 쉴 곳을 내어 주는 여자보단, 힘이 되어 줄 여자를 원했다.

"너 먼저 짝 지어 주고, 도현이도 혼처 알아봐서 때 되면 보낼 생각이야."

그러니 넌 안 된다고, 그냥 '안 된다'도 아니고 안 되는 이유까지 자세히 설명하고 있었다.

소미는 좋은 혼처를 바라거나 돈을 바라지 않았다. 도현의 옆에 있고 싶은 거였다. 그것 외에 바라는 건 아무것도 없었다.

"제가 도현이 앞길에 걸림돌이 될 걸 걱정하시는 거라면…… 그런 걱정 안 하셔도 괜찮아요."

"……우리는 널 딸로 이 집에 둘 순 있어도, 도현이 짝으로 는 받아들일 수 없어."

지금껏 높게 쌓아 올린 탑이 무너지는 것처럼 소미의 머리 와 가슴에 지진이 일었다.

얼마나 싫으면, 얼마나 못마땅하면. 최 여사는 다정한 모습 으로 아무렇지 않게 그녀를 상처 입혔다. 참았던 원망이 터지 자 눈물이 봇물 터지듯 흘러넘쳤다. *끄윽끄윽*, 차오르는 숨에 소미는 숨을 멈췄다.

"좋아해요. 하지만 단지 그것뿐이에요. 저는 그것도 하면 안 되는 사람인가요?"

세상에 영원히 불타는 사랑이란 없었다. 무뎌지고 잊히고. 그러다 보면 또 살아지는 게 인생이었다. 그 불씨가 소멸하기 를 기다리기에 장 회장에게는 남은 시간이 넉넉지 않았다.

"사랑은 불씨와 같아. 활활 타오르는 불도, 작은 불씨도 언 젠가는 꺼지는 마련이지. 그저 조금 일찍 꺼지느냐, 늦게 꺼지 느냐 차이만 있을 뿐이다."

"사모님, 전……!"

"똑똑한 아이니 알아들었으리라 믿겠다. 차 잘 마셨다."

소미의 말을 막은 최 여사는 이만 나가 보라는 듯 자리에서 일어났다.

붉어진 눈에선 뚝뚝, 눈물만 떨어졌다. 그래도 다행인 건 최 여사가 그녀의 눈에서 눈물이 마르길 기다려 주었다는 것이 다.

"딸로 이곳에 있다고 싶다는 생각…… 안 해 봤다면 거짓말이지만, 제가 바라는 것은 아니에요. 가 보겠습니다."

가져왔던 찻잔을 챙겨 쟁반에 들고 나오던 소미는 도현을 보고 냉큼 고개를 숙였다.

"왜 여기 있어."

"무슨 차를 30분이 넘도록 먹어."

도현은 소미가 안 올라오자 기다림을 참지 못하고 최 여사의 방까지 왔다. 방문을 열고 들어가려는데 다행히 그녀가 나왔다. 투덜거리던 그는 그녀의 새빨간 눈덩이를 보고 표정을 굳혔다. 소미는 더욱 고개를 숙였다.

"나 이거 치우고 갈게."

마음 같아선 당장 최 여사의 방문을 걷어차고 들어가고 싶었지만 그녀를 생각해 참기로 했다. 대신 못마땅한 얼굴로 쟁반을 빼앗아 들고는 나머지 한 손으로 그녀의 손을 잡아끌었다.

"왜 사서 고생해?"

"그거 이리 줘."

그녀가 쟁반을 달라고 말을 했지만 그는 완벽히 무시했다. 그의 보폭을 따라가려면 그녀는 반걸음 빨리 걸어야 했다.

망설임 없이 성큼성큼 걷던 걸음은 메이드를 발견하고 멈춰섰다. 응접실을 청소하던 메이드는 도현을 향해 인사한 후 그의 손에 들린 쟁반을 보고 재빠르게 받아 챘다. 그리고 한 발짝 물러서 그가 지나가기를 기다렸다. 이곳의 모든 고용인이 그랬다. 저택의 주인에 대한 예우. 나이가 적든 많든 상관없었다. 이곳에 그저 주인과 메이드만 존재했다.

"한 번만 더 애한테 이런 일 시키면 전부 해고될 줄 아세요."

"죄송합니다."

메이드의 시선이 소미를 향했다. 그리고 깍지 껴 잡은 손도 놓치지 않았다. 소미는 입술을 깨물었다. 도현이 소미를 데리고 자리를 뜨자 메이드는 쟁반을 한쪽에 내려놓고 멈췄던 일을 시작했다. 2층에 올라온 도현은 복도의 가장 끄트머리에 있는 소미의 방으로 걸음을 옮겼다. 방문을 제멋대로 열고 그는 그녀를 밀어 넣었다.

"차 가져다 드릴 시간 있음 네 짐이나 싸."

그는 그녀에게 눈길조차 주지 않은 채 뒤돌아섰다. 그의 행동에 서운함을 느끼기도 전에 그녀는 그를 불렀다.

"어디가?"

"잘 거야."

그의 말투에 쌩하니 찬바람이 불었다. 소미는 그가 나간 후 한동안 닫힌 방문에서 시선을 떼지 못했다. 그가 다시 그녀의 방문을 열고 들어올 것만 같아서.

도현은 그 길로 1층으로 내려와 최 여사의 방을 찾았다. 도현은 방을 둘러보지도 않은 채 방 한가운데 자리한 소파에 앉았다.

"네가 이 방에 찾아오는 것도 오랜만이네."

266

"그러네요."

도현은 그녀의 말속에 가시가 있음을 모르지 않았다.

"뽀르르 달려가서 고자질이라도 했나 보지?"

"그런 아이 아니라는 거 어머니가 더 잘 아시잖아요?"

여전히 방안은 꽃향기가 가득했다. 한때 그는 엄마 냄새가 가득한 이 방을 가장 좋아했다. 그때까지만 해도 모정에 구걸하던 시절이었다. 미국에 가기 전이니 여섯 살쯤 됐을 거다. 마당에서 흙장난했던 터라 손이고 몸이고 더러웠다. 그리고 그대로 최 여사의 방을 찾았다. 최 여사는 그 당시 도현을 돌보던 유모에게 비명을 내질렀다.

"방 더러워지잖아!"

그때의 표정이 잊히지 않았다. 그날의 기억은 현재에도 또렷했다. 그 후 도현은 두 번 다시 최 여사의 방을 찾지 않았다. 절대 죽어도 이 방에 들어오지 않겠다고 맹세했다. 그리고 정말 도현은 저와 한 약속을 지켰다. 하지만 오늘 제 발로 최 여사의 방을 스스럼없이 찾아왔다.

최 여사는 그의 앞에 자리하고 앉았다. 모자 사이라고 하나 남보다 서먹한 사이였다. 그녀는 저를 타인보다 못한 시선으로 바라보는 도현을 보며 슬쩍, 미소 지었다.

"이제 얼마 정도 남았지?"

"2년에서 3년 정도. 더 오래 걸릴 수도 있고."

도현은 여유롭게 대답했다. 소미를 데려간다면 미국 생활이 더 길어져도 상관없었다. 오랜만에 마주한 모친이었지만 딱히 그녀와 더 할 말이 떠오르지 않았다. 그는 본론을 꺼냈다.

"데리고 있겠다던 약속을 믿은 제가 멍청했어요. 소미 제가 데려갈게요."

"안 돼."

"허락이 필요한 게 아니라 예의상 데려가겠다고 알려드리는 거예요."

할 말을 마친 도현이 소파에서 일어나자 최 여사가 다급하게 그를 불렀다.

"장도현."

"이제 와 부모 노릇이라도 하고 싶으신 거라면 사양할게요. 그리고 두 번 다시 그 애 앉혀 두고 눈물 빼지 마세요."

그의 목소리에 감정이라곤 눈곱만큼도 보이지 않았다. 그녀가 바라던 아들의 모습인데 씁쓸함을 감출 수 없었다.

"어미가 돼서 이런저런 이야기도 못 해?"

"네. 하지 마세요. 처음부터 신경 쓰지 않았던 분들이시니까, 계속 그렇게 사세요."

언제 한번 손 내밀어 줄까, 언제 한번 따뜻하게 안아 줄까, 언제 한번 바라봐 줄까. 수없이 기다리던 날들이 있었음에도 부모라는 사람들은 언제나 그를 방관했다. 그래 놓고 이제 와 부모랍시고 간섭하려 드는 건 용납할 수 없었다.

최 여사는 씁쓸함을 감춘 채 느른한 미소를 지었다.

"예전부터 알았지만 여전히 사이가 좋아. 어미가 울렸다고 달려올 정도로. 앞으로도 남매처럼 의지하고 지내면 바랄 게 없겠다."

그녀의 도발에 그는 아주 짧은 조소를 지었다.

"뭔가 착각하시는 것 같아서 말씀드리는데요."

"……."

"남매끼리는 키스 안 해요. 물론 섹스도. 주무세요."

도현이 고개를 숙이고 망설임 없이 뒤돌아섰다. 최 여사는 방을 나가려 걸어가는 도현의 뒷모습을 보며 치맛자락을 몇 번이고 움켜쥐다 놓기를 반복했다. 그녀는 입술을 달싹이며 망설이고 있었다.

"네 아버지 아파."

도현은 손잡이를 돌리던 손을 멈췄다. 찰나의 침묵이 흘렀다. 도현은 몸을 틀어 최 여사를 똑바로 응시했다.

"그래서요?"

"뭐?"

"아프면 주치의를 불러야죠. 저한테 말하면 아픈 아버지가 안 아파요?"

눈 하나 꿈쩍 않고 서 있는 도현의 반응에 최 여사의 눈동자가 갈피를 못 잡고 흔들렸다.

"어디가 얼마나 아픈지 모르겠지만 부인이 둘이나 있으니 제가 더 걱정할 필요는 없겠죠. 그래도 낳아 주신 분이니 빨리 쾌차하길 빈다고 전해 주세요."

도현은 서늘하게 내뱉고 뒤돌아섰다. 지금껏 아쉬운 소리 같은 건 단 한 번도 한 적 없던 사람들이었다. 부모에게 그는 자식이 아니라 우진의 부를 지킬 대리인으로 키워졌을 뿐이다. 그러면서 이제 와 부모라고 동정을 바라는 건 이기적이란 생각이 들었다.

최 여사는 도현이 나간 후 허탈한 미소를 지었다.

"잘 컸네……."

저가 그리 키웠으니 냉정한 아들을 탓할 수도 없는 노릇이었다.

소미는 한 시간째 침대에 누워 뒤척였다. 잠이 오지 않았다. 머리맡에 뒀던 휴대폰을 들어 시간을 확인했다. 11시가 넘어가고 있었다. 휴대폰의 액정을 꺼 제자리에 놓았다. 다시 눈을 감았다. 차라리 내일 출근해 해야 할 일들을 떠올렸다. 미래전략팀에서 경영지원팀으로 옮긴 지 6개월이 넘었지만 그곳의 업무는 아직도 적응되지 않았다.

내일은 늦어도 7시까지는 출근을 해야 했다. 8시 반에 주주총회가 있는 날이라 임원들의 명단에 맞춰, 필요한 서류와 명패도 챙겨 놓아야 했다. 또 각 부서에서 걷은 비품 목록을 정리해 남은 예산안에 맞춰 오더를 넣어야 했고, 다음 주 있을 사내 화보도 준비해야 했다. 한마디로 내일은 피곤한 날이니, 1분 1초라도 빨리 더 자야 한다는 소리였다.

그때 요란한 전화벨이 울렸다. 소미는 흠칫 놀라 몸을 일으켰다. 11시가 넘어가는 늦은 밤, 휴대폰도 아닌 방으로 전화를 걸 사람은 옆방의 도현뿐이었다. 전화를 받자 예상대로 도현의 목소리가 수화기 너머 들려왔다.

"네."

―이리 올래?

"……."

―내가 갈까?

"……갈게."

도현이 부르면 언제든 달려간다. 10년을 이어 온 암묵적인 약속이었다.

―올 때 신분증이랑 도장 가져와.

"그건 왜……."

―가져오면 알아.

전화는 통보 없이 끊어졌다. 도현의 의중은 언제나 파악하기 어려웠다. 소미는 침대에서 내려와 카디건을 챙겨 입었다. 그리고 신분증과 서랍에 있던 도장 케이스도 꺼냈다. 손바닥에 놓인 그것을 물끄러미 바라보던 소미는 손에 꼭 움켜쥔 채 방을 나왔다. 도둑고양이처럼 복도를 살금살금 걸어가 도현의 방문을 작게 노크했다. 주변을 살핀 후 조심스레 방문을 열고 안으로 들어가 곧장 침실로 걸어갔다.

도현은 침대에 앉아 뭔가를 열심히 보고 있었다. 소미는 손에 쥐고 있던 것을 도현에게 내밀었다.

"가져오긴 했는데, 이건 왜?"

도장을 받은 도현은 서류에 소미의 도장을 망설임 없이 찍었다.

"뭘 보고……."

소미는 슬쩍 도현이 가진 서류를 보다 얼어붙고 말았다.

"이게 뭐야……."

도현이 도장을 찍은 서류는 혼인 신고서였다. 서류를 빼앗아 든 소미의 손끝이 미세하게 떨렸다.

"뭐하자는 거야."

"내일 제출할 거야."

도현은 한다면 꼭 하고 말았다. 그녀는 그를 향해 애원하듯 매달렸다.

"이게 무슨 뜻인지 알고 이러는 거야?"

"알아. 너랑 부부로 살겠다는 거잖아."

도현은 다시 서류를 빼앗아 봉투에 넣었다. 소미가 서류를 빼앗으려 덤벼들자 그는 들고 있던 서류를 아예 배게 밑에 숨겼다.

"그러지 마. 도현아……."

가냘픈 목소리에 두려움이 잔뜩 깃들어 있었다.

"회장님과 사모님이 아시면 가만두지 않을 거야."

"그 사람들까지 생각하지 마. 애초에 너한테는 나뿐이었어. 예전에도 그랬고, 앞으로도 그럴 거고."

그는 한 치의 흔들림 없는 시선으로 그녀를 바라봤다. 그에 비해 그를 바라보는 그녀의 눈동자는 정처 없이 흔들렸다.

최대한 침착하게 이성을 가다듬은 소미는 도현을 설득했다.

"이런 막무가내가 어디 있어. 다시 생각해. 응?"

"몇 번이고 생각했어. 감정적으로 이러는 거 아니야."

주호의 사건으로 소미를 저택에서 내치면 그 길로 구청에 가서 제출할 생각이었으니 꽤 오래전 일이었다.

스무 살, 지키는 게 최선인 상황에서 저보다 아픔이 많은 소미를 제대로 보듬어 줄 수 있을지 확신이 서지 않았다. 그래서 망설였다. 그건 사랑의 확신이 부족해서가 아닌, 자신에 대한 믿음 때문이었다. 하지만 이제는 아니다. 부족한 건 채워 나눠 가지면 되고, 보듬어 줄 수 없는 상처는 같이 짊어지고 가면 그만이다.

소미의 애원은 멈추지 않았다. 두려움 서린 눈동자는 암담하게 일그러져 있었다.

"이렇게 처리할 문제가 아니잖아. 다시 한 번 생각해. 응? 도현아."

"말해."

도현은 두 손으로 소미의 새하얀 뺨을 부드럽게 감쌌다.

"나랑 살래, 말래?"

"……."

"살래, 말래. 그것만 말해."

그녀의 커다란 눈에 선명하게 비추던 그의 얼굴이 일렁거렸다.

"……너랑 있을 거야."

그래도 이건 아니야.

"나랑 살겠다고 말해. 평생 내 옆에 있겠다고. 다른 사람들 다 등 돌려도 너는…… 나랑 같이 있겠다고."

집어삼킬 것 같은 시선이 소미를 바라보고 있었다. 거절을 내뱉는 순간 목덜미를 물어뜯길 것 같았다. 곧은 시선으로 바라보는 그를 똑바로 볼 수 없었다. 그러기에 그녀는 너무 많이 흔들렸다. 안 된다고, 넌 죽어도 안 된다고 들은 지 얼마 지나지 않은 시점에서 그의 물음에 선뜻 대답할 수 없었다.

검은 머리 짐승은 이래서 거두는 게 아니라는 소리는 듣고 싶지 않았다. 빈대처럼 붙어살아도 염치라는 게 있었다. 도현이 우진 후계자 자리를 지키기 위해 얼마나 많은 걸 포기하고 노력했는지 누구보다 잘 알기에, 그의 발목을 잡고 싶지 않았다. 그럼에도 이기적인 자신이 삐죽 고개를 내밀었다.

한참의 침묵이 이어졌다.

"……넌 정말 나만 있으면 돼? 후회 안 해?"

"안 해."

확신에 찬 그의 대답이 어쩐지 믿음직스러웠다. 나중에 그가 후회하더라도 그의 대답을 믿고 싶었는지 모른다. 소미는 못 이기는 척 천천히 고개를 끄덕였다.

"네 뜻대로 해……."

사람만큼 이기적인 동물은 지구상에 존재하지 않는다. 사람이니까 가능한 일이기도 했다. 지금만큼은 나만 생각하기로 마음먹자 답은 간단했다. 그녀의 대답이 떨어지기 무섭게 그는 그녀를 끌어안았다. 두근거리는 심장박동이 맞닿은 가슴을 통해 전해 왔다.

그녀는 익숙한 그의 품에 안겨 눈을 감았다. 마음을 정하고 나자 잠이 쏟아졌다. 어쩌면 그와 같은 마음이었기에 잠이 오지 않았는지 모른다.

"……나 졸려."

"응."

그녀는 어젯밤 잠을 설친 탓에 온종일 졸리던 차였다.

"아니, 그러니까. 방에 가겠다고……."

품에서 벗어나 침대에서 일어서자 그는 아예 그녀를 잡아 침대 속으로 끌고 들어갔다. 졸지에 침대에 누운 그녀는 그에게 결박된 채 옴짝달싹 못 하는 신세가 되었다.

"여기서 자. 아침에 깨워 줄게."

"그런 게 아니라……."

그녀의 목소리가 점점 기어들어 갔다. 온몸의 신경이 허벅지에 닿은 단단한 남성에 쏠렸다. 말하면서도 괜히 얼굴이 화화 달아올랐다.

"네 기분 못 맞춰 준다는 말이야."

"내 기분이 어떤데?"

"……하려는 거잖아."

말하고도 부끄러웠는지 그녀는 그의 겨드랑이 사이로 머리를 처박았다. 고작 숨는다고 숨는 곳이 제 겨드랑이라니. 그의 서늘하던 눈매가 부드럽게 휘었다. 괜히 심술을 부리고 싶었다. 처음 만난 날부터 그랬다. 웃으면 울리고 싶고, 울면 달래 주고 싶었다. 못살게 굴다가도 한없이 잘해 주고 싶고, 저가 아닌 다른 이가 그녀를 괴롭히면 참을 수 없었다. 그는 그녀를 으스러지게 끌어안았다. 아픈지 옅은 신음이 새어 나왔다.

"숨 막히잖아."

그가 힘을 풀자 그녀는 애벌레처럼 머리를 내밀고 그를 나무랐다. 그는 그녀를 향해 모로 누웠던 자세를 돌려 천장을 올려 보다 눈을 감았다.

"자자, 피곤하겠다."

"……."

"안 할 거야. 나도 양심은 있어."

그제야 그녀도 안심했는지 반듯하게 누웠다. 그리곤 낮게 중얼거렸다.

"잘 자."

정말 피곤했는지 그녀는 금세 잠이 들었다. 새근거리는 그녀의 숨소리를 들으며 그는 잠을 청해 보았지만 쉽사리 잠이 오지 않았다.

그녀를 깨우려 그가 눈을 떴을 때, 그녀는 이미 출근했는지 보이지 않았다.

chapter 9

사랑하며 살아가는 것

도현이 외출 준비를 하고 1층에 내려오자 미영은 가볍게 고개를 숙였다. 미영은 그의 손에 들린 서류 봉투를 힐끔 쳐다보고 이내 시선을 감췄다. 서류 봉투도 서류 봉투였지만 도현의 표정이 다른 날에 비해 들떠 보였다.

"나갔다 올게요."

"네. 조심해서 다녀오세요."

미영은 도현이 문을 닫고 나갈 때까지 현관 앞에 서서 그를 배웅했다. 그리고 곧 그녀는 어디론가 전화를 걸어 그 사실을 보고했다.

도현이 구청에 들러 서류를 내밀자 분주하게 움직이던 직원은 서둘러 혼인 신고서를 받았다.

"혼자 오셨어요?"

"네."

"그럼 배우자님 도장이랑 신분증 가져오셨죠?"

도현은 어젯밤 받아 두었던 그녀의 신분증과 도장을 내밀었다. 서류를 옆에 내려놓은 직원은 전산에 무슨 문제가 있는지 여전히 분주했다. 서류를 받아 놓고도 자꾸 딴짓하는 직원이 탐탁지 않아 물었다.

"얼마나 걸립니까?"

"일주일쯤 걸려요."

"······처리된 겁니까?"

"네."

직원의 분주한 행동이 시원찮아 보였지만 처리가 됐다는 답변에 그는 고개를 끄덕였다.

"감사합니다. 수고하세요."

도장과 신분증을 돌려받은 후 그는 인사를 건네고 구청을 나왔다. 그리고 시간을 확인한 도현은 미리 연락해 두었던 주얼리 매장을 향했다. 그가 매장에 들어서자 매니저가 나와 깍듯하게 허리를 숙였다.

"어서 오세요, 기다리고 있었습니다."

두 번째 만남이었지만 고객이 생명인 직업답게 매니저는 도현을 용케 기억하는 얼굴이었다. 그는 매니저를 따라 걸음을 옮겼다.

"그때 목걸이는 마음에 드셔하셨나요?"

"덕분에."

당시 매장에 전화를 걸었을 때 매니저는 기꺼이 병원으로 방문해 주었다. 소미가 학교에 간 사이 도현은 매니저의 도움을 받아 크리스마스 선물을 병원에서 준비할 수 있었다. 그때의 기억이 떠오르자 그의 얼굴에 희미한 미소가 번졌다.

매장 안쪽으로 들어갈수록 보석을 비추기 위한 찬란한 조명에 눈이 부셨다.

"말씀하셨던 디자인으로 몇 개 준비해 두었습니다."

매니저가 꺼낸 케이스에는 각자의 빛을 뽐내며 반지가 들어 있었다. 어떤 것으로 할까, 망설일 필요도 없었다. 도현은 눈길을 사로잡은 반지를 집어 들었다. 링 전체에 알알이 다이아몬드가 박혀 있는 반지는 메인 다이아몬드와 어우러져 그 자태를 자랑하고 있었다. 새하얀 손가락에 끼워질 생각을 하자 입가에 미소가 번졌다. 보석이 만들어질 때 주인이 정해진다면 이건 소미를 위해 만들어진 것 같았다.

"이걸로 할게요."

"가드 링도 있는데 보여 드릴까요?"

"아니요. 그건 나중에."

매니저는 가볍게 고개를 숙이고 선물을 정성껏 포장해 도현의 앞에 놓았다. 계산을 마치고 매장을 나온 도현은 곧장 집으로 향했다.

한편 소미는 가족들을 감쪽같이 속이고 막상 도현과 부부가 되려고 생각하니 종일 마음이 어수선했다. 몸에 열이 나는 것 같기도 했고, 입안도 바싹바싹 타들어 갔다. 오른쪽 관자놀이까지 지끈 아파 왔다. 나중에 최 여사와 장 회장이 결혼 사실을 알게 되었을 때 그 폭풍을 두 사람이 감당할 수 있을지 그것조차 의문이었다.

점심을 먹고 자리에 돌아오던 김 과장은 소미의 책상 위에 놓인 파일을 보고 책상을 두드렸다.

"박소미 씨. 어디 아파? 오늘 왜 그래? 내가 전략2팀에 가져다주라던 파일도 그대로 책상 위에 있고. 정신을 어디에 놓고 다니는 거야?"

"죄송합니다."

넋 나간 사람처럼 자리에 앉아 있던 소미의 눈동자가 초점을 찾았다. 소미는 놀란 얼굴로 자리에서 벌떡 일어나 서류를 집어 들었다.

"얼굴색이 안 좋은데? 정말 어디 아픈 거야?"

"아뇨. 죄송합니다, 과장님. 바로 가져다주고 올게요."

소미는 옷가지를 매만진 후 후다닥 서류를 들고 사무실을 나갔다.

"오늘 박소미 씨. 조금 이상하지?"

"많이 이상한데요."

"그러게. 안 하던 실수를 하고."

김 과장은 옆에 있던 김 대리에게 중얼거린 후 걸음을 옮겼다.

소미는 사무실을 나와 볼에 바람을 넣은 후 손으로 찰싹, 소리가 나게 때렸다. 얼얼한 감각과 함께 정신이 조금 맑아진 느낌이었다. 그 후 그녀는 퇴근까지 도현을 생각하지 않으려 더 분주하게 움직였다.

그날 밤 도현은 소미의 손가락에 꼭 맞는 반지를 끼웠다.

"얼렁뚱땅 유부녀 만들어서 미안하다."

"얼렁뚱땅 유부남 만들어서 미안하네."

소미는 침대에 누운 채 반지가 끼워진 손을 높이 치켜들었다. 반짝반짝 빛나는 것이 밤하늘의 별처럼 반짝였다.

"드레스는 미국 가서 입혀 줄게."

"됐어. 이걸로 만족해."

소미는 반지가 마음에 드는지 자꾸만 들여다보며 만지작거리다 살포시 미소 지었다.

"내년에 하나, 그 후년에 하나. 그렇게 매년 하나씩 채워 줄게."

그의 마음이 깊어 가는 만큼 반지의 개수도 늘어 갈 것이다. 반지가 끼워진 그녀의 약지 손가락을 매만지던 그는 손끝에 가볍게 키스했다.

❖   ❖   ❖

그가 사는 맨션은 대학교와 멀지 않은 곳에 있었다. 복층으로 된 맨션은 1층과 2층을 잇는 거실 전면이 창으로 되어 있어 거리가 한눈에 들어왔다.

소미는 메이드가 퇴근한 후에야 새로 살게 된 집 안을 요리조리 살펴봤다.

"깨끗하네."

"매일 청소하니까."

"그래도 지나치게 깨끗해."

집 안은 새것처럼 깨끗했다. 청소를 깨끗하게 한 것과 사람의 손길이 닿지 않아 깨끗한 건 엄연히 달랐다.

"……"

"설마 집에 있지도 못할 만큼 바빴던 거야?"

"조금."

도현의 입에서 바쁘다는 소리가 나올 정도라면 이곳에 생활이 절대 편치 않았다는 뜻이었다.

"놀러 간 거야, 공부하러 간 거야?"

항상 한국 시각에 맞춰 전화를 걸던 그에게 바쁜 기색 따윈 보이지 않았다. 되레 바쁜 척했던 건 언제나 그녀였다. 빈정대던 기억이 떠오르자 괜히 얼굴이 붉어졌다.

"바쁠 거라고 전혀 생각하지 않았어."

"티 내지 않았으니까."

네가 바쁜데 나까지 바쁜 척 할 수 없어서.

그녀는 모를 거다. 그가 얼마나 많이 의지하고 있는지. 틈이 날 때마다 목소리 한번 듣기 위해 얼마나 아등바등했는지. 그녀의 존재가 얼마나 큰 힘이 되는지. 이런 걸 두고 마음의 차이라고 했다. 그녀가 그를 적게 사랑해서가 아니라, 그가 조금 더 많이 사랑해서 그랬다.

"미안해. 나 정말 몰랐어."

침실에 들어온 소미는 그의 지난 4년이 머릿속에 그려져 걱정스러운 얼굴을 감추지 못했다.

"잠은 제대로 잔거야? 밥은 제때 먹고 다닌 거야?"

"박솜, 벌써부터 바가지 긁는 거야?"

그렇게 말하는 그는 그녀를 잡아당겨 허리를 감싸고 목덜미에 입술을 묻었다. 뜨거운 그의 입술이 닿자 그녀는 저도 모르게 목을 움츠렸다.

"그런데 싫지 않네."

그의 손이 그녀의 스웨터를 파고들어 등허리를 부드럽게 훑고 올라갔다. 그 순간 툭, 브래지어 후크가 풀렸다. 가슴을 압박하던 브래지어가 느슨해지자 편안함과 동시에 허전함이 찾아왔다. 그의 입술이 목덜미를 훑고 귓바퀴에 닿자 오소소 소름이 돋았다. 그녀는 그의 품에 안긴 채 파르르 몸을 떨었다.

"뭐하는 거야."

"보는 대로."

등 뒤에 닿았던 커다란 손은 금세 앞으로 넘어와 그녀의 가슴을 움켜쥐었다. 등에 닿을 때만 해도 서늘하게 느껴지던 손끝은 어느새 뜨겁게 달아 있었다. 그가 둥그런 가슴을 움켜쥐고 유두를 비틀자 그녀의 잇새로 옅은 신음이 흘러나왔다. 저릿한 감각에 그녀는 몸을 비틀었다. 그런 행동이 그에게 더욱 짜릿한 전율을 선사한다는 걸 그녀는 모르는 눈치였다.

"흐응."

"침대로 가자."

가슴을 주무르던 손을 뺀 그는 그녀의 겉옷을 벗기며 입술을 탐했다. 순식간에 몸을 감싸고 있던 옷들이 바닥으로 떨어져 내렸다.

백옥같이 하얀 그녀의 피부가 어둠 아래 빛나고 있었다. 일자로 곧게 드러난 쇄골, 탐스럽게 솟아오른 가슴을 따라 대조적이게 가늘어 보이는 허리, 군살 없이 늘씬하게 뻗은 다리까지. 뭐 하나 예쁘지 않은 곳이 없었다. 그를 향해 수줍게 웃는 얼굴은 세상 그 어떤 아름다운 말로도 표현할 수 없었다. 그는 그녀의 모습을 놓치지 않고 가슴에 새기고 머리에 담았다.

"팜므파탈……."

"응?"

그녀는 못 들었는지 눈썹을 살짝 찡그렸다.

도현은 꿈과 현실의 경계선처럼 느껴지는 몽롱함 때문인지, 손을 뻗으면 그녀가 사라질 것만 같았다.

"네가 사라지면 난 분명 엉망진창이 돼 버리고 말 거야."

"내가 사라질 리 없잖아."

그는 그녀를 침대에 눕히고 그대로 키스했다. 입술의 부드러움을 느끼기도 전에 입안으로 뜨거운 열기가 흘러들어 온다. 그 순간 욕망과 열정이 전염된다. 주도권을 완벽하게 쥔 그의 지배욕 가득한 성향을 뚜렷하게 나타내는 키스를 퍼부으며 그녀를 놓아주지 않았다. 입안을 훑고 그 안에 자리 잡은 혀를 부드럽게 사탕처럼 굴리다 인정사정없이 빨아들였다.

정염의 소용돌이처럼 욕망을 가득 담은 키스에 소미는 뜨거운 숨을 토해 냈다. 머리가 어지러웠다. 몸은 납처럼 무거웠고 기분은 공중으로 붕 뜨는 것처럼 아찔했다. 당장에라도 꿰뚫고 들어올 것처럼 잔뜩 부푼 그의 남성이 허벅지를 찌를 때마다 그녀는 몸이 1도씩 뜨거워지는 착각이 일었다.

그는 다리 사이에 그녀를 가둔 채 상체만 일으켜 입고 있던 회색 스웨터와 안에 받쳐 입었던 라운드 티셔츠를 벗었다.

아련한 어둠 속 그의 약동하는 움직임은 숨을 쉬지 못할 만큼 자극적이었다. 단단하게 다져진 근육과 복근이 고운 선을 그리며 그녀를 유혹하는 것만 같았다. 그녀는 홀린 듯 몽롱한 초점으로 그를 바라보다, 손을 뻗어 그의 가슴을 훑었다. 작게 돌출된 유두를 손가락으로 건드리자 그는 낮은 신음을 토해 냈다.

"으음……."

그의 잇새를 타고 흘러나온 신음은 섹시하다 못해 퇴폐적이었다. 그의 목소리 하나로 발끝부터 짜릿한 전율이 느껴졌다.

가슴을 어루만지던 손을 떼려 하자 그는 멀어져 가는 그녀의 손을 잡아 가슴에 대었다.

"더 만져 줘."

지나치게 낮은 음색이 그녀의 귓가를 간지럽혔다. 소미는 고개를 끄덕였다. 그의 부탁을 어떻게 거절할 수 있을까. 그녀는 조금 더 대범하게 그의 가슴을 매만졌다. 만지는 걸로 성이 차지 않자 그녀는 상체를 들어 그의 가슴을 빨았다. 조그마한 돌기를 입술로 핥고 혀로 굴리고 깨물었다.

그러자 그는 짐승처럼 으르렁거리며 그녀를 밀어냈다. 그는 새하얗게 부풀어 오른 그녀의 가슴을 입술로 짓이기며 자극했다. 발딱 선 유두를 잇새로 잘근거리자 소미는 뜨거운 숨을 토해 내며 고개를 저었다.

"흐응."

그는 타액으로 번질거리는 가슴을 손으로 한번 움켜쥐었다 놓아주었다. 그는 그녀의 다리 틈새에 자리를 잡고 애액으로 젖어 들기 시작한 그녀의 은밀한 부위를 바라보았다. 소미는 두 손으로 얼굴을 가리고 낮게 중얼거렸다.

"보지 마……."

"네 여기 얼마나 예쁜 줄 알아?"

그가 바라보는 것만으로도 몸이 녹아들 것 같았다. 그의 손이 수풀을 헤치고 들어와 젖은 틈새를 쓸어 만지자 찌르르한 전율이 온몸을 타고 퍼졌다. 자잘한 주름을 헤치고 그의 손가락 하나가 그녀의 질 벽을 건드리며 가볍게 밀려들어 왔다. 그는 천천히 손가락을 움직였다.

"하아. 흐으응……."

몸이 그를 기억하고 있었다. 그가 주는 환희를 기대하며 그녀는 흥분으로 젖어 갔다. 발름거리며 그의 손가락을 죄었다 놓기를 반복하는 질 벽을 자극하던 그는 흠뻑 젖은 손가락을 쑥 빼냈다. 그리고 애액으로 젖어 든 클리토리스를 혀로 간질이고 입술로 빨아들였다. 클리토리스를 자극하던 혀끝이 그녀의 속살을 뚫고 들어와 어지럽혔다.

"하지 마. 싫어⋯⋯."

그가 주는 쾌락이 끔찍할 만큼 좋았다. 소미는 그의 앞에서 이성을 잃는 게 싫었다. 본능에 충실한 채 욕망에 얼룩져 울부짖는 자신이 다른 사람 같아 무서웠다. 이성을 놓치지 않기 위해 그녀의 몸에 힘이 실렸다. 아직은 부끄러운 마음이 쾌락보다 먼저였다.

"힘주지 마. 괜찮으니까, 참지 마."

"싫어, 흐윽⋯⋯."

그녀의 다리 틈에서 나는 질척한 소리가 방 안을 메웠지만, 그녀의 귀에는 들리지 않았다.

"흐읏, 아, 아. 흐으응. 도현아⋯⋯. 그만, 아흥. 싫어⋯⋯."

소미는 그가 주는 원초적 자극에 머리가 어지러워 정신을 차릴 수가 없었다. 도현은 작정한 사람처럼 손가락 하나 움직일 힘이 없을 때까지 애무했다. 소미는 서서히 쾌락에 몸을 내맡겼다. 온몸이 흐물흐물 녹아내리는 기분이었다.

도현은 몸을 일으켜 자세를 잡고 단번에 허리를 내렸다. 열망에 젖어 부드러워진 질 벽은 그를 집어삼켰다. 탁탁, 깊숙이 숨은 정점을 치받으며 그는 욕망을 숨김없이 드러냈다.

그는 뭐든 빠르게 습득하는 편이었다. 공부도, 운동도. 섹스에 관해서도 그랬다.

"아아. 도현아."

사타구니 틈새에 닿은 살갗이 닿았다 떨어질 때마다 그녀는 울부짖었다. 단단하고 뭉뚝한 물체는 정점만 찾아 집요하게 건드리길 반복했다.

"안 돼. 싫어……. 그러지 마. 흐응읏."

"다 됐어……."

도현은 사정감이 일자 그녀를 안은 채 깊숙이 치받아 가장 깊은 곳에 사정했다. 그에게 매달려 애원하던 그녀의 몸이 그의 사정으로 인해 빳빳하게 경직되었다. 또다시 찾아드는 절정에 그녀는 상체를 젖히고 잘게 떨었다.

그는 한동안 환희에 떠는 그녀를 지켜보았다. 예쁘다.

거친 숨이 가실 때쯤 도현은 새빨갛게 달아오른 목덜미를 부드럽게 어루만졌다.

"네 여기 발개."

절정에 다다를 때 그녀의 몸은 경직되며 붉게 달아올랐다. 특히 얼굴과 목덜미는 유독 더 붉게 물들었다. 상체가 들리며 고개는 뒤로 젖혀진다. 일자로 선이 고운 쇄골뼈가 더욱 도드라지게 드러났다.

그는 그녀를 품에 안은 채 상기된 두 뺨을 쓸어 만졌다.

"여기도 빨개."

"부끄러워. 그런 말하지 마."

괜스레 또다시 부끄러워진다. 소미는 그의 가슴팍에 얼굴을 꼭 묻었다.

"언제쯤 좋을 때 싫다는 소리 말고 좋다는 소리를 들려주려나."

"……조만간."

그녀의 대답이 마음에 들었는지 도현은 고개를 숙여 정수리 끝에 입 맞췄다.

그렇게 펜실베이니아의 첫날밤이 지나가고 있었다.

12월 24일. 아침부터 내린 눈으로 도시가 새하얗게 변했다. 화이트 크리스마스였다. 도현은 하루 일찍 소미에게 크리스마스 선물을 주었다. 은은한 금빛이 감도는 상자는 보기에도 엄청난 물건이 들어 있을 것 같았다.

상자를 연 그녀는 감탄을 터트렸다.

"와……."

상자 안에는 온 세상을 덮은 눈처럼 하얀 드레스가 들어 있었다. 은사 레이스로 된 웨딩드레스는 비즈가 화려하게 수놓아져 불빛에 아롱아롱 빛났다.

"입고 나와."

"……나도 있어. 선물."

그녀는 서둘러 드레스 룸으로 달려갔다. 그녀는 한국에서의 마지막 날, 퇴근길에 그에게 줄 반지를 샀다. 그녀의 형편상 그가 선물한 반지처럼 비싼 걸 해 줄 순 없었지만 그녀가 그를 생각하며 준비한 결혼반지였다.

한국에서 가져온 캐리어를 열어 반지가 담긴 상자를 챙긴 그녀는 드레스 룸을 나와 그에게 건넸다.

"네가 가진 것 중에 제일 싸구려겠지만……."

속옷과 양말까지도 죄다 명품만 입는 그를 알기에 소미는 사면서도 수십 번을 망설였다. 그 마음을 눈치챘는지 그는 상자에서 반지를 꺼내 손가락에 끼워 넣었다. 그는 자신의 손을 훑어보고는 반지 낀 손을 그녀에게 내보였다.

"어때?"

반지는 그에게 한 치수 정도 크게 느껴졌다. 하지만 손가락 마디를 생각한다면 크게 신경 쓸 문제는 아니었다.

"싼 거라 미안해."

"그런 대답 말고."

소미는 그의 손을 물끄러미 바라보았다. 심플한 디자인의 반지는 그의 손에 잘 어울렸다. 군살 하나 없는 기다랗고 커다란 손은 관능적이기까지 했다.

"……잘 어울려."

"내가 지금 페라리 선물 받은 것보다 기쁘다면 믿을래?"

"거짓말……."

그녀는 미안해하는 자신을 위해 그가 거짓말을 한다고 생각했다. 페라리를 선물 받았을 적 그를 기억하고 있었다. 그때 도현은 며칠 밤잠을 설칠 정도로 기뻐했다.

"진짜."

마음을 보여 줄 수 있다면 당장 가슴이라도 열어 주고 싶었다.

"마음에 들어."

그는 그녀를 품에 안고 속삭였다.

"솜, 너를 어쩌면 좋을까. 꼭꼭 숨겨 두고 나만 보고 싶다가도, 막 남들한테 자랑하고 싶고……."

누가 보는 것도 아까워 혼자 보고 싶다가, 또 어느 날은 남들에게 자신 옆에 있는 그녀를 과시하고 싶었다. 누가 알아주지 않아도 그냥 그러고 싶었다.

"나 드레스 입고 나올게."

부끄러운 마음에 서둘러 도현의 품에서 벗어나 도망쳤다. 침실에 들어온 그녀는 입고 있던 스웨터와 청바지를 벗고 상자에서 드레스를 꺼냈다. 드레스 상자 밑바닥엔 티아라가 담긴 상자가 있었다. 그녀는 드레스를 입고 티아라 상자를 열었다. 진주알이 알알이 박힌 티아라는 화려하지 않았지만 영롱한 빛을 뽐내고 있었다. 진주가 박힌 티아라를 보자 그녀는 문득, 그를 처음 만난 날이 떠올랐다. 그러고 보니 드레스가 그날 입었던 새하얀 원피스와 흡사해 보였다. 일부러 진주 알이 박힌 티아라를 골라온 걸까?

준비를 마치고 방문을 열고 나오자 도현은 검정 턱시도 차림이었다. 드레스 셔츠와 화이트 보타이가 그의 매력을 더욱 발산시켰다.

웨딩드레스를 입은 그녀를 본 그는 만족스러운 얼굴로 옅은 미소를 지었다. 그녀는 화답하듯 수줍은 미소를 지었다.

"잘 어울려."

"너도."

드레스 차림으로 서 있으려니 괜히 가슴이 간질거려 그를 똑바로 볼 수 없었다. 소미는 정말 수줍은 새 신부가 된 것만 같았다.

"부끄러워?"

"조금."

그녀의 곁에 천천히 다가온 그는 그녀의 허리를 둘러 안았다. 그의 품에 사로잡힌 그녀는 천천히 고개를 들어 그를 올려 보았다. 19cm의 키 차이가 오늘따라 유독 크게만 느껴졌다.

"10년 전 네가 왔어. 이런 모습으로. 가슴이 막 뛰었어. 본능적으로 알았어. 너로 인해서 내 세상이 변하리라는 걸. 아마 그때부터일 거야. 네가 좋아진 게."

새하얀 원피스를 입은, 커다랗고 따스한 눈동자를 지닌 자그마한 계집아이는 인형처럼 어여뻤다. 자꾸만 보고 싶어졌다. 가슴이 벅차오른다는 것을 처음 경험한 날이었다. 그녀가 응접실에 우두커니 앉아 최 여사를 기다린 만큼, 2층에 올라오지 않는 아이를 하염없이 기다린 날이기도 했다.

소미는 그의 고백에 얼굴을 붉히며 작은 헛기침을 했다.

"······난 그때 잘난 체하는 네가 미치도록 싫었어. 빨리 커서 대학을 무사히 졸업하고 그곳에서 벗어나고 싶었어. 평범하게 자랐다고 내가 말하기는 우습지만, 내 눈에도 그곳 사람들은 다 이상해 보였어. 특히 네가 제일."

"알아."

아주 짧고 가볍게 그의 입술이 그녀의 입에서 닿았다 떨어졌다.

"언제부터 좋아졌는지도 기억 안 나는데, 좋아해. 네가 내가 생각하는 그런 아이가 아니라는 걸 알면서부터인지 아니면 그 이전부터인지 잘 모르겠는데, 좋아해. 그냥 어느 날부터 널 빼고는 날 생각할 수 없었어. 네가 있는 곳에 나도 있었고, 내가 있는 곳엔 항상 네가 있었어."

양면의 동전처럼 떼려야 뗄 수 없는. 전혀 다른 모습이지만 같이 있는. 가장 가깝지만, 또 가장 먼 그런 존재.

"시간이 흐르고 나서야 네가 나한테 왜 그렇게 굴었는지, 네가 날 왜 필요로 하는지 그냥 이해됐어. 너도 나처럼 외로운 사람이구나. 아니, 어쩌면 나보다 더……."

그래서 마음이 쓰였다. 자꾸만 눈길이 갔다. 그러다 보니 그녀와 다른 그를 이해했고, 또 좋아하게 되었다.

"솜, 너랑 평범하게 살고 싶어."

"응. 우리 행복하게 잘 살자. 많이 웃고, 떠들고, 즐겁게……."

"네가 가르쳐 줘."

도현은 고개를 숙여 동그란 이마에 입을 맞췄다. 그리곤 콧잔등, 입술에 차례대로 키스하고 떨어졌다.

"너한테는 자제심이 항상 바닥을 드러내."

"왜?"

"드레스 입은 모습 오래 감상할 생각이었는데 벗기고 싶어졌어."

입술이 다시 끈적하게 엉켜들었다. 잇새를 파고든 혀는 침샘을 건드리고 자극하다 입천장을 간지럼 태웠다. 그와 동시에 잇새로 옅은 신음이 흘러나왔다. 그는 그녀를 조금 더 애태우다 엉켜드는 혀를 깊이 빨아들였다. 허리에 감긴 팔에 힘이 실리며 단단하게 부푼 페니스가 아랫배를 자극하며 밀착되어 왔다. 끈적이게 달라붙은 입술 사이로 간간이 그의 신음이 새어 나왔다. 다리 틈새가 간지러워 온다.

"도현아……."

"멈추라고 하지 마."

"아니, 여기 거실이라고……."

"침대로 가고 싶어?"

"응."

대답이 떨어지자 도현은 그녀를 번쩍 안아 올리며 귓가에 속삭였다.

"난 많으면 좋겠는데. 넌?"

"둘 이상……."

그와 그녀가 원하는 건 숫자를 가늠하기 어려운 부(部)나, 나라를 쥐락펴락하는 권세나 명예가 아니었다. 남들처럼 평범하게 사랑하며 사랑받고 살아가는 삶. 그것이 전부였다.

✿   ✿   ✿

맨션 아래 1층에는 예쁜 테라스의 카페가 함께 있었다. 소미는 종종 도현이 늦는 날이면 그곳에 들러 식사 대신 커피와 디저트를 먹었다.

"아메리카노 한 잔하고 아몬드 쿠키 하나 주세요."

저녁에 근무하는 붉은 갈색 머리의 남성은 회색 눈이 인상 깊었다. 매번 남자가 있는 날은 소미에게 초콜릿을 주곤 했는데 오늘 그가 건넨 초콜릿은 딸기 초콜릿이었다.

"맛이 괜찮아요."

"안 주셔도 괜찮아요."

"드리고 싶어요."

쟁반에 놓인 초콜릿을 보고 소미는 어색한 미소를 지었다. 남자의 지나친 친절이 다소 부담스럽게 느껴졌다. 맨션 근처에 가까운 다른 카페가 어디 있었는지 머릿속으로 떠올릴 때, 남자는 생글거리는 얼굴로 물었다.

"일본인? 아니면 한국인?"

"……한국인이요."

"눈이 매력적이네요. 여기 학교 다녀요? 전공이 뭐예요?"

이곳에 와 알게 된 사실이지만 외국인 중에는 유독 동양인에게 관심을 가지는 사람이 많았다. 소미는 남자의 칭찬과 관심이 불편해 서둘러 지갑에서 10달러를 꺼내 내밀었다. 그때 뒤에서 그녀의 목덜미를 부드럽게 휘감는 손길과 동시에 익숙한 목소리가 파고들었다.

"제 아내에게 관심 가져 주셔서 감사합니다."

"도현아?"

부드러운 말투와 다르게 날카로운 맹수처럼 그는 남자를 향해 잔뜩 적의를 드러냈다. 남자는 어색한 미소를 보이며 얼굴을 붉혔다.

"죄송합니다."

도현은 심드렁한 표정으로 그가 알아듣지 못하는 한국말로 읊조렸다.

"알면 됐고……."

집에 돌아오는 길에 카페로 들어가는 그녀를 보았다. 반가운 마음에 곧장 따라 들어왔는데 기분이 언짢아졌다.

"커피 마실래?"

"그래."

소미는 서둘러 아메리카노를 추가했다. 얼마 후 주문한 커피와 쿠키가 나왔다. 테라스에 앉아 커피를 한 모금 마신 도현은 잔을 테이블에 내려놓았다.

"앞으로 여기 다니지 마. 저 남자 마음에 안 들어."

"질투해?"

"질투해. 싫어. 다른 남자가 너 보는 것도 싫고, 얘기 나누는 것도 싫어. 네가 딴 놈한테 웃는 건 더더욱 싫고."

"알았어."

제 것이라면 무엇이 되었든 강한 소유욕을 드러내는 걸 알기에 소미는 고개를 끄덕였다.

"오늘은 종일 뭐했어?"

"졸리면 자고, 일어나서 책도 보고 그랬지."

"밥은?"

"아직. 나도 너 따라서 운동이라도 다닐까 봐. 집에만 있으려니까 괜히 축 처져서 잠만 쏟아져. 소화도 잘 안 되는 것 같고. 아무튼, 별로야."

소미는 쿠키를 조금 잘라 입에 넣고 오물거렸다. 바삭거리는 쿠키에서 알 수 없는 아쉬움이 느껴졌다.

"미세스 박이 만들어 준 쿠키가 맛있었는데……."

"먹고 싶어?"

"아니, 꼭 그런 건 아니고."

소미는 서둘러 고개를 저었다.

"뭐가 먹고 싶은지 말해 봐."

"괜찮아."

"김치. 미세스 박이 담근 묵은지랑 밥. 그거 먹으면 느글거리는 속이 싹 가라앉을 것 같아."

처음에는 이곳 음식도 맛있었다. 그런데 갈수록 점점 물린다. 칼칼한 음식이 먹고 싶은 건 어쩔 수 없었다.

"메이드 음식이 맛이 없다는 게 아니라 그리운 거야. 난 너처럼 외국 생활을 오래 해 본 것도 아니고 기껏해야 방학 때 몇 번 너 따라 나갔다 온 게 다잖아. 외식을 해 본 적은 더더욱 별로 없고. 그냥 토종이야. 순수 토종."

"근처에 한식당 있어. 일어나."

도현은 더는 물을 필요도 없다는 표정으로 자리에서 일어났다. 그가 말한 한식당은 맨션에서 도보로 5분 거리에 자리하고 있었다. 학교 앞 분식점을 연상시키는 한식당엔 라면부터 시작해 비빔밥, 불고기, 육개장 등 흔히 접할 수 있는 음식들을 팔고 있었다.

"뭐 먹을래?"

"김치찌개. 여기는 언제 와 본 거야?"

"그냥 듣기만 했어. 나도 와 보긴 처음이야."

도현은 김치찌개 2인분을 주문했다. 소미는 김치찌개가 나오자 밥 한 그릇을 뚝딱 먹어 치웠다.

"맛있어?"

"응."

사이드 메뉴로 나온 김치도 모두 먹어 치운 그녀는 소원 성취라도 한 사람처럼 행복한 표정을 지었다. 김치 한 그릇에 우울하던 모습은 싹 사라진 것 같았다.

맨션에 돌아와서도 그녀는 기분이 좋아 보였다. 샤워하는 내내 콧노래를 흥얼거렸고, 그것도 모자라 욕실을 나와선 그의 무릎까지 베고 누웠다. 얼마나 먹고 싶었으면 작은 것 하나에 이렇게 행복해 할 수 있는지. 그녀의 모습에 그저 웃음만 나왔다.

"매일 먹어야겠다."

"난 외국에서 사는 게 소원이었는데, 아무래도 안 될 거 같아."

식탁에서 밥을 먹을 때 편식하는 걸 들키지 않기 위해 억지로 입에 넣고 삼켰던 것이 김치였다. 항상 식탁에 오르던 흔해 빠진 김치가 이토록 귀하게 느껴지다니. 그녀는 이제야 타국 생활을 하고 있음이 실감 났다.

도현의 무릎을 베고 책을 보던 그녀는 잠이 쏟아지자 벽에 걸린 시계를 슬쩍 보았다. 9시가 훌쩍 넘어가고 있었다. 소미가 책을 덮고 도현을 올려봤다. 그는 오른손엔 논문을, 왼손으론 그녀의 머리칼을 쓰다듬고 있었다. 소미는 반듯하게 누워 그의 모습을 물끄러미 바라봤다. 얼마나 지났을까. 그가 논문에서 눈을 떼고 그녀를 내려 봤다.

"왜?"

"좋아서."

저택에선 석 달이 지나도록 그 어떤 연락도 오지 않았다. 도현은 별말 하지 않았지만 평화로운 하루하루가 불안하게 느껴졌다. 가슴에 언제 터질지 모를 시한폭탄을 하나 끌어안고 살아가는 기분. 그런데도 지금 생활이 무척이나 좋아서 소미는 절대 포기하고 싶지 않았다.

"좋아하는 표정이 아닌데."

"네가 자꾸 머리 만지니까, 졸려."

"그럼 들어가서 자자."

소미는 누웠던 몸을 일으켰다. 팔을 높이 치켜들고 스트레칭을 하자 자연스레 올라간 슬립 사이로 엉덩이가 드러났다.

"나 꼬시는 거야?"

"그런 거 아니야."

소미가 정색하고 손사래를 치자 도현은 그녀의 손을 잡아당겨 허리를 감싸고 가슴에 얼굴을 묻었다. 그녀는 그의 머리칼을 쓰다듬었다.

"따뜻해."

"내가 조금 뜨거운 여자야."

그녀의 농담에 도현은 작게 웃으며 고개를 들었다.

"침대에서?"

"지금 나 꼬시는 거야?"

도현은 그녀를 무릎 위에 앉히고는 옷깃에 손을 집어넣어 봉긋한 가슴을 매만졌다. 나른하게 잠들기를 원하던 세포들이 일제히 곤두선다. 자그마한 솜털까지도.

"잠이 깨는데……."

"다시 재워 줄게."

"논문 봐야 하는 거 아니야?"

"그냥 보는 거야."

"일중독."

도현은 그녀의 입술을 살짝 깨물었다. 아! 작은 비명이 터지자 뭐가 재미난지 잘게 웃은 그가 그녀의 입술을 거침없이 덮쳐 왔다.

주변의 공기가 뜨거워진다. 도현은 그녀의 팔을 들어 올려 슬립을 벗기고 소담한 가슴에 입을 맞췄다. 그리고 몸을 틀어 순식간에 그녀의 위에 체중을 실었다. 그의 갑작스러운 행동에 그녀의 잇새로 작은 신음이 새어 나왔다.

"앗."

살짝 벌어진 붉은 입술을 삼키자 뜨거운 숨이 새어 나왔다. 그는 혀를 그녀의 입안으로 밀어 넣어 거칠게 헤집었다. 달콤한 타액이 입안으로 흘러들어 왔다.

그녀를 갈구하는 움직임이 격해질수록 미열이 나는 것처럼 그의 몸이 점차 달아올랐다. 그녀의 혀를 잡아 제 혀처럼 빨다 입천장을 핥았다. 그녀는 간지러운지 귀엽게도 몸을 움츠렸다. 그녀는 그의 목덜미에 팔을 감아 몸을 더욱 밀착시켰다. 한 치의 공백도 만들고 싶지 않았다. 배고픈 짐승처럼 그녀의 입술을 짓이기고 헤집던 그의 입술이 천천히 떨어졌다. 그는 배 부른 포식자처럼 나른한 눈빛을 하고 타액으로 번들거리는 그녀의 입술을 쓸어 만졌다. 도톰하게 부어오른 입술이 사랑스러웠다.

"부드러워……."

"넌 뜨거워."

그는 그녀의 등을 팔로 받친 후 그녀의 몸을 감싼 얇은 슬립을 벗겨 냈다. 그 후 그는 제 몸을 감싼 옷을 모두 벗어 던지고 다리 사이에 얼굴을 묻었다.

흐, 뜨거운 숨결이 닿자 저릿한 쾌감이 퍼진다. 소미는 소파에 앉은 채 그가 주는 쾌락에 흐느꼈다. 다리 틈새에 박힌 그의 까만 머리가 고스란히 보여 더 야하게 느껴졌다. 몸이 순식간에 달아올랐다. 그의 혀가 움직일 때마다 질척거리는 소리가 신경을 자극할 만큼 음탕했다.

입술을 뗀 그는 보드라운 허벅지를 쓸어 만졌다. 간지러운 그의 손길에 그녀는 옅은 신음을 흘렸다. 허벅지를 쓸어 만지며 올라간 손이 그녀의 가슴을 그러쥐었다.

"으음."

그녀의 몸이 들썩였다. 오랜만에 닿은 그의 손길에 잠들었던 세포가 하나둘 눈을 뜨는 기분이었다. 목덜미를 핥고 간질이던 입술은 천천히 쇄골을 훑고 내려가 가슴에 닿았다. 그는 단숨에 단단해진 그녀의 젖꼭지를 깊이 빨아들였다.

"하응."

옅은 숨을 몰아쉬던 소미는 가슴 위에서 움직이는 그의 머리칼을 매만졌다.

"흐응."

가슴을 물고 빨던 입술이 다시 그녀의 입술을 짓이겼다. 그가 허리를 내려 페니스를 밀어 넣자 그녀는 허리를 비틀었다. 부드럽게 그를 물었다 놓기를 반복하는 질 벽을 빠르게 건드리며 반복적으로 드나들자 그녀는 그의 팔을 꼭 움켜쥔 채 거친 숨을 내쉬었다.

하아, 뜨거운 숨을 몰아쉬던 그녀의 몸이 잘게 떨리며 흐트러졌다.

chapter 10

비 내리는 날

인터폰이 울리자 소미는 모니터를 확인하고 현관으로 다가가 문을 열었다. 그곳에는 최 여사가 있었다.

"안, 안녕하세요……."

소미는 화들짝 놀라 고개를 숙였다. 몸이 파들파들 떨렸다. 이런 상황이 올 거라는 걸 예상했었다. 그리고 1년 만에 그들이 사는 곳에 최 여사가 찾아왔다.

최 여사는 집 안에 들어와 거실에 놓인 소파에 앉았다.

"앉아."

1년 만에 만난 최 여사는 여전히 눈부시게 아름다웠다. 숨막히는 카리스마, 그리고 그녀를 바라보는 차가운 시선. 저택을 나와 지낸 1년이 소미에겐 무척 길고 고된 시간이었는데 최 여사에겐 어떤 영향력도 행사하지 못한 듯 보였다.

"은혜를 원수로 갚아도 유분수지."

쯧, 혀를 내두른 최 여사는 김 집사를 향해 고갯짓했다. 나가라는 뜻이었다. 김 집사가 맨션을 나가자 그녀는 눈길은 다시 소미를 향했다.

"부모 속 긁어 놓고 나가 살아 본 소감이나 들어 보자. 생각하던 것처럼 행복했는지."

"……"

"본론부터 말하마. 깔끔하게 정리하고 돌아와. 아무 일 없던 것처럼. 서둘러 그 애하고 회사에 도움이 될 짝을 찾아 줄 생각이다."

아래로 내리깐 소미의 커다란 눈이 파르르 떨렸다. 마음을 다잡고 소미는 눈을 들어 올려 최 여사를 똑바로 바라보았다.

"제가 도현이한테 어울리지 않는 사람이란 거 저도 알아요. 그래도 약속했어요. 같이 있기로……."

"어울리고 안 어울리고의 문제가 아니야. 너도 눈이 있으면 뉴스는 봤겠지."

고개 숙인 새까만 눈동자가 불안감을 감추지 못한 채 흔들렸다. 소미는 지그시 입술을 깨물었다.

6월, 장 회장이 전환사채와 양도세 포탈 혐의로 벌금만 1,200억이 넘는 돈을 납부했으며 징역 3년, 집행유예 5년을 받았다. 재벌을 위한 나라라는 말부터 솜방망이 처벌이라는 둥, 크리스마스 특별사면을 노린 계획적 범죄가 아니냐는 둥 비아냥거리는 네티즌의 댓글이 수두룩하게 달려 있던 것도 봤다.

장 회장이 교도소에 수감되자마자 3년 전 수출했던 차량 F 시리즈 20만 대가 리콜 처리되었다. 그와 동시에 해외에서 우진그룹 불매 운동이 일어나 최근 두 달 사이 주가가 30%나 하락해 2조 원이 넘는 경영 손실이 발생했다. 또 한 달 전 미국 지사에서 1년간 공들이던 중국의 모 기업과 무역 협상이 실패로 돌아섰다. 그로 인해 생긴 본사 구조조정은 직원들의 사기와 의욕을 떨어트리며 불만과 원성이 하늘을 찔렀다. 직원들은 노조까지 결성해 매일 같이 시위를 벌였다.

그랬기에 최 여사가 그녀를 더 일찍 찾아오고 싶었어도 그러지 못했을 거다. 부부에게 언제나 우선순위는 회사였고, 자식은 항상 마지막이었으니까.

"지금 회장님 편찮으셔. 여태껏 쉬쉬했는데 더는 속일 수도 없을 만큼. 그로 인해 주주들의 움직임이 심상치 않아."

한 달 전 장 회장은 크리스마스 날, 특별 사면으로 석방되었다. 사진 속 그는 징역살이하러 교도소에 들어갔던 6월보다 살이 많이 빠져 있었다. 그 사진을 본 순간 소미는 그의 병을 눈치채지 못한 게 신기할 정도로 장 회장이 몇 년 전부터 이상했다는 것을 떠올렸다. 59세의 그는 10년 전 골격 좋고, 풍채 좋은 모습이 더는 남아 있지 않았다.

"지금 멀쩡한 회사를 매각하고 계열사를 줄이는 것도 그 때문이다."

장 회장은 회사에 복귀하자마자 우진 종합 화학을 태문 그룹에 매각시켰다. 그건 우진 섬유 화학이 종합 화학에 흡수 합병된 지 6개월 만에 일어난 일이었다. 그 후에도 네 개의 계열사를 하나로 흡수 합병시켜 몸집을 줄였다.

설립. 계열 분리. 흡수. 매각. 인수. 합병. 경제 흐름에 따라 수시로 변하는 게 기업이었다. 저택에 들어간 이후 숱하게 보아 온 일들이었다. 그녀가 저택에 살던 10년간 두 개의 계열사가 설립되었고 네 번의 인수 합병이 있었으며 두 번의 매각과 일곱 번의 계열 분리가 있었다. 기업의 덩치가 과하게 커졌다 싶으면 줄이고 또 부족하다 싶으면 늘리기를 반복하며 장 회장은 경제 위기에서도 별 탈 없이 우진을 지켜 왔다. 이번에도 다르지 않다고 생각했다.

"앞으로도 더 줄일 생각이야. 부피는 최대한 줄이고, 속을 꽉 채워서 가장 안전하게 도현이한테 물려주는 게 회장님 죽기 전 목표야."

"그게 무슨……."

등골을 훑는 싸한 기운이 오싹하리만큼 퍼져 나갔다. 뭔가 그녀도 모르는 사이 크게 변화되고 있었다.

"이제야 말하는데 췌장암으로 수술했어. 5년이 고비라더니, 간으로 전이되셨다. 그것도 수술해서 괜찮아졌나 싶더니 이번에는 다른 곳이 말썽이다. 이번에 수술 날짜 잡았어. 그거 때문에 텍사스에 갔다가 온 김에 들렀다. 의사 말로는 이번 수술로 얼마나 더 살지 알 수 없다고 하더구나."

최 여사가 무슨 말을 하는지 도무지 이해되지 않았다. 췌장암이라니. 장 회장이 아프다는 소리는 그 어디서도 듣지 못했다.

"거짓말이시죠? 저 안 믿어요. 저 떼어 내려 하시는 말씀이신 거, 저 알아요."

"도현이 그때 고작 열여덟 살이었어. 회장님이 아프다는 소문이라도 나면 주가 폭락하는 건 일도 아니야. 죄다 등 돌리겠지. 그것도 아니면 호시탐탐 기회나 노리거나. 널 도현이 짝으로 우리가 받아들이지 못하는 가장 큰 이유가 그거야. 회장님 돌아가시면 너나 할 것 없이 그 애 하나 잡아먹자고 덤벼들 텐데, 그때 네가 뭘 할 수 있겠어? 그때도 지금처럼 어깨 빌려줄 거니?"

장 회장의 건강 하나로 주가가 오르락내리락했다. 장 회장이 죽으면 주가는 순식간의 하한가를 칠 것이다. 아무것도 없는 소미는 그에게 전혀 도움이 되지 못했다. 하지만 도현이 제대로 된 집안의 아내를 만나 든든한 방패막이라도 생긴다면 이야기는 달라진다.

"어쩔 수 없이 박 선생이 입주로 삼성동에 상주했다. 망측한 소문도 돌았지. 회장님이 첩을 들였다는."

도현이 열여덟 살 되던 해 여름, 장 회장은 췌장암 선고를 받았다. 그때부터 장 회장은 삼성동 저택에서 주치의인 박 선생과 생활했다. 첩을 얻었다는 불명예를 얻었지만 세상으로부터 그의 병명은 숨길 수 있었다. 그해 가을, 장 회장은 비밀리에 췌장암 수술을 받았다. 그의 수술은 아들인 도현도 모를 만큼 미국에서 극비로 진행되었다.

"안 믿어요. 못 믿겠어요. 저보고 그 말을 믿으라고요?"

그로 인해 도현이 얼마나 힘들어했는지 소미는 잊지 않았다.

"회장님은 첩을 들였다는 소리도 마다하지 않았다. 그게 부모야. 본인은 오물 뒤집어써도 제 자식한테만은 튀기지 않길 바라는."

장 회장은 공식 일정과 다르게 대부분의 시간을 미국에서 보내며 수시로 병원을 들락거렸다. 좋아졌나 싶으면 나빠지고, 죽는가 싶으면 다시 일어났다. 병원에서 그의 생사는 5년이 고비라 말했다. 그리고 그는 힘들다는 5년을 버텨 내었다. 하지만 2년 전, 그의 암이 재발했다. 전이성 암은 그의 간을 갉아먹고 있었다. 수술을 받은 상태지만 결과가 그리 좋지 못했다. 그때부터 장 회장은 착실히 자신의 어린 아들에게 경영권을 물려줄 준비를 해 왔다. 그런데 이번에 또 수술이 정해졌다.

"네가 안 되는 이유를 알겠지. 이제 스물여섯 먹은 그 애가 회사 경영을 알면 얼마나 알고, 제아무리 이론이 빠삭하면 뭐해. 언제 어디서 변수를 만날지 아무도 모르는 게 경영이야. 지금만 해도 그래. 넌 지금 도현이가 어디서 뭘 하고 있는지 알긴 해?"

최 여사의 질문에 소미의 눈동자가 불안으로 짙게 물들었다.

도현이라면 아침 일찍 도서관에 들렀다 수업에 간다고 했다. 그리고 오늘은 팀원들과 조별 스터디 과제가 있어 늦는다고. 대학원에 들어간 후 요즘은 매일 그랬다. 새벽에 들어와 아침 일찍 나가길 반복…….

"도현이가 학교에 안 가면……."

최 여사는 그녀의 물음에 혀를 내리 찼다.

"도현이 이번 학기 휴학하고 뉴욕 지사에서 근무 중인 것도 모르다니. 그럼 걔가 이번에 중국 무역 협상 프로젝트를 핸들링 잡았다가 5억 달러 날려 먹은 것도 모르겠구나. 대체 너라는 애는 아는 게 뭐니?"

도현은 단 한 번도 내색하지 않았다. 소미의 눈동자에 초점이 사라졌다. 5억 달러면 5천억이 넘는 금액이었다. 얼마나 큰 금액인지도 감조차 오지 않는다. 그렇게 큰 금액은 그저 숫자일 뿐, 소미는 모른다. 최 여사는 깊은 한숨을 내쉬었다. 안 봐도 지금까지의 생활이 훤했다. 모든 걸 저 혼자 막으며 저가 데려온 계집아이를 보호했을 터였다.

"미련한 녀석……. 그 녀석 한국에 나왔을 때, 너랑 계속 살려면 재산 포기 각서 쓰랬더니 단 1초의 망설임도 없이 사인하더구나. 더는 특혜가 없으니 회사에 출근하랬더니 휴학하고 그리하더구나. 넌 그저 아무것도 몰라요, 하고 지금껏 그 애가 주는 혜택을 받아 썼겠지."

제 아들 녀석이지만 욕이라도 한바탕 퍼부어 주고 싶었다.

"회사에 돌아와. 자리 마련해 뒀다. 차근차근 일 배워. 그렇게 도현이 옆에 있고 싶으면 우진 안주인 말고 그 애 옆에서 비서라도 해. 널 데려왔던 이유도 처음부터 그랬어. 도현이 사람. 그 애 수족이 되어 줄 아이."

소미는 꿀 먹은 벙어리처럼 어떤 대답도 없었다. 처음으로 도현에게 강렬한 배신감이 들었다. 목소리 톤 하나 높이지 않았지만 최 여사의 분노가 얼마나 큰지 그녀의 표정에서 드러났다.

"네 관광 비자가 작년 6월로 만료되었다는 것도 모르고 있겠구나."

"혼, 혼인신고가 되면 동반자 비자는 나온다고……."

"혼인신고가 제대로 안 됐는데 비자가 나올 턱이 있나."

관광 비자로 미국에 온 소미가 그에게 동반자 비자에 관해 물었을 때, 처리가 잘 되었으니 신경 쓸 필요 없다고 말했다. 그의 대답에 '잘 되었구나' 생각했지 문제가 있었을 것이라곤 전혀 의심조차 안 했다. 정말 아무것도 몰랐다.

"발칙하기도 하지. 부모 눈 감쪽같이 속이고 혼인신고까지 하려 하다니."

"……그 말은 저희가 부부가 아니라는 말씀이세요?"

최 여사가 거짓말을 하는 게 분명했다. 제 눈으로 확인할 때까지 믿을 수 없었다. 다른 사람도 아닌 도현이 그녀에게 거짓말을 할 리 없었다. 하지만 최 여사의 표정에서 거짓은 보이지 않았다. 소미의 커다란 눈동자가 불안감에 휩싸여 이리저리 흔들렸다.

"믿지 못하겠다니 확인시켜 줄 수밖에."

최 여사는 휴대폰을 들어 어디론가 전화했다.

"도현이 가족 관계 증명서 떼서 이쪽으로 보내라고 해."

10분쯤 지나 다시 전화가 걸려 왔고, 최 여사는 서재에 가서 팩스를 가져오라고 지시했다. 소미는 서재에 들러 도착한 패스를 보고 자리에 주저앉아 버렸다.

부 장덕수. 모 최미애. 자 장도현. 서류에서 그녀의 이름은 어디서도 찾을 수 없었다. 한순간에 몸의 피가 발밑으로 빠져나가는 것 같았다. 눈앞이 깜깜해졌다.

가족이 아니다. 가족이 아니었다. 투둑, 눈물은 가지런히 모인 손등 위로 떨어졌다. 소미는 거실에 최 여사를 남겨 둔 채 한참을 서럽게 울었다. 결국은 최 여사가 서재에 걸어 들어왔다. 소미는 서둘러 눈물을 훔치고 자리에서 일어났다.

"소꿉놀이는 이쯤 했으면 됐다. 지금껏 도현이 그늘에서 비바람 피했으면 됐지, 언제까지 그 애 발목을 붙잡을 생각이야. 돌아와서 회사에서 그 애 도와줄 생각 아니면 떠나. 유학을 가든, 이민을 가든. 돈이 필요하다면 네 먹고 살 만큼 챙겨 주마. 시집가랄 때 갔으면 이렇게 우리가 얼굴 붉힐 일도 없었을 거 아니야."

바로 앞에서 떠드는 목소리가 귓가에 울리며 아득히 멀게 느껴졌다. 머리가 어지러워 정신을 차릴 수가 없었다.

"너만큼 도현이를 생각해 주고 위할 사람이 없다는 것도 알아. 그래서 우리는 네가 조금이라도 더 좋은 집안과 결혼해 그 애 힘이 되어 주길 바란 거고."

최 여사는 준비해 온 한국행 티켓을 책상에 내려놓았다.

"우리는 네가 키워 준 은혜도 모르는 배덕한 아이라고 생각지 않는다. 연락 기다리마."

최 여사는 돌아간 후 소미는 집을 뛰쳐나와 무작정 걸었다. 생각할 시간이 필요했다. 아니, 아무 생각도 하고 싶지 않았다. 위태롭게 그녀를 지탱했던 세상이 산산이 부서져 버렸다. 이대로 사라져 버렸으면 좋겠다고 바랐다. 표정 잃은 얼굴에서 눈물만 흘러내렸다. 언제부턴가 느닷없이 바빠진 도현을 원망만 했다. 제 탓인지도 모르고.

정처 없이 헤매고 돌아다니다 결국, 맨션 앞으로 돌아왔다. 소미는 복도에 서서 굳게 닫힌 문을 물끄러미 바라봤다. 도현을 마주할 용기가 선뜻 나지 않았다. 잇새로 작은 한숨이 쏟아졌다. 습관처럼 머리를 쓸어 넘겨 초조함을 달래고 도어록에 손가락을 가져다 댔다. 새까만 창에 번호 키가 나타나자 망설임 없이 버튼을 눌렀다. 거침없는 행동과 다르게 새빨갛게 얼어붙은 손가락은 불안한 듯 떨리고 있었다.

문을 열고 들어서자 집안은 쥐 죽은 듯 조용하다. 오늘도 도현은 늦으려나 보다. 뉴욕까지의 차로 두 시간. 왕복 네 시간이다. 그럼에도 그녀는 전혀 몰랐다.

"하…… 하하……."

웃음이 나왔다. 그런데 눈물도 나온다.

"하하하……."

감당할 수 없을 만큼 기뻐도 눈물이 나지만, 감당할 수 없는 슬픔이 찾아오면 웃음이 나올 수 있다는 사실을 소미는 처음 알았다. 도현은 그녀를 언제까지 속일 생각이었을까. 365일 중 비 오는 단 며칠로 집과 가족을 잃을 수 있다는 걸 까맣게 잊고 있었다. 아니, 그들에게 365일은 매일 우기였다. 눈 감은 채 커다란 우산을 쓰고 있어 제 옷 젖는 줄 모른다고 비 오는 것도 몰랐다. 그가 온몸으로 막아 주는 것도 모르고⋯⋯.

자정이 넘어서야 집에 돌아온 도현은 휑한 집 안을 둘러보고는 자연스럽게 침실로 걸음을 옮겼다. 소미는 피곤했는지 잠들어 있었다. 그는 곤히 잠든 그녀를 생각해 최대한 조심히 방문을 닫고 나왔다. 거실에 있는 욕실에서 샤워하고 나와 서재로 향하던 그는 종일 먹은 게 없단 걸 떠올리고 주방으로 발길을 돌렸다. 식탁 위에는 그가 좋아하는 닭 가슴살 샐러드와 폭 찹, 미트로프가 먹음직스럽게 차려져 있었다.

도현은 식탁 위에 놓인 빈 잔에 물을 따라 한 모금 마신 후 식사를 시작했다.

"도와줄까?"

"아니. 내가 할 거야. 넌 거기 꼼짝 말고 앉아 있어."

소미는 뒤돌아서서 데워진 음식을 접시에 담으며 고개를 저었다. 앞치마를 두른 채 식사 준비를 하는 그녀의 모습을 그는 식탁에 앉아 턱을 괴고 지켜봤다. 가슴이 간지러운 거 같기도 하고 뭉클한 거 같기도 했다.

"예쁘게 안 담겨."

그녀는 접시 밖으로 새어 나간 요리를 보며 안타까운 신음을 내뱉었다. 하지만 곧 어쩔 수 없다는 얼굴로 음식이 담긴 접시를 들고 식탁에 가져왔다. 집안일을 도와주는 메이드는 오전 11시에 출근해 오후 5시면 돌아갔다. 오후에 일찍 돌아가기 때문에 저녁 식사는 오롯이 소미의 몫이었다.

"네가 그러고 있으니까, 이상해. 그냥 별로야."

그녀의 모습이 보기 좋으면서도 싫다.

"낯설어."

그녀의 입술이 곡선을 그리며 늘어졌다.

"싫지는 않다는 거네?"

"……."

"난 좋은데. 내가 만든 거 네가 먹는 것도 좋고, 요리하는 것도 재미있고. 맛은 장담 못 하겠지만."

생글생글 웃으며 말하니 더는 뭐라 하지 못하겠다.

"마음대로 해. 대신 힘들면 그만둬."

"응. 식으면 맛없으니까, 따뜻할 때 먹어 봐."

소미는 방금 만든 미트볼 하나를 포크로 찍어 내밀었다. 도현은 어색한 표정으로 포크에 매달린 미트볼을 바라보다 머뭇거리며 입을 벌렸다. 그녀는 작게 웃으며 그의 입안에 미트볼을 밀어 넣었다.

"어때? 일부러 후춧가루를 조금 더 넣어 봤는데, 괜찮아?"

그녀의 말처럼 후추 맛이 조금 강했지만 맛은 괜찮았다. 그의 대답이 한결같다는 걸 알면서도 그녀는 꼭 맛에 대한 평가를 요구했다. 그리고 맛있다는 소리를 들으면 기분이 좋은지 말간 미소를 지었다.

"맛있어."

"넉넉하게 만들었으니까 많이 먹어."

"너도."

예전 기억이 떠오르자 허전함이 몰려온다. 처음 이곳에 왔을 때만 해도 이렇게 바빠질 줄은 꿈에도 몰랐다. 그녀와 함께 식탁에 앉아 마지막으로 식사했던 날이 언제였는지 기억도 나지 않았다. 그럼에도 그녀는 여전히 언제 들어올지 모를 도현을 위해 요리했다.

미트로프를 입에 넣자 고기에선 후추 맛이 느껴졌다. 도현의 얼굴에 희미한 미소가 번졌다. 그녀와 1년을 지내며 알게 된 사실은 소미표 고기 요리에는 언제나 후추 맛이 많이 느껴진다는 거였다.

도현은 그녀가 차려 놓은 식사를 모두 먹고 자리에서 일어나 식탁까지 깨끗하게 치운 후 주방을 빠져나왔다.

서재에 들어가 내일 회의에 올라올 안건을 검토하던 도현은 3시가 넘어서야 그곳을 나왔다. 결정권을 가지고 회사 일에 임하는 건 무척이나 피곤한 일이었다. 그가 성공할 거라 믿어 의심치 않던 중국 무역 협상 실패로 5억 달러가 만져 보지도 못한 채 사라졌고 프로젝트에 참여한 임원급 이상은 모두 시말서를 작성했다. 장 회장은 오늘 아침 화상 미팅에서 '네가 현재 딱 그 정도 그릇이다'라고 말하며 서문 해양 둘째 딸 사진을 팩스로 보내 왔다.

"지금 그 아가씨 정도는 돼야 네 핸디캡을 메워 줄 수 있을 게다. 그 박소미가 아니라!"

"계속 그러시면 저 정말 소미 데리고 오지로 가 버립니다."

"뭘 잘했다고!"

"저도 제가 이번에 실수한 거 알아요. 아니까…… 다음에는 실수하지 않습니다."

"얼마나 가자 보자."

서재와 침실을 잇는 복도를 지나 침실 문을 조용히 열고 들어온 도현은 잠들어 있는 그녀의 옆에 조심스레 몸을 뉘었다. 어둠에 익숙해지자 그녀의 갸름한 얼굴이 또렷이 시야에 들어왔다. 부쩍 야윈 아내의 얼굴을 한참을 바라보던 그는 몸을 돌려 그녀를 등진 채 눈을 감았다. 또 이렇게 하루가 갔다.

소미는 천천히 감았던 눈을 떴다. 도현은 항상 제 안에 담아 두는 걸 좋아했다. 좋은 것이든 나쁜 것이든 상관없었다. 블랙홀처럼 삼키면 절대 토해 내지 않았다. 그 안에 얼마나 많은 응어리가 있을지 감히 상상도 되지 않았다. 이번만 해도 그랬다. 분명 프로젝트가 실패한 것이 모두 제 잘못인 것처럼 그렇게 혼자 자책하고 있을 터였다. 그런 그의 모습을 보는 그녀가 얼마나 힘든지 도 모르고……. 이제 정말 돌아가야겠다.

아침을 먹고 도현이 욕실에 들어가 씻는 동안 소미는 드레스 룸에 들어가 그가 입고 갈 슈트를 골랐다. 결정권을 가지고 있다면 묻지 않아도 그의 직책이 꽤 높음을 알 수 있었다. 그렇다면 믿음이 느껴지도록 진중해 보이는 이미지가 좋을 거라고 판단됐다.

소미는 새하얀 와이셔츠에 짙은 잿빛 슈트, 그리고 그보다 한 톤 밝은 넥타이를 골랐다. 조금 올드 해 보일지는 몰라도 가벼워 보이지는 않도록. 코트도 그에 맞는 색으로 코디했다. 대신 사람들이 잘 관심 두지 않는 커프스는 그녀의 취향에 맞춰 튀지 않는 은빛 별 모양이 박힌 것으로 골랐다.

도현이 욕실을 나와 출근 준비를 마칠 무렵 소미는 준비한 슈트를 들고나와 그에게 내밀었다. 도현은 멋쩍은 시선으로 그녀를 바라보다 슈트를 받아 들고 침대 위에 내려놓았다.

"제대로 입고 출근해. 나 모르게 한다고 밖에서 갈아입지 말고."

"응……."

도현은 그녀가 어떻게 알았는지 묻지 않았다. 와이셔츠에 팔을 끼우고 단추를 채우는 모습을 소미는 흐뭇하게 지켜보았다.

"그거 내가 다림질했어."

"뭐하러."

소미는 그가 와이셔츠를 모두 입고 슈트 바지를 입었을 때, 넥타이를 들어 그의 목에 가져다 댔다.

"내가 해 줄게."

소미는 완벽하게 넥타이를 매어 주고 다 되었다는 듯 그의 어깨를 두어 번 톡톡 두들겼다. 어젯밤 거울 보고 연습한 보람을 느낄 만큼 넥타이는 예쁘게 묶였다.

"나 이런 게 꿈이었어. 남편 출근할 때 내가 다림질한 와이셔츠 입히고, 넥타이도 매 주고. 엉덩이도 두어 번 다독여 주면서 '오늘도 힘내, 잘 다녀와' 이런 소리 하는 거."

그래서 그와는 여기까지인가 보다. 꿈이 너무 소박해서.

"나쁘지 않네."

"이게 슈트발인가? 내 남편 멋있다. 키도 크고 얼굴도 잘생겼고. 연예인이나 모델 해도 되겠다."

"그럴까? 다 때려치우고. 그것도 나쁘지 않네."

소미는 도현을 껴안은 채 가슴에 얼굴을 기댔다.

"장도현. 난 평생 네 편인 거 알지?"

"……알아."

"알면 됐어. 이러다 늦겠다."

소미는 아쉬운 듯 그의 품에서 떨어졌다. 그를 배웅하며 거실로 나간 소미는 도현의 엉덩이를 두어 번 토닥였다.

"오늘도 힘내고, 잘 다녀와요."

"뭐야, 오늘 너 이상하다?"

아침에 일어나 집을 나가는 게 두려웠는데 그녀로 인해 회사에 나가는 발걸음이 가벼워진다. 목줄처럼 느껴지던 넥타이도 오늘은 안정감 있게 느껴졌다. 다행이다. 오늘은 좀 더 신중하고 가벼운 마음으로 결정할 수 있으리란 기분 좋은 예감이 들었다. 그의 미소에 그녀도 따라 웃는다.

"그렇게 자꾸 만지고 싶네. 욕구불만인가?"

"일찍 올게."

도현의 칼 대답에 소미는 작게 웃음을 흘렸다.

"오늘은 안 자고 기다릴게. 조심해서 다녀와."

"자도 돼. 일찍 오겠지만, 그래도 늦으면…… 깨울게."

"못 일어나면?"

"그럼 안 일어나곤 못 배기도록 해 주지. 저녁때 봐."

"응. 갔다 와."

소미는 문을 열기 위해 돌아서는 도현의 옷깃을 잡아당기고 입술을 내밀며 눈을 감았다.

"진짜 출근하기 싫게 만드네……."

투덜거리며 도현은 그녀의 입술에 슬그머니 입을 맞췄다. 입술이 떨어지나 싶더니 아쉬운 마음이 들었는지 그는 그녀를 안고 깊게 키스했다. 치열을 훑고 들어간 혀는 입안 여기저기를 헤집고 탐방하다 마지막으로 그녀의 혀를 깊이 빨아들이고 떨어졌다.

"간다."

"잘 다녀와……."

소미는 문을 열고 나가는 그를 향해 웃으며 손을 흔들었다.

거실에 우두커니 앉아 있던 소미는 한국 시각이 밤 9시가 될 무렵 휴대폰을 집어 들어 통화 버튼을 눌렀다. 수신음이 가고 수화기 너머로 최 여사의 목소리가 들려왔다.

"……3월에 맞춰 돌아갈게요."

✿   ✿   ✿

약속대로 도현은 다른 날보다 일찍 퇴근했다. 소미는 오늘 유독 어리광을 부렸다. 그녀의 행동이 나쁘지 않았다. 저녁을 먹은 후 갑자기 목욕을 시켜 달라는 그녀의 부탁으로 도현은 욕조 계단에 앉아 매립형으로 이루어진 타원형 욕조에 물을 틀었다. 시원하게 쏟아지는 물살과 함께 수증기가 차오르자 훈훈한 기운이 얼굴을 덮었다. 도현은 물을 만져 수온을 확인했다. 욕조에 물이 절반 정도 받아진 걸 확인하고 그녀가 말한 대로 욕조 옆에 놓인 네롤리 오일을 떨어트렸다. 수증기와 함께 아지랑이처럼 피어오른 청량한 향기가 욕실을 메웠다.

물을 다 받은 후 도현은 욕실을 나와 그녀를 불렀다.

"들어와."

소미는 어린아이처럼 얌전히 그의 지시에 따라 움직였다. 뜨거운 시선에 고개를 돌리자 저를 새기듯 바라보는 그의 시선에 몸이 달아올랐다.

"음흉하긴."

소미는 잘게 웃으며 그를 향해 다가왔다. 그는 그녀의 말간 눈동자를 보자 그대로 침대에 가두고 싶었다. 그녀는 여성미가 물씬 풍겼다. 가슴은 1년 사이 더욱 풍만해졌고, 허리는 더욱 잘록해졌다. 다리 역시 탄력적으로 군더더기 없었다. 쾌락 아래 그녀를 지배하고 울리고 싶은 욕망이 출렁였다. 단전 아래로 피가 고이며 그의 페니스가 불끈, 고개를 내밀었다. 온몸에 피가 끓어올랐다. 그가 그녀의 허리를 감싸 안고 입을 맞추려 다가가자 그녀는 손으로 그의 입술을 가리곤 어린아이처럼 말간 웃음을 보였다.

"싫어. 씻겨 주기로 했잖아."

소미는 그가 물을 한가득 받아 준 커다란 욕조에 몸을 담갔다.

그녀와 마주 보듯 계단에 걸터앉은 도현이 욕조의 물을 휘저었다. 그의 행동을 바라보던 소미는 물에서 빠져나가는 그의 팔을 손가락을 이용해 어루만졌다. 그녀의 손끝을 따라 그의 근육이 미세하게 움찔댔다.

"여기서 덮쳐지고 싶지 않으면 그만해."

"싫은데……. 너 여기 무척 섹시해. 알고 있어?"

"팔만?"

"아니. 전부 다……."

소미는 말간 눈웃음을 지었다.

"따뜻해서 좋다."

눈가가 뜨거워지는 느낌에 소미는 머리끝까지 욕조에 담갔다. 그러지 않으면 그에게 눈물을 들킬 것만 같았다. 이대로 물거품이 되어 사라지고 싶었다. 마음이 심란했다. 현실에서 도망치고 싶었다.

"그만 나와."

일반인이 평균 숨을 참을 수 있는 시간은 30초 정도밖에 되지 않았다. 장난을 친다고 생각한 도현은 그녀가 고개를 내밀길 기다렸다. 하지만 시간이 지나도 그녀는 물 밖으로 나오지 않았다.

"박솜!"

도현은 욕조에서 그녀를 거칠게 들어 올렸다. 잔뜩 숨을 참았던 그녀의 새빨간 입술이 열리며 거친 숨이 터졌다.

"푸아!"

"애도 아니고 뭐하는 거야!"

그를 바라보는 젖어 든 속눈썹 아래 까맣게 박힌 두 눈은 물기를 머금어 반짝였다. 머리부터 흘러내린 물방울은 새하얀 목덜미를 지나 봉긋한 젖가슴을 타고 아래로 추락했다. 그녀를 향한 욕망이 그의 안에서 들끓었다. 그녀를 향한 욕정에 활활 타올랐다.

소미는 실낱같은 희망이라도 놓치고 싶지 않았다.

"우리 키스하자."

그녀에게 망설임은 없었다. 말과 동시에 그의 목덜미에 팔을 두른 그녀는 그의 입술에 키스했다. 물기로 젖어 든 입술을 그의 입술에 비비고 짓이겼다. 닫혔던 잇새가 열리자 그녀는 혀를 밀어 넣었다. 아니, 욱여넣었다는 게 맞았다.

그는 입안으로 그녀의 혀가 불시에 침투하자 먹이를 기다렸던 살모사처럼 변모했다. 그녀의 젖은 머리를 손으로 단단히 받치고 단번에 들어온 혀를 집어삼키고 깊게 빨아들였다. 그가 어찌나 세게 빨아 대는지 그녀의 잇새로 신음이 새어 나왔다. 혀가 뽑혀 나갈 것만 같았다.

그는 그녀의 타액을 모조리 빨아 들였다. 아릿한 통증은 쾌감과 상응했다. 그의 입안에서 유영하던 혀는 그녀의 입안으로 옮겨 갔다. 목젖을 찌르듯 거칠게 공격하다 부드럽게 음미하며 입안 여기저기를 샅샅이 훑고 장난쳤다. 혀끝으로 입천장을 훑자 간질거림과 동시에 등줄기로 찌르르한 전율이 펴져 몸을 가눌 수가 없었다. 그녀가 몸을 파르르 떨었다. 물기로 젖어 든 음부가 간질거렸다.

그녀는 발정 난 것처럼 그에게 더욱 매달렸다. 지금은 입맞추고 사랑한다고 속삭이고 싶었다. 그에게 사랑받고 싶었다. 젖어 버린 그의 옷을 뚫고 그녀의 체온이 고스란히 전달됐다. 무척이나 자극적이었다. 탐스럽고 말캉한 새하얀 가슴이 그의 가슴 위에 짓이겨졌다.

도현은 그녀의 가슴을 움켜쥐었다. 부드럽게 솟아오른 가슴이 그의 손에서 뭉그러졌다. 소미는 애초에 그와 한 몸이었던 것처럼 한 치의 틈도 만들고 싶지 않았다. 조금 더 그에게 닿고 싶었다. 좀 더 만지고, 느끼고 싶었다. 정신을 차리지 못할 만큼 뜨거운 사랑을 나누고 싶었다. 너무나 간절히 그를 원했다. 그녀는 그를 더욱 잡아당겼다. 그녀의 바람처럼 그가 그녀의 위에 쓰러졌다.

두 사람은 물속인 것도 잊었다. 앞으로 할 평생 치를 한 번에 모두 끝내려는 것처럼 계속해서 키스했다. 입술이 떨어졌을 때 그녀는 반쯤 감긴 눈으로 그를 바라보고 있었다. 새하얀 얼굴에 발그레해진 뺨과 탱탱하게 부어오른 그녀의 새빨간 입술까지. 모두가 그를 자극했다. 그제야 도현은 자신이 이성을 잃은 채 물속에 뛰어든 것이 떠올랐다.

"하, 미쳤나 봐."

"나가지 마."

자신의 행동에 어이없다는 얼굴로 욕조에서 일어서려는 도현을 그녀는 놓치지 않았다. 그녀의 말이 끝나기도 전에 그의 입술이 겹쳐졌다. 잘 익은 앵두 같은 입술을 혀로 핥고 빨다 입안에 들어와 간지럼 태우고는 아쉬움을 남긴 채 떨어졌다. 그사이 그의 몸을 감싼 옷들이 하나둘 벗겨져 욕조 밖으로 내던져졌다. 그는 그녀의 귓바퀴를 핥고 깨물며 자극했다. 가르릉거리는 고양이 같은 신음이 그녀의 잇새를 타고 흘러나왔다. 그의 뜨거운 몸이 밀착되자 그녀는 달아오르는 욕정에 떨림을 멈출 수 없었다.

그의 손길이 음모 아래 붉게 피어오른 꽃잎을 헤치고 들어와 예민한 속살을 건드리며 자극했다. 손끝으로 클리토리스를 살살 문지르며 조그마한 틈으로 손가락을 찔러 넣자 그녀는 몸을 뒤로 젖히며 도리질 쳤다.

"흐읏."

"젖었어. 잔뜩."

귓불을 잘근거리며 낮게 속삭이는 그의 목소리가 뜨거웠다. 정욕에 불타 미칠 것만 같았다. 그녀를 안은 채 몸을 틀었다. 순식간에 그녀가 위에서 그를 내려 보았다. 그 순간 소미는 작은 비명을 내질렀다.

"못 참겠어……."

그는 끓어오르는 욕정을 참을 수 없었다. 지금 당장 그녀를 안지 못하면 죽을 것만 같았다. 침대로 가는 찰나도 기다릴 수 없었다. 그녀의 엉덩이를 움켜쥔 채 그는 사타구니를 가르며 천천히 자신을 밀어 넣었다.

"하응."

단단하고 뭉뚝한 남성이 모두 들어왔을 때 그녀의 질 벽이 환희에 파르르 떨었다. 그를 부드럽게 감싸고 조이는 내부가 무척이나 뜨거웠다.

"아파?"

그녀는 그의 어깨에 얼굴을 묻고 고개를 저었다. 알 수 없는 감정에 눈물이 솟구쳤다. 그녀의 눈에서 말간 눈물이 소리 없이 흘러내렸다. 도현은 이곳이 물속이라는 게 마음에 걸렸다. 아무래도 침대로 가야겠다 싶어 그가 그녀를 일으켜 세우려 하자 그녀는 고개를 저었다.

"싫어……."

두려움 짙은 목소리에 그는 그녀의 머리를 쓰다듬었다. 그녀의 뺨에 붙은 젖은 머리칼을 떼어 내고 옅은 신음을 흘리는 입술에 깊게 키스했다. 달콤하고 뜨거운 그녀의 숨결이 입안에서 사그라졌다.

"감기 걸리겠다. 나가자."

"싫…… 흑!"

그는 그녀를 안은 채 그대로 자리에서 일어났다.

"솜, 너 살 좀 쪄야겠다."

욕실을 나오는 동안 그는 그녀의 얼굴 여기저기에 키스했다. 도현의 움직임에 따라 이어진 그의 남성이 제멋대로 그녀를 자극했다.

"으응……."

도현은 침실로 들어가 그녀를 침대에 눕혔다. 시트에 물기가 스며들었지만 개의치 않았다. 그는 그대로 그녀의 음부를 가르고 깊숙이 자신을 찔러 넣었다.

"하홋……. 응."

소미의 입술과 이마, 콧잔등 여기저기 키스했다. 가슴을 물고 이리저리 흔들고 강하게 빨아들였다. 쪽쪽 게걸스러운 소리가 들렸다. 그가 주는 전율이 온몸을 타고 퍼졌다.

"하흐응, 도현아……."

한 번 두 번, 곧추선 남성이 그녀의 몸을 꿰뚫듯 찌르고 빠져나가길 반복했다. 그러자 그녀의 아랫도리로 자연스럽게 힘이 실렸다. 꽉 조여 오는 자극에 사정감이 몰려오자 도현은 그녀의 허벅지를 힘껏 쥐어틀었다.

"으읏. 박솜, 힘 빼."

"흐으읏, 응."

소미가 도리질 치자, 그는 밀어 넣었던 남성을 예고 없이 빼내고 그녀의 사타구니를 먹어 치웠다. 혀로 사악, 핥아 내리자 그녀의 몸이 부르르 떨렸다. 입술로 짓이기고 클리토리스를 자극하자 그녀는 허리를 몇 번이나 튕기며 그에게서 벗어나려 발버둥 쳤다. 아득히 멀어지는 정신으로 소미가 흐느끼자 그는 몸을 일으켜 다시 그녀를 점령해 나갔다.

그의 움직임이 격해져 갔다. 물과 땀에 젖은 몸에선 부딪칠 때마다 질척한 소리가 울려 퍼졌다. 지금껏 상상도 못 한 무척 야한 소리였다. 소미는 제 몸에서 이런 소리가 난다는 것 자체가 놀라웠다. 그런데 부끄럽기는커녕 적나라한 소리가 짜릿한 쾌감이 되어 흥분을 유도했다.

상체를 들어 도현의 가슴을 마구 빨고 핥았다. 그는 극심한 쾌락에 소미의 둥그런 어깨를 깨물었다. 흐윽, 그녀가 떨어졌다. 그는 그녀의 엉덩이를 그러쥔 채 빠르고 강하게 움직였다. 자극적이면서도 지독하게 달콤한 유희에 정신을 차릴 수가 없었다. 그의 움직임이 격해질수록 느끼는 쾌락의 감도도 높아졌다. 흥분에 몸을 가눌 수 없었다.

"하앙, 흐웃……."

배고픈 아기처럼 서로의 몸을 정신없이 물고 빨았다. 입술이 떨어진 새하얀 몸뚱이에 붉은 자국이 선명하게 새겨졌다.

그의 아래 나부끼는 자신이 꼭 다른 사람 같았다. 허리를 휘감은 다리에 자꾸만 힘이 들어가자 도현은 미간을 찡그렸다.

"힘주지 말랬잖아……."

잔뜩 흥분한 젖가슴이 그의 입술과 손에 일그러졌다. 이성을 잃을 것만 같았다. 절정이 다가오자 그녀는 몸을 비틀며 그에게 애원했다.

"하, 안 돼. 그만……!"

그의 팔을 힘껏 잡아 비틀었다.

"으……."

그녀는 감당하기 버거운 환락에 저도 모르게 눈물이 흘러내렸다.

"도현아. 도현아……. 하아앗. 아……, 하아웃."

소미는 그의 이름을 부르다 절규에 가까운 신음을 내지르고 급기야 울음을 터트렸다. 그는 자신을 꼭 움켜쥐고 놓아주지 않는 그녀가 사랑스러워 견딜 수 없었다.

"흐으윽."

그가 찔러 대는 사타구니 안쪽에서 커다란 폭발이 일어났다. 그와 맞물린 다리 사이로 잔뜩 힘이 들어갔다. 참을 수 없는 쾌락이 발가락부터 정수리까지 타고 올랐다. 의지와 상관없이 뜨거운 애액이 왈칵 쏟아졌다. 환희에 몸부림치는 질 벽은 그의 남성을 움켜쥐고 강하게 수축을 반복했다. 거대한 절정에 몸이 움찔댔다.

"하아, 솜. 으읏……."

이번에는 그의 차례였다. 탁 탁 탁, 그녀의 허리를 잡고 빠르고 강하게 움직이던 그는 그녀의 가장 깊은 곳에 사정했다. 그 순간 그녀의 몸이 잘게 떨렸다.

달콤한 꿈이 끝났다.

소미는 그의 가슴을 손가락 끝으로 매만지며 입을 열었다.

"도현아, 나 먼저 한국에 돌아가 있을게……."

한국에 가는 것에 대해 의논하는 것이 아니었다. 그녀는 이미 한국에 가겠다고 결정하고 그에게 일방적인 통보를 하는 중이었다. 두둥실 떠올랐던 기분이 싸하게 식어 내렸다.

"넌 맘 편히 공부하고 돌아와."

정해 준 길을 한 치의 오차도 없이 걸어오던 도현이 처음으로 부모의 뜻을 저 버린 일이 그녀였다. 그랬기에 그에게 도움되는 사람이 되길 바랐다. 그런데 자꾸만 그에게 피해만 준다.

"그만 말해."

"회장님 아프시다며."

"그래서 네가 한국에 가는 거 하고 무슨 상관인데."

"나 때문에 네가 더는 희생하지 않았으면 해."

일단은 한국으로 돌아가자. 한참을 고민한 끝에 내린 결정이었다. 저택으로 돌아갈지에 대해선 정하지 않았지만, 그녀가 있을 곳이 더는 이곳이 아니라는 것만은 확신했다.

도현의 입꼬리가 단단하게 굳어 갔다.

"희생……?"

"그래, 희생."

도현은 그런 말도 안 되는 생각으로 이곳에 있었을 그녀를 생각하자 화가 치밀었다.

"내가, 아니면 네가? 말 똑바로 해."

어쩌면 반대로 그녀는 그에게 희생한다는 생각으로 이곳에 있었을지 모른다. 저택에 온 이후 자유로웠던 적이 없었다. 모든 생활이 그에게 맞춰졌다. 그보다 공부를 잘해서도 뒤처져서도 안 됐고, 그보다 늦게 일어나서도 일찍 잠들어서도 안 됐다. 그의 일과가 모두 끝난 후에야 그녀의 길고 고단한 하루도 끝이 났다.

"네 말대로 내가 희생했다고 쳐. 그런데 희생이든 봉사든 내가 정해. 네가 이렇다 저렇다 할 문제가 아니야."

만약 그가 그녀의 말처럼 희생했다면 그건 자의적인 것이었다. 그녀처럼 타의에 의한 강압적인 희생과 비교할 것이 아니었다. 소미는 주먹을 꼭 움켜쥔 채 말을 정정하고 나섰다.

"그럼 바꿔 말할게. 더는 날 희생하고 싶지 않아."

가장 듣기 무서운 말이 그녀의 입에서 흘러나오자 그의 미간에 힘이 실렸다.

"하……."

"나 알고 있어. 내가 현재 체류 상태라는 거. 네가 내 가족이 아니라는 것도."

그는 몹시 당황했거나 무척 화가 났을 때, 때론 참지 못할 만큼 기쁘거나 타인에게 제 감정을 들키기 싫을 때 표정을 지웠다. 그런데 지금 그녀를 바라보는 그의 얼굴에서 표정이 사라졌다. 일순간 공기의 흐름까지 멈춘 것만 같았다. 곧 감정을 지운 서늘한 음성이 그녀의 가슴을 파고들었다.

"그래서……?"

그래서 어쩌라고. 그래서 뭐가 달라지는데? 그래서 떠나고 싶다고? 여러 의미를 품은 그의 대답은 성의 없이 느껴질 만큼 무미건조했다.

"책망하려는 거 아니니까 그런 차가운 표정 짓지 마……. 처음에는 네가 날 속였다는 사실에 분했어. 그런데 내가 너였다고 해도 쉽게 말하지 못했을 거야. 지금이라도 알게 됐으니까 바로 잡으면 된다고 생각해."

"바로 잡아? 뭘?"

도현은 침대에서 일어나 나이트가운을 걸치고 그녀를 향해 웃었다. 그녀의 대답이 마음에 들지 않는다는 얼굴로. 그녀를 향해 보이는 짧은 웃음조차 칼날같이 차가웠다.

"네 남편인 줄 알았던 난 타인이고, 이제 이곳에 널 구속하는 건 그 어떤 것도 없으니까 한국에 돌아가겠다?"

"……마음대로 생각해."

"네가 가겠다고 통보하면 '그래'라고 보내 줄 거라 생각했어?"

길길이 날뛸 줄 알았던 것에 비하면 양호한 모습이었다.

"아니."

"내가 널 속였다고? 아니, 돌려보낼 생각이 없었으니까 말하지 않은 거야. 그 마음은 지금도 변함없어."

미국에 데려올 때 도현은 일이 너무 순탄하게 진행된다고 생각했다. 하지만 문제는 미국에서 발생했다. 구청 직원의 고의인지 실수인지 그가 직접 제출한 혼인신고는 누락 됐고, 그로 인해 동반자 비자는 가족이 아니라는 사유로 거절됐다. 일을 위임했던 변호사를 통해 거절 사실을 들었을 때 도현은 몇 날 며칠 고민했다. 하지만 결론은 하나였다. 그녀를 보낼 수 없다.

"넌 지금 네가 하는 소리가 무슨 말인 줄 알고 하는 소리야?"

장기 체류 상태에서 한국에 돌아간다면 몇 년간 미국에 올수 없었다. 그랬기에 도현은 더더욱 그녀를 보내 줄 수 없었다.

"너랑 싸우고 싶지 않아. 내가 돌아가려는 이유, 정말 몰라서 묻는 거 아니잖아."

"그냥 여기 있지."

한국에 간다 해도 그녀가 지낼 곳은 없었다. 그럼에도 무턱대고 한국에 가겠다는 그녀가 선뜻 이해되지 않았다.

"회사…… 회사로 돌아갈 생각이야."

그녀의 대답에 그의 표정이 더욱 딱딱하게 굳었다. 그만두는 건 제 맘대로 했을지 몰라도 회사라는 것이 돌아가고 싶다고 돌아갈 수 있는 곳이 아니었다. 그녀를 회사로 불러들일 사람.

"……어머니 만났어?"

그를 바라보는 그녀의 눈동자 주변으로 길게 드리워진 속눈썹이 잘게 떨렸다. 그녀의 표정이 너무 솔직하게 반응해 도현은 화가 났던 것도 잊었다.

"사모님 만난 거랑 상관없어."

"그럼 갑자기 왜 그러는데."

"알아 버렸으니까. 여기서 내가 웃고 지낸 1년 동안 네가 감당해야 했던 일들……. 적어도 네가 정말 날 네 인생에 동반자라고 생각했다면, 먼저 이야기해 줘야 했던 것들."

꿈에도 몰랐던 사실을 듣는 순간, 먼지처럼 사라지고 싶었다. 그녀가 도움 되지 않는 것쯤 안다. 이미 일어난 일에 대해 따지고 화내는 것이 아닌, 수습이 필요했다. 그 수습은 저만이 할 수 있는 일이었다. 고작 그녀가 할 수 있는 수습이란, 그를 위해 헤어지는 거밖에 없다 해도.

"하……. 그래서 오늘 아침부터 그렇게 살갑게 대했어?"

"그런 거 아니야."

"그래서 이번에는 뭘 지시받았는데? 아무 일도 없던 것처럼 돌아오면 용서라도 해 주겠대?"

"아니, 그런 거 아니야. 이건 내 의지로 내가 결정한 거야."

소미는 고개를 저었다. 최 여사의 영향이 조금도 없다면 거짓말이겠지만 모든 결정은 그녀의 몫이었다.

"감정적으로 생각하지 마. 너도 회장님 걱정되잖아."

"그건 내가 해. 네가 걱정할 필요 없어. 그 사람들이 너한테 한 짓은 생각 안 해?"

"안 해. 내가 부모라면 나는 더한 짓도 했을 거야. 나 이제 자유로워지고 싶어."

그녀의 대답이 그의 심기를 건드렸는지 도현은 감정 없는 미소를 지었다.

"자유로워지고 싶다……. 어디에서? 누구에게서?"

"내가 빚진 그분들한테서……."

"빚? 빚은 그 사람들이 졌겠지."

저를 맡기고 방치도 모자라 방관하고, 조금만 마음에 들지 않으면 내쫓겠단 협박을 일삼았다. 따지자면 부모라는 사람들이 그녀에게 엎드려 절이라도 해야 할 판이었다.

"우진그룹 장학생이라는 보기 좋은 포장지로 포장해 데려와선 동갑내기 아들 수발들게 한 게? 그게 너한테는 은혜야?"

그녀의 눈동자에 비친 그의 모습이 차오르는 눈물로 일렁였다. 그간의 마음고생과 설움을 말해 주듯 그녀의 턱이 잘게 떨렸다.

"맞아. 나한테는 그게 은혜야. 이유가 어쨌든 네 하녀든 아니든. 그런 건 아무래도 상관없어. 지긋지긋한 가난에서 벗어난 거. 팔자에 없는 부를 누린 거. 그게 나한테는 은혜야."

자존심이 상하자 소미는 입술을 깨물었다.

"없이 살아 보지 않은 넌 죽었다 깨어나도 내 마음, 이해 못해."

"그런 자격지심 이해하고 싶지 않아."

그렁그렁 차올랐던 눈물이 뺨에 닿지도 않은 채 그녀의 치맛자락 위로 떨어졌다. 떨어진 건 그녀의 눈물뿐이 아니었다.

"그래, 그럼 하지 마……. 내가 그 집에 있었던 마지막 이유가 회사에 도움 되는 거라면…… 그 도움이 되어 드리고 마음의 짐 덜어 내고 싶어."

눈물은 여자의 무기라고 했던가. 그녀의 눈물을 본 순간 그의 가슴도 바닥으로 함께 곤두박질쳤다. 울리고 싶지 않았는데, 또 울리고 말았다. 그는 그녀의 뺨을 감쌌다. 그리고 손가락 끝으로 흘러내리는 눈물을 닦아 냈다. 도현은 숨을 고르고 한결 수그러진 목소리로 그녀를 달랬다.

"왜 그렇게 몰라. 이러니까 멋대로 휘두르려고 하잖아. 그렇게 이용당하고도 또 당하고 싶어?"

"난 해가 지고 네가 오길 기다리는 것밖에 할 수 없어. 넌?

넌 어때? 내가 온종일 너만 바라보고 네 생각만 하고, 아무것도 모른 채 늦게 들어온다고 투정만 부리던 내가 숨 막히지 않았어?"

전혀. 그가 바랐던 것이 그런 그녀였다. 저만 바라보고, 저밖에 모르고, 저만 있으면 되는. 감춰 두었던 추악하고 검은 소유욕이 삐죽 고개를 내밀었다.

"그러면 안 돼?"

"난 숨 막혀. 내가 바보가 되어 버린 것 같아. 네가 없음 아무것도 못 하는 내가, 아무것도 아닌 내가 싫어서 견딜 수 없어……."

"날 따라올 때 그 정도 각오도 안 했어……? 바쁘다는 핑계로 널 방관한 거 인정해. 미안하다고 생각하고 있어. 그렇지만 거기까지야. 널 데려온 걸 후회하지 않아. 아니, 진즉 데려오지 않은 게 억울할 정도야."

그의 욕심에 숨이 막힌다는데 더 무슨 말이 필요할까. 무슨 핑계로 그녀를 붙잡을 수 있을까. 수많은 질문들이 그의 머릿속을 파고들었다.

"가서 네 마음이 조금이라도 가벼워질 것 같으면…… 그렇게 해. 네가 걱정하는 회장님도 봉양하면서 네 마음대로 살아봐."

"……이해해 줘서 고마워."

그녀를 바라보는 그의 얼굴에 자조적인 미소가 번졌다. 이해? 그녀는 정말 그가 이해해서 보내 준다고 생각하는 걸까?

그녀는 차라리 대답하지 않는 게 나을 뻔했다. 그가 얼마나 못난 놈인지 깨닫지 않게.

"넌 언제나 너 편할 대로 날 착한 놈으로 만들어. 그래서 내가 모질게 굴 수조차 없게."

그런데 이번에는 틀렸다. 그녀는 앞으로 그의 밑바닥에 숨겨진 가장 추하고 더러운 이면을 보게 될 테니까.

그 어느 때보다 살벌한 도현의 시선에 소미는 저도 모르게 마른침을 삼켰다.

"미리 경고할게. 넌 한국에 발 딛는 순간 내 곁을 떠난 걸 후회할 거야. 그리고 깨닫게 되겠지. 네가 놔 버린 내가, 네 세상 전부였다는 사실을."

가끔 백번의 말보다 한 번의 경험이 더 좋을 때도 있었다. 도현은 잠시 그녀를 놓아줄 것이다. 그리고 그녀가 땅을 치고 후회하길 바랐다. 두 번 다시 벗어날 생각 따윈 못 하도록 후회와 외로움은 크고 깊을수록 좋았다.

chapter 11

또다시 현실

회사 근처에 맨션을 구해 살고 싶다고 이야기했지만 최 여사는 그녀에게 자유를 허락하지 않았다.

"회장님이 기다리고 계십니다."

김 집사를 따라 소미는 서재로 걸음을 옮겼다. 서재를 향하는 소미의 발걸음은 그 어느 때보다 무거웠다.

"들어가시지요."

서재에 들어선 소미는 가슴이 철렁 내려앉았다. 열세 살 때 조모에게서 보았던 죽음의 그림자가 장 회장의 얼굴에도 짙게 드리워져 있었다. 그녀의 까만 눈동자에 말로 형용하기 힘든 두려움이 깃들었다.

"모셔 왔습니다."

"나가 봐."

김 집사가 서재 문을 닫고 나가자 장 회장은 습관처럼 혀를 쯧쯧, 찼다.

"죄, 죄송합니다."

장 회장은 서서 죄인처럼 머리를 조아리며 불안에 떨고 있는 소미를 향해 호통쳤다.

"그러고 계속 서 있을 게야? 여전히 하는 짓하고는!"

앉으라는 건 그만큼 이야기가 제법 길어진다는 뜻이었다. 소미는 느릿느릿 몸을 움직여 소파 끝에 자리를 잡고 앉았다.

"대학까지 가르쳐 놨더니 고작 한다는 짓거리가 겨우 그 정도냐."

"죄송합니다."

"너라는 아이는 예전부터 그랬다. 그렇게 죄송하면 죄송할 짓을 하지 말든가. 그것도 아니면 그런 소리를 하지 말든가. 할 것 다 하면서 죄송하다 말했다."

소미는 정곡을 찔린 것처럼 얼굴이 후끈 달아올랐다. 듣기 싫으니 하지 말라는 소리인 줄은 모르고 소미는 또다시 '죄송합니다'를 읊조렸다.

"월요일부터 출근해."

"……."

"네 발로 돌아왔다는 건, 둘이 헤어졌다는 뜻으로 받아들이면 되는 게냐?"

바닥으로 내리깐 소미의 시선이 불안하게 흔들렸다.

"편찮으시다고 들었습니다. 그래서……. 무슨 도움이 될지 모르지만, 필요하다기에 돌아왔을 뿐 다른 뜻은 없습니다."

"아프긴 아프지. 그래서 내가 금방 죽을 것 같으냐?"

"아, 아니요."

장 회장의 질문에 소미는 화들짝 놀라 고개를 저었다.

"그래, 내 생각에도 그렇다. 아직은 아니야. 아직은 죽을 수 없지. 죽기에 할 일이 너무 많아. 어차피 죽고 사는 거야 하늘이 결정할 일이고, 내 병이야 의사가 알아서 할 테고. 네가 신경 쓸 것 없다."

"……."

"이번에 네가 진 빚 다 받아 낼 생각이다."

"네……."

"피곤할 텐데, 그만 가서 쉬어."

장 회장은 급격히 피곤이 몰려오자 소미를 향해 어서 나가라며 손사래를 쳤다. 소미는 서재를 나와 2층으로 올라가기 전, 주방으로 향했다.

순자는 소미를 보고 아무 말 없이 그녀를 품에 안고 다독였다. 왈칵, 눈물이 쏟아졌다.

"……미세스 박. 저 왔어요."

"아무리 반가워도 그렇지, 울긴 왜 울어."

순자는 훌쩍이며 제 품에 안긴 소미를 달랬다.

"돌아온 게 잘한 건지 모르겠어요……."

소미는 어린아이처럼 흐느꼈다. 도현의 말처럼, 한국에 돌아온 순간 후회와 불안이 파도처럼 밀려왔다. 아픈 장 회장을 보며 돌아오길 잘했다고 생각하면서도, 마음 한편에선 그와 함께 살던 펜실베이니아가 벌써 그리웠다.

미영은 돌아온 소미를 나무랐다.

"내가 누누이 말했지. 네 주제를 알고 설치라고. 눈 감고 귀 막고 도련님 옆에 철석같이 붙어 있어도 모자를 판에 뭘 주워 먹겠다고 여길 와. 미련한 계집애. 그렇게 착해 빠져서 어디에 쓸 거야."

"죄송해요."

언제나 땍땍거리며 모진 말을 내뱉는 미영을 도현은 싫어했지만, 소미는 그녀가 잔정도 많고 나쁜 사람이 아니라는 걸 잘 알고 있었다.

저택의 사람들과 인사를 나누고 2층에 올라오자 정아는 이미 그녀의 짐을 모두 정리해 둔 상태였다. 평소라면 정리한 뒤 방을 나갔을 정아가 자리를 지키고 있었다. 정아는 안쓰러운 시선을 감추며 멋쩍은 미소를 지었다.

"오랜만이네."

"그때 인사드리지 못하고 떠나서 죄송했어요……. 잘 지내셨죠?"

"우리네 일상이야 똑같지. 욕조에 물 받아 뒀어."

"감사해요."

소미는 샤워를 마치고 나와 일찍 잠자리에 들려 노력했다. 예전 그녀의 방으로 돌아왔을 뿐인데 모든 것이 낯설게만 느껴졌다. 시차 때문인지 쉽사리 잠이 오지 않았다. 결국, 자는 걸 포기한 소미는 침대에서 몸을 일으켰다.

카디건만 걸친 채 방을 나온 그녀는 복도를 내질러 도현의 방으로 걸음을 옮겼다. 방문을 열고 들어서자 서늘한 공기가 몸을 휘감았다. 처음 그의 방을 구경했던 날처럼 소미는 걸음을 멈추고 방안을 둘러보았다. 먼지 한 점 없는 방은 그가 떠난 그날 그대로 정지되어 있었다.

그녀의 시선이 유리방에 닿았다. 여전히 장난감과 오락기가 빼곡하게 진열되어 있었다. 한때 모든 걸 가진 도현이 부럽고 질투 나 미칠 지경이었다. 특히 한쪽에 자리 잡은 유리방은 그녀가 갖고 싶은 1순위였다.

가격이 얼마가 되었든 상관없었다. 신상 게임기가 출시되는 날이면 어김없이 그의 유리방에 장식되었다. 취미라고 했다. 하지만 정작 그는 자신의 유리방에 들어가지 않았다. 나중에 알았다. 그건 가질 수 없는 것에 대한 대리만족이라는 걸. 보는 것으로 얻는 작은 위안. 소미는 도현이 가진 부에 대한 대가가 얼마나 혹독한지 알게 된 후로 더는 그를 부러워하지 않았다. 되레 그를 가엽게 여겼다.

유리방에서 시선을 뗀 그녀는 침실로 걸음을 옮겼다. 지나치게 커다란 침대 끝에 몸을 누이고 눈을 감았다. 도현이 보고 싶었다. 공항에 도착해 몇 번이고 그에게 전화를 걸었지만 받지 않았다. 그리움과 외로움이 사무치는 한국에서의 첫 날 밤이 쓸쓸하게 지나갔다.

소미는 예전과 같이 미래전략팀으로 출근하게 되었다. 회사에서 그녀는 1년간 미국 연수를 다녀온 것으로 되어 있었다. 회사의 꽃이라 불리는 미래전략팀에 다시 돌아온 건 그녀에게 행운일지 모른다. 적어도 회사에 있는 시간만큼은 도현을 잊을 수 있었으니까.

예전 그녀가 그에게 그랬던 것처럼 JFK공항에서 헤어진 것을 마지막으로, 도현과 어떤 연락도 되지 않았다. 휴대폰은 내내 꺼져 있었고 메신저 어디서도 그의 이름을 찾을 수 없었다. 메일은 반송됐다. 그의 생일에 맞춰 선물과 카드를 보냈지만 그녀가 기다리던 답장은 돌아오지 않았다.

한국에 돌아온 지 석 달이 지나고서야 소미는 그와의 이별을 예감하던 것이 현실이 되었음을 깨달았다. 우습게도 떠나온 이는 그녀인데, 버림받은 이도 그녀였다.

장 회장과 최 여사는 그녀가 저택에서 지내는 것에 대해 그 어떤 말도 하지 않았다. 되레 소미를 다시 저택에서 살게 한 것도 그들이었다. 하지만 저택의 모든 사람들은 그녀를 향해 미련하다 말했다. 무슨 부귀영화를 누리자고 이곳에 붙어 있느냐고 한 소리씩 해 대며 그녀를 나무랐다. 그래, 그녀도 안다. 두 발 달린 짐승이 어디든 가지 못할까. 그럼에도 저택을 떠나지 못한 것은 미련이라는 두 글자 때문이었다.

5월, 장 회장은 수술했던 간암이 재발하여 텍사스 MD 앤더슨 암 센터에 입원했다. 그의 병을 아는 이는 여전히 극소수에 불과했다. 장 회장이 떠나고 얼마 지나지 않아 최 여사마저 유럽 여행이라는 공식적인 명목하에 장 회장을 따라나섰다.

졸지에 저택에는 객식구에 불과한 소미만 남게 되었다.

바쁜 일상 중 간간이 도현의 소식을 전해 들었다. 도현이 맡아 실패로 돌아갔던 중국 모 기업과의 무역 협상을 이번에 더 좋은 조건으로 성사시켰다는 것. 그로 인해 시말서를 작성했던 임원 모두 보너스를 잔뜩 받았다는 것도 듣게 되었다. 다른 이를 통해 그의 소식을 접할 때마다 소미는 마음이 어지러웠다.

✿　　　✿　　　✿

한국에 도착한 도현은 숨이 막혀 오는 더위에 눈살을 찌푸렸다. 기내에서 걸쳤던 카디건을 벗어 한 손에 쥐었다. 오랜만에 겪는 한국의 더위가 짜증스러울지라도 발걸음만은 가벼웠다. 공항을 나오자 박 기사가 그를 먼저 알아보고 달려와 캐리어를 받아 들었다. 그에게 간단하게 인사를 건넨 도현은 대뜸 장 회장을 찾았다.

"아버지 어디 계세요?"

"삼성동 자택에 계십니다."

"그럼 거기로 갈게요."

그에게는 망설임이란 그림자조차 보이지 않았다.

장 회장은 처음으로 자신을 먼저 찾아온 도현을 보고 설핏 놀란 표정을 감추지 못했다. 으음, 어쩐지 메이는 목소리를 가다듬은 그가 도현을 힘껏 노려보았다.

"네가 웬일이냐? 일본으로 바로 날아갈 줄 알았더니."

"다 죽어 간다고 하더니 생각보단 건강해 보이시네요."

"그래서 아비가 빨리 죽기라도 바라는 게야?"

도현은 대답 대신 졸업 증서와 성적표를 내밀었다. 도현의 성적표를 본 장 회장은 고개를 내둘렀다. 약속했던 대로 이번에도 1등을 놓치지 않았다. 제 아들이지만 어디서 이런 괴물이 나왔는지 독종이 따로 없었다.

"설마요. 오래오래 사세요."

소미가 한국에 오고 며칠 지나지 않아 도현은 장 회장에게 전화해 다시 한 번 중국과의 무역 협상을 맡아 진행하고 싶다고 말했다. 장 회장은 이제 학교생활이나 충실히 하라고 말했지만, 도현은 학교생활에도 지장을 주지 않고 프로젝트도 제대로 성공시켜 보이겠다고 말했다.

그의 패기에 장 회장은 실패든 성공이든, 사회생활이란 게 절대 호락호락하지 않다는 경험을 해 보는 것도 나쁘지 않다고 생각했다.

"네가 원하는 게 뭐야?"

─소미요. 박소미, 주세요.

"허허, 당돌한 녀석 보게. 그래서 내가 얻는 건 뭐고?"

도현의 목소리가 가라앉아 있었다.

―아들이요.

"그럼 네가 남이냐?"

―혈연관계가 아닌 진짜 아들을 얻으실 기예요.

"거 나쁘지 않구나. 진짜 아들."

사실 불가능에 가까운 일이었기에 장 회장은 그가 해낼 것으로 생각지 않았다. 그런데 이 독하디독한 녀석이 해내고 말았다.

"저 편하자고 오래 살라니. 독한 놈."

장 회장은 껄껄, 웃음을 터트렸다.

"잘 컸다고 웃어야 할지 울어야 할지 모르겠네."

"웃으세요."

쯧쯧, 장 회장은 혀를 차며 고개를 저었다. 누구보다 똑똑하다 자부했던 제 아들은 바보 천치가 따로 없었다.

"이놈아, 아무리 걔가 착하고 예쁘다 해도 밖에 나가 봐. 걔보다 착하고 예쁜 애가 지천의 꽃밭이다."

장 회장이 소미를 좋게 봤다는 소리에 도현의 입꼬리가 슬쩍 늘어졌다. 잘 몰라 하는 소리였다. 그녀는 절대 착하지 않았다.

"착하고 예뻐서 좋아한 거 아닌데……."

장 회장은 그건 또 무슨 소리냐며 눈썹을 꿈틀댔지만 도현은 옅은 미소만 지었다.

"쓸데없이 웃지 말라고 기껏 가르쳐 놨더니. 이 녀석이 실성했나."

에라, 모르겠다. 장 회장은 도현을 향해 손을 휘저었다.

"갈 거면 어서 가 버려. 마음 바뀌기 전에."

도현은 소파에서 일어나 인사를 건넸다.

"아프지 마시고, 건강히 계세요."

"……."

살며 처음으로 내비치는 진심 어린 감사였다.

"아버지가 주신 선물 진심으로 감사하고 있어요."

장 회장은 발길을 돌리는 그를 보고 눈시울을 붉혔다. 죽을 날이 다가오자 후회만 들었다. 지난 시간 따뜻하게 한번 안아 주지 못한 것이 한이 됐다. 그래도 바르게 자라 준 도현이 고맙고 미안하고 자랑스러웠다. 그리고 제 아들이 어긋나지 않고 바르게 자랄 수 있도록 일조한 1등 공신이 소미라는 걸 모르지 않았다. 욕심을 버리니 이리 편한 것을. 돌아보면 짧은 인생을 너무 바쁘고 고달프게 살아온 느낌이다.

"이놈아, 죽을 때 죽더라도 2년은 채우고 죽을 테니 걱정하지 말고 후딱 가 버려."

단 한 번도 자유롭게 살아 보지 못한 아들에게 죽기 전 해 줄 수 있는 것이 고작 2년간의 시한부 자유라니. 그것도 지금 상황으로는 확신할 수 없었다. 그래도 아비로서 그가 해 줄 수 있는 마지막이 목숨 부지라면 호스라도 꽂아 연장할 참이다.

장 회장의 으름장에 도현은 내딛던 걸음을 멈췄다. 울컥, 뜨거운 것이 복받쳐 올랐다.

"······꼭, 그러세요."

"가서 원대로 살아 봐. 간 김에 손자든 손녀든 한 명 낳아 오면 더 좋고······."

"그럴게요. 그러니까, 건강히 계세요."

도현은 장 회장이 그룹의 총수가 아닌, 아버지로서 아들에게 주는 마지막 선물이라는 걸 알고 있었다. 붉어진 눈시울을 들키기 싫어 돌아보지 않았다.

방문을 닫고 거실로 나오자 박 선생이 그를 보고 소파에서 몸을 일으켰다. 도현은 그녀를 향해 눈인사를 건넸다.

"아버지 잘 부탁해요."

"회장님은 삶에 대한 의지가 강한 분이니까, 괜찮을 거야."

"무슨 일 있으면 연락 주세요."

삼성동 저택을 나오기 전, 도현은 박 선생을 향해 장 회장을 다시 한 번 부탁했다. 1년 반 만에 그녀를 만날 생각에 가슴이 벅차오른다.

도쿄의 여름은 손가락 하나 움직이기 싫을 만큼 무더웠다. 차에서 내리자 습하고 더운 바람이 온몸을 휘감았다.

소미는 한국에 돌아온 지 1년 만에 일본으로 도망쳤다.

"일본에서 대학원 다니고 싶어요."

유학인지 자진 유배인지 모를 그 제안을 장 회장 역시 거절하지 않았다.

"나 죽기 전에 한 2년 머리 식히고 오는 것도 나쁘지 않겠지."

소미는 도현에게만큼은 질척거리는 여자가 되고 싶지 않았다. 그에게 과거가 되어 버린, 그래서 더는 그에게 아무것도 아닌 자신을 마주하는 것이 두려웠다.

도망치듯 오게 된 일본에서 정훈을 다시 만나게 된 건 우연이었다. 소미는 당시 두통이 심해 병원에서 약을 처방 받아 나오던 길이었다. 선뜻 그를 기억 못 하는 그녀에게 정훈이 설명했고, 그제야 소미는 그를 떠올리고 고개를 끄덕였다.

그때부터 정훈은 우연을 가장해 그녀를 찾아오곤 했다. 소미가 매주 금요일은 세미나에 참석한다는 걸 알게 된 정훈이 근처에 볼일이 있어서 왔다며 연락을 해 왔다.

"아니요. 안 데려다주셔도 괜찮아요."

—어차피 가는 길이니까요. 천천히 나오세요.

결국, 정훈은 그녀의 불편한 마음과 상관없이 집 앞까지 에스코트해 주었다.

소미는 아직 누군가를 다시 마음에 담을 준비가 되지 않았기에 자꾸만 부딪쳐 오는 정훈이 부담스러웠다.

"그럼 오늘 감사했어요. 조심해서 가세요."

"조심해서 들어가세요."

혼자 지낸다는 그녀는 차 한 잔 마시고 가라는 소리조차 없었다. 정훈은 멋쩍은 듯 머리를 긁적였다. 일본에서 그녀와 재회했을 때 우습게도 운명이라 생각했다. 하지만 두 달이 지나가도록 그녀는 파고들 틈을 보이지 않았다.

"그럼 가 볼게요."

"소미 씨, 잠깐만요."

정훈은 발길을 돌리고 걸어가는 그녀를 불러 세웠다. 소미가 가던 걸음을 멈추고 돌아서자 정훈은 그녀가 멀어진 딱, 그만큼 다가와 멈춰 섰다.

"아직 오다이바 안 가 보셨죠?"

"……네."

갑자기 날아온 질문에 소미는 고개를 끄덕였다.

"그럼 내일 저랑 오다이바 가는 것으로 하죠."

느닷없이 날아온 데이트 신청에 소미는 머뭇거렸다. 거절의 말미를 두지 않으려 정훈은 시간까지 정해 그녀에게 통보했다.

"내일 10시 괜찮죠?"

무어라 둘러댈지 고민하던 찰나에 그녀의 뒤편으로 커다란 그림자가 다가왔다. 소미가 놀라 몸을 돌리기도 전에 그녀의 목덜미로 서늘한 손길이 파고들었다. 뒤에서 감싸 안는 남자의 몸짓에 주변에 바람이 일자 실버 마운틴 향기가 그녀의 코끝을 자극했다. 그에게 사로잡힌 그녀의 몸이 떨려 왔다. 조금 전까지 끈적거려 기분 나쁘다고 생각했던 공기가 이제는 그로 인해 청량함까지 느껴지는 것 같았다. 그립고 익숙한 향기에 제멋대로 심장이 먼저 반응했다.

"아……."

울컥, 뜨거운 것이 치밀어 올랐다. 그녀의 턱이 잘게 경련했다. 돌아보지 않아도 알 수 있었다. 그립고 또 그리워 환청까지 들리던 목소리가 귓가에 나지막이 파고들었다.

"박솜, 넌 죽었다 깨어나도 영혼까지 내 거라고 했을 텐데……."

정훈은 미간을 찡그렸다.

"그 손 놓아주시죠."

"내가 무서워……?"

소미는 고개를 저었다. 지금 이 순간, 가장 무서운 건 이 모든 게 꿈일지 모른다는 사실이었다. 그리움이 만들어 낸 환영일지도 모른다.

"그만 돌아가 주셨으면 좋겠습니다."

정중한 부탁이었지만 정훈의 귀에는 그만 꺼져 달라는 소리로 들렸다. 정훈이 기막힌 얼굴로 도현을 노려보았다.

"당신 뭡니까? 느닷없이 나타나서……."

"이 여자 남편입니다. 설명, 더 필요합니까?"

"장도현, 무슨……."

그의 이름을 들은 정훈은 당황한 표정을 지우지 못했다. 그러고 보니 눈앞의 남자는 반듯한 이목구비부터 차가워 보이는 눈매까지 최 여사와 무척 닮아 있었다. 하지만 그녀의 아들이 결혼했다는 소리는 어디서도 듣지 못했다.

"우진그룹…… 장도현?"

"그럼 먼저 실례하겠습니다."

정훈의 물음에 대답 대신 인사를 건넨 도현은 그녀의 손을 잡아채고 걸음을 옮겼다.

"박솜. 넌 오늘 치마 입고 나갔음, 나한테 죽었어."

"내가 치마를 입든 바지를 입던 네가 무……."

엘리베이터가 도착하자 도현은 그녀를 밀어 넣었다.

"타."

도현은 엘리베이터에 타서도 그녀의 손을 놓아주지 않았다. 그러면서 그녀에게 눈길 한 번 주지 않았다.

"수도 없이 생각했어. 네가 무슨 생각으로 이걸 보냈을까."

그녀의 시선이 그의 발에 닿았다. 작년 그의 생일에 맞춰 연인들끼리 선물하기 꺼린다는 신발을 보냈다. 그가 그녀에게 다시 돌아오길 바라는 바람을 담아. 그리고 그녀의 염원처럼 그가 돌아왔다. 그녀의 선물을 신고.

엘리베이터가 9층에 멈춰 서자 도현은 하던 말을 멈춘 채 걸음을 옮겼다. 도현은 그녀의 집 앞에 서서 익숙하게 도어록을 열었다. 집 안에는 그의 짐으로 보이는 캐리어가 놓여 있었다. 그제야 뒤늦게 정신을 차린 소미는 도어록을 그가 열고 들어왔다는 걸 떠올렸다.

"비밀번호는 어떻게 알고 들어온 거야?"

"펜실베이니아랑 똑같이 해 놓고 그걸 질문이라고 해?"

소미는 그가 돌아오기를 기다렸던 제 마음을 들킨 것 같아 얼굴이 붉게 물들었다.

"기다렸던 거지? 내가 돌아오기를……."

도현은 그녀를 잡아당겨 가슴에 품었다.

"놔."

온전히 그녀를 제 품에 안기까지 1년 6개월이란 시간이 걸렸다. 가슴이 벅차올랐다.

"원래 예뻤지만 오랜만에 봐서 그런가, 더 예뻐 보이네."

소미는 고추냉이를 잔뜩 먹은 것처럼 코끝이 달아올랐다. 눈물이 앞을 가려 보고 싶던 그의 얼굴이 흐릿하게 번졌다. 그를 향해 요동치는 가슴이 뻐근하게 아파 왔다. 그녀는 올무에 갇힌 짐승처럼 그의 품에서 벗어나려 아등바등했다. 그럴수록 그녀를 안은 그의 팔은 미동조차 없이 견고해져만 갔다.

"그만 버둥거려. 그럴수록 너만 지쳐."

"놔…… 나쁜 놈아……!"

그녀는 눈물에 얼룩진 얼굴로 그의 가슴을 툭툭, 때리며 흐느꼈다. 그리고 후회하며 기다렸던 만큼 커져 버린 원망도 함께 쏟아 냈다.

"내가 바보야? 나 싫다는 널 왜 기다려. 나도 너 싫어. 싫다고……. 내가 그렇게 뱀도 없는 애로 보여. 네 눈에는 아직도 내가 우스워?"

그의 대답처럼 돌아오길 바라고 또 바랐다. 헤어지기 전 나누던 말들을 곱씹으며 후회하고 또 후회했다. 세상 전부를 잃은 그녀는 그와 다시 만날 날을 기다리고 또 기다렸다.

"박솜, 그렇게 온몸으로 사랑한다고 외치면 참을 수 없잖아."

"이제 한국말도 못 알아들어? 싫다잖, 으…….."

소미는 느닷없이 다가온 입술을 피할 겨를도 없이 맞닥뜨리자 입술을 굳게 다물어 그를 거부했다. 그는 입술을 짓이기는 것도 모자라 깨물고 벌어진 틈새로 혀를 밀어 넣었다.

"아…….."

그의 뜨거운 숨결이 입안으로 파고드는 순간, 소미는 사랑받던 순간들이 떠올랐다. 그러자 머리카락 한 올까지 그에게 반응하며 온몸이 전율했다. 그가 미웠다. 돌아오길 기다렸던 것처럼 그를 받아들이는 자신이 싫었다. 이날만 기다린 것처럼 그에게 반응하는 몸뚱이가 저주스러웠다.

소미는 거침없이 입안을 헤집고 다니는 혀를 가차 없이 깨물었다.

"으…….."

동시에 그의 잇새로 낮은 신음이 흘러나왔다. 비릿한 피 맛이 입안에 퍼지자 그녀는 그의 혀가 걱정됐다. 또, 그런 걱정을 하는 자신이 한심하리만큼 모자라게 느껴졌다. 소미는 더 이상 그를 밀어내지 않았다.

"흐…….."

대신 그녀의 뺨 위로 그를 향한 미움과 설움 한 줄기가 흘러내렸다.

7월의 무더운 여름날인 것도 잊은 채 도현은 그녀에게 더욱 자신을 밀착시켰다. 그녀와 맞닿은 살갗이 뜨거웠다. 짙은 정염에 숨이 가빠 오자 도현은 그녀에게 밀착시켰던 몸을 떼어 냈다. 그렇지 않으면 조금 남아 있던 이성마저 날아가 그녀를 망가트릴 것만 같았다. 그러나 그녀의 눈빛을 보는 순간, 도현은 그녀에게서 떨어진 걸 후회했다.

"싫다면서 왜 그런 눈으로 보는데."

"그런 눈이 뭔데."

흘러내린 눈물을 손끝으로 닦아 내자 그녀의 속눈썹이 파르르 떨려 왔다.

"내가 좋아 죽겠다는 눈빛."

그의 입술이 다시 한 번 다가와 소미는 그를 피해 고개를 돌렸다.

"이제 떠나지 않아. 앞으로 함께 있을 거야."

그녀는 믿지 않았다. 장도현이라는 남자는 언제고 떠날 수 있는 사람이란 걸 알기에. 그럼에도 또다시 그를 믿고 있는 자신을 발견한다.

"……누구 마음대로."

"난 원래 내 마음대로 하는 나쁜 놈이니까."

"착각하지 마."

그를 향해 따지는 목소리가 떨리고 있었다.

"1년 반 만에 나타나 그렇게 말하면 내가 감사라도 할 줄 알

앉어? 아니면 너한테는 이렇게 굴어도 될 만큼 내가 쉬워?"

"쉬워? 너만큼 어려운 여자 있으면 나와 보라고 해."

"농담할 기분 아니야. 나……."

"사랑해. 예전에도 사랑했고, 지금도 여전히 사랑하고 있어."

그가 그녀를 가슴에 끌어안은 순간 왈칵, 눈물이 터져 나왔다. 그녀는 그의 품에 안겨 흐느꼈다. 그에게서 떨어지고 싶지 않았다. 소미는 한참을 그의 품에 안겨 울었다. 그녀의 눈물이 잦아들 무렵 도현은 소파에 그녀를 앉히고 나지막이 입을 열었다.

"너 나 하나쯤 먹여 살릴 수 있지?"

"그런 건 왜 물어."

소미가 고개를 들어 올리자 그는 그녀의 머리를 조심스레 눌렀다.

"그냥 있지."

그녀는 가만히 그의 손길을 느꼈다. 도현은 제 품에 안긴 그녀의 머리를 쓰다듬으며 다시 본론을 꺼냈다.

"네가 벌어다 주는 돈으로 놀고먹으려고 왔는데, 네가 못먹여 살리겠다면 다른 방법을 찾아봐야 하니까."

"농담하지 마."

"같이 있겠다고 했잖아."

그녀의 얼굴에 당혹감이 서렸다. 웃자고 던진 농담치고는 그의 목소리가 무척 진지했다.

"넌 날 먹여 살릴 수 있는지 없는지만 답해."

먹고 자는 단순한 문제가 아니었기에 그녀는 선뜻 답할 수 없었다. 도현은 말 그대로 도련님이었다. 그가 걸친 옷만 해도 그녀의 한 달 치 월급이었고, 손목에 채워진 파텍필립만 해도 4,000만 원이 넘었다.

"벼룩의 간을 내먹어. 대리 월급이 얼마나 된다고……."

도현은 터져 나오는 웃음을 참느라 헛기침을 한 번 하고 입을 열었다.

"그래서 나 데리고 살겠다고, 말겠다고. 나 다시 가?"

"채근하지 마. 나한테도 생각할 시간을 줘야 할 거 아니야."

볼멘소리를 뱉었지만 사실 그녀의 답은 이미 처음부터 정해져 있었다. 답을 정해 놓고도 망설인다는 건 3분이 지나도 30분이 지나도 망설일 수밖에 없었다.

"넌 쓸데없이 생각이 너무 많아. 3초."

"3초라니……."

그녀는 기댔던 고개를 들었다.

"하나……."

한 치의 양보도 없이 도현은 카운트를 세기 시작했다.

"잠깐만."

"둘."

그의 표정은 진지했다. 그녀가 대답 못 할 경우, 떠날 사람처럼.

"잠깐만."

"셋."

마지막 카운트와 동시에 그녀는 다급하게 소리쳤다. 그녀의 외침은 처절했다.

"가지 마! 여기 있어. 나랑……."

울상이 되어 버린 그녀와 다르게 원하던 대답을 들은 그는 만족스러운 표정을 지었다. 무섭게 다그치던 그는 어느새 사라지고 다정한 그만 남아 있었다. 그는 그녀의 뺨을 감싸고 어린아이를 어르듯 그녀를 칭찬했다.

"거봐. 잘하잖아."

제가 원하는 걸 얻기 위해 피도 눈물도 없이 내몰 땐 언제고. 천하에 이렇게 나쁜 놈이 또 있을까. 그럼에도 그의 행동은 전혀 밉지 않았다.

"나빴어. 진짜 나쁜 놈이야, 너."

투정 부리는 그녀를 껴안고 그는 달콤한 감언이설을 내뱉었다.

"네가 그랬던 것처럼 이번에는 내가 같이 있어 줄게. 너만 기다리고, 너만 바라보고, 너만 생각하면서."

그의 품에 안긴 소미는 볼멘소리로 그의 가슴을 투닥거렸다.

"3초는 너무 짧잖아."

"3초도 길었어."

그의 입술이 그녀의 정수리에 닿았다.

"회사는……. 회장님 많이 아프셔. 너 여기 있으면 안 되는

358

거잖아⋯⋯."

"그러니까 지금은 더더욱 너랑 있어야지. 돌아가면 바빠질 거야, 많이."

정수리에 닿았던 그의 입술이 그녀의 발그레한 뺨에 키스했다.

"미리 말해 두는데, 네가 좋아하는 옷이랑 신발 못 사 줘. 아니 6개월에 하나쯤은 사 주도록 노력해 볼게. 그렇다고 터무니없이 비싸면 곤란하고⋯⋯."

그녀는 정말 그를 먹여 살릴 생각인지 심각한 표정으로 횡설수설해 댔다. 그는 웃음을 참으며 사랑스럽게 종알대는 그녀의 입술에 가볍게 키스하고 떨어졌다.

"알았어. 참아 볼게."

그의 입술이 그녀의 귓바퀴에 닿았다. 간질이는 그의 숨결에 소미는 몸을 움츠렸다.

"여긴 언제 온 거야? 언제부터 기다리고 있었어?"

"저녁에. 기다리다가 안 오기에 나갔더니 네가 있어. 웬 남자랑. 내 기분이 어땠을까?"

간지럽게 속삭이던 그는 그녀의 귓불을 꽉, 깨물었다. 잇자국이 선명한 귓불은 금세 발갛게 달아올랐다.

"흑."

"끔찍했어."

조금 전 무자비한 행동에 대한 보상처럼 그는 그녀의 귓불을 핥으며 자극했다. 그의 숨결을 따라 저릿한 쾌감이 척추를 타고 퍼져 나갔다. 하앗, 소미는 옅은 신음을 흘리며 그의 팔을 움켜쥐었다.

그녀를 바라보는 그의 눈빛이 욕망에 출렁였다. 소미는 덫에 걸린 한 마리의 짐승처럼 꼼짝도 할 수 없었다.

도현의 숨결이 다가오자 소미는 스르륵 눈꺼풀을 닫았다. 말캉하고 부드러운 입술이 내려앉았다. 소미는 입술을 벌려 그를 받아들였다. 들숨과 날숨을 교차하며 그는 천천히 그녀의 위로 체중을 실었다. 하지만 소미는 곧 그를 밀어냈다. 끈적이는 몸으로 그에게 안기고 싶지 않았다. 그녀의 행동에 도현은 키스를 멈추고 천천히 감았던 눈을 떴다.

"희망 고문이 얼마나 나쁜지 알지?"

그녀가 숨을 내쉬고 들이켤 때마다 소담한 가슴이 그에게 닿을 듯 말 듯 부풀었다 내려앉았다.

"너 지금 이거, 희망 고문이야."

알면 됐다는 듯 그는 그녀의 벌어진 블라우스 틈새에 집게손가락을 가져다 댔다. 톡, 첫 번째 단추가 풀렸다. 새하얀 목덜미가 드러나자 그는 입술을 묻었다.

소미는 서둘러 화제를 돌렸다.

"밥 안 먹었지?"

"지금은 이거 먼저……."

"난 안 먹었어."

그녀의 대답에 한순간 정적이 흘렀다. 그는 목덜미에 닿았던 입술을 떼고 그녀에게 실었던 무게중심을 바로 했다. 소미는 그가 비켜서자 소파에서 일어났다.

"밥 먹고 온 거 아니었어?"

"안 먹었어."

"설마 집에 들어와 같이 먹을 생각이었어?"

그의 눈매가 가늘어짐과 동시에 그녀는 눈살을 찌푸렸다.

"지금 무슨 생각하는 거야? 우연히 집에 바래다준 거야."

"지금 네 대답이 그 남자 살렸어. 뭐, 먹을래?"

도현은 자리를 털고 일어나 그녀를 따라 주방으로 향했다.

"금방 만들어 줄게."

소미는 앞치마를 찾아 두르고 냉장고 문을 열었다. 도현은 언제나와 같이 식탁 앞에 놓인 의자에 앉아 그녀의 뒷모습을 감상했다.

소미는 텅 비어 있는 냉장고를 힘껏 노려보았다. 내일은 당장 마트에 가서 장부터 봐야 할 판이었다. 킁, 머리를 한 번 쓸어 넘긴 그녀는 태연하게 냉장고 문을 닫았다.

"돈부리 괜찮아?"

"아무거나."

소미는 그의 대답이 떨어지자 서랍장에 넣어 두었던 연락처를 꺼내 돈부리 두 개를 주문했다. 웃음이 나왔다. 그가 말한 '아무거나'의 의미는 그녀가 해 주는 음식이라는 전제하였다. 민망할 그녀를 생각해 최대한 웃음을 참아 보려 노력했지만, 꾸역꾸역 터져 나오는 웃음을 어쩌지 못했다. 식탁에 팔을 얹고 그 안에 얼굴을 묻었다. 큭큭, 숨죽인 그의 웃음소리가 주방을 메웠다. 전화를 끊은 소미는 벌겋게 달아오른 얼굴로 앞치마를 벗어 던졌다. 뜨거운 얼굴을 식히려 손부채질을 했지만 헛수고였다.

"나 씻고 올게. 그냥 실컷 웃어. 내일을 장부터 봐야겠어."

그녀는 그를 남겨 둔 채 종종걸음으로 주방을 나갔다. 그녀의 뒤로 시원한 웃음소리가 울려 퍼졌다.

샤워를 마친 그녀는 편안한 차림으로 욕실을 나왔다. 샤워하러 가기 전 주문해 놓은 돈부리는 이미 식탁 위에 놓여 있었다.

"먼저 먹지 그랬어."

"같이 먹고 싶어서. 배고플 텐데, 와서 앉아."

소미는 얌전히 그의 앞에 앉아 식사를 시작했다. 그와 함께 있다는 사실만으로 기분이 묘하게 술렁였다. 하지만 앞에 앉아 태연하게 밥을 먹는 그를 보자니 궁금한 게 한둘이 아니었다.

"그동안 왜 연락 한 번 안 했어……? 이렇게 돌아올 거면서."

"시간을 주고 싶었어. 물론, 나에게도 너와 다른 의미로 시간이 필요했고."

"왜……?"

"혼란스러워했잖아. 정말 너 하나로 되는지."

그의 대답에 그녀의 눈동자가 잘게 떨렸다. 불안했다. 그와의 관계가. 아무것도 아닌 자신이. 스스로에게 끊임없이 물었다. 정말 그의 곁에 있어도 되는 사람인지.

"알고 있었어?"

"그래서 답은 찾았어?"

"찾고 말 것도 없었어. 넌 이미 내 답을 알고 있었잖아. 그럼에도 보내 준 건 후회하길 바랐던 거지?"

"그래야 두 번 다시 떠날 생각 따윈 하지 않을 테니까."

소미는 씁쓸한 미소를 지었다. 한국에 도착한 순간, 복잡하던 마음이 한순간에 정리됐다. 그의 손을 놓아야 할지 말아야 할지 고민하던 것이 우스울 정도로.

식사를 마치고 도현이 씻으러 들어간 사이 소미는 집안을 정리했다. 들뜬 마음이 좀처럼 가라앉지 않았다. 석모도로 여행을 갔던 그날처럼 가슴이 떨렸다. 처음으로 그에게 안기려 각오했던 그 밤처럼 마음이 설레었다.

소미는 침대에 걸터앉아 애꿎은 시트만 매만졌다. 적막감을 없애려 침실에 놓인 텔레비전을 켰다. 어느새 욕실을 나온 도현도 그녀 옆에서 말없이 함께 프로그램을 시청했다.

10분쯤 봤을까, 도현은 리모컨을 찾아 전원 버튼을 눌렀다. 소미는 까맣게 변한 화면에서 눈을 떼지 않은 채 입을 열었다.

"회사는 어쩌고 온 거야?"

정확하게는 그가 언제 한국으로 돌아가야 하는지 궁금했다.

"특별 휴가."

그녀의 시선이 천천히 그를 향해 움직였다.

"준다는데 안 받을 거 있나. 넙죽 받아 왔지."

"무슨 생각이야?"

"몸이 근질거릴 때까지 놀 생각."

터무니없는 대답에 그녀가 미간을 찡그렸다.

"내가 말했나?"

"뭘?"

"너 인상 쓸 때 유독 섹시한 거. 막 덮치고 싶을 만큼……."

"그랬어? 그럼 맨날 인상 쓰고 다녀야겠네. 이렇게."

소미는 더욱 미간을 찡그리며 그를 향해 보란 듯 얼굴을 치켜들었다. 그는 그녀의 치켜든 뺨을 꾸욱, 꼬집었다.

"처음이자 마지막으로 아버지가 주신 선물이야. 후계자 아닌, 아들 장도현한테……."

거절할 수 없었다.

"그래서 놀려고. 27년 동안 놀지 못한 거, 전부."

그렇게 말하는 그는 웃으며 말끝에 '너랑'이라는 말도 빼놓지 않았다. 소미는 코끝이 시큰거렸다. 눈덩이에 불을 지피는 것처럼 열기가 더해졌다. 그가 어떤 마음으로 웃는지 알기에 그녀는 섣부른 위로조차도 건네지 못했다.

"괜찮으냐고 안 물어봐?"

"……괜찮아?"

"괜찮아. 아니…… 괜찮지 않은 거 같아."

끈끈한 정이 있는 것도 아니고 사랑받은 기억이 있는 것도 아닌데. 한없이 작아진 부친을 보니 가슴이 뜨거워졌다. 그녀는 팔을 뻗어 어린아이를 달래듯 커다란 그를 안고 토닥였다.

그를 위로하며 머릿속으론 심란한 마음을 정리했다. 그리고 얼마나 시간이 지났을까, 그녀는 태연하게 입을 열었다.

"회장님 곁에 가. 여기 이러고 있지 말고. 가서 옆에 있어 드려. 27년 동안 같이 있지 못한 만큼. 나중에 후회……."

그녀의 말이 끝나기도 전에 도현은 그녀를 침대에 쓰러트렸다. 순식간에 가해져 오는 압력에 소미는 반항 한 번 못 하고 맥없이 쓰러졌다. 소미는 팔을 들어 얼굴을 가렸다. 그가 볼 수 없게. 하지만 그녀의 팔은 그에 의해 힘없이 들어 올려졌다. 그녀는 서둘러 고개를 돌렸다. 지금은 그를 보고 싶지 않았다. 보여 주고 싶지 않았다.

그녀를 바라보는 그의 목울대가 출렁였다.

"울면서 가라는 건 무슨 심보야?"

소미는 머리가 시킨 대답을 했을 뿐이다. 의지와 상관없이 눈물이 나오는 건 마음이 시킨 일이었다. 머리는 입술과 일치했고, 마음은 눈과 일치했다.

"나 봐."

세상천지 이런 바보가 어디 있을까.

"나 봐, 박소미."

그는 그녀의 턱을 잡아 옆으로 돌렸다. 아련한 시선이 그에게 박혔다.

"나 엄청 쿨한 여잔데, 네 앞에선 자꾸 찌질이가 돼 버려. 그러니까 보지 마……."

"그럼 좀 어때. 내 껀데."

도현은 흘러내린 그녀의 눈물을 조심스레 손끝으로 닦아 내었다.

"또 내가 말했나."

"뭐……."

"울면 더 섹시한 거……."

그의 얼굴이 천천히 그녀에게 내려앉았다.

"특히 내 품에서 앙앙댈 때……."

그의 숨결이 코앞에 다가왔을 때 소미는 눈을 감았다. 동시에 뜨거운 숨결이 그녀의 입술을 집어삼켰다. 부드럽게 입안을 휘젓는 그의 키스에 소미는 신경을 집중했다. 달콤한 타액이 끊임없이 목을 타고 넘어갔다. 부드럽게 입안을 간지럼 태우던 그는 그녀의 머리를 잡고 깊숙이 혀끝을 밀어 넣었다. 그의 기분을 알려 주듯 농밀하고 거친 키스가 이어졌다. 끈적이게 엉킨 혀와 입술에선 음탕한 소리가 새어 나왔다.

그는 중간중간 그녀가 숨을 고를 수 있도록 배려하는 여유까지 보였다. 소미는 허벅지를 찌르는 그의 남성이 단단해질수록 다리 틈새가 묵직하게 저려 왔다.

놓아주지 않을 것처럼 그녀의 혀를 빨고 굴리던 도현은 천천히 입술을 떼고 감겨 있던 눈꺼풀을 들어 올렸다. 도현은 무방비 상태로 올려다보는 그녀가 사랑스러워 견딜 수 없었다.

"사랑해……."

물고 빨았던 흔적 그대로 그녀의 입술이 통통하게 부풀어 있었다. 도현은 상체를 숙여 그녀의 입술에 짧게 입 맞추고 떨어졌다.

"네가 없는 시간을 어떤 마음으로 견뎠는지 알면, 가라고 못 해. 그러니까 우리 그만 떨어져 있자."

도현은 상체를 일으켜 셔츠를 벗어 던지고 그녀의 셔츠도 단번에 벗겨 냈다. 소미는 차가운 바람이 살갗을 긁고 지나가자 파르르 몸을 떨었다. 그녀의 작은 몸짓 하나로 한여름 밤을 식혀 줄 에어컨 바람이 꺼졌다. 브래지어까지 벗겨 낸 도현은 그녀의 젖가슴을 그러쥐고 손끝으로 젖꼭지를 찾아 자극했다. 그의 손끝을 따라 저릿한 감각이 피어올랐다.

그의 입술은 그녀의 목덜미를 훑고 아래로 내려갔다. 그녀의 새하얀 젖가슴을 그러쥐고 젖꼭지를 입술 끝에 비벼 대다 입으로 쪽쪽, 빨아들였다. 소미는 옅은 신음을 흘리며 그의 어깨를 움켜잡았다. 단단해진 돌기를 혀로 굴리고 깨물 때마다, 미열이 나는 것처럼 눈앞이 몽롱해지면서 온몸이 나른해졌다. 저릿저릿 쾌감이 일며 갈증이 솟구쳤다.

"흐응, 하아……."

소미는 그의 애무에 따라 몸을 비틀었다. 그러자 가슴에서 입술을 뗀 도현이 웃었다.

"못 참겠어?"

"아……."

그녀의 얼굴이 발그레 물들었다. 도현은 앙, 젖꼭지를 한 번 깨물고 낮게 속삭였다.

"난 못 참겠어."

그는 그녀의 바지와 속옷을 조심스레 벗겨 냈다. 그녀의 뺨에 살짝 키스하고 그 역시 나머지 옷을 벗었다. 단단하게 솟구친 남성은 당장 꿰뚫고 들어올 것처럼 맑은 쿠퍼액을 흘리며 움찔댔다.

도현은 고개를 숙였다. 새하얀 허벅지 안쪽을 혀끝으로 원을 그리며 부드럽게 키스하고 어루만졌다. 뜨거운 열기가 그녀를 집어삼켰다. 소미는 참을 수 없는 쾌락에 목덜미를 젖히고 시트를 움켜잡았다. 도현은 미끈거리는 애액으로 뒤덮인 여성을 음미하며 혀끝으로 쓸어내렸다. 그의 애무에 소미는 발가락이 움츠러들었다.

"흐응, 앙, 흐읏……. 도현아……."

도현은 달콤한 신음을 흘리며 애원하듯 그를 부르는 그녀의 목소리가 좋았다. 애태우면 애태울수록 그녀의 달뜬 신음은 더욱 달콤하게 변해 갔다. 수풀 속 숨겨진 단단해진 진주를 찾아내 삼키자 그녀는 흐느끼며 엉덩이를 들썩였다.

"하지 마……."

그녀의 간곡한 부탁에도 그의 혀끝은 여린 속살을 파고들어 질 벽을 건드리며 자극했다. 소미는 숨이 가빠 왔다. 그의 혀가 닿은 음부가 뜨거워 정신을 차릴 수 없었다. 거대하게 응집되어 가던 집합체가 더는 모일 곳이 없자 왈칵, 애액을 토해내며 안쪽에서 뜨겁고도 거대한 폭발을 일으켰다.

"아앙, 장도현. 그만, 그만해…… 흐으읏……."

그녀의 의지와 상관없이 몸이 잘게 떨리며 경련을 일으켰다. 도현은 그제야 숙였던 고개를 들었다. 눈물로 젖어 든 그녀의 눈꺼풀을 엄지로 스윽, 닦아 낸 그는 그녀의 귓바퀴를 입술로 자극하며 속삭였다.

"거봐, 지금이 제일 예쁘잖아."

도현은 그녀의 둔덕에 남성을 문질렀다. 그녀의 애액으로 충분히 젖은 남성을 확인한 그는 그녀를 가르고 천천히 자신을 밀어 넣었다. 그녀의 뜨겁고 좁은 길목이 그를 받아들이며 파르르 떨렸다. 그녀의 작은 몸짓 하나도 그에게는 자극제가 되어 돌아왔다.

하앙, 소미는 옅은 신음을 흘리며 고개를 뒤로 젖혔다.

낮게 신음을 흘리던 그는 인내심이 바닥이 난 것처럼 빠르게 허리를 튕겼다. 치받고 들어온 남성이 무자비하게 그녀의 여성을 헤집으며 빠져나갔다.

"흐응, 천천히……."

소미는 쾌락에 일그러진 얼굴로 그에게 매달려 애원했다. 숨 쉬기 힘들 만큼 정신을 차릴 수 없었다.

도현은 그녀의 부탁대로 속도를 줄였다. 대신 클리토리스를 손끝으로 문지르며 희롱했다.

"싫어……."

"가지 마, 아직 멀었어……."

그에게 붙잡힌 허벅지가 파르르 떨리며 힘이 들어가자 도현은 그녀를 지배하던 남성을 쑥, 빼냈다. 그는 그녀의 흥분이 잦아들기를 기다리며 밀가루 반죽처럼 차진 그녀의 가슴을 주무르고 쪽쪽 빨아 댔다. 소미는 가쁜 숨을 내쉬었다. 절정에 다다를 때, 남성이 빠져나간 터라 흥분이 가라앉으며 갈증이 일었다. 도현은 허리를 세우고 앉아 단단해진 클리토리스를 매만지며 그녀의 안으로 남근을 밀어 넣었다.

"보지 마. 아앙, 아아……."

도현은 자신과 그녀를 잇는 음부를 감상하듯 바라보다 그녀를 들어 올렸다. 졸지에 그의 위에 앉은 자세가 된 소미는 작은 비명을 내질렀다. 깊숙이 압박해 오는 남성에 소미는 옅은 신음을 흘렸다. 도현은 그녀의 엉덩이를 그러쥐고 천천히 위아래로 움직였다. 반동에 그녀의 허리가 흔들렸다. 하얏! 소미는 그의 목덜미로 팔을 두르고 달뜬 신음을 내뱉다 급기야 울음을 터트렸다. 질 안쪽으로 강렬한 수축이 일어났다. 그의 품에 안긴 그녀는 몇 번이고 잘게 떨며 절정에 흐느꼈다.

수축했던 몸이 나른하게 이완되자 그는 그녀를 침대에 조심히 눕히며 키스했다. 키스가 끝나고 도현은 나른한 표정으로 물었다.

"얼마만큼 사랑해 줄까."

"많이…… 많이 사랑해 줘. 떨어져 있던 만큼."

그녀의 말 한마디에 그의 입술이 다시 얽혀 들었다.

chapter 12

같은 시간에 너와 함께

기말고사가 끝나고 여름방학이 시작되자, 소미는 도현과 여름휴가 계획을 짰다.

"오키나와에서 보내면서 천천히 생각해."

"츄라우미 수족관 가도 돼? 이시가키지마도."

"그래. 시간은 충분하니까."

"이번 여행도 기대된다."

소미는 어린아이처럼 들뜬 기분을 감추지 못했다. 서울에 살면서 서울 구경도 쉽지 않던 저택에서의 생활은 소미의 입장에선 감금과 다를 바 없었다. 도현을 만난 이후, 소미는 소풍이란 걸 단 한 번도 가 본 적 없었다. 당연히 수학여행도 마찬가지였다. 이유는 도현이 가지 않기 때문이다. 도현이 소풍을 가지 못한 이유는 최 여사 때문이었고, 또 그는 제가 없는 곳에 그녀 혼자 가는 걸 용납하지 않았다. 대신 방학이 시작되면 소미는 도현을 따라 짧게는 2주 정도 세계 곳곳을 여행했다. 그래서 소미는 방학을 기다렸다.

"그렇게 좋아?"

"응, 기대돼."

소미가 여행 일정을 깨알같이 메모하는 모습을 도현은 아예 턱을 괴고 감상했다. 예쁘고, 또 예쁘다. 예나 지금이나 그의 눈엔 한결같이 예뻐 보였다. 행복해하는 그녀를 보고 있으면 하늘의 별이라도 따다 줄 수 있을 것 같았다.

하지만 설렘도 잠시, 오키나와로 휴가를 떠난 지 이틀째 되던 날 최 여사의 호출이 이어졌다. 방학했으니 한국에 들어와 지내라는 것이었다.

"굳이 갈 필요 없어."

"아니, 가는 게 좋겠어."

소미는 단호하게 대답했다. 그를 위해서도, 자신을 위해서도 더 이상 피하고 있을 수 없었다.

한국에 도착하자 불볕더위로 아스팔트 위에는 아지랑이가 피어나고 있었다. 이글이글 끓어오르는 도로를 바라보았다. 옆에 앉은 도현은 소미의 긴장을 눈치챘는지 손을 꽉 잡았다. 다독인 것도, 다정한 말을 건넨 것도 아니었지만 그것만으로도 그녀는 힘을 얻었다.

저택의 여름은 온갖 식물들과 나무들이 녹음을 머금은 채

햇살에 반짝였다. 현관 앞에는 이미 김 집사를 비롯한 고용인들이 도현을 기다리고 있었다.

"다녀오셨습니까."

도현이 구두를 벗자 미영은 무릎을 굽히고 앉아 슬리퍼를 내어 주었다.

"어머니는요?"

"기다리고 계십니다."

평소 같으면 자리에서 일어나야 할 미영이 이번에는 소미의 앞에 슬리퍼를 내어 주었다. 처음 있는 일이었다. 그것이 그토록 어색할 수 없었다.

"제 껀 제가 할게요."

"그냥 신어."

도현의 한마디에 소미는 곤란한 표정으로 슬리퍼를 받아 신으며 미영을 향해 '죄송해요'라며 입술을 끔뻑였다.

"이쪽으로."

옥희와 유정이 현관 입구까지 가지고 나온 대야에 손을 닦은 후, 김 집사를 따라 최 여사의 침실로 향했다.

"다녀왔습니다."

최 여사는 어서 오라든가, 잘 왔다는 형식적인 인사는 생략한 채 고개를 끄덕였다.

"일본 생활이 나쁘진 않은가 보구나."

두 사람 모두 한국을 떠날 때보다 얼굴색이 좋아진 듯 보였다. 다만, 그런 기색이 가려질 만큼 소미는 잔뜩 긴장하고 불안한 낯빛이었다.

"너희도 피곤할 테니 본론부터 말하마."

최 여사는 작은 한숨을 내쉬고 말을 이었다.

"사람들 보는 눈도 있고 우리도 체면이란 게 있는데, 언제까지 결혼도 안 한 남녀가 그렇게 지낼 생각인지 이야기나 들어 보자."

"죄송합니다……."

시간이 흘러 스물일곱 살이 되었지만, 소미는 여전히 죄송하다는 말밖에 전할 수 없었다. 그들의 하나뿐인 아들을 탐내서 죄송하고, 집안이 없어 죄송하고. 죄송하고 또 죄송하고……

"자식 이기는 부모 없다더니 우리가 딱 그 짝이지 뭐니."

그녀의 대답에 무릎 위에 올려놓은 소미의 손이 미세하게 떨려 왔다. 소미는 두 손을 꼭 마주 잡았다. 최 여사는 준비해 두었던 서류 봉투를 꺼내 내밀었다. 도현은 그녀가 내려놓은 서류 봉투를 집어 들었다.

"이게 뭐예요?"

도현은 혼인 신고서를 꺼내 테이블 위에 올려놓았다.

"내일 가서 혼인신고부터 해."

"안 그래도 한국에 온 김에 하고 갈 생각이었어요. 이번에는 제대로 되었는지 확인까지."

눈앞에 놓인 혼인신고를 보고도 소미는 믿을 수 없었다.

"사모님……."

"언제까지 사모님이라고 부를 거야. 어머니라는 말이 단번에 나오진 않겠지만 연습하도록 해."

소미의 눈덩이가 붉게 물들었다.

"죽어도 너여야 한다니까. 이 녀석이 너 아니면 안 된다니까 받아 주는 거야."

최 여사에게 소미는 며느리로 받아들이긴 기우는 아이였고, 딸로는 어디에 내놔도 그저 아깝기만 한 아이였다.

"잘 지내자는 소리는 안 하마. 어차피 난 정이 없는 어미였고, 앞으로도 그럴 테니까."

최 여사는 그녀를 딸이라 생각했다. 하지만 그녀는 딸이 아니었다. 장 회장이 아프고 도현이 경험도 없이 바깥세상으로 내동댕이쳐질지 모를 상황이 오자, 내 배 아파 낳은 자식이 먼저였다. 잔인한 말들이 아무렇지 않게 술술 나왔다. 그러나 최 여사는 그것에 대해 후회하지 않았다. 또다시 같은 상황이 온다 해도 주저 없이 제 배 아파 낳은 아이를 선택할 테니까.

"그리고 넌 소미 방학 끝나는 대로 일본 지사에 출근해. 네 처자식은 네가 먹여 살려야지. 네 아버지도 평생을 그리 사셨다."

"그렇지 않아도 그럴 생각이에요."

소미와 떨어져 있던 1년이 조금 넘는 시간만큼 함께 있고 싶었을 뿐, 오래 쉴 생각은 없었다.

"소미, 네 짐은 도현이 방으로 옮겨 뒀으니 그리 알고. 더 할 말 없으면 피곤들 할 테니 올라가 쉬어."

도현은 방을 나가기 전 머뭇거리다 최 여사를 바라보았다.

"저녁, 함께 드세요."

"생각해 보마."

도현이 처음으로 최 여사를 향해 식사를 같이할 것을 권했다. 가슴 한구석이 어쩐지 뻐근하다. 장 회장의 말처럼 욕심을 버리니, 마음이 한결 가벼워진 느낌이다.

최 여사의 방을 나오자, 김 집사가 생긋이 미소를 지으며 기다리고 있었다.

"씻고 내려오시면, 식사 준비 해 두겠습니다."

"식사는 됐고, 씻고 좀 쉬어야겠어요."

온몸이 기분 나쁠 정도로 끈적이는 여름은 정말이지 딱 질색이었다. 도현은 걸음을 옮기다 뒤따라오는 소미를 향해 고개를 돌렸다.

"목마르지 않아? 뭐 마실래?"

"내가 가져갈게. 먼저 올라가 있어."

소미가 걸음을 멈추고 주방으로 발길을 돌리려 하자 도현이 그녀의 손목을 잡았다. 그리고 앞에선 김 집사가 가로막고 서 있었다. 뒤에서 미영의 목소리가 들려왔다.

"가져다 드리겠습니다."

도현은 그녀의 대답을 기다렸던 것처럼 입을 열었다.

"그럼 부탁해요."

당황한 소미는 도현에게 잡힌 손목을 바라보며 작게 속삭였다.

"뭐하는 거야. 놔. 뭐라고 생각하겠어."

도현은 더 이상 말하기 싫다는 듯 그녀의 손을 잡고 계단을 올라갔다.

최 여사의 말처럼 도현의 방은 몰라보게 달라져 있었다. 공부방은 응접실로 변해 있었고, 침실을 분리하던 책장은 고풍스러운 벽으로 바뀌어 있었다. 도현이 혼자 사용하던 방은 더 이상 그 어디에도 남아 있지 않았다. 곳곳에 둘이 함께 사용할 수 있는 물건들이 짝지어 놓여 있었다.

유리방이 사라진 곳에 놓인 투명한 장식장을 바라보며 소미는 울상을 지었다.

"네 유리방…… 사라졌어."

"내가 없앴어. 더는 나한테 필요치 않아서."

"왜…… 좋아했잖아."

"맞아, 좋아했지. 여덟 살의 내가, 열두 살의 내가, 열아홉 살의 내가……."

좋아한다는 건 변했다. 유행처럼. 여덟 살의 도현이 간절히 원하던 걸 가지고 있다 해서, 스물일곱 살의 그가 여덟 살의 아이로 돌아갈 수 있는 것은 아니었다.

"가지고 있다 해서 그때의 내가 되진 않아. 난 나이를 먹었고, 소중한 것들이 더 많이 생겼으니까."

소중한 것들이 많이 생겼다는 건, 그가 앞으로 살아가며 지켜야 할 것들도 함께 늘었다는 의미였다. 그랬기에 언제까지 가슴을 억누르는 아쉬운 추억을 붙잡고 있을 수는 없었다.

도현은 그녀를 뒤에서 감싸 안은 채 가슴 언저리에 손을 얹고 나지막이 속삭였다.

"네가 여기 끌어안고 있는 것들, 널 괴롭히고 힘들게 하는 것들. 이제 그만 내려놓았으면 좋겠어."

"응……."

소미는 꼭 그러겠노라 고개를 끄덕였다.

늦은 저녁 장 회장이 집에 찾아왔다.

"내일 삼성동으로 가려고 했는데, 여기까지 오셨어요?"

"그래, 이놈아. 시간이 아까워 그새를 못 기다리고 달려왔다."

휠체어를 타고 있었지만 장 회장의 안색은 일본에 가기 전과 비교해 부쩍 좋아 보였다. 소미는 안도했다.

"몸은, 어떠세요."

"속 썩이던 놈이 사라지니까 아주 좋다."

도현은 피식, 웃음으로 대답을 대신했다.

"너도 못 본 사이에 좋아 보이는구나."

미국에서 갓 돌아왔을 때보다 표정도 밝아 보이고, 기운도 넘쳐 보이는 것이 요즘 그의 생활이 어떤지 짐작할 수 있었다.

"따로 나가 살 생각이야? 파주에 집을 짓는다고 하던데."

파주에 집을 짓고 있다는 소리에 소미는 힐끔 도현을 바라봤다.

"아무래도 그게 편할 거 같아서요."

"뭐, 따로 살아 보는 것도 나쁘지 않지. 그건 너희가 알아서

하고……. 결혼식은 어쩔 생각이야?"

그의 물음에 잠자코 있던 최 여사가 입을 열었다.

"그건 당신이 신경 쓰지 않아도 제가 알아서 준비하고 있어
요."

소미는 결혼식이라는 소리에 가슴에 납덩이 하나를 올린 것
만 같았다.

"……그럼 저는 뭘 하면 좋을까요."

"이제 소미 너도 우리 자식이니 신경 쓸 거 없다. 네 사정
모르는 것도 아니고."

그녀의 사정을 뻔히 알면서도 허락을 했다는 건 모든 걸 받
아들이겠다는 뜻이었다. 반대는 했을지 몰라도 그것을 앙금
삼아 괴롭힐 마음은 추호도 없었다.

"어르신들 입에 입방아 오르지 않도록 어미가 알아서 하마.
부담 없이 식사한다고 생각해."

최 여사는 그리 말했지만 소미에게도 도리라는 게 있었다.
아무것도 안 할 수는 없는 노릇이었다.

2층에 올라온 소미는 침대에 걸터앉아 깊은 한숨을 내쉬었
다.

"새 신부 입에서 나올 한숨은 아닌데?"

소미는 한숨을 내쉬다 그가 파주에 집을 짓고 있다는 것을
떠올렸다.

"파주에 집을 짓는다는 게 무슨 소리야?"

도현은 속으로 장 회장은 일생에 도움이 되지 않는다고 생

각했다.

"새장."

"뭐……?"

"일본에서 돌아올 때쯤 지어져 있을 거야. 널 가둘 커다란 새장이 말이지. 거기서 나랑 둘이 사는 거야."

소미는 이해할 수 없는 그의 말에 어리둥절한 얼굴이었다. 도현은 멋쩍은 표정을 지었다.

"서프라이즈로 선물할 계획이었는데 아버지도 너무하시지."

도현은 그녀의 귓바퀴를 어루만지며 뺨에 입 맞추고 속삭였다.

"넌 거기에서 내 사랑만 먹고 살아. 나만 보고, 나만 생각하고. 평생 그렇게 내 옆에서 내 아내로, 내 아이 엄마로."

그가 힘을 주자 소미는 힘없이 침대 위에 풀썩, 쓰러졌다. 말간 두 눈으로 그를 올려보던 그녀는 타박하듯 낮게 읊조렸다.

"틈만 나면……."

"네가 너무 에로틱하잖아."

새근거리는 숨소리가 새어 나오는 그녀의 입술을 어루만지던 도현은 천천히 고개를 숙여 그녀의 입술에 입 맞췄다. 그녀도 기다렸다는 듯 그의 목덜미에 팔을 둘렀다. 한참을 끈적이게 엉겨 붙었던 입술이 스르륵 떨어져 나갔다.

"오늘 적극적이다?"

"이제 내숭 그만 떨려고."

"그럼 나머지는 씻고 하는 거로."

침대에서 일어난 도현은 그녀의 손을 잡아 일으켜 세웠다.

결혼식 준비는 일사천리로 준비되었다. 최 여사는 딸을 시집보내듯이 제 손으로 예단부터 혼수까지 직접 준비하고, 또 그것을 아들 장가보내듯이 받았다.

소미는 다른 건 몰라도 도현의 부모님께 옷 한 벌은 꼭 제 손으로 해 드리고 싶었다. 별게 아니더라도 얼마나 감사하고 있는지, 두 사람에게 조금이라도 표현하고 싶었다.

"그럼 이걸로 해."

"아니, 내가 해 드리고 싶어."

도현이 카드를 내밀었지만, 소미는 그의 호의를 거절했다.

"네가 돈이 어디 있어."

"미국에 가기 전에 드렸던 통장, 돌려주셨어."

미국으로 떠나기 전 소미는 10년간 모아 온 용돈과 9개월간 받은 월급이 들어간 통장을 책상 위에 올려놓았다. 그들에겐 그저 얼마 안 되는 푼돈이겠지만 그냥 그러고 싶었다. 그런데 최 여사는 그녀가 한국에 돌아오자 그 통장을 돌려주었다. 심지어 그냥 돌려준 것도 아닌, 최 여사는 그녀가 주고 간 돈을 투자해 발생한 이익까지 챙겨 주었다.

"알뜰하게 모았더구나. 하지만 이건 네 거다."

"아니요. 이건 제 것이 아니에요."

소미는 고개를 저었다.

"내가 너한테 준 순간부터 그 돈은 내 것이 아니다. 하지만 넌 자산 관리부터 배워야겠더구나. 돈이란 건 이렇게 묵혀 둔다고 부자가 되는 게 아니야. 일정한 종잣돈이 모이면 그때부턴 바쁘게 일을 시켜야 해. 사람처럼 말이지."

최 여사는 통장을 열어 보라며 눈짓했다. 통장을 열어 본 소미는 눈살을 찡그렸다. 통장은 지저분할 정도로 입출금 내용이 빼곡히 찍혀 있었다. 마지막 장을 넘겼을 때 소미는 제 눈을 의심했다. 그녀가 저택에 지내며 10년간 알뜰히 모아 둔 돈의 몇 배가 되는 금액이 찍혀 있었다.

"이게 어떻게, 왜……."
"돈에도 발이 있다는 말 들어 봤을 거야. 많이 움직이고 굴린 만큼 더 많은 돈을 불러오지. 앞으로는 네가 관리하도록 해."

소미는 그때 최 여사에게 받은 통장을 고스란히 가지고 있었다. 물론 많지 않은 돈이지만 잔고는 더 늘어 있었다.
그 후, 소미는 마음을 담아 옷을 준비했다. 그녀가 받은 것에 비하면 볼품없는 수준이었지만, 그래도 그녀가 할 수 있는 최선의 것이었다.

"더 좋은 것으로 해 드리지 못해 죄송해요."

최 여사와 장 회장은 그녀가 내민 한복과 슈트를 보고 놀란 표정을 보이다 흐뭇하게 미소 지었다.

"색이 곱구나. 고맙다. 잘 입으마."

"당신이나, 나나 아무래도 자식 복은 있나 보군."

"그러게 말이에요."

"그럼 올라가 볼게요. 쉬세요."

"잠깐 나랑 얘기 좀 하자."

자리에서 일어날 때 최 여사가 소미를 불렀다.

"아버지와 내가 주는 결혼 선물이다. 마음에 들었으면 좋겠구나."

최 여사가 내민 것은 봉투였다. 소미는 봉투를 열고 놀란 표정을 지우지 못했다. 그 안에는 항공권을 비롯해 예약된 리조트 책자가 들어 있었다.

"저, 정말 괜찮아요."

신혼여행은 안 가기로 이미 도현과 이야기가 끝난 상태였기에 소미는 고개를 저었다.

"일생에 한 번뿐이니, 후회 말고 다녀와."

지금 당장은 괜찮을 것 같지만 시간이 지나면 후회할 게 자명했다. 그만큼 평생 마음에 남고 두고두고 기억하는 게 신혼여행이었다.

"나도 아직 가 보지 않아 좋은지는 모르지만 거기가 제일 좋다더구나."

최 여사가 선물한 여행지는 몰디브였다. 얼핏 책자만 봐도 좋은 태가 났다. 소미는 눈시울을 붉혔다.

"항상 감사해요……. 그리고 죄송해요……."

"그렇게 매번 죄송하면, 어쩌니."

이제 다 큰 아이를 지하실에 가둘 수도 없고. 최 여사는 곤란한 표정을 지었다. 그리고 죄송하다는 말은 더 이상 하지 않았으면 좋겠다는 말도 덧붙였다.

결혼식은 주말에 식사하는 것으로 대신하기로 했다. 자리에 모인 사람들은 소미를 향해 숙덕거렸다.

"민며느리를 얻은 것도 아니고, 원. 뭐 볼 거 있다고 저런 아이를……."

"장씨 집안도 이제 한물갔네. 저런 아이를 며느리로 들이고……."

"약점이라도 잡혔을지 누가 알아요. 한집에 쭉 데리고 살았다면서요."

성혼을 축하하기 위해 모인 자리라기보다는, 한결같이 입을 모아 소미를 헐뜯기 위해 모인 사람들 같았다. 소미는 사람들이 그녀를 마음에 들어 하지 않는 걸 알기에 고개조차 들지 못했다.

도현이 참다못해 한 소리 하려 자리에서 일어서자 최 여사는 그의 이름을 낮게 부르며 저지했다.

"장도현, 앉아. 소미도 고개 들고."

최 여사는 친척들을 바라보며 여유로운 미소를 지었다.

"우리 아이들의 앞날을 축하하는 기쁜 자리를 함께 해 주셔서 감사합니다."

감사 인사를 전한 최 여사는 얼굴에서 미소를 지운 채 건조한 목소리로 말을 이었다.

"그리고 말이 나와 하는 말인데 이 자리는 앞으로 여러분께서 잘 보여야 할 사람이 한 명 더 늘었다고 소개하는 자리지, 여러분께 우리 새아가를 평가받자고 모인 자리가 아닙니다."

그녀의 대답에 친척들이 술렁였지만 최 여사는 언제나 그렇듯 눈 하나 깜짝하지 않았다.

"여기 모이신 분 중 우리 그이에게 신세 안 지고 사업하시는 분 계셨나요?"

그 말은 앞으로 그들이 신세 질 사람이 도현이라는 걸 뜻했다. 그러니 알아서 잘 보여 두라는 소리였다. 일시적인 정적이 흘렀다. 장 회장의 이종사촌인 김 사장은 장 회장을 부르며 최 여사를 말릴 것을 부탁했으나, 장 회장은 태연자약했다.

"형님, 형님이 뭐라고 말씀 좀 해 보세요."

"우리 안사람이 맞는 소리 했구만. 나중을 생각해서 우리 새아가한테 잘 보여야 할 게야."

도리어 장 회장은 통쾌하다는 얼굴로 커다란 웃음을 터트렸다. 사람들의 태도가 바뀌는 것은 한순간이었다. 최 여사의 일침 이후, 소미를 험담하기 바빴던 사람들은 어디 갔는지 칭찬하기에 급급했다.

"이렇게 예쁘고 똑똑한 며느님을 얻어서 좋으시겠어요."

"선남선녀가 따로 없네요. 안 그래요?"

소미는 사람들의 가식에 당황한 표정을 감추지 못했다. 그리고 도현이 얼굴에 감정을 드러내지 않는 이유도 알 것만 같았다. 이곳에는 제2, 제3의 도현이 넘쳐나고 있었다.

최 여사는 미소 띤 얼굴로 놀란 소미를 다독였다.

"웃거라. 네가 주인공인데, 그런 표정 지어서 되겠니."

"네……."

소미는 최 여사의 지시대로 어색한 미소를 지었다. 억지로 끌어 올린 입술 끝에 경련이 일었다. 그래도 그녀는 웃었다. 그러지 않으면 눈물이 나올 것 같았다.

테이블 밑으로 그녀의 손을 꼭 잡은 도현이 속삭였다.

"웃기 싫으면 웃지 마. 네가 눈치 볼 필요 없어."

도현은 이 자리가 못마땅했다. 사람들에게 얼굴을 보이는 것도 싫고, 그녀를 동물원의 원숭이처럼 구경거리로 만드는 것도 싫었다. 그럼에도 한 번은 치르고 가야 하는 자리기에 싫은 소리 한 번 못한 채 자리에 앉아 있었다.

그의 차가운 표정을 본 소미는 마주 잡은 손을 만지작거리며 속삭였다.

"나 괜찮아. 어머님이 말씀하실 때 사실 통쾌했어."

"그럼 다행이고……."

손가락을 구부려 그의 손바닥에 그림을 그렸다. 소미는 이 지루한 식사가 빨리 끝나길 기도했다. 그는 그녀가 그린 하트를 알아챘는지 옅은 미소를 지었다. 그제야 차가운 그의 표정이 한결 부드러워진 느낌이었다.

도현은 그녀의 손바닥을 간지럼 태웠다.

몰디브 기대돼.

소미가 못 알아들은 얼굴로 슬쩍 고개를 돌리자 그는 천천히 다시 글자를 새겼다.

몰디브 기대돼.

아하, 그녀는 조금 후 떠날 신혼여행을 말하는 걸 깨닫고 답장했다.

나도.
너는 왜.

그의 물음에 소미는 고개를 갸웃거렸다.

기대해.
거긴 밤이 길대.

풋, 소미는 작게 웃음을 터트렸다.

식사가 끝날 때까지 소미는 어른들의 눈을 피해 도현과 손바닥에 대화를 주고받았다.

8월까지 우기라는 몰디브는 다행히 맑은 하늘을 보였다. 앞으로 보름 동안 지낼 슈발 블랑 란델리는 호화 그 자체였다.

"여기 비싸겠지?"

"아마도."

도현의 대답에 소미는 시무룩한 표정을 지었다.

"선물이라잖아."

"내가 무슨 자격으로 이런 걸 받아……."

"넌 받을 자격 충분해."

장 회장과 최 여사는 자식에게조차도 공짜로 베푸는 법이 없었다. 자식에게까지 이래야 하나 싶을 정도로 그가 누리는 모든 것에는 대가가 따랐다. 그런 부모가 준 선물이다. 그만큼 그녀는 받을 자격이 충분하다는 뜻이었다.

"나 아무래도 그동안 모아 뒀던 행복, 지금 다 쓰고 있나 봐."

행복도 불행도 신은 공평하다고 하는데 소미는 자신만큼은 예외라고 생각했다. 단 한 번도 공평하다고 생각한 적 없었다. 행복이 다가오는가 싶으면 그건 예외 없이 불행의 서막이었다. 하지만 이번만큼은 달랐다. 세상 모든 행복이 그녀를 향해 다가오는 것 같았다.

리조트에 들어선 소미는 감탄을 자아냈다. 오픈형 거실은 왼쪽으론 침실이, 앞쪽으로는 넘실대는 바다와 널따란 개인 풀장이 한눈에 들어왔다.

"도현아, 여기 진짜 좋다. 안 왔으면 두고두고 후회했을 만큼……."

"그러네."

도현은 피식, 웃음을 터트렸다. 그녀는 항상 같은 반응이다. 그리스에 갔을 때도 그랬고 아이슬란드에 갔을 때도 또, 하와이에 갔을 때도 매번 똑같이 말했다. 그래도 이번만큼은 도현도 그녀의 대답에 동의했다. 안 다녀 본 곳을 찾는 것이 빠를 정도로 세계를 누비고 다닌 그조차 이곳은 조금 더 특별하게 느껴졌다.

버틀러 서비스를 받아 짐을 정리하고 있을 때 장대비가 퍼부었다. 쏟아지는 빗소리에 소미는 창밖을 내다봤다.

"시원하게 내리네……."

비 내리는 풍경까지 절경이었다. 하지만 이렇게 계속 비가 내린다면 외출은 꿈도 꿀 수 없었다.

"하늘이 돕네……."

도현은 그녀를 뒤에서 감싸 안은 채 비에 젖은 풍경을 감상했다.

버틀러 서비스가 끝나자 도현의 손이 그녀의 가슴골로 파고들었다.

"지금부터는 여기 온 목적을 제대로 수행할 생각인데, 이의 있으면 지금 말하고……."

소미는 피식, 미소를 짓고는 몸을 돌려 그를 꼭 끌어안았다.

"미국에서 어떻게 참았대?"

"그래서 공부했잖아."

그의 입술이 가볍게 내려앉았다.

"일도 하고……."

매일 밤, 눈을 뜨면 그대로 아침을 맞이하기 위해 얼마나 바쁘게 생활했는지 그녀는 모른다. 말할 생각도 없었다. 펜실베이니아에 혼자 남겨졌을 때 느낀 절망감이란. 아이러니하게도 그를 나락 끝에 내던지는 것도 항상 그녀였고, 그를 온전히 살아가게 하는 것도 언제나 그녀였다. 박소미라는 목표를 향해 끊임없이 내달렸다. 그녀에게 닿기 위해.

하늘에 구멍이 난 것처럼 쏟아붓던 비는 한 시간쯤 내리다 소리 없이 그쳤다. 침대에서 일어나 창문을 활짝 열었을 때 맑게 갠 하늘에는 커다란 무지개가 수놓아져 있었다.

❀　　　❀　　　❀

서늘한 공기가 목덜미와 어깨를 훑고 지나갔다. 소미는 가슴께에 내려간 이불을 잡아당겨 몸에 말았다. 그런데도 추웠다. 아침저녁으로 제법 쌀쌀해진 날씨 탓이다. 더듬더듬, 옆에 온기를 찾아 헤매다 도현이 없음을 깨닫는 데까지 10초도 걸리지 않았다. 오늘 일찍 나간다는 소리는 없었는데. 밤새 닫혀 있던 눈꺼풀이 파르르 떨렸다. 소미는 천천히 눈꺼풀을 끔뻑이다 도로 눈을 감았다. 30분 정도 더 잘 수 있었다.

부드럽게 가슴을 어루만지는 손길에 몸을 웅크리자 자연스레 엉덩이는 그만큼 뒤로 빠졌다. 그녀의 반응을 즐기기라도 하듯 그의 몸이 더욱 밀착되었다. 엉덩이 골 사이로 단단하고 뭉뚝한 것이 비벼졌다.

"으음……."

밤새 그가 물고 빨았던 젖꼭지는 예민할 대로 예민해져 있었다. 손가락 끝으로 빙그르르 돌리자 딱딱해진 젖꼭지는 아릿한 통증을 수반하며 쾌감으로 전이됐다.

때마침 빗방울 전주곡이 적막을 깨고 청각을 자극했다. 일어나야지. 파르르 떨리던 속눈썹이 제자리를 찾았다. 그 순간 들려오던 피아노 소리가 사라졌다.

"나 일어났어……."

여전히 잠에 잠긴 목소리로 그녀는 웅얼댔다.

"목소리는 여전히 취해 있는데……."

그의 숨결이 목덜미에 닿자 소미는 몸을 움츠렸다. 간지럽다. 거북이처럼 잔뜩 웅크린 목덜미에 자잘한 키스가 쏟아졌다.

"으응……."

그녀는 상체를 길게 내빼며 도망쳤다. 앞으로 향하는 상체와 다르게 하체는 뒤로 밀려나며 S자 형태의 곡선을 만들었다. 말랑한 엉덩이가 그의 단전을 비비며 자극했다.

"너 이거 반칙이야."

조금 전까지 그녀를 깨울 생각이었다. 하지만 이내 마음이 바뀌었다. 도현은 그녀의 엉덩이 사이에 부풀어 오른 남성을 집어넣었다. 부드럽게 집어삼키는 질 벽은 그의 남성을 기다렸다는 듯 오물거렸다.

흐읏, 제 몸에 파고드는 그로 인해 그녀의 상체가 이번에는 뒤쪽으로 휘어졌다.

예쁘기도 하지. 그녀를 옭아맨 채 가슴을 지분거리며 천천히 엉덩이를 움직였다. 한번 두 번 세 번, 깊숙이 자리한 정점을 찾아 건드리길 반복했다. 차진 엉덩이가 쿠션 역할을 톡톡히 수행했다. 옅은 신음을 흘리며 그에게 내맡긴 몸이 천천히 반응하기 시작했다. 이제는 제 몸보다 익숙한 것이 그녀의 몸이었다.

"하응, 흐읏……."

나른한 쾌락에 빠져들던 소미는 정점만 찔러 대는 집요한 움직임에 왈칵, 애액을 쏟아 내며 절정에 흐느꼈다. 그 순간 그가 빠르게 움직였다. 도현이 제 몸에 사정할 때 소미는 잠이 혹 달아났다.

몸을 비틀어 고개를 돌리자 쪽, 소리와 함께 그의 입술이 닿았다 떨어졌다.

"좋은 아침."

"하읏, 아침 준비해야 해……."

그러니 이럴 시간 없다. 오늘 아침, 다른 날보다 유독 일어나기 버거운 것도 따지고 보면 도현 때문이었다.

"내가 차렸어."

그러니 이럴 시간 충분했다. 도현은 자세를 바꿔 그녀를 내려다보고 있었다.

킁킁, 맛있는 냄새에 코를 발름거리던 그녀는 나른한 미소를 지었다. 물 한 잔 제 손으로 떠먹은 적 없던 도현은 집안일을 곧잘 했다. 신기할 정도로 실수 없이 살림을 꽤 능숙하게 소화했다. 어쩌면 그녀보다도.

"몇 점?"

"백 점……."

그녀의 칭찬에 가슴을 희롱하는 그의 입술이 호선을 그렸다.

"그럼 한 번 더 해."

도현은 다리 틈새에 뭉뚝한 선단을 문지르다 입구로 다시금 파고들었다.

"나 오늘 못 걸으면 네 탓이야……."

"학교 데려다줄게."

풋, 그의 대답이 우스워 소미는 웃음을 터트렸다. 학교는 맨션에서 그녀의 걸음으로 10분 남짓한 거리에 있었기 때문이다.

오늘 아침은 다른 날에 비해 푸짐했다.

"오늘은 내가 좋아하는 미역국이네. 잘 먹을게."

소미는 흐뭇한 미소를 지으며 식사를 시작했다. 도현이 입술을 달싹였지만 그녀는 보지 못했다.

오늘은 그녀의 스물여덟 번째 생일이었다. 미역국을 보고도 모르는 것으로 봐선 잊고 있음이 분명했다. 가족들의 생일은 잊지 않고 챙기는 그녀가 유독 제 일에는 미련하리만큼 둔감했다. 도현은 언제나 그것이 못마땅했다. 이유가 뭐가 됐든 오늘 밤은 그녀를 더욱 악랄하게 괴롭히겠다고 다짐했다.

내일 있을 세미나 준비를 마치고 나오던 소미는 익숙한 벤츠를 발견하고 발길을 멈췄다. 아니나 다를까, 차에서 내리는 도현은 오늘 아침 그녀가 골라준 슈트 차림 그대로였다.

퇴근 후 곧장 왔겠지. 소미는 손목시계를 확인하고 배시시 미소를 지었다. 일본에서 함께 생활한 지 1년이 넘어가고 있었지만 그가 그녀를 마중 오는 일은 손에 꼽을 만큼 흔치 않은 일이었다.

"어쩐 일이야?"

"타."

소미는 멋쩍은 미소를 지으며 그가 열어 준 조수석에 앉았다. 그의 표정이 좋지 않았다. 살짝, 화가 난 것 같기도 했고 심기가 불편해 보이기도 했다. 빠르게 머리를 회전시켰다. 그의 마음을 상하게 한 일이 있던가. 도무지 기억나지 않았다. 아침까지만 해도 그는 기분이 좋았다.

차에 타서도 도현은 말이 없었다. 소미는 그의 눈치를 살피다 느릿느릿 입을 열었다.

"지금 화난 거지?"

"왜 그렇게 생각해?"

화가 난 건 아니었다. 아주 살짝 못마땅할 뿐이다.

"그냥 표정이 안 좋아 보여서……. 우리 지금 어디 가는 거야?"

"너 오늘 며칠인지 알아?"

"10월 2일이잖아."

"그럼 오늘이 무슨 날인지는 알아?"

그제야 그녀는 기억을 더듬듯 커다란 눈동자를 굴렸다.

10월 2일, 10월 2일…….

"아!"

그럼 그렇지.

"잊고 있었지?"

아침에 그가 끓여 준 미역국까지 먹었지만 전혀 모르고 있었다.

"알고 있었어."

그녀의 새침한 거짓말에 도현은 피식, 미소 지었다.

"이제 거짓말도 밥 먹듯이 하네."

"내가 언제 거짓말을 밥 먹듯이 했다고. 아니, 그리고 내 생일을 내가 잊은 걸 가지고 왜 네가 화를 내는데?"

축하해 줄 생각이면 기분 좋게 해 줄 것이지. 제 생일을 잊어버린 것처럼 몰아붙이는지. 치사스러워서. 소미는 창밖으로 팽, 고개를 돌렸다.

"넌 너무 무뎌. 특히 네 일에. 몇 번이고 말했는데 씨알도 안 먹혀."

도현은 항상 말한다. 내가 있어야 우리도 있고, 남도 있다. 내가 나를 소중히 여기는 만큼 남들도 나를 소중히 여긴다. 내가 행복한 후에야 비로소 남도 보이는 법이라고.

"……바쁘다 보면 잊을 수도 있지."

궁색한 변명이었지만 바빴다. 그것이 핑계가 될 수 없음을 알고 있으나 그녀는 바빴다는 말로 일축했다.

"그리고 내가 잊어도 네가 꼬박꼬박 챙겨 주니까……."

어쩌면 일부러 기억 속에서 지웠는지 모르겠다. 그가 챙겨 주길 바라며.

"생일인 걸 알면서 꽃다발도 안 가져온 거야?"

"설마. 뒤돌아봐."

소미는 몸을 뒤로 돌려 차 뒤편을 바라보고 환한 미소를 지었다. 뒤편 시트에 놓여 있는 커다란 꽃다발을 힘겹게 가져온 소미는 킁킁, 냄새를 맡았다.

피치톤의 장미꽃은 모두 스물여덟 송이였다. 줄리엣 장미는 그 생김새가 장미보다는 작약과 비슷했다.

"차에서 내릴 때 멋지게 들고 내렸어야지."

"뭐가 예쁘다고……."

낮게 읊조리는 말투와 다르게 도현의 입가에 호선이 그려졌다.

"내가 살아온 반평생에 네가 함께 있었네. 그리고 매년 생일에 장미꽃 챙겨 줘서 고마워."

"별걸 다 고마워하네."

퉁명스러운 목소리와 다르게 운전대를 붙잡은 도현의 귓불이 붉게 물든 것처럼 보였다.

예약해 두었던 레스토랑 주차장에 차를 세운 도현은 그녀를 지그시 바라보았다.

"왜……?"

"예뻐서……."

그의 손끝이 그녀의 뺨을 어루만졌다. 꽤 오랜 시간을 함께 했음에도 그녀를 만질 때면 항상 조심스러웠다.

"들어가기 전에 키스해도 돼?"

"그걸 왜 물어."

"싫다면 안 하려고. 네가 싫은 건 나도 싫으니까……."

그녀의 뺨을 어루만지던 도현은 커다란 꽃봉오리를 쓰다듬으며 낮게 읊조렸다.

"사랑의 맹세야……. 이 꽃말."

그렇게 말한 도현의 입술이 살포시 내려앉았다.

수없이 많은 시간을 함께했고, 또 그만큼 많은 시간을 떨어져 지냈다. 그리고 앞으로 그와 함께 같은 세상을 바라보며 살아갈 것이다.

에필로그

똑똑. 계속해서 되풀이되는 노크 소리에 소미는 눈살을 찡그렸다. 하지만 계속해서 들려오는 노크 소리에 소미는 결국 침대에서 몸을 일으켰다. 방문을 연 소미는 너무 놀란 나머지 잠이 훅, 달아났다. 두 번 다시 만나지 못할 거라 생각했던 장회장이 건강한 모습으로 그녀 앞에 서 있었다.

"아버님!"
"아가, 밥 좀 다오. 내 네가 지어 준 밥이 먹고 싶구나."

인자하게 웃는 장 회장의 얼굴을 보자 이상하게 목이 메었다. 소미는 연신 고개를 끄덕였다.

"네…… 네. 제가 금방 차려 드릴게요."

소미는 서둘러 주방으로 향했다. 밥을 새로 짓는 사이 장회장이 좋아하는 북엇국을 끓였다. 나물과 반찬도 새로 만들었다. 요리를 하는 와중에도 자꾸만 눈물이 나왔다. 장 회장은 그런 그녀의 모습에 너털웃음을 지었다.

"왜 우는 게야?"
"아버님 건강한 모습 보니까 좋아서……."

소미는 말끝을 흐렸다. 더 말을 잇다가는 소리 내어 엉엉 울 것만 같았다. 소미는 냉큼 눈물을 훔치고 식탁에 금세 지은 밥과 국, 나물을 한 상 가득 차렸다.

"많이 드세요."
"내 그러지 말래도 그럴 생각이다."

껄껄, 뭐가 그리 좋은지 장 회장은 웃고 또 웃었다. 그의 웃음소리가 조용한 집 안을 메웠다. 그러고 보니 집 안에 개미새끼 한 마리 보이지 않았다.

"더 다오."

장 회장은 밥 한 공기를 뚝딱 먹어 치웠다. 수북이 담아 그의 앞에 내려놓자 장 회장은 배가 부른지도 모르고 식사를 계속했다.

"한 그릇 더 다오."

소미는 고개를 끄덕였다. 밥솥에 하나 가득 지어 놓았던 밥과 반찬을 맛깔스럽게 모두 먹은 장 회장은 그제야 배가 부르다는 얼굴로 숟가락을 내려놓았다.

"밥을 먹었으니 밥값을 해야지."

가슴에 품었던 것을 조심조심 꺼낸 장 회장은 그녀의 두 손에 조심스럽게 건네주었다. 고운 빛깔의 복주머니는 안에서부터 영롱한 빛이 새어 나왔다.

"내 항상 너한테 고마워하고 있다."

소미는 복주머니를 열어 그 안에 든 물건을 조심스레 꺼냈다. 빛을 뿜어내던 물건은 다름 아닌 구슬이었다.

"아!"

손바닥 위에 놓인 구슬은 잡을 새도 없이 환한 빛을 내뿜으며 하늘로 날아올랐다. 소미는 그 모습을 넋 놓고 바라보았다. 구슬은 눈앞에서 밝은 빛을 내뿜으며 점점 몸집을 키우더니, 온 집 안을 환하게 물들이는 것도 모자라 순식간에 하늘에 가 박혔다. 신기한 일이었다.

"해……?"

하늘을 올려다보던 소미는 천천히 시선을 돌려 장 회장을 바라보았다. 장 회장은 대답 대신 인자한 미소를 지으며 손가락으로 하늘을 가리켰다. 소미의 시선이 장 회장의 손끝을 따라 움직였다. 그 순간 하늘에 박혀 있어야 할 커다란 태양이 그녀의 품 안으로 곤두박질쳤다. 소미는 옴짝달싹도 하지 못한 채 쏟아지는 태양을 품에 받았다.

"헉……."

눈을 번쩍 뜬 소미는 가쁜 숨을 내쉬었다. 꿈이었다. 아니, 꿈이라고 하기에는 너무 생생했다. 장 회장의 선한 미소와 가슴에 안은 뜨거운 열기까지 고스란히 남아 있었다. 소미는 몸을 일으켜 앉았다. 눈물이 나왔다. 미안하고 또 감사해서.

도현은 훌쩍이는 소리에 눈을 뜨고 몸을 일으켰다. 협탁 위에 놓인 시계를 보자 아직 새벽 3시밖에 되지 않았다.

"……왜 울고 있어. 무서운 꿈이라도 꿨어?"

소미는 고개를 저었다. 꿈을 꾼 건 맞지만 무서운 건 아니었다. 아무래도 장 회장이 아기를 선물로 주고 갔다는 느낌이 강하게 들었다.

"도현아. 우리 기다리던 좋은 소식이 오려나 봐."

"응?"

소미는 손등으로 눈물을 훔치고 배시시 미소 지었다. 장 회장이 세상을 떠난 지 4개월. 일본에서 한국에 돌아온 지는 1년이 조금 넘었다. 둘 사이가 소원한 것도, 피임을 하는 것도 아니었지만 기다리는 아기의 소식은 오지 않았다. 최 여사 역시 말을 꺼내지는 않았으나 이제는 내심 기다리는 눈치였다.

도현은 그녀가 조금 전 꿨다는 태몽에 대해 들으며 과학적 근거가 전혀 없는 이야기에 기뻐할 수도, 그렇다고 딱 잘라 부정할 수도 없었다.

"일단 자 두는 게 좋겠어. 그게 정말 태몽이면 아기한테도 안 좋을 테니까."

"응."

그의 말에 따라 얌전히 침대에 누우려다, 그녀는 벌떡 몸을 일으켰다.

"이번 달에 사다 놓은 테스터기 하나 남았는데 확인해 볼래."

"지금?"

도현은 심장이 철렁 내려앉았다. 본디 생리가 불규칙한 그녀는 요즘 생리가 단 하루만 늦어져도 테스터기를 사다 확인하는 버릇이 생겼다. 이번 달도 그랬다. 생리가 늦어진다며 테스터기를 잔뜩 사 온 그녀는 사흘 동안 내리 한 줄을 확인하고 우울해했다.

"아침에 해도 늦지 않잖아."

"아니. 생각난 김에 하고 올게."

그의 만류에도 불구하고 소미는 화장대에서 테스터기를 챙겨 화장실로 들어갔다. 도현은 또다시 실망하고 화장실을 나올까 걱정하며 입술을 깨물었다.

그녀는 생각보다 금방 모습을 드러냈다.

"몇 줄이야……?"

"같이 보려고……."

소미는 말끝을 흐리며 그의 앞에 테스터기를 내려놓았다. 선명한 한 줄이었다. 도현은 그녀의 표정을 살피다 속으로 욕을 내뱉었다. 장 회장이 살아 있다면 오밤중에 꿈에 나타나 무슨 짓을 한 거냐고 따져 묻고 싶을 지경이다.

"……때 되면 오겠지. 민감하게 생각하지 마. 병원에서도 이상 없다고 했고, 난 지금 생활도 나쁘지 않아."

"……아닌가 봐."

소미는 까득, 입술을 깨물었다. 이번만큼은 분명 두 줄일 거라 생각했는데……. 또르륵, 새하얀 뺨을 타고 눈물이 흘렀다. 도현은 테스터기를 침대 옆에 놓인 협탁 위에 내려놓고 울고 있는 그녀를 달랬다. 소미는 한참을 울다 깊은 잠이 들었다.

아침이 되자 소미는 부스스 자리에서 일어나 앉았다.

"좋은 아침."

그녀를 향해 아침 인사를 건네는 도현은 이미 운동을 마치고 샤워까지 끝낸 모습이었다.

"좋은 아침……."

의욕 없이 자리에서 일어난 그녀는 마지못해 아침 인사를 건네고 욕실로 향했다. 새벽에 울었던 탓인가. 머리가 무거웠다. 새벽에 있었던 일에 대해서 그 누구도 입에 담지 않았다.

그가 그녀를 위해 지었다는 새장은, 새장이라기보다 둥지에 가까웠다. 집을 둘러싸고 펼쳐진 정원은 봄의 기운에 흠뻑 취한 꽃들이 피어 있었고, 그 끄트머리는 사람의 접근을 막기 위해 숲으로 에워싸져 있었다. 18개의 커다란 창으로 이루어진 집 안은 어디서나 정원이 한눈에 내다보였다.

식탁에 앉아 바라본 창밖으론 봄의 기운이 느껴졌다.

"잘 먹겠습니다……."

소미는 제철인 도다리쑥국을 맛보다 수저를 멈췄다.

"왜 그래?"

"아니……."

다시 국을 떠넘기던 소미는 미간을 찡그린 채 들고 있던 수저를 내려놓았다.

"오늘 좀 비린 거 같지 않아?"

소곤소곤. 혹여 쉐프 정이 듣고 마음 상해 할지 모른다는 생각에 그녀는 최대한 작은 목소리로 속삭였다. 도현은 수저를 들어 도다리쑥국을 맛봤다. 담백하기만 할 뿐 비린 맛은 전혀 느껴지지 않았다.

"그러네. 비린 거 같아."

하지만 그녀의 말에 수긍했다.

"다른 거 먹어."

깨작깨작, 소미는 새벽에 있었던 해프닝 때문인지 먹는 게 영 시원찮았다. 도현이 수저를 내려놓자 기다렸다는 듯 소미는 식사를 멈췄다.

"남았잖아."

"속이 안 좋아."

밥도 비린 것 같고, 반찬도 비린 것 같고. 식탁 위 음식이 온통 다 비리게 느껴졌다.

2층에 올라온 소미는 곧장 욕실로 향했다. 입안에 감도는 비린내를 빨리 없애지 않으면 견딜 수 없을 것 같았다.

도현은 그녀가 욕실로 뛰어들어 가는 걸 확인하고 협탁 위에 있는 테스터기를 무섭게 집어 들었다. 빌어먹을. 그는 쓰레기통에 집어 던지려 들어 올렸던 손을 멈췄다. 새벽에 확인할 때까지만 해도 한 줄이었던 것이 지금은 빛바랜 두 줄이 되어 있었다. 눈을 감았다가 천천히 뜨고 확인했지만 변하지 않았다.

"뭐해?"

깨끗이 양치질을 해 비린내를 없앤 그녀는 욕실을 나오다 걸음을 멈췄다. 그리고 그의 손에 쥐어진 테스터기를 본 그녀는 미간을 찡그린 채 득달같이 달려왔다.

"그냥 버리면 되지. 뭐한다고 보고 있어."

그녀는 버럭 성질을 내며 더는 테스터기를 사지 않겠다고 다짐하고 또 다짐했다.

"그러지 않아도 버리려던 참이야."

그는 서둘러 들고 있던 테스터기를 쓰레기통에 집어넣었다. 그녀는 눈치채지 못했지만 그의 손이 미세하게 떨리고 있었다. 손뿐만 아니라 온몸이 떨리는 게 맞았다. 이 사실을 말해야 하나 말아야 하나 고민하던 도현은 침대에 걸터앉으며 태연하게 입을 열었다.

"오늘은 뭐 할 생각이야?"

"어머님이 갤러리에 잠깐 들리라고 해서 오후에 갤러리 나갈 거야."

소미는 그의 옆에 걸터앉았다. 최 여사를 만날 생각을 하자 벌써 죄인이 된 기분이다.

"몇 시?"

"3시."

"그럼 지금부터 한숨 자고 그 전에 회사로 나와. 점심 같이 먹어. 뭐 먹고 싶은지 생각하고."

그는 그녀의 이마에 가볍게 입 맞추고 앉았던 몸을 일으켰다. 마음 같아선 당장 병원에 달려가고 싶었다. 그리고 크게 숨을 들이켜고 스스로를 내리 눌렀다. 그는 어느 때보다 조심스러웠다. 그녀의 배웅을 받으며 출근길에 오른 도현은 박 선생한테 전화를 넣었다. 박 선생은 아침 댓바람부터 도현이 전화를 걸어오자 큰일이라도 났나 싶어 샤워를 하다 말고 전화를 받았다.

"안녕하세요."

─네가 웬일이야? 누구 아파?

도현은 인사만 건네고 군더더기 없이 본론을 꺼냈다. 예나 지금이나 역시 담백했다.

"바쁘신 거 같으니까 본론만 말할게요. 피검사로도 임신 검사할 수 있죠?"

─그렇지. 초기에는 가장 정확하기도 하고…….

박 선생은 당황한 기색을 감추지 못했다. 그러거나 말거나, 도현은 제 할 말을 꺼냈다.

"그 검사 오셔서도 가능해요?"

─설마 가능하다고 생각하고 묻는 건 아니지?

"그럼 점심시간에 그쪽에 들릴게요."

─……소미?

"그럼 또 누가 있어요."

하도 VVIP 고객님들께서 애인을 데려오기에 혹시나 해서 물어봤을 뿐이다.

─그렇지.

"소미 모르게 부탁해요."

더는 그녀가 실망하는 모습을 보고 싶지 않았다. 그랬기에 확실해질 때까지 감출 생각이었다.

도현은 점심 무렵, 회사 근처에 온 소미를 데리고 박 선생이 근무하는 병원을 찾았다.

"조금 따끔해."

소미는 바늘이 살을 파고들 때 따끔한 통증에 미간을 찡그렸다. 새빨간 피가 주삿바늘에 의해 순식간에 빠져나갔다. 그 모습을 보고 있자 괜스레 눈앞이 핑, 도는 느낌이다.

"갑자기 피는 왜?"

소미는 도현을 향해 물었고 그는 대답 대신 박 선생을 바라봤다. 네네, VVIP 고객께서 원하시는데. 박 선생은 태연하게 거짓말을 입에 담았다.

"저번에 검사했을 때 빈혈 수치가 조금 낮게 나왔더라고. 아무래도 다시 검사하는 게 좋을 거 같아서."

너무나 뻔뻔한 거짓말에 그녀는 의심하지 않는 눈치였다.

"네……."

소미는 고개를 끄덕였다. 박 선생의 대답을 듣고 보니 그랬던 것 같다. 요즘 부쩍 어지럽고 기운도 없고…….

"얼마나 걸려요?"

질문은 박 선생을 향해 던졌지만 도현의 시선은 주삿바늘이 꽂힌 가느다란 팔뚝을 향해 있었다. 바늘이 뽑힌 자리에 알코올 솜을 얹어 주자 그는 소미를 대신해 팔을 꾹, 누르며 피가 멈추기를 기다렸다.

"점심도 안 먹었다며. 가서 점심 먹고 커피 한잔하고 있어. 전화 줄게."

"네, 그렇게요."

그는 고개를 끄덕이며 안쓰러운 시선으로 제 아내를 바라보고 있었다.

"아팠어?"

"아니, 따끔했어."

"이 근처에서 먹는 거 괜찮지? 피 뽑았으니까 고기 먹으러 가자."

박 선생은 혀를 내둘렀다. 피를 왕창 뽑은 것도 아니고, 헌혈한 것도 아니다. 고작 주사기 하나 뽑았을 뿐인데 영양 보충으로 고기라니. 스멀스멀 닭살이 돋는다.

"응. 선생님도 아직 식사 안 하셨죠? 같이 가세요."

점심에 오겠다는 누군가의 친절한 언질 덕에 한 시간이나 일찍 점심을 먹은 박 선생은 고개를 저었다.

"아니. 난 됐어. 피 많이 뽑아서 어지러울 텐데 어서 가 봐. 영양보충."

박 선생은 잉꼬부부에게 인사하고 채혈이 담긴 검체 용기를 챙겨 VVIP 병실을 나왔다. 살아생전 장 회장이 도현의 이런 모습을 보았다면 어떤 반응을 보였을지 상상이 되지 않았다.

도현은 병원을 나온 후부터 틈만 나면 손목을 들여다보았다. 그의 행동은 카페에 가서도 이어졌다. 소미는 테이블을 똑똑, 가볍게 두드렸다.

"어?"

도현은 그제야 손목에 향했던 시선을 거뒀다.

"회사에 들어가 봐야 하는 거 아니야?"

"아니."

"그럼 왜 자꾸 시계를 들여다보는데."

뜨끔했는지 그는 어색한 미소를 지었다.

"그랬나?"

"그랬어."

소미는 심드렁한 표정을 보였다. 얼마 지나지 않아 테이블 위에 올려 두었던 휴대폰이 울리자 도현은 자리에서 일어났다.

"잠깐만……."

"응."

도현은 걸음을 옮기며 전화를 받았다.

"네. 검사 결과 나왔어요?"

그가 움직이는 만큼 거리를 두고 경호원들이 함께 움직였다.

─검사 더 해야 하니까 병원에 다시 와. 기다리고 있을게.

기다리던 결과는 말해 주지 않은 채 박 선생은 제 할 말만 전하고 전화를 뚝, 끊었다. 도현은 가던 걸음을 멈췄다. 그를 따르던 경호원들도 멈췄다. 도현은 그 자리에서 박 선생에게 다시 전화를 걸었지만 그녀는 노골적으로 전화를 받지 않았다. 자리에 되돌아온 도현은 자리에 앉지 않고 곧장 벗어 두었던 재킷을 챙겨 들었다.

"가자."

"응."

소미는 영문도 모른 채 급하게 자리에서 일어나 도현을 따라나섰다.

다시 병원에 돌아온 그를 보고 소미는 고개를 갸웃거렸다.

"왜? 빈혈이 심하대?"

"아니. 일단 오래."

VVIP 병실에 들어서자 박 선생은 반가운 얼굴로 웃으며 그들을 맞았다.

"장도현, 축하한다."

박 선생은 대체 뭘 축하한다는 건지. 또, 축하한다는데 그는 표정이 왜 저리 딱딱한지. 소미는 어리둥절한 표정으로 두 사람을 바라봤다.

도현은 입술을 꾹, 다무는 것도 모자라 손으로 입을 틀어막았다. 그러지 않으면 비명이라도 내지를 것 같았다.

"일단 초음파부터 보자. 피검사 수치상 임신인 건 확실한데, 정확한 주수는 초음파를 봐야 나오니까."

그렇게 말한 박 선생은 휴대폰을 들어 어디론가 전화를 걸었다.

"초음파 기계 금방 가져올 거야."

"저, 잠시만요. 제가 그러니까 아기를 가졌다는 말씀이세요?"

"그래. 이제 엄마 되는 거야. 입덧은 없어?"

박 선생은 처음 소미를 만났을 적처럼 다정하게 웃어 주었다.

"믿을 수 없어요. 오늘 새벽에 검사해 봤을 때만 해도……

너도 봤지? 아버님이 꿈에 나와서 선물이라고 주셨는데 아니었던 거……."

소미는 당혹감을 감추지 못하고 횡설수설해 댔다. 두 사람이 작정하고 그녀를 놀리는 것 같이 느껴졌다.

"아니, 의사가 임신이라는데. 못 믿겠다는 거야?"

"빈혈 검사라고 하셨잖아요."

"그건……."

박 선생은 도현을 슬쩍 바라봤다.

"내가 부탁했어. 그렇게 말해 달라고. 혹여 네가 실망하고 우는 게 싫으니까."

그의 대답에 소미의 눈덩이는 이미 벌겋게 달아올랐다. 새빨갛게 충혈된 눈동자로 그를 바라보다 이내 또 눈물을 보인다. 얼마 후, 커다란 초음파 기계가 병실로 들어왔다.

"저 진짜 임신 맞아요?"

박 선생은 고개를 끄덕였다. 도현은 모니터 화면에서 시선을 떼지 않았다.

"여기 있네. 보이지? 아기집이랑 아기."

까맣게 보이는 아기집과 그 안에 작게 자리한 아기를 가리키며 박 선생은 함박웃음을 지었다.

"심장 소리 들어 보자."

두근두근. 심장 소리는 조용한 병실을 메웠다. 도현은 세차게 뛰는 심장 소리를 듣는 순간 소름이 돋았다. 그의 가슴도 함께 뛰었다. 그녀와 꼭 잡은 그의 손이 떨려 왔다.

"흑……"

누가 먼저랄 것도 없이 도현과 소미는 눈물을 흘렸다.

"장도현, 박소미. 올 크리스마스에는 세상에서 가장 값진 선물을 받겠는데?"

초음파 기계를 정리하며 박 선생은 엄마 미소를 지었다.

임신 소식을 들은 최 여사는 '잘됐구나'라는 짧은 말로 축하를 대신했다. 속에 담은 것을 잘 표현하지 않는 최 여사였기에 소미와 도현은 그녀의 행동을 서운해하지 않았다.

최 여사는 예전 소미가 저택에 왔을 때 그랬던 것처럼 성별도 모르는 아기의 옷가지와 장난감 등을 말없이 보내 주었다. 옷은 항상 똑같이 남자아이 옷과 여자아이 옷이었고, 장난감도 핑크색과 파란색 두 가지였다. 소미는 결국, 주말에 평창동으로 찾아가 최 여사에게 그러지 말 것을 부탁했다.

"어머님, 나중에 성별 알게 되면 그때 보내 주셔도 괜찮아요."

"회장님 돌아가시고 적적하던 차에 새로 생긴 즐거움마저 뺏을 생각이야?"

그녀의 말에서 배 속 아기가 얼마나 최 여사에게 애지중지한 존재인지 새삼 깨달을 수 있었다.

"난 남은 쪽을 아기 이름으로 기부하는 것도 나쁘지 않다고 본다."

소미는 고개를 끄덕였다. 그녀의 마음을 전부 짐작할 수는 없어도 아이의 이름으로 기부하는 것은 찬성이었다.

크리스마스이브부터 시작된 진통은 25일 자정을 넘어서도 계속됐다. 끝나지 않을 것 같던 순간, 분만실에 우렁찬 아기 울음소리가 울려 퍼졌다. 탯줄을 자르는 도현의 손이 덜덜 떨렸다. 도현을 쏙 빼닮은 건강한 남자아이였다. 아기는 곧장 엄마 품에 안겨졌다.

"아……."

가슴에서 꾸물거리는 아기를 보고 소미는 참았던 눈물을 터트렸다. 간호사의 도움을 받아 아기는 곧바로 그녀의 젖가슴을 파고들었다. 고개를 이리저리 흔들며 젖꼭지를 물기 위해 아등거리는 아기를 보며 도현도 눈물을 펑펑 쏟았다.

"하…… 천천히 먹어."

도현은 아기를 향해 낮게 읊조렸다. 이 순간의 감동은 세상 그 어떤 말로도 대신할 수 없었다. 앞으로 이 아이와 함께 세상을 살아갈 것이다.

더 많이 사랑하며, 그녀와 함께…….

— *fin*

사랑에는 여러 가지 종류와 형태가 있지만, 제가 이번에 그리고 싶은 사랑은 이랬습니다.

부족한 것을 서로 채워 주고 보완해 주며, 감싸 안아 주는 사랑. 혼자일 때보다 둘이 함께 있을 때 힘이 되는 사랑.

무엇을 위한 것인지, 무엇이 되고 싶은지 모르고 정해진 길을 기계처럼 살아가는 도현이에게 '솜' 처럼 따뜻하고 포근한 아이를 주고 싶었습니다. 그리고 소미에게는 비바람을 피할 든든한 우산 같은 남자를 주고 싶었습니다.

우산이 제 역할을 하기 위해선 비가 와야 했고, 또 그 우산이 제 역할을 할 수 있도록 펼쳐 줄 사람이 필요했습니다.

그래서 쓰게 된 이야기가 〈너의 세상에 내가 닿을 때〉였습니다.

읽어 주셔서 감사합니다.

—2016년 4월, 김우연 올림.